中国现代文学论丛

Modern Chinese Literature Research

第十卷　第1期

教育部人文社会科学重点研究基地
南京大学中国新文学研究中心　主办

南京大学出版社

《中国现代文学论丛》编辑部

通讯地址：南京市仙林大道163号(邮编210023)
南京大学文学院638信箱
南京大学中国新文学研究中心

电　　话：(025)89686720　89684444

传　　真：(025)89686720

E-mail：zgxdwxlc@163.com

目 录

CONTENTS

医学·文学·身体
——以郭沫若为例

[日本]藤田梨那*

(日本国士馆大学 文学部,日本 东京)

内容摘要:作为隐喻的要素,结核病与其他传染病一样,在现代文学中起了很重要的作用,在郭沫若的文学创作中也承担了很重要的角色。《残春》以结核病为一个聚焦点,描写了爱牟对S姑娘的纠结的恋慕心理。作品中表现了现代科学与自我意识的交错。结核在他的作品中充当了一个重要的隐喻性角色。梦境的描写也为作品加上了一个特别的心理场景,使登场人物的告白吐露得更切实,内心世界表象得更真实。对结核病的描写见于郭沫若的早期作品,这与这个时期郭沫若尝试心理描写、告白,重视自由恋爱,宣扬自我等都有着密切的关联。《残春》中有关结核的写实性描写与隐喻都体现了郭沫若的浪漫风格。可以说,这部作品是探讨"医学·文学·身体"课题的一个恰当的例子。

关键词:郭沫若;医学;文学;身体

序

在郭沫若研究中,"医学·文学·身体"是一个重要的论题。他青年时代曾留学日本,学习医学,又开始文学创作。在这两个领域中他都受到了日本与西方的影响。医学以人体为研究对象,文学则以人心、精神为描写对象。他虽未曾行过医,但现代科学与医学却在他的文章及作品中频频出现。现代科学与医学在他的精神世界中已成为一条重要的血脉。科学知识及科学精神如何与他的新文学创作相关联,对文学研究者来说,是一个极富有兴趣的课题。本论文准备以郭沫若的早期作品《残春》为例,探讨郭沫若文学中"医学·文学·身体"的问题。

一、结核病在现代社会中的流行

自16世纪至19世纪,结核病蔓延于地球上的广泛地区。数世纪来结核夺去众多人的

---

* 作者简介:藤田梨那,日本国士馆大学文学部教授。

生命，特别是年轻人的生命。日本明治时代也遭遇了结核病的大流行，曾有“国民病”和“亡国病”之称。其实，结核病是一种很古老的疾病。早在古代希腊和古埃及就已出现。奈良时代结核病已传入日本，大流行始于都会化、产业化急速发展的现代。当时结核一般被称做“肺病”“肺痨”“痨咳”。

现代医学出现之前，人们以为疾病是神对人们的惩罚。还有遗传病和传染病的不同说法。1882年德国细菌学家 Robert Koch 发现了结核菌，确定了结核病的传染病学说。结核的病原体学说虽然只不过在一个世纪前才登场，但它足以推翻有关结核病的传统性观点，并一直主导着今日的医学界。继 Koch 之后，医学界在1908年，开发了结核检查药 Tuberculin，1928年，英国细菌学家 Alexander Fleming 发现了 Penicillin，实现了淋病、梅毒、肺炎的治疗。1944年，美国微生物学家 Selman Abraham Waksman 发现了 Streptomycin，他的发现使结核病的治疗变为可能。日本于1949年进口 Streptomycin，翌年开始生产，于是 Streptomycin 开始普遍使用于结核病的治疗。自明治10年（1878年）开始，结核病的死亡率不断升高，到明治40年（1908年）死亡人数已达11万。进入大正时期又上升到14万人。结核病的死亡率一直上升到昭和25年（1950年），之后就急速下降。Streptomycin 的使用始于1950年，治疗效果十分明显，自此结核不再是不治之病了。

郭沫若留学日本是在大正3年（1914年）到大正12年（1923年）之间，这正是结核病流行最猖獗的时期，死亡率达到最高水平。① 而且20岁上下的年轻人的死亡率非常突出。② 这个时期出版的留学指南书《留学生鉴》③里，特设有肺病注意事项的章节，即第14章“肺病及脚气的预防”。其中对肺病的预防、肺病的征候、治疗的注意事项、转地疗养进行了具体的说明。这正反映了当时结核流行的社会现象。而且当时留学生中已出现了结核患者。郭沫若的同乡陈龙骥就是其中的一个。1916年陈龙骥患结核在圣路加医院住院，结核已到晚期。郭沫若去探望他，劝他转院到北里病院去，并亲自陪他转院。但不久陈去世了。朋友的死给郭沫若以莫大的悲哀，同时也使他对人生有了新的醒悟。这段经历详见于《三叶集》④所收给田汉的书简。这个事实也证明当时结核病已普遍存在于郭沫若的周围。另一方面，郭沫若1919年进入九州岛帝国大学医学部学习医学。可以说，他当时置身于可以从现代医学的角度了解结核病的环境中。1921年他在写给母亲的书信中曾详细说明如何消毒结核患者用过的房间，介绍了消毒的方法及药品。⑤ 如此看来，我们推知结核病流行的环境、现代医学这两个要素与日本留学时代郭沫若的文学创作有着密切的关系。

---

① 《結核死亡数および死亡率の年次推移》，『「結核の統計」資料編』，疫学情報センター，結核予防会結核研究所编。

② 近藤宏二:《青年と結核》参考，岩波書店1946年。

③ 《留学生鑑》1906年，東京啓智書社。

④ 1920年2月15日田漢宛て書簡参照，《郭沫若全集》第15卷《三叶集》所收。

⑤ 《樱花书简》，四川人民出版社，第164页。

二、作为隐喻的结核

结核与其他流行病一样，曾赋予文学以莫大的影响。在欧洲，文艺复兴时期的艺术就曾受到结核病的影响；进入 19 世纪，结核病在许多文学作品中登场。如：Alexandre Dumas, fils 的《茶花女》、Shelley 的《西风歌》、O. Henry 的《最后的叶子》、Thomas Man 的《魔山》等。在日本，自明治时代到昭和时代也有很多作品描写了结核病。如德富芦花的《不如归》（1898 年）是明治时代读者最多的一部小说。泉镜花的《外科室》（1895 年）、伊藤左千夫的《野菊之墓》（1906 年）、永井荷风的《新任知事》（1902 年）、横光利一的《春天乘着马车》（1926 年），一直到昭和 13 年堀辰雄的《风立起了》，这些都可以说是书写结核病的文学。这些作品都描写了结核病所致的悲恋、孤独与死亡。都以描写美丽而又衰弱下去的生命为着眼点，很明显，这些作品的主题是属于浪漫派的。

关于浪漫派与结核病的关系早已被 Susan Sontag 与 Rene Dubos 所关注。Rene Dubos 在《健康幻想》(*Mirage of Health*)中指出：19 世纪“肺病所致的消磨与衰弱增加了妇女们的魅力，也为很多浪漫派艺术家与诗人带来了魔力。”①

结核的浪漫氛围扩大，唯结核为上品、纤细、高贵，健康几被视为野蛮的趣味。疾病成为一种新的时髦意识——服装装饰身体的外表；结核则装饰身体的内面。当然，实际上结核是一种非常痛苦的疾病，干咳、咯血、高烧、体力减退等症状反复折磨着病人，最终夺走病人的生命。结核患者常是苍白的脸上时而泛着红晕，时而激动，时而失去活力。“结核是一种崩溃、发热、肉体的软化。”(TB is disintegration, febrilization, dematerialization.)②。但结核的这些症状又恰恰大大地刺激了文学的发展。

文学中结核病的隐喻有几个侧面。1. 恋爱的隐喻。Susan Sontag 指出：“结核病，表露在外表的高烧正表示了内心的燃烧。结核隐喻首先从描写恋爱开始——‘病了的’爱、‘烧毁’的激情等意象。”③因此，结核以爱之威力的变形的意象被应用于文学。2. 提高死的品位。“结核病的死使肉体解体，使人格灵化。围绕结核的想象美化了死。结核成了一种充满魅力、每每连接了抒情诗式的死。”④3. 成为新的自我态度的比喻。结核病装饰身体内面，基于这个观点，它便充当了表白内心意识的用语，充当了表现自我的手段。人们内心炽烈的欲望和过剩的感情以疾病的表现功能而被展示于光天化日之下。因此我们说“结核病便是病了的自我”(TB was the disease of sick self)⑤。

结核是激情的病，同时又是压抑的病。在结核病的描写中，常常表露出被压抑的强烈的

---

① Rene Dubos，『健康的幻想』(*Mirage of Health*)，田多井吉之助訳，紀伊国屋書店 1988 年，p186。

② Susan Sontag，『作为隐喻的疾病』(*Illness as Metaphor*)，p13。

③ 同上(*Illness as Metaphor*)，p20。

④ 同上(*Illness as Metaphor*)，p20。

⑤ 同上(*Illness as Metaphor*)，p102。

欲望；来自传染、隔离、恐怖的压抑。Susan Sontag 指出："疾病的隐喻并不在于表示社会平衡的崩溃，而是用于表示社会的压抑。这样的隐喻不断地出现在浪漫派的对峙——心与头、自发性与理性、自然与人为、田园与都会——的修辞法中。"[①]伴随着现代科学的发展，结核病在文学的世界中更多地承担了宣扬现代自我的角色。

三、郭沫若《残春》中结核病的隐喻

郭沫若来日两年后，同乡陈龙骥患结核病在圣路加医院住院，郭沫若去探望他，劝他转院到北里病院去，并亲自陪他转院，但不久陈就去世了。1920 年郭沫若在给田汉的书信中写道："他睡在车中，被车轮震荡着，不断地只是干咳，他那大理石一样的惨白的面孔一阵阵地晕起桃红色的血潮来。他那两只玲珑的含着眼泪的眼睛，隐含着无限的希望，不断地只是望着我，咳！他那种可怜的样儿，我至今——我一生终不能忘怀。"[②]这个体验对他来说是残酷的。不难想象，目睹朋友的痛苦和死亡，年轻的郭沫若定然切身感到结核病的可怕和人生的不测。但同时这次残酷的体验又为他带来了恋爱的机会。他在圣路加医院偶然遇见了护士佐藤富子。郭沫若将这个偶然的相遇称为"bitterish sweetness"。他在给田汉的书信中写道："我以为上帝可怜我，见我死了一个契己的良友，便又送一位娴淑的腻友来，补我的缺陷。"[③]郭沫若与异国女性的恋爱从朋友的死开始，这个体验对他日后的文学写作起着重要的作用。

对他来说，结核病意味着两层意义——苦痛、残酷的死与甘美的恋爱。这两层意义时常交叠出现在他的作品中。我们围绕郭沫若文学，探讨"医学·文学·身体"这一课题时，结核病的这两层意义应是一个重要的课题。

郭沫若最初描写结核病的作品就是《残春》(1922 年)。主人公爱牟的一位同乡留学生精神失常，在回国的途中在门司跳海自杀，被救后送进门司的一个病院。在博德湾读书的爱牟接到白羊君的通知赶到医院探视，在病院里认识了女护士 S 并产生了恋爱之情。故事的高潮是后半部分的梦境，两个人的约会和爱牟之妻的发疯、残杀儿子的事件都以梦的形式描绘出来。梦境在作品中起了重要的作用。这部作品中具有几个重要的要素，结核病就是其中的一个。在进入梦境之前作者已设下了伏线：

1. 自杀未遂的朋友被送进医院，这个病院叫"养生医院"。

"养生医院"在明治时代至昭和中期普遍存在于日本各地。这些医院本来是专门收容结核患者的。前述郭沫若致田汉书信中曾涉及他陪陈君转院到北里病院去。信中写道："转住养生院里去就北里医治"。"养生院"是北里大学创始人北里柴三郎于明治 26 年开设的日本

---

① Susan Sontag, *Illness as Metaphor*, p73。

② 《三叶集》,《郭沫若全集》收, p40。

③ 同上, p41。

第一个结核病医疗设施。北里柴三郎明治18年留学德国，师事于结核菌发现者 Robert Koch。回国后在福泽谕吉的援助下，在东京白金开设了治疗结核病的医疗设施，名叫"土笔冈养生园"。大正3年(1914年)又在"土笔冈养生园"旁边设立"北里研究所"，即现在的北里研究所附属病院。北里医院在当时是治疗结核病的权威医院，非常著名。陈龙骥转院到北里是在1916年，正是"北里研究所"开设2年之后，可见郭沫若当时对日本的结核病研究和治疗已有一定的了解。《残春》中的"养生医院"就已暗示给结核病设下了伏线。

2. 护士S晕着粉红的两颊。

文中说这是"处女的夸耀"，但同时也可以表示结核患者的普遍症状。

3. 白羊君说护士S肺尖不好，怕会得痨症而死。

这个猜测在梦境中明确地被断定为肺结核。

4. 护士S的父母死在美国。

梦境中护士S说她的父母在美国死于肺结核，并认为结核是有遗传的。

小说通过这些伏线进入梦的世界，逐渐展开恋爱与爱牟妻子发疯的情节。护士S的结核症状在这里被明确地描写出来。盗汗、体力衰退、消瘦、食欲不振、月经失调。这些症状对医科学生爱牟来说明显地表示着结核的初期症状。再加上护士S的腺病体质及结核的遗传性等，科学的与迷信的结核病观都表现在这里，切实地反映了当时结核病的社会影响。对护士S的身体有以下的描写：

> 她把眉毛皱成八字。她的眼睛很灵活，晕着粉红的两颊。
>
> S姑娘的面庞不知是什么缘故，分外现出一种苍白的颜色。她的肉体就好像大理石的雕像，她袒着的两肩，就好像一颗剥了壳的荔枝……①

在这里，结核病的身体特征反而将护士S纤美的形象刻画得十分艳丽。实际上，结核病这个要素在这里暗示了恋爱。这个小说的重要构造就是梦境。1923年郭沫若在《批评与梦》一文中对《残春》的构造作了说明：

> 《残春》的着力点并不是注重在事实的进行，我是注重在心理的描写。我描写的心理是潜在意识的一种流动。我在《残春》中做了一个梦，那梦便是《残春》的顶点。②

也就是说，郭沫若在这个作品中刻意描写的是护士S姑娘对爱牟的恋爱感情——一种被压抑的心理。他说这是"意识流"。作为文学手法的"意识流"开始于 James Joyce 的 *Ulysses*，其手法便是"内心的独白"(Interior monologue)，就是将起伏在心灵深处的思念以连写的形式如实地描写出来。*Ulysses* 1918年登载于杂志 *Little Review*，1922年单行本出版。1918年野口米次郎发表评论《画家的肖像》(杂志《学灯》1918，3)，第一次介绍了 James Joyce 的"意识流"。1925年堀口大学发表《小说的新形式内心的独白》(杂志《新潮》1925，8)

---

① 《残春》，第28，29，31页。《郭沫若全集》第9卷所收。

② 《批評与夢》，第236页。《郭沫若全集》第9卷所收。

具体介绍了 James Joyce 与他的“意识流”。*Ulysses* 的日本译本出版于 1929 年。这样看来，郭沫若在 1922 年就已经在《残春》中尝试了“意识流”的手法，可谓这个领域的先驱。当然，实际上郭沫若如何具体地涉及 James Joyce 的 *Ulysses* 及“意识流”，这个问题还有待今后的研究。他所说的“意识流”毋宁更多地倾向于弗洛伊德的精神分析与心理学。

在《残春》中，郭沫若重视各个要素的暗喻、联想与全体的有机的统合性。比如以下例子：

医科学生爱牟——→有结核病的医学知识。引 S 姑娘注目。

爱牟之妻——→恋爱的障碍(压抑)

白羊君的存在——→恋爱的障碍(压抑)

朋友的精神失常——→妻的发疯

为 S 姑娘打诊——→肉体的接触

血红的晚霞——→被杀儿子的血

Sirens 的联想——→Medea 的悲剧

凋零的红蔷薇——→S 姑娘的命运

题目“残春”——→S 姑娘的纤美、青春的短暂

梦的形式与这些要素的隐喻都为描写终不得实现的恋爱埋下伏笔，但同时结核病也为升华恋爱感情起了重要的作用，甚至连爱牟的医学知识也都为诱发恋爱发挥了作用。护士 S 姑娘和爱牟有以下的对话：

“那么，爱牟先生，你就替我诊察一下怎么样？”

“我还是未成林的笋子呢！”

“啊啦，你不要客气了！”说着便缓缓地袒出她的上半身来，走到我身畔。她的肉体就好像大理石的雕像，她袒着的两肩，就好像一颗剥了壳的荔枝……[①]

在这里护士 S 姑娘迫切地、大胆地来接近爱牟，正如 Susan Sontag 指出的那样：“因为结核源于激情过多，便常会诱惑惑溺于官能的人。结核以激情之病而著名，同时也同等程度地被视为压抑之病。”[②]护士 S 姑娘与爱牟的恋爱感情都是通过结核病这个要素表现出来的。很明显，在梦境中结核病构成了一个特别的心理环境，使登场人物的告白吐露得更切实，内心世界表现得更真实。

结　论

作为隐喻的要素，结核病与其他传染病一样，在现代文学中起了很重要的作用。在郭沫若作品的“医学・文学・身体”课题中，凝结了现代文明与科学精神的问题，现代科学与自我

---

① 《残春》，p31，《郭沫若全集》第 9 卷所收。

② Susan Sontag，*Illness as Metaphor*，p21。

意识在这里交错。社会病结核在他的作品中充当了一个重要的隐喻性角色。对结核病的描写见于郭沫若的早期作品，这与这个时期郭沫若尝试心理描写、告白，重视自由恋爱、宣扬“个我”都有着密切的关联。《残春》中有关结核的写实性描写与隐喻都体现了郭沫若的浪漫作风。可以说这个作品是探讨“医学·文学·身体”课题的一个恰当的例子。

身体的再现、医学与解剖：20与30年代郭沫若小说里的一种含混的态度

[瑞士]宇乐文(Victor Vuilleumier)*
(巴黎狄德罗大学—第七大学 东亚语言文化系，法国 巴黎)

内容摘要：对于郭沫若而言，正如对于其他一些中国现代作者也是同样的情况，身体的再现在文学现代性的诉求里起到一种重要的作用。身体与精神的现代范式如何影响文学的创作，而在根源处的非文学性的再现，又如何被中国现代作者所重新加工？对于郭沫若，解剖与文学之间究竟有什么关系？医学与身体究竟再现了什么？面对它们的态度又如何？为了提示对于这些问题的一些回答，笔者将谈论以下几点，从他最早在日本期间撰写的那些短篇小说开始：1. 文学的科学化；2. 身体、疾病与医学，作为隐喻来运用；3. 解剖学。身体的再现很明显构成一种汉字或中文的意象，是汉语书写的素材库。通过解剖的再现而得到象征化的断裂，也可以在一种文化的提问的视野里来理解：汉语的字体可以包容或者表达怎样的新意涵？中国的知识分子是应当保存他们原有的字体(汉字)还是加以改变(转化成拉丁字母)？如何把汉语的字体现代化？如何把书写的素材库与汉语的语言糅合？换言之：如何使用医学的范式，将其作为从西方引入的现代性的符号？如何把它运用到汉语的字体、身体之上？

关键词：郭沫若小说；身体；医学；解剖学；现代文学；现代化；文化身份

关于现代医学、医生的再现，生物学的、解剖学的身体的现代范式，在中国现代文学里起到重要的作用，乃至于一些作者，比如鲁迅或郭沫若都陈述自己在开始写作之前，曾先去日本学习医学——郭沫若在《创造十年》里说，他是在剖检一具尸体时，产生了最初的书写欲望①。

在19世纪下半叶，关于身体的新范式被引入中国，主要是可称作“现代西方科学身体”

* 作者简介：宇乐文(Victor Vuilleumier)，现任教于法国巴黎狄德罗大学—第七大学东亚语言文化系(LCAO, Paris 7)，中国现当代文学专业副教授，法国东亚文化研究中心(CRCAO, Paris)成员。

① 参见郭沫若：《沫若文集》第七卷，人民文学出版社1958年版，第49页。

的范式:这种身体观得到陈述;它是依照在肌肉、神经系统、大脑之间的机械联结的模式来组织的,也被视作意识发生的地点。这是一种作为客体(对象)的身体,并没有丝毫宇宙论或伦理的意涵,与世界相分离。这种身体观的客观化与主体的个体化进程相平行。这种现代的再现主要立足在有关解剖学的实践与认知的基础上。明确地讲,解剖学在有关身体的这些新范式的引入方面起到重要的作用。

关于解剖学的再现,在近代中国曾接纳了意识形态与文化的新意涵:对于 1890 年代的自强运动,解剖学是国家与民族精神的现代化的有效工具。事实上,身体采取一种知识论的价值:转变身体的再现,即是转变对事物的认识,从而转变文化与政治的现实。比如康有为把中国古代医学里的身体再现与西方的、医学的再现相对立①。这种再现是现代的,因为它是写实的,奠基在实验的知识基础之上②。

然而,解剖学只属于从国外引入的新范式中的一个元素:它与社会达尔文、生物学、心理学以及关于种族、民族主义与优生学的现代理论相结合。在民国时期,身体被构想为体现确定的身份:个体拥有一个身体,被赋予性别、民族与种族的固定属性。关于身体的科学再现,伴随着身份的生物化的形成过程③。对于中国现代的知识分子而言,解剖学的模式构成一种现代化的承载工具。事实上,当维萨里(Vesalius)计划在欧洲形成时,从最初就具有一种人文主义的规划纲领:解剖学是一种方法,是方法的隐喻,是重新组织和承载词与物的话语④。

我们在此暂不展开谈论中国与欧洲文学史中医学与文学之间的重要关系,但是,却可以提出以下几点。文学的身体是一种符号,对照从最平庸的所指(譬如:身体作为民族)到最独特的所指:"疾病的语言"(让·斯塔罗斌斯基的术语)⑤被转化成文学的话语。如同文学,医学生产一些词语,创造一些术语,(重新)构成一段段历史,探求一些符号,来诠释一些症状⑥。描述病情的专家也是一个作家;当作家对他的内心疾病进行细致的日记

---

① 参见康有为:《康有为政论集》第一卷,中华书局 1981 年版,第 174 页:"人之一体,读《素问》,考名堂;《全体新论》不知也,外国有人身全体,一见则立明矣。"

② 参见吕澂与陈独秀:《美术革命》与《独秀答》,载《新青年》第 6 卷第 1 期,1919 年 1 月:"近年西画东输……徒袭西画之皮毛,一变而为艳俗,以迎合庸众好色之心。……海上画工,唯此种画间能成巧;然其面目不别阴阳,四肢不成全体,则比比皆是。盖美术解剖学,纯非所知也。……""若想把中国画改良,首先要革王画的命。因为改良中国画,断不能不采用洋画写实的精神。……画家也必须用写实主义才能发挥自己的天才,画自己的画,不落古人的窠臼。"

③ 参见 Frank Dikoetter Frank, *Sex, Culture and Modernity in China, Medical Science and the Construction of Modern Identities in the Early Republican Period*, Hurst & Co., London 1995.

④ 参见 Andrea Carlino, Les fondements humanistes de la médecine("医学的人文主义根基"), 载 Andrea Carlino, Alexandre Wenger(主编), *Littérature et médecine, approches et perspectives* [XVIe-XIXe siècles](《文学与医学,方法与视野》[16—19 世纪]), Droz, Genève, 2007,第 19—47 页。

⑤ 参见 Jean Starobinski, *L'Œil vivant II, la relation critique* (《灵动的眼睛 II,批评的关系》), Paris, Gallimard, 1970, 第 230 页。

⑥ 参见 Andrea Carlino,"医学的人文主义根基",见前引书。

书写时，他也借助于医学的语言。个人的疾病，无论是身体的或心理的疾病，如诸位所知，都是一种重要的文学命题。此外，疾病的命题也被经常与内省式书写、自我表达结合在一起。

我们也可以援引欧洲文学的一个例子，来阐明感性、内省与病情书写之间的联系，即卢梭(Rousseau)在他的《忏悔录》里的情况[①]；但他面对医学也表现出一种含混的态度，正如在《爱弥儿》里所见[②]——在此列举这个例子，因为笔者认为，郭沫若曾经受到《忏悔录》这部著作的影响，即使郭沫若与德国和英国浪漫主义的关联或许更明显。在现代中国，众多知识分子与作家都引用卢梭的作品作为参照。郭沫若很可能也同样把卢梭作为参照：如同卢梭，郭沫若对医学持有暧昧的态度，这也显露在他的自传性与虚构性作品里。[③]

五四时期以及新文化运动中的中国现代作者曾采用关于身体、医学与解剖学的现代再现。这些模式完美地对应于意识形态与文化的构想：写实主义、现代化、民族与个体的解放。他们欣赏关于身体的这些新范式中对身体的客观再现；尤其因为这种再现可以把身体从任何的“传统的”、“儒家式的”或“封建”的价值意涵里释放出来。中国现代作者因而创造出有关身体、主体与身份的全新文学再现，在其中容纳这些范式，并将之文学化。郁达夫与郭沫若的例子尤为如此。

解剖学与疾病的主题也汇拢了关于自我的书写(受到西方浪漫主义的启发，也受到日本私小说的影响)；有一种综合的形式，即我称之为在20、30年代的中国现代文学中常见的“疾病日记”。我们也需要把这一点与日本作家厨川白村的文学理论在当时的影响联系在一起，依据厨川白村的观点，艺术与文学构成对于“苦闷”的体验的象征化表达[④]。

然而，有关身体的客观化、主观化的观念糅合，产生出一些矛盾，尤其是在内省式书写的情况里，肯定主体性与个体主义的价值。此外，这或许是为什么在一些以身体或疾病为命题的中国现代文本里会揭示出面对医学的含混的态度的理由之一。另一个理由则是由解剖学的范式所带来的象征性断裂(在下文中还将展开论述这个问题)。

而且，中国现代对于文学身份、作者的形象的建构，在某种程度上与医生相竞争；新作家

---

① 在《忏悔录》里，卢梭描述他自身生病时的身体症状，并讲述他在童年时代读过几本医学书后如何尝试对自身作以诊断。他也讲述他曾经尝试学习解剖学的知识，但后来对此感到恶心。参见 Rousseau(卢梭)，*Les Confessions*(《忏悔录》)，(第6章)，Paris，Gallimard，1995，第314页。参见 Anne Vila，Somaticizing the Thinker：Biography，Pathography，and the Medicalization of gens de lettres in Eighteenth-Century France，载《文学与医学，方法与视野》(16—19世纪)，见前引书，第89—111页。

② 在《爱弥儿》里，卢梭认为医学是无用的，而且最好不要阅读医学书籍。参见 Rousseau(卢梭)，*Emile ou de l'éducation*(《爱弥儿或论教育》)，第1章，Gallimard，Paris，1995，第106—108。

③ 卢梭的《忏悔录》早在1910年代已被翻译成日文(堺利彦訳：《赤裸の人：ルソー自伝》，丙午出版社，1912；石川戯庵訳：《懺悔錄》，大日本図書，1916)。因此，当时在日本留学的中国学生有机会先读到日文版的《忏悔录》(中文版1920年代末才首次出版)。关于郭沫若对医学的含糊态度，也可参见《漂流三部曲》(1924)，《郭沫若全集·文学编》第九卷，人民文学出版社1985年版，第243页。

④ 参见鲁迅：《苦闷的象征》，《鲁迅译文全集》第二卷，福建教育出版社2008年版，第225页。

希望获得文学权威的地位，成为引入的现代性的主宰——这种现代性也通过科学的威望来体现。作家希望表明他是现代中国所需要的真正的医生，他是现代文化的真正英雄，是“精神界之战士”[①]。最终，我们会看到，面向医学的这种含混态度，也与中国知识分子与日本的、西方的文化与科学的现代性之间的复杂关系相联系——这也通过解剖学而得到象征化。

在自传性作品《创造十年》(1932)里，郭沫若讲述从1918到1923年的生活，讲述在他进行虚构书写的最初体验时的故事[②]。他说，“最初的创造欲活动了起来”[③]，当他解剖一具尸体时。这就是他在20年之后所创造的故事里给出的概述。

小说中的日本叙述者，当他解剖一个死去的罪犯的尸体时，他看到一个裸体女人的刺青，还刻着那女人的名字。这罪犯有爱尸癖，偷窃尸体。当一个同窗给他讲了这个罪犯的故事之后，叙述者取掉尸体上的女体刺青，带回了家。当晚，他梦见，那具骷髅回来找寻那女人的刺青，并喊着，“喂！还我的爱人来！”[④]。

这部短篇小说《骷髅》从未发表过——它曾被《东方杂志》所拒绝，文稿被退回给郭沫若。郭沫若说他曾“采用欧洲旧式的小说体裁”[⑤]——或许他希望讲的是志怪的体裁。事实上，这种体裁的短篇小说很可能也受到比如日本作家谷崎润一郎的影响。

对于郭沫若而言，医学和解剖学与创作根源的想象有一种关联，可以说解剖尸体的行为构成一副原初的场景，构成文学创作的根源，仿佛词语被召唤来言说一种原初的统合。对于郭沫若，解剖与文学之间究竟有什么关系？医学与身体究竟再现了什么？面对它们的态度又如何？

为了提示对于这些问题的一些回答，我将谈论以下几点，从他最早在日本期间(即1914—1926年间)撰写的那些短篇小说开始：1. 文学的科学化；2. 身体、疾病与医学，作为隐喻来运用；3. 解剖学。

一

郭沫若在日本开始创作小说的时期是在医科的领域里度过的，这个时段的作品有《残春》(1922)、《漂流三部曲》(1924)、《落叶》(1925)、《叶罗提之墓》(1926)、《曼陀罗华》(1926)。这些小说与郭沫若生平传记之间的联系是明显的，尤其是关涉到他与“安娜”(Anna，佐藤富子)的生活。

在这些小说作品里，郭沫若把他对于身体的再现以及对于身体的叙述加以医学化或科

---

① 鲁迅：《摩罗力诗说》，《坟》，人民文学出版社2006版，第100页。

② 郭沫若：《沫若文集》第七卷，人民文学出版社1958年版，第48—52页。

③ 郭沫若：《沫若文集》第七卷，人民文学出版社1958年版，第49页。

④ 郭沫若：《沫若文集》第七卷，人民文学出版社1958年版，第51页。

⑤ 郭沫若：《沫若文集》第七卷，人民文学出版社1958年版，第51页。

学化。小说中的叙述者、人物和作者的形象，均把握一种医学的知识。他们可谓是描述病情的专家：他们都可以明确地描述身体的、心理的疾病症状，为疾病作出诊断，讨论病情案例。这也证实了郭沫若所具有的医学知识。这种医学的知识尤其表现为对于西方的、科学的医学术语的运用。正如郭沫若在其自传中所记录的，一个在日本读医科的大学生，要修英文、德文与拉丁文(外语在此是科学的同义词)[①]。这种异国的语汇经常用原文的形式来引用，比如用拉丁文字母，穿插在汉字当中。

从这个视角来看，郭沫若作品中的叙述的医学化特征，也是对于中文的身体或汉字字体(即汉字为象征)的异国化的过程。这些医学术语也是西方现代性的符码：中国现代作家习惯于使用西方的语词、字母，或者把汉语的姓名转写为拉丁字母。这也是示范他的西方知识的一种方式。

在他的短篇小说里，郭沫若创造出对于身体的一种新再现。他容纳并引入我们上文中所谈到的这些再现方式。个体的身体承载一种固定的民族的、种族的和性别的身份[②]。一个人的心理是以强烈的方式通过他的习惯和身体来确定的[③]。在一些极端的例子里，郭沫若还自愿地用机械的再现来描述身体的运作，以及身体对精神的决定作用。筋肉是通过神经系统来驱动的，反过来也产生心理或甚至是“宗教”的内涵[④]。

此外，在关于身体与主体的再现中，郭沫若把这些客观化的维度与精神分析的某些面向相结合。个体被其生命冲动所驱动；在身体的空间里或平面上，投射身体主体的被压抑的内容：这就是被“力比多身体”体现的“躯体我”。他者的身体被掏空任何个体的灵魂，变成具有异化力和让人烦恼的欲望对象[⑤]。所有这些再现描述了病理学意义上的主体性，比如意味着“身体只是一架死尸”[⑥]。

二

郭沫若的书写仿佛对心理与身体的疾病加以听诊，这代表了其小说的一个核心的主题。医学与身体作为符号或隐喻来运作，承载可能的意义的双重方向：个体或民族，主体性或客观化。

在郭沫若这个阶段的一些叙事作品里，身体衰弱的主体对应旅居日本的中国人的地位低下。这些叙事中的几个人物都是受虐狂，被自身作为低等、弱小个体的印象所纠缠不休；

---

① 郭沫若：《沫若文集》第七卷，人民文学出版社1958年版，第42—43页。

② 参见郭沫若：《残春》，《郭沫若全集·文学编》第九卷，人民文学出版社1985年版，第20—21页。

③ 参见郭沫若：《Löbenicht的塔》(1924)，《郭沫若全集·文学编》第九卷，人民文学出版社1985年版，第173页。

④ 参见郭沫若：《秦始皇帝将死》(1935)与《楚霸王自杀》(1936)，《郭沫若全集·文学编》第十卷，人民文学出版社1985年版，第187—88与196页。

⑤ 参见郭沫若：《残春》或《喀尔美萝姑娘》(1925)。

⑥ 郭沫若：《喀尔美萝姑娘》，《郭沫若全集·文学编》第九卷，人民文学出版社1985年版，第238页。

相对于其所欲求的日本女人而言，他们处于从属地位，但他们却不能占有作为欲望对象的日本女人，反而被其操控。在其他一些例子中，当小说中的人物或叙述者返回中国，疾病与衰弱(尤其是儿童的衰弱)具有另一种意义：这也是象征贫穷、社会不平等、中国人与上海西方人之间地位差距的符号①。疾病也是个体的内心苦闷的符号，个体被社会秩序以及传统的家庭所异化②。

这些疾病深刻影响小说中的人物与叙述者，往往被描述为“神经衰弱”、“疑病患者”或“忧郁症”③。我们可以识别出浪漫派疾病的影响④，或者疾病作为隐喻⑤，由比如患了肺结核的年轻女性形象所体现：这是作为感性的、忧郁的个体的原型，在孤远偏僻的地方隐居，在自然的孤寂中寻求安身之所。这也是患病女人的隐喻，由于她的生命力之热烈而被欲求。在《残春》或《喀尔美萝姑娘》里，难以抵及或遭到禁止的日本女人，正是以这种形态出现在中国男主角的梦中，作为脆弱的、具有吸引力的女性⑥。关于医生与医学的形象，郭沫若的小说呈现出复杂的、甚至是负面的再现。医学也被指控为无用的、虚伪的⑦。医生则是粗蛮的，缺乏人性的；他们给出的诊断并不可靠，找不出关于疾病在人或社会层面的真正缘由⑧。

而且，科学与医学体现出社会与家庭的秩序，小说的主人公们与之相搏斗。《漂流三部曲》里的叙述者在日本研究医学，更愿意成为作家，而不是医生。他拒绝返回故乡四川，那边有提议让他到医院工作：因为这会迫使他回到家人身边生活，还有他曾经被迫娶的妻子——事实上，他在日本与一个日本女人一起同居生活。医生的生涯代表一种义务：如果叙述者接受它，就意味着他接受回到等级中，回到传统中。现代的医学与科学因而无法把患病的或不幸的个体完全解放；这种个体在社会、家庭的义务与期待自由解放的欲望之间被撕裂，比如在《漂流三部曲》里，这种欲望则是由日本女人以及他选择的文学道路所体现的。

医学也同样接纳了一种负面的意义，在其他现代文学文本里，它与秩序、压迫相结合，比如在郁达夫或鲁迅的作品里。在《沉沦》(1921)里，主要人物被他哥哥逼迫继续学医；而且，这个人物经常情不自禁地进行手淫的行为，因为这种行为实践遭到医学的规范性话语的禁止而感到痛苦。至于鲁迅，在《呐喊》的《自序》(1923)里，他说，针对身体的医学对于治疗文化与精神的疾病是无效的。在《藤野先生》(1926)里，他甚至提示，科学也可以成为殖民主义

---

① 参见郭沫若：《圣者》(1924)，《郭沫若全集·文学编》第九卷，人民文学出版社1985年版，第61页。

② 参见郭沫若在《落叶》与《漂流三部曲》里所叙述的情形。

③ 在原文中使用英文。

④ 参见[美]苏珊·桑塔格(Susan Sontag)，*La Maladie comme métaphore*(《疾病的隐喻》)，M.-F. de Paloméra 译，Paris，C. Bourgois，1993。

⑤ 参见谭光辉：《症状的症状：疾病隐喻与中国现代小说》，中国社会科学出版社2007年版。

⑥ 参见郭沫若：《郭沫若全集·文学编》第九卷，人民文学出版社1985年版，第30—31页。

⑦ 参见郭沫若：《漂流三部曲》，郭沫若：《郭沫若全集·文学编》第九卷，人民文学出版社1985年版，第243页。

⑧ 参见郭沫若：《曼陀罗华》(1926)，《郭沫若全集·文学编》第九卷，人民文学出版社1985年版，第367页。

和种族主义的工具，尤其比如日本面向中国的态度①。

最终，郭沫若作品里的医学世界带有诡异的遭到压抑的情色氛围。在《喀尔美萝姑娘》里，叙述者期待成为一位可以触摸难以抵及的女性身体的医生②。在《残春》里，那个叙述者，学医学的大学生，他梦想和吸引他的护士扮演医生的角色——然而，这在双重意义上是被禁止的（由于医学的伦理，也因为他结婚了）。医院代表医学的空间，对于大学生而言，是一个充满诱惑的地点，对于未成为医生的人而言，也是一个性幻想的空间。但是，这终究是人们在其中受苦并死去的地点。其中的情色描写显得更加诡异。

在这个视野里，由作为叙述者的医科学生所撰写的文学叙事也与医生通常被遭到禁止的"医学愉悦"有关③。把解剖刀转化为笔，使得这种被压抑的欲望化成语言，从而实现崇高化。但是，郭沫若的"创造欲"是在尸体解剖房里苏醒过来的。

三

在有关医学的不同形象与再现中，解剖在郭沫若的文学想象里起到了特殊的作用。解剖被文学化。我们前面提到尸体解剖与文学创作之间的联系；尸体解剖也同样作为文学诡异元素（与骷髅的形象相关联）；解剖的范式也是引发象征性的断裂体验的起因。

让我们再回到小说《骷髅》。一具碎片的尸体场景促使郭沫若在 1912 年产生创作的欲望；这也正是在 1932 年的自传叙事里引起他回忆的元素。《骷髅》讲述的对象是：一具被解剖的尸体对作者郭沫若以及虚构作品里的叙述者的吸引；罪犯对他所偷窃的女性尸体的着迷；叙述者对偷窃的骷髅上的女体刺青的着迷。郭沫若的自传性文本表现出在不同层面之间的镜像游戏，其中每一个层面都实现另一个层面，让我们回溯到最初的层面：郭沫若对尸体的着迷遭到压抑，但对于这尸体所再现的一切尤为着迷。因此，这对应关于书写的欲望（郭沫若讲述，他在取出大脑中的神经时所体会到的愉悦——取出灵魂的意象，如同探求意义？④）

遭到压抑的欲望也是对于一体统合、记忆、书写的欲望。他在骷髅上取回的女体刺青，如同在自传性叙事里找回曾经丢失的叙事《骷髅》、关于过去的叙事——自传性书写是对于他过去的重新组织，创造出一种前后连贯一致的故事。把刻有刺青的皮肤还回到尸体上，也可以被理解为：把客观的、科学的身体转化为一个文本，在书写时实现欲望的一个平面（这通

---

① 参见 Larissa Heinrich, *The Pathological Body: Science, Race and Literary Realism in China*, 1770－1930, Ann Arbor: UMI, 2002, 第 184 页。

② 参见郭沫若：《郭沫若全集·文学编》第九卷，人民文学出版社 1985 年版，第 227 页。

③ 参见 Gérard Danou, Le plaisir médical ou le 'jeu du docteur' retravaillé par l'écriture（"医学愉悦或由书写重新加工的'医生的游戏'"），载 *Le corps souffrant, littérature et médecine*（《受苦的身体、文学与医学》），Champ Vallon, 1997, 第 223—236 页。

④ 参见郭沫若：《沫若文集》第七卷，人民文学出版社 1958 年版，第 49 页。

过刺青的意象来表达),这使得他通过解剖来重组被毁灭的身体——实现找回一幅原初的场景①,一种颠覆,("颠覆是书写的运动本身:死亡的运动",雅贝)②。

在郭沫若的一些文本里,再现了"撕成碎片的身体"(拉康)③,等待被重新统合。在《鼠灾》(1920)里,主要人物这样描述:"他的脑筋好像有张布包着,同他的胴体断了缘的一般"④。在《未央》(1922)里,人物发现"他的'神',已经四破五裂,不在他的皮囊里面了"⑤。这种分裂的意义是通过在郭沫若的作品里经常出现的基督殉难的形象来表达的,被赋予了与亲人、故乡远离的背井离乡的意义。

在郭沫若的短篇小说《曼陀罗华》里,也包含有关解剖学描述的另一个例子:法医学视角的考察。叙述者参与他朋友儿子的尸体解剖的过程;那孩子在不太清楚的情形下死亡。死亡与胃病的问题相联系,但又与父母的忽视有关。医生切割尸体,取出器官并且称重;他逐渐地用德文评论他所进行的操作。最终,他给出诊断;但是学习过医学的叙述者,并没有被诊断所说服。⑥

我们看到从事解剖的医生可与作家的形象相媲美。两者所进行的实践可谓是类似的:他们都掌握从西方引入的医学话语以及分析性的方法;他们生产出一段故事,来解释孩子的死亡。但是,他们的叙述立足在两种不同的方法基础之上:医生切割尸体,讲德文;作家进行一种综合,用汉字书写。被肢解的孩子尸体,用解剖的方法被度量,是关于根源与现实的一种隐喻。而且,医生没有能力带来一种解释。虚构的书写探求在文学的领域转化医学的话语与再现,以便重建世界的秩序、言说真实。

把医学文学化的过程,是通过把解剖转化为一种诡异志怪的元素来进行的,正如在《骷髅》里的情况。在郭沫若的叙事作品里,骷髅的形象与碎片化、声音、书写的词语相结合。在《牧羊哀话》(1925)里,小说人物梦到正在跳舞的一些骷髅(或许联想到歌德的一首诗"死者的舞蹈"[Totentanz])要来把他斩首。⑦

在《月蚀》(1923)里,小说主要人物的妻子讲述了一个梦:一些骷髅来宣告,他们家的房子有鬼魂萦绕。她的丈夫,即小说中的叙述者,如此诠释这个梦境:那些骷髅正是他们清贫生活的寓言——他们两人与孩子们都是清瘦的。但是,妻子却梦到,叙述者(作者的形象)变

---

① Gérard Danou,《受苦的身体、文学与医学》,见前引书,第 224 页。

② Edmond Jabès, *Le Petit Livre de la subversion hors de soupçon* (《在怀疑之外的颠覆性小书》), Gallimard, Paris, 1982,第 7 页。关于真实的再现实现一种被禁止的(因而也是被欲求的)行为,也许因为这种行为会导致一种断裂、在世界的秩序里的一种撕裂——正如解剖学家切割并撕裂身体的整体。但是这种象征性的粗暴的毁灭对于任何创造行为也是必要的。

③ 参见 Jacques Lacan, Le stade du miroir("镜像"), 载 Ecrits I《拉康著作集其一》, Seuil, Paris, 1999, 第 92—99 页。

④ 郭沫若:《郭沫若全集·文学编》第九卷,人民文学出版社 1985 年版,第 18—19 页。

⑤ 郭沫若:《郭沫若全集·文学编》第九卷,人民文学出版社 1985 年版,第 40 页。

⑥ 参见郭沫若:《郭沫若全集·文学编》第九卷,人民文学出版社 1985 年版,第 368—9 页。

⑦ 参见郭沫若:《郭沫若全集·文学编》第九卷,人民文学出版社 1985 年版,第 14 页。

成尸体，并且说他想读书。[①]最终，叙述者把这种类型的梦的书写描述与胡适的体量庞大的书写生产相比拟[②]。当然，这是为了嘲讽胡适，但是，尸体作为叙述的述体的形象来使用，正如意义缺席的符号[③]。

四

身体的再现很明显构成一种汉字或中文的意象，是汉语书写的素材库[④]。通过解剖的再现而得到象征化的断裂，也可以在一种文化的质疑视野里来理解：汉语的字体可以包容或者表达怎样的新意涵？中国的知识分子是应当保存他们原有的字体（汉字）还是加以改变（转化成拉丁字母）？如何把汉语的字体现代化？如何把书写的素材库与汉语的语言糅合？换言之：如何使用医学的范式，作为从西方引入的现代性的符号？如何把它运用到汉语的字体、身体之上？

在上文中，我提到在中国现代的文学文本中也有使用拉丁字母的用法（也包括使用古希腊神话或西方作家的姓名）。这些语词在字面上摧毁了中文文本的单一平面，并在民族的字体（汉字）里引入一种异域的字体（拉丁字母）：它们切割、撕裂汉语字体的机体统一体。用第一人称叙事的中国叙述者，表示正在书写，引用德文词，如同解剖的医生用德文评论他自己的解剖操作。对于读者而言，这是一种具体的视觉经验，对于作者而言，则是文化的、身份发生断裂的体验。

笔者认为，解剖作为医学的体现，象征了对于传统的摈弃，也就是说，对于古典文学中对身体的再现[⑤]。而这种摈弃是用切割汉语字体的解剖刀的形象来表达的。这道刀痕，使人可以理解郭沫若面对医学、从域外引入的现代性的含混态度。

正如其他中国现代文学作者一样，郭沫若探求在叙事里吸纳异国字体以及身体的另一种方式。对于这些作者，只有文化与文学可以带来一种解决的办法。问题在于了解是否需要把现代的医学文学化，或者把对应文化问题的中国文学医学化？我们看到，这关涉到一种翻译的问题，从一种书写体到另一种的过渡（我们可以从这种角度来研究翻译的问题，不仅仅作为身体范式的翻译，而且也作为对句法形式或国外诗律形式、意象、语词的翻译）。

对于医学的部分拒绝，对于其负面的、令人扰乱的维度的再现，却是悖论性的，因为郭沫若把这些再现医学化，他同时把医学转化为文学。或许最终由于健康的原因他没有放弃医学，他的耳疾是一方面因素，但所有以上申述的理由也未尝不是一种源头。

---

① 参见郭沫若：《郭沫若全集・文学编》第九卷，人民文学出版社 1985 年版，第 49—51 页。

② 郭沫若：《郭沫若全集・文学编》第九卷，人民文学出版社 1985 年版，第 50 页。

③ 参见鲁迅：《墓碣文》(1925)《野草》，人民文学出版社 2006 年版，第 45—46 页。

④ 参见[法]列维纳斯关于被书写的身体与文字的论述。列维纳斯(Emmanuel Levinas)，*A L'heure des nations*(《各民族的时代》)，Editions de Minuit，Paris，1988，第 52 页。

⑤ 参见鲁迅：《复仇其一》(1924)，《野草》，人民文学出版社 2006 年版，第 14—15 页。

略论周有光的文化观

——在“周有光与中国语文现代化”学术研讨会上的讲演

董 健*

（南京大学 文学院，江苏 南京 210023）

引 言

一、什么是文化观？简单地说来，就是人对历史、现实、未来的看法、主张中那些最高级、最具抽象性和普遍性，又能触动人的精神状态的那些核心的结论和观点。这些结论和观点，因为代表着人的追求和评判是非高下的标准，又被称为“文化价值观”或“价值观”。中国自从面临三千年未有之大变局以来，产生过多种文化观，错综复杂，各有长短。今天，到了一个总结与决断的时候了。在这样的形势下，来讨论周有光老先生的文化观，具有强烈的社会现实意义。

二、周有光的文化观是中国文化现代化追求的重大成果，代表着中国知识分子真理追求在目前所能达到的最高水平。周有光原是一位经济学家，上世纪五十年代转入语言文字研究，亲自参加了中国文字改革实践、政策设计和理论研究。到八十年代退休后才转向历史文化研究。但他的文化观绝不是八十年代才产生的。前面的经济、语文研究，都在为文化研究打基础，或者说，其本身就是文化研究。他说过，语言使人与动物分别开来，文字使文明与野蛮分别开来，教育使先进与落后分别开来。他老早就介入文化研究了。文化观是时代、社会的产物，是文明发展变化的反映。建国以来中国文化上的种种斗争，知识分子受到的与文化问题密切相关的种种压迫，特别是“文革”中那些反文化、反人类谬论的流行及其恶果，都促使周有光在八十年代进入了深层的文化思考。

三、人类在社会实践、生活体验中接收各种信息（包括大量阅读），在收获知识的同时不断提高和利用自己的智慧。有多大的智慧就有多大的文化深度与高度。恩格斯说过，由于人的寿命有限，一个人研究一个问题的深度受到很大限制，不得不在人与人之间形成研究的“接力”。周有光今年110岁了，他的长寿，部分地、有限度地突破了这种局限，使研究的“接力”在一个人的身上部分地实现了。这是他所拥有的一个优势，是我们学不来的。这是一个

* 作者简介：董健，南京大学人文学科荣誉资深教授。

奇迹！我们知道，冯友兰先生一生在学问上走了不少弯路，向极“左”势力妥协过，学问上受到过不小的损失。但他晚年觉醒，哲学史第七卷有新的起色。如果他活到今天，说不定会有更高深的理论出来。

四、周有光的文化观是我们国家和民族的一笔十分宝贵的精神财富。他的文化观之下的一系列主张（经济的、政治的、思想的等等），都是医治时弊之良药。常言道：“不听老人言，吃亏在眼前”。希望思想文化界，特别是那些掌握着思想文化权力的人，认真研究一下周有光老人的文化观。

颠覆性强，建构力也强

科学进步的文化观，是人类文明与文化自觉的表现，它对旧文化观有很强的超越性和颠覆性，同时它也有很强的建构性——树立起更强有力的价值体系。自从上世纪八十年代起，随着改革开放事业的发展，在我国出现了一批启蒙思想家，如王若水、周扬、李慎之、李锐、胡绩伟、朱厚泽、周有光、何方、资中筠……他们从不同方面反思历史，解构多年流行的文化观，试图建立全新的，符合现代化、全球化、民主化要求的文化观。在今天看来，他们之中，周有光的文化观最具历史与文化的广度和深度，对僵化、过时的思维模式与理论体系最具颠覆性，同时，他的理论自身也有很强的建构性——在一切荒谬“学说”解体的废墟上，树立起崭新的理论体系。

“阶级斗争”、凡事必问“姓社姓资”、“东—西文化的对立”（否认“普世价值”）等等，这些“左倾”教条和僵化的思维模式，曾长期统治我们的头脑，产生了种种荒谬、混乱的文化观。改革开放以来，尽管否定了“以阶级斗争为纲”的政治路线，但主流意识形态的根本指导思想并没有摒弃这些左的、过时的条条框框。上述各位启蒙思想家，各自从不同方面批判了这些“左倾”教条主义的“理论”，为我国的现代化开辟前进的道路。周有光的文化观最具系统性与科学性。他的语言简约而有力，通俗而深刻，以轻松的方式描绘沉重的话题。周有光以不可辩驳的历史事实为依据，提出了历史三段论、文化双重论、科学一元论。他告诉我们，要从三个方面认识社会文化的发展：第一，经济上，从农业社会到工业社会，再到信息社会；第二，政治上，从神权社会到皇权社会，再到民权社会；第三，在文化观念与思维模式上，从神学思维到玄学思维，再到科学思维。他特别指出了“科学”和“信仰”在文化层次上的根本差别。他揭示了一个严峻的事实：信仰一旦成为信仰，就不容怀疑，但它往往经不住科学事实的考验。而科学是可以任人怀疑的——因为它坚强有力地站在事实的基石之上。“信仰”和“思想主张”可能是对的，也可能是错的，必须经过实践的检验，而科学允许怀疑，允许自由创造、自由出新，它是经过实践检验的“硬道理”。比如马克思的《资本论》，不管它影响多么大，它还谈不上是一部经得起实践检验的科学著作，充其量也不过是人类认识的第二个阶段——玄学阶段的成果。马克思、恩格斯只见到过资本主义的早期阶段（一战之前），既没有见到过资本主义的中期（一战之后）的变化，也没有见到过资本主义第三时期（二战之后）的诸多新情况，所以周有光指出，马恩的《资本论》只能是认识的第二期（玄学期）的产物，而不是经过实践检验的科学著作。周有光以十分严密的论证，打破了马列经典的不可怀疑性！这种态度是多么严肃认真啊！

解开一个文化死结

在三千年未有之大变局中，文化的现代化遇到了一个认识上的死结：在中西对立、古今对立中，文化不知所从。文化专制主义者与文化保守主义者合流，借这个死结来反对普世价值，宣扬东方文化特殊论。在这样的思想指导下，那些符合现代化、民主化、全球化要求的文化价值观念（如自由、民主、人权等）遭到反对和否定，而那些过时的主流意识形态继续统治人们的思想。我本人长期惑于文化相对主义与文化绝对主义及两者关系问题，动摇于民族主义与世界眼光之间，被文化上的"左倾"思潮所迷惑。读了周有光的文化论，得到启蒙，茅塞顿开。

他的文化双重论有三个要点：第一，世界文化东西二元的提法并不符合事实。世界文化从地域和结构上看有四种：东亚文化、西亚文化、南亚文化、西欧文化（西欧文化传入北美，称西方文化）。第二，文化有高下文野，先进与落后之分。高处流向低处（先进影响落后），落后追赶先进，这当中有普世价值，也有局部的价值。没有亘古不变的文化。第三，世界文化的构成分为两个方面：一方面，各国、各民族文化发展中那些最优秀、对人类最有贡献的文化聚合为世界现代文化，为各国各民族所共享；另一方面，各地区、民族、国家也有自己的传统文化，其中有些部分仍在生效，同时也在不断更新、完善和发展。按照这个文化双重论，专制保守文化主义所制造的那个死结，就解开了。观察目前世界文化走势，周有光的观点越来越为事实所证明。

不可动摇的科学一元论

科学的一元性，是周有光文化观的核心。我们天天把"科学"二字挂在口头上，但并未能理解科学的要义何在。周有光告诉我们，科学的要义有三：一是它的一元性，二是它的真实性（客观性），三是它允许怀疑与批判的自由主义本色。在这里，一元性是根本。这就是说，尽管我们提倡文化的"多元"，但科学却绝对不能因为人的见解的差别而变成人言人殊、见仁见智的东西。科学就是科学，它不容歪曲和伪造。譬如，科学有没有阶级性呢？周有光告诉我们：没有！自然科学没有阶级性，社会科学也没有阶级性。在这里没有什么例外与特殊。对科学问题、思想问题的研究，如果带上了阶级性，那可以叫"主张"，但不能叫科学。苏联曾经产生过"无产阶级的马克思主义语言学"、"无产阶级的生物学"等等，都失败了。现在我们流行的种种官方的社会科学，实际上是伪科学。周老多次讲过（大意）：世界上各个国家、民族的发展，就如同在一条跑道上的竞赛，可以有快有慢，也可以有先进一些、落后一些的区别。后来可以居上，规矩是一样的，脱轨必须回归。回归就是"回规"——回到客观规律上。在这方面，我们有着十分艰巨的打扫文化出轨所丢下的种种垃圾的任务。

坚持科学的一元性，关键是面对事实，追求真实。从某种程度上说，追求真理就是追求真实。真实被揭示了，真理便被显现出来。雅可夫列夫主持平反委员会工作，把历史上的真实揭露完了，就认识到这个党应该垮、必须垮的真理了（见雅氏所著《雾霭》）。真理就是这么朴素，而我们往往被种种创造出来的“理论”所蒙蔽，而看不到真理。

2015 年 1 月 3 日初稿

2015 年 3 月 16 日改定于跬步斋

通过韩国革命家金山的华文作品看其思想的变奏

［韩］朴宰雨、金英明*

（韩国外国语大学 中文学院，韩国 首尔）

内容摘要：《阿里郎之歌(*Song of Ariran*)》是美国女记者尼姆·威尔斯于1937年在延安与韩国人金山进行了22次的访谈后编写的一部纪实性文学作品。内容讲述了中国革命中的韩国抗日独立运动家所经历的艰苦历程，是一部历史性和文学性极强的难得的杰作。我们在追溯《阿里郎之歌》的撰写和出版以及在韩国、日本、中国等地翻译出版、传播等过程中，看到了其中融入着错综复杂的革命史与复杂多变的政治现实以及思想和思潮的兴衰、出版制度等有关的文化史。这些问题需要学界给予持续的关注，并有待于从学术的角度更深层次地去研究和探讨。以往对金山的评价大部分都是从中国革命中的韩国独立运动家、韩国革命家等层面去考察，从诗人、作家等作为文学家的层面去系统地整理资料和评价金山文学成就及特点的研究少之又少。本文通过对金山作品的分析，探寻了金山思想意识的变迁过程。

关键词：金山；尼姆·威尔斯；《阿里郎之歌》

一、前　言

一直以来，在中国活动的韩国革命者金山(1905—1937)的生平与思想以及他在二十世纪前半期在东亚语境下的历史角色的学者身份，一直都是依靠以金山和尼姆·威尔斯联名出版的那部英文书《*Song of Ariran*(阿里郎之歌)》所为人知晓的。

众所周知，“阿里郎”是韩国代表性的传统民歌，很能表达出韩国人的一种低沉的民族情绪，也能表现出韩国民众长期以来受压迫的无奈心态与反抗情绪。那么，《阿里郎之歌》是怎样的一部书？1937年5月秘密访问延安的美国女记者尼姆·威尔斯(当时她是埃德加·斯诺的夫人)采访了一位流亡中国的韩国革命者金山(Kim San，本名为张志乐)22次，然后偷偷带资料回到北京，又去菲律宾抽空编写，1941年回美国以金山(Kim San)与尼姆·威尔斯

* 作者简介：朴宰雨，韩国外国语大学中文学院教授；金英明，韩国外国语大学中文系讲师。

(Nym Wales)联名将其出版，这就是《*Song of Ariran*（阿里郎之歌）》。这部传记首先从尼姆·威尔斯的立场写出序章，然后主要从金山的立场写下金山从1905年到1937年参加革命运动的艰难生涯。《阿里郎之歌》是韩国革命者与美国女记者合写的一部纪实性文学作品。内容讲述了中国革命中的韩国抗日独立革命运动家所经历的艰苦历程，可以说是一部集历史性和文学性的难得的杰作。

历史学家们对《阿里郎之歌》的评价一直很高。因为该书记录了参加中国革命的韩国革命家的故事，留下从韩国人的立场参加中国革命与抗日运动的许多宝贵资料，填补了许多现代革命与抗日历史上的空白。其中韩国革命精英参加广州起义、海陆丰农民斗争等历史事件的真实体验被认为具有很高的历史价值。这部书出版后对美国人理解韩国人的抗日独立运动起了很大的作用。日本投降之前1943年联合国首脑召开的开罗会议上，与会的三巨头之一美国总统罗斯福主导了在日本战败后保障韩国独立的宣言。而罗斯福总统对韩国抗日独立运动的理解就是通过《阿里郎之歌》形成的。① 可见该书的内容及其历史意义，在东亚的格局的变化中产生了重大影响。

在此我们关注的是《阿里郎之歌》的文学性。一个韩国革命家在中国革命中参加过各种生死未卜的战斗，如地下党活动、两次被国民党逮捕以及日帝的严刑拷问、来自中国和韩国同志的误解和怀疑，在各种逆境中内心永不放弃对韩国独立革命的坚强信念，其不屈不挠的意志和人生的苦恼等等，具有很强的文学感染力，使《阿里郎之歌》的每一位读者深受感动。那么，这种突出的文学性主要来自谁呢？虽然尼姆·威尔斯说，《阿里郎之歌》未加任何加工，忠实地记录了金山的口述，但她也曾经承认自己为了使作品富有文学性付出了努力。由此看，这种文学成就归功于金山与尼姆·威尔斯这两位作者，才可以说妥当。

根据《阿里郎之歌》，我们可以了解金山的生平脉络。他1905年在韩半岛的北部平安北道出生，1919年参加韩国的"三·一"抗日独立运动，之后去日本东京留学，不久中途回国。1919年年底想要去世界革命的新中心莫斯科，但是在哈尔滨被军队挡住，就不得不回到满洲。金山到满洲以后，在韩国独立运动团体创办的新兴武馆学校受训了三个月，然后到上海加入了韩国民族主义抗日队伍，并参加了韩国无政府主义抗日义烈斗争，后来加入了中国共产党，配合了中国革命的抗日活动。金山从1927年到1928年参加了广州起义与海陆丰农民起义，1929年以后参加了北京中共地下党活动，后来两次被国民党逮捕并交给了日帝，他在日帝警察那里受到难以忍受的严刑拷问，释放后被中国和韩国同志误解并怀疑，党籍也被保留。1935年金山组织了朝鲜民族解放同盟，1937年为恢复党籍去了保安与延安，在延安金山认识了尼姆·威尔斯，接受了她的采访，并详细地说出了自己艰难的革命生涯与当时的立场，这样才有了今天的《阿里郎之歌》，他的经历也被世人所了解。

---

① ［美］尼姆·威尔斯：《〈阿里郎〉韩文版序》，［韩］金山、［美］尼姆·威尔斯著，宋永仁译，《阿里郎》改正第三版，东方(Dongnyuk)，2012，第19页。

1938年在延安，在没有任何证据的情况下，金山被当时的中国共产党领导人康生怀疑为托派或日寇间谍而处以死刑。

在金山下落不明的情况下，1941年《阿里郎之歌》英文版第一版终于在美国问世（美国John Day出版社出版）。但是“很快就被人全部买下，全国各地图书馆买的书，也都神秘地、慢慢地不见了”。这估计和当时在美国流行的麦卡锡反共旋风有关系吧。还好，1973年登载乔治·托滕序言的英文版第二版，由Ramparts出版社出版。英文版第二版在美国的图书馆中借阅者甚多，被一些大学在教学中指定为补充读物，慢慢成为研究现代东亚历史的必读书了。

《阿里郎之歌》最先翻译成外文的是韩国语版。1946年由辛在敦在韩国的《新天地》杂志10月号到1948年1月号上连载，共连载了13次，翻译书名是《阿里郎》，副标题是“一个朝鲜反抗者的一生”，作者是“金山”一个人。这与1984年韩国东方（dongnyuk）出版社出版的《阿里郎》的作者只挂尼姆·威尔斯一个人之名形成对比。在韩国1993年出版第二版的时候，才变成了金山和尼姆·威尔斯共同署名的《阿里郎》。而译者的名字依然是笔名赵宇华，到了2003年译者才敢于把自己的真实姓名宋永仁公开出来。

日语版于1953年由安腾次郎翻译，朝日书房出版，书名是《阿里郎之歌：一个朝鲜革命者的生涯》，由于刚刚结束的韩国战争造成的恐惧，一开始销路不佳，以致出版商破产。但是1965年第二版增订本甚为畅销，不过，署名的作者依然是尼姆·威尔斯一个人。到了1987年以1973年美国第二版为基础，由松平五百子重新翻译，书名叫《阿里郎之歌：一个朝鲜革命者的生涯》，署名的是金山与尼姆·威尔斯两个人，由日本最大出版社之一的岩波书店出版，取得了巨大成功。被岩波推选为“世界名著一百选之一”，成为畅销书。

中文翻译本1977年在香港南奥出版社出版第一版，由江山碧翻译，书名叫《在中国革命的队伍里》。它作为第一本中文译本虽有意义，但翻译粗糙，还有很多错误与遗漏。1993年由赵仲强重新翻译，新华出版社出版的《阿里郎之歌：中国革命中的一个朝鲜共产党人》，作者署名是金山与尼姆·威尔斯二人。在中国出版的朝鲜语翻译本是延边历史研究所翻译的《白衣同胞的影子》，1986年由辽宁民族出版社出版。

上述几种翻译本中，翻译得最好的应属宋永仁翻译的韩国东方（Dongnyuk）出版社的版本和安藤次郎翻译的1965年Misuzu书房的增订本，以及松平五百子翻译的岩波版本。

韩国革命者金山（Kim San），由于《阿里郎之歌》广泛流传于美国、日本、韩国、中国等，为很多人知道。但是金山究竟是谁，很长一段时期内没有人知道。这个情况，到了日文版改正版《阿里郎》1965年出版时，登载尼姆·威尔斯对金山的英文真名“Chiang Chi-rak”的说明，读者才知道其本名。不过，汉字本名“张志乐”到了1980年代初才能被确认。而且到了这个时期，张志乐（金山）1938年在延安被康生怀疑为托派和日寇间谍而处以死刑的事实也被确认。由金山的儿子高永光向上级机关申请调查金山被处死真实内幕，恳切希望得到平反，因此经过中国共产党党内严格的调查，金山终于被平反了。

我们在上面扼要说明了围绕金山《阿里郎之歌》的前前后后情况与主要内容以及《阿里

郎之歌》的传播过程以及核实原名与平反的历史过程。

后来,关注金山的学者与报刊撰稿人,断断续续地出现,后来就出版了韩文本《金山评传》[①],大大扩大了《阿里郎之歌》的视野。不过,大都从历史与传记或者报刊出版的角度进行研究或者叙写,至于尼姆·威尔斯所说的作为"诗人暨作家"的金山,很少有人注意到。

本报告从探索"诗人暨作家"的金山这样的角度,收集了他留下的中文短篇小说《奇怪的武器》与中文诗歌《同志啊,斗争吧》、《吊韩海同志》以及《奇怪的武器》里登载的中文诗歌《黄浦江啊》与只是提到题目的《东校场的人性》,加上《阿里郎之歌》所载的反映金山当时思想的、把中国革命队伍里韩国共产党人比喻成"水中之盐"的文章,重新对其思想的演变轨迹进行了考察。

很可惜,他在《阿里郎之歌》里提到的几乎写好的长篇小说《白衣同胞的影像》与他用暗号方式写下来的日记里的许多诗文,不知所踪。

我们通过能收集到的这些作品,首先可以确认 1920—30 年代流亡中国的韩国独立志士或者革命家中也有使用汉语白话文写出文学作品的,这是难能可贵的,这可以说提供了重新书写韩国的现代华文文学史或者汉语文学史的空间。

本论文主要考察《阿里郎之歌》以外金山的亲笔作品,尤其是系统地整理了金山用中文发表的作品,从中考察金山思想变化的轨迹。因为这是金山用中文写的文学作品,与尼姆·威尔斯联名写的《阿里郎之歌》可能有一些不同风格,因为《阿里郎之歌》中毕竟融入着尼姆·威尔斯思想,这是难以否认的。不过,很多事实还需要依靠《阿里郎之歌》来互证。

通过金山的这些中文亲笔作品,我们可以了解金山在革命与抗日活动各个阶段里的思想意识重点的变化轨迹以及情感表达的变奏情况,也可以从中了解到其文学才华。

本文就对此加以分析,并加以梳理整合。

二、金山亲笔作品全貌

金山在上小学时就开始学习韩语、日语和汉字。但据金山的回忆,他在 1919 年秋第一次流亡到中国时"连一句中文也不会说。",只好手捧着一本《汉韩辞典》,与中国人沟通。不过,金山的语言天赋和长期在中国展开的革命活动把他锻炼成了能用中文沟通的韩国革命者。以下是威尔斯对金山的英语、中文等语言天赋进行的描写:

> 一开始,他的英语讲得结结巴巴,而且很慢,可是,很快就突然变得流利起来,而且富有表达力,他的词汇很丰富——虽然发音是很不标准的,全是从书本上学来的。他还任日语教员,中文很好,稍通蒙古文。作为一个医科大学生,还学过德文和拉丁文。[②]

---

① [韩]李元奎:《金山评传》,首尔:实践文学社,2006。

② [美]尼姆·威尔斯:《〈阿里郎之歌〉韩文版序》,同前书,第 46 页。

金山从1927年开始用现代白话文进行诗歌及小说的创作，而且将日文版马克思著作也翻译成了中文。[①]

那么，金山构思、创作或发表过什么样的作品呢？首先要考虑的是在金山的记忆基础上写成的“暗号日记”。据尼姆·威尔斯回忆，“他多年来一直用暗号写日记，虽然定期地把日记烧毁掉，但很多事件在他脑海里记忆犹新”。虽然现已不知道这“暗号日记”是通过什么方式写成的，而且“定期烧毁掉了”，也就不存在了，但尼姆·威尔斯采访金山访谈录的相当一部分就是“暗号日记”中的内容，因此可以认为金山的“暗号日记”已溶解在《阿里郎之歌》之中。

其次是金山构想并用韩国语开了头、接受尼姆·威尔斯采访时还未完成的《白衣同胞的影像》。《阿里郎之歌》中尼姆·威尔斯曾经这样问过金山：“我不理解你自己为什么不写一本关于朝鲜的书，这方面的书太少了。”金山就这样回答：“其实，我已开始用韩国语写一本有关在满洲的一个朝鲜流亡者的书。我取的书名是‘白衣同胞的影像’，我不知道什么时候能够完成它。在我重返满洲参加游击队之后，将要搜集最后一部分的材料。”[②]

在日韩人作家李灰成根据自己的推理和1987年在美国采访尼姆·威尔斯后写的文章中，对《白衣同胞的影像》是这样解释的：“这是一本未完成的小说。去延安时，金山是拿着这部小说的题目去的，而且在延安的窑洞里完成了相当一部分，接受尼姆·威尔斯的采访时，只有最后一个场面没有写完。……小说的稿件他没有给尼姆·威尔斯看，这部小说只差最后一章没有完成就被埋没掉了。”[③]

李灰成曾问过尼姆·威尔斯该小说的主人公是不是真实人物，尼姆·威尔斯这样回答：“小说的主人公可能是把他的几个朋友组合在一起的。比如吴成伦还有一个姓朴的人……哦，我想起来了。金山经常提到过朴氏兄弟。他要写的人物就是朴氏一家人。他们是金山的朋友，金山很喜欢他们。”[④]这里的朴氏兄弟就是在《阿里郎之歌》中登场的朴进夫妇和他的兄弟们，金山评价他们是“来广东的朝鲜革命家当中最优秀的典型人物”[⑤]。

1986年中国辽宁民族出版社出版朝鲜语版《阿里郎之歌》时，是以“白衣同胞的影子”之名出版的，如果在翻译和出版时并非另有目的，可能是他们以为金山要写的小说《白衣同胞的影像》故事情节与《阿里郎之歌》并无区别，可见这与李灰成和尼姆·威尔斯的想法是不同的。总之，金山没有把这部未完成的稿件交给尼姆·威尔斯保管，这部小说也就失传了。

---

① 根据崔龙水的《金山(张志乐)年谱(2005年第二稿)》(手稿)和李元奎的《金山评传》(2006)的《年谱》，金山翻译成中文而出版的思想书，就有以笔名张北星来翻译的日本佐野学的《无神论》(1929.4)与《费尔巴哈、马克思、列宁主义的人生观》(1932.8)，以笔名荒野来翻译的《日本政治的封建主义》与《德国总统的权力》(1932.9)等。

② [韩]金山、[美]尼姆·威尔斯著，宋永仁译，同前书，第44页。

③ 《寻找尼姆·威尔斯的一次特别旅行》，李灰成、水野直树编，尹海东外译，《阿里郎之后-金山与尼姆·威尔斯》，东方(Dongnyuk)，1993，第28页。

④ 同上书，第29页。

⑤ [韩]金山、[美]尼姆·威尔斯著，宋永仁译，同前书，第207页。

再则就是金山用中文完成的诗歌创作。在《阿里郎之歌》中，金山多次提到过自己用中文写过诗并发表过。

“吴成伦的一次重大的个人行动是1924年在上海义烈团企图刺杀田中义一的时候。……我把他的越狱、逃亡等行动写成诗歌发表过。”“吴成伦……不喜欢诗歌，他看见我有时候写诗，认为我很幼稚。”“我回到宿舍，我亲眼看到罗刘梅死后眼睛里闪现的泪花写了一首诗。题目是：‘东校场的人性’”。①

于1930年发表的《奇怪的武器》中就有长篇抒情诗歌《黄浦江啊》提及金山针对吴成伦刺杀田中义一失败的事件，这可能就是金山上面提到的诗歌。还有《阿里郎之歌》中，金山看到1927年蒋介石发动“四一二反革命政变”后，4月18日罗刘梅等三位年轻人为了动员总罢工发传单时被捕，并当场拉到刑场执行枪决的场面后写的诗歌，题目是《东校场的人性》，但现在还没有找到其原诗。但从文中的前后脉络能猜到大致的内容。

还有日本的金山研究者水野直树在《中国大陆朝鲜人革命家金山激动的三十三年(创作活动1929—1932)》中介绍了自己发掘的、可能是金山于1930年写的中文诗歌《同志啊，斗争吧》的全文。② 另外，1993年由中国学者崔龙水发掘的金山的中文诗歌《吊韩海同志》，于2005年5月6日在中国《延边日报》的第四版翻译介绍，后来被李元奎所著的《金山评传》收录了进去。③

最后就是金山的中文小说《奇怪的武器》。该作品是金山于1930年3月在《新东方》第一卷第四期以笔名“炎光”发表的。小说的内容后面要提到，大致是1922年在金益山的领导下吴成伦等人在上海暗杀田中义一失败的事件，小说把吴成伦被捕后越狱及逃亡的经过写得详细而惊险。大致的内容虽然在《阿里郎之歌》中包括了进去，但《奇怪的武器》中写得更具体，内容也更多，主题思想和构思也很独特，而且是金山一个人的独立作品，因此也有必要囊括进来加以分析。

三、金山的人生历程与思想意识脉络

金山1905年出生于朝鲜平安北道龙川郡，自11岁离家独自生活到1938年在延安被康生下令处死，辗转韩国、日本、满洲、上海、北京、广州等地，经历了坎坷不平的革命家的生涯。

金山是实践型的革命家，他寻觅人生的真谛，《阿里郎之歌》里金山的思想是很有深度的，并且他的思想意识前前后后的变化幅度是非常大的。《阿里郎之歌》里有金山自己回顾自身人生与思想历程的段落：

我分析了我的经历，并深入而严格地做了自我检查。从1919年到1924年，我渴求

---

① 上述文章分别在《阿里郎之歌》的第174页、212页、220页。可是翻译本中“东教场”的汉字有误，崔龙水教授在《金山(张志乐)年报(2005年第二稿)》(手稿)中更正为“东校场”。

② [日]李灰成、水野直树编，尹海东外译，同上书，第112—113页。

③ [韩]李元奎：《金山评传》，第394—395页。

知识，寻找道路和方法。在这个第一阶段，我接受一个又一个理论。从 1919 年到 1920 年，我是一个朝鲜民族主义者。从 1920 年到 1922 年，我是一个理想主义者和无政府主义者，力求找到一个前进道路上的牢固立足点。从 1922 年到 1924 年，我在马克思主义中找到了这个立足点，这时我加入了共产党。我生平的第二阶段就是从 1925 年到 1928 年，这是参加中国革命的革命浪漫主义行动的时代。广州公社、海陆丰。这些阅历摧毁了我的健康，可是锻炼了我的精神。……在北京和满洲处于地下状态的那些日子里，我在领导秘密工作中学到很多东西。监狱生活磨掉了我的许多棱角，使我较为老练了些。我满脑袋暗杀-自杀-绝望的那些日子，使我通晓了人情，对人的本性采取了宽容和理解的态度。……我的判断是稳妥可靠的，不再是感情用事和死抠理论，而是求实和明智的，因为有着精神和体力上的长期斗争这一坚实的背景。[①]

如果说以上是金山对自己革命思想理念和实践轨迹做的总结，那么他也提及过自己儿时所受到的宗教伦理思想的影响：

在三·一运动前，我经常去教堂。尽管我认为祈祷是无用的，但我从未怀疑过教会是朝鲜最好的机构。[②]

尼姆·威尔斯后来在回忆录中说，金山是在“新教伦理的背景下长大的”，强调金山儿时所受到的宗教伦理意识。尼姆·威尔斯强调说：“金山不但自己不会撒谎，而且也不宽恕撒谎的人”，“他追随了光明正大的竞争精神”。[③] 但“三·一”运动以后，金山对新教彻底绝望，开始喜欢上托尔斯泰，《阿里郎之歌》是这样叙述的：

我向自己问道，为什么只有朝鲜这个国家应该实行基督教的伦理道德？……打仗就是要获得胜利，祈祷只能招来失败。我对年轻时学到的一切感到不满。[④]

从中学开始第一次接触托尔斯泰到 1922 年，我是托尔斯泰式的理想主义者。从 1919 年到 1920 年我是倾向于无政府主义的民族主义者，从 1921 年到 1922 年我是无政府主义者……就像过去人们喜欢老师那样，我到现在还喜欢托尔斯泰。从 1921 年到 1927 年广州起义，我口袋里一直揣着托尔斯泰的书，几乎每天都在读。[⑤]

而提及禁欲主义伦理时，金山认为这是受到安昌浩和托尔斯泰的影响：

我本人是一个严格的清教徒，……我认为一个坚强的男人能够而且必须克制他身上的欲望。我们革命工作者需要的只是坚强的人，安昌浩首先使我深信这一点。托尔斯泰的思想也给了我很大影响。我从托尔斯泰那里懂得了牺牲哲学，不仅牺牲生命，还

---

① [韩]金山、[美]尼姆·威尔斯著，宋永仁译，同前书，第 401—402 页。

② 同上书，第 98 页。

③ [韩]白善基：《未完成的解放之歌》，正宇社，1993，第 87—88 页。

④ [韩]金山、[美]尼姆·威尔斯著，宋永仁译，同前书，第 98 页。

⑤ [韩]金山、[美]尼姆·威尔斯著，宋永仁译，同前书，第 195—196 页

包括牺牲欲望。[1]

金山中文作品中贯穿着当时所面临的大大小小事件与解决事件的决心。不过，我们在分析作品的过程中就会发现，金山的个人思想除了在上面提及到的基本伦理精神以外，还有多种思想复杂地混合在一起，单从革命思想的不同发展阶段来说明是远远不够的。

《阿里郎之歌》不仅仅是用钢铁般不屈不挠的共产主义斗士精神来铸造的个人传记，更是一部托尔斯泰式的人道主义赞歌，因此，在文学性方面托尔斯泰对《阿里郎之歌》的影响很大。

金山的短篇小说《奇怪的武器》和诗歌《黄浦江啊》、《东校场的人性》、《吊韩海同志》、《同志啊，斗争吧》等亲笔作品，在一定程度上反映了不同时期金山的思想。

短篇小说《奇怪的武器》中的《黄浦江啊》，虽发表于 1930 年，但体现着 1919 年到 1920 年初金山刚到上海时的思想意识和情感，即体现着为民族而流亡与斗争的决心和基督教的救援意识。而《奇怪的武器》虽然也是 1930 年正式发表的，但故事的背景是描述 1922 年暗杀日本陆军大将的事件和反映当时吴成伦的思想，而且主题思想也在赞美民族主义抵抗情绪下对日帝实施的无政府主义义烈斗争，因此小说中体现着理想主义和无政府主义思想意识。

短篇小说《奇怪的武器》叙述的是 1922 年暗杀日本陆军大将田中失败的事件，小说歌颂日帝统治下无政府主义的抗日义烈斗争，并体现当时金山对革命浪漫主义精神和无政府主义思想的向往。

诗歌《东校场的人性》写的是大革命失败后，1927 年 4 月 18 日三位未满 20 岁的共产主义青年被国民党处于死刑的场面，金山怀着悲痛的心情流泪而写成该诗。

《吊韩海同志》是金山得知朝鲜共产党韩海同志在监狱中去世的消息后，为了怀念他而写的。这两首诗歌虽有革命家对敌人的愤怒，但更多的是金山伦理意识中潜在的托尔斯泰式的人道主义情怀。托尔斯泰式的人道主义情怀确实对《阿里郎之歌》的影响很大。

诗歌《同志啊，斗争吧》，据水野直树考证，可能是金山 1929—1932 年在北京时期，更准确一点说可能是 1930 年创作的[2]。诗歌里面体现着金山作为国际共产主义战士的革命斗志。

在金山的一些韩国同志们脱离中国共产党后，被保留党籍的金山在 1935 年和他们一起缔结了朝鲜民族解放同盟。为了补充这一时期金山思想意识的流程情况，这里把《阿里郎之歌》里设置为小题“水中之盐”的文章拿出来，以便考察在中国革命队伍里韩国革命家们的苦恼与思想。金山曾这样说过，“不能只为中国而牺牲，也要为朝鲜独立而战”。

---

① [韩]金山、[美]尼姆·威尔斯著，宋永仁译，同前书，第 187 页。

② [日]水野直树：《中国大陆的朝鲜人革命家金山的足迹-激动的三十三年》，[日]李友成、水野直树《阿里郎之歌，其后》，东方(Dongnyuk)出版社，1993，第 112—113 页。

四、诗歌《黄浦江啊》：体现金山为民族独立的流亡与斗争以及基督教式的拯救意愿

金山1919年抵达上海，白天在《独立新闻》做韩国语校正工作，月薪只有20美金。晚上就去韩国人成学校学习英语和世界语、无政府主义等。同时和很多流亡上海的韩国革命家结识了。①认识韩国独立运动的著名武将李东辉先生也是在这个时期。1920年刚抵达上海的时候，金山自己也承认自己是有些倾向于无政府主义的民族主义者。

他的短篇小说《奇怪的武器》第三章中收录了一首抒情长诗。因以“黄浦江呵”起首，将这首诗歌取名为《黄浦江啊》也无妨吧。小说讲的是吴成伦、金益相和李钟岩等人的故事。这首诗是1919年末或1920年金山流亡上海时看见黄浦江后感受到民族主义的抵抗情绪和基督教的救援精神而写的：

黄浦江呵！黄浦江呵！
我们最亲爱的黄浦江呵！
我们永远不能忘的黄浦江呵
你那一幅清波悠森的笑靥，
含着深沉的怜悯恤的笑靥
从那狂暴的洪涛中，迎接救我们深深地躲在你的怀里，
现在又把我们安然地送上岸来。
像这样：你的慈惠，你的仁爱，你的那颗比明月还亮着的心，
我们是应该如何地如何地纪念你，感激你，羡慕你！
黄浦江呵！黄浦江呵！
我们最亲爱的黄浦江呵！我们永远不能忘的黄浦江呵！
你怎知道，我们是失巢般的鸟，涸水了的鱼：
你才本着慈惠的心肠，带着怜爱的笑靥，把我们从那滔滔暴水的狂涛中拯救出来的？
假使，你如果不拯救我们的话，
那么，我们是，无论如何要被那凶恶的狂涛淹死的，
何至于还能够在这天国似的黄埔滩头徘徊呢?!
又何至于还能够有和你谈话的今日呢?!
黄浦江呵！黄浦江呵！
我们最亲爱的黄浦江呵！我们永远不能忘的黄浦江呵！

---

① [韩]金山、[美]尼姆·威尔斯著，宋永仁译，同前书，第140页。

你大概就是人间的上帝吧。
你把我们救出来了，
这儿：是何等美丽，何等繁盛的都城哟！唉！只可惜，只可惜，
我们这失了巢的鸟，涸水了的鱼，
怎么能够忍心在这儿住得下去呢！
我们想起，我们祖国的被难同胞，
我们想起，我们的家庭，父母，兄弟，姊妹和爱人，
我们想起，我们家庭门外常常排列着的高车驷马，
我们想起，我们那繁华的城市，山清水秀的园村，
这些，一切，都已经被那些毒龙带来的暴水淹没殆尽了，
我们还有什么可以生的必要呢?!
我们还有什么可以生的必要呢?!
黄浦江呵！黄浦江呵！
我们最亲爱的黄浦江呵！我们永远不能忘的黄浦江呵！
你真是人间的上帝！
上帝啊！谢谢你，把我们救起来，
也许你的慈爱，就是要我们为你去救那一些正在暴水中挣扎着的难民吧！
好，好，好！我们决计做你的一个重视而勇敢的信徒，
我们决计去救那无数被难的同胞，

我们现在就任着我们的热泪，一点一点地抛聚在你的身上，让他慢慢地涨大起来，然后要他向着那毒龙的巢穴，猛烈地扑去，淹没得他一个干干净净。

呵！上帝呵！你放心吧，我们是决不会不忠实的。

我们要为你的慈爱而战，我们要为我们的家庭，父母，兄弟，姊妹，戚友，爱人而战！我们更要为我们有四千余年历史的祖国而战！我们去了！我们准备去战！①

这首诗是继他的《阿里郎之歌》之后被发现的重要作品之一。在作品中还留有金山在民族主义阶段的思想意识和基督教救援意识，因此是研究金山思想意识的轨迹的重要资料之一。《黄浦江啊》是分为五分段的抒情诗。语言非常流畅并优美。诗歌用象征手法表达了流亡作家的忧愤和对日帝统治的憎恨，以及对祖国和受难同胞的思念。可以说这首诗最能体现金山出色的汉语驾驭能力与诗歌创作天赋。诗歌中“黄浦江呵，黄浦江呵，我们最亲爱的黄浦江呵！我们永远不能忘记的黄浦江呵！”这四句在诗中的四分段中被反复引用。从表面上看，“黄浦江”好像指“中国”。《奇怪的武器》共 8 章，前 3 章是抒情部分，后 5 章是叙事部分。

① 炎光：《奇怪的武器》，《新东方》第 1 卷 4 期，1930 年 3 月，第 166—168 页。

第一章只有一句:“这个故事记述的是1923年[①]在上海黄浦江沿岸发生的重大事件。”第二章中把日本比喻成毒龙,揭露日本的帝国主义本质和对台湾和朝鲜的侵略本质。第三章介绍了故事的主人公金益相、吴成伦、李君(李宗岩)三个人的家庭与出身,还叙述了日帝侵略以前故乡安定和平的日常生活,以及日帝的侵略,流亡上海,还有失去自由的故乡的悲哀,然后写了诗歌《黄浦江啊》。小说的前三章是诗歌的背景,而诗歌是对前面内容的象征和隐喻。可以具体分析如下:

诗的第一分段和第二分段中把自己比喻成“我们是失巢般的鸟,涸水了的鱼”,“黄浦江”会以“慈惠”和“仁爱”“把我们从那滔滔暴水的狂涛中拯救出来的”,因此说黄浦江是“人间的上帝”即救世主,黄浦江沿岸是像“天国”一样的地方。第三分段中说,虽然上海“何等的美丽,何等的繁盛”,但“不能够忍心在这里住下去”。到第五分段中说,“要去救那些正在暴水中挣扎的难民和同胞”,“决计做黄浦江的忠实而勇敢的信徒”,“向那毒龙的巢穴猛烈地扑去,淹没得他一个干干净净”。在第四分段中用“家庭门外常常排列着高车驷马”来描述主人公家庭的富有和美丽以及回忆过去生活的幸福与美好。然后还说“繁华的城市,山清水秀的园村”,金山在《阿里郎之歌》中也多次提到过朝鲜山水的美丽与干净,可惜这些江山已被日帝蹂躏,以此来突出对日帝的仇恨。然后还说“我们是绝不会不忠实的”,这体现着金山不屈不挠的斗争精神和坚定的独立意志,而这一切是为了“我们的家庭、父母、兄弟、姊妹、戚友、爱人”以及“有四千余年历史的祖国”而战。

对诗歌更深层次的理解,我们可以在《阿里郎之歌》中找到答案。《阿里郎之歌》第六章的题目是“上海,流亡者的母亲”,针对上海和大韩民国上海临时政府,在《阿里郎之歌》中是这样描述的:

> 对我来说,上海是一个新的世界。我第一次目睹了西方的物质文明和西方帝国主义的所作所为。我被这个巨大的、说多种语言的城市以及它的富有和贫困的魅力,弄得迷惑不解。在1919年的三·一运动被日本人镇压下去之后,上海法租界成了朝鲜革命活动的主要指导中心。那里聚集了三千名朝鲜政治流亡者,他们建立了独立的朝鲜临时政府,以对抗日本人在首尔建立的组织和总督斋藤建立朝鲜“自治政府”的计划。成立朝鲜临时政府的最初几次会议是在1919年8月开始的。同一年冬天,政府在法租界正式成立,办公楼上高傲地飘扬着太极旗。临时政府的主要创建者是李东辉将军和一些海外回来的留学生。它从朝鲜和满洲的同情者那里得到秘密财政支持,李承晚当选为总统,李东辉将军任主席,或成总理,政府有自己的议会和报纸,并在海外朝鲜人聚居的地区设有办事处。它在上海办了一所军校,第一期毕业了

---

① 可能是金山记错了时间,或者是有意把时间写错了。《阿里郎之歌》中,把这一事件写成1924年。尼姆·威尔斯曾经说过,为了保护金山,有意把时间、人名、地名弄错了。轰动中国的田中义一暗杀事件发生于1922年3月。

200 人，第二期 80 人。[①]

从诗歌中的“慈惠”和“仁爱”，“纪念你，感激你，羡慕你”，“任着我们的热泪，一点一点地抛聚在你的身上，让他慢慢地涨大起来，然后要他向着那毒龙的巢穴，猛烈地扑去，淹没得他一个干干净净”，我们可以知道，金山甘心成为临时政府的一员及其与日帝战斗到底的决心。正如上面提到的那样，上海临时政府成了朝鲜运动的指导中心，聚集了三千名朝鲜政治流亡者，展开了独立运动，海外也设立了分支机构，大力支持了独立运动。因此，在这里我们可以知道“黄浦江”并非指“中国”，而是上海的“大韩民国临时政府”。

我们从诗歌《黄浦江啊》就可以看到金山的基督教“救援精神”。这首诗里“黄浦江”“以慈悲和怜爱去拯救我们的同胞”，而“成为黄浦江信徒”的我们反过来又去拯救同胞。这和金山从小接受基督教洗礼是有关的。他从小就读于约 300 人左右的基督教学校。在学校，老师说基督教会统一朝鲜，是朝鲜独立运动的母体。尼姆·威尔斯说“金山受到无政府主义、共产主义、民族主义等影响，但其决定性影响是他从小受到的基督教的影响”。但金山在“三·一”运动爆发之后，对基督教徒的无抵抗主义等感到失望，几个月后金山去日本留学，后来又去了满洲和上海。

五、小说《奇怪的武器》：赞美无政府主义的抗日义举行为

1920 年刚抵达上海时，金山自认当时是稍倾向于无政府主义的民族主义者。第一次加入民族主义者的文化圈子，通过一定程度的学习和观察后倾向于无政府主义的义烈斗争。当时共产主义运动处于萌芽阶段，因此，他对马克思主义和列宁主义并不了解。[②] 当时金山在上海结交了两位知名韩国抗日斗士金元凤和吴成伦。当时义烈团成员的吴成伦与金益相、李钟岩参加了 1922 年 3 月在上海的暗杀日本大将军田中义一的义举，但是这次行动失败，他们被捕。

短篇小说《奇怪的武器》如上所说是金山在 1930 年 4 月在《新东方》第一卷第四期以炎光的笔名发表的，是描写这件义举的小说。[③] 故事的梗概是这样的：

故事的主人公金益相、吴成伦、李君是朝鲜世代书香门第之家的弟子，经济地位也是中产阶级以上。由于日帝侵占了朝鲜，打破了他们幸福的日常生活。后来他们三个人来到了上海，组织了“韩国义烈团”，他们认为这是为祖国报仇的武器。有一天，他们在报纸上看到日本陆军大臣田中义一乘轮船来上海的消息。于是，他们三个人做了暗杀田中的计划。吴成伦在黄埔滩码头向田中开了三枪，以为田中死了，但死的是一位美国贵族资本家的女儿。李君因胆小临阵脱逃，吴成伦和金益相被捕。吴成伦和金益相被关在不同的牢房里。跟吴

---

① [韩]金山、[美]尼姆·威尔斯著，宋永仁译，同前书，第 141 页。

② 同上书，第 148 页。

③ 日本大将军田中义一的狙击事件在《阿里郎之歌》也比较详细地记录下来（第 171—174 页）。不过，这篇小说想象力更为丰富，描写得更详细、生动。这估计是金山的暗号日记与特殊的记忆力所导致的。

成伦关在一个牢房的还有三个日本人，加藤和他的妹夫，还有一个是木匠，加藤和妹夫是作为无政府主义嫌疑犯被抓进来的，木匠是因诈财而入狱的。一开始他们不能沟通，后来用简单的英语沟通起来。有一天，牢房外响起了笛声，是加藤的妹妹给他们送梨来了，他的妹妹在梨筐里放了一把小刀，被吴成伦藏了起来。经过很久的努力，吴成伦终于跟加藤一起逃出了牢房。吴成伦在上海法租界藏了身，第二天逃出上海去了德国。金益相押往东京，被判处无期徒刑。后来吴成伦去莫斯科学革命去了。

到了1926年，中国革命蓬勃发展，吴成伦又想跃跃欲试了。他觉得中国革命运动和韩国革命运动，同样是要打倒帝国主义，同样是世界革命运动的一部分。所以，他认为现在只有压迫与被压迫，根本不存在国界与非国界，无论在哪个国家或什么地方，只要努力革命就可以。

《奇怪的武器》虽然记录事实，但同时也反映了金山的思想和意识。

《奇怪的武器》中有这样的叙述：

> 三个人从韩国逃亡到上海之后，面对为祖国怎样报仇这个问题，伤了几天脑筋。终于召集了上海的韩国青年们组织了“义烈团”。创立这个团体之后，他们觉得这就是为祖国的报仇的武器。将这个团体锻炼成为一个炸弹，爆破日本全土，在这地球上消灭。将日本人一个一个地炸死。[①]

而在《阿里郎之歌》中有这样的记录：

> 我在家里偷了钱跨上行程。可是，未能越过西伯利亚外国干涉的前线。于是，我在满洲学习军事。然后前往上海，参加了那里的朝鲜革命者的一个小组。我成了一个无政府主义者，徒劳地寄希望于对朝鲜的征服者和卖国贼采取恐怖主义报复行动。至少我们可以英勇牺牲，以向全世界显示我们个人的勇敢，表明生养我们的国家不是无能为力的。[②]

比较上面两段文章就会发现共同之处，即对日帝都是以抵抗民族主义精神和无政府主义义举行为来报仇，然后英勇牺牲。实际上，1919年有两个抗日义烈团秘密组织，一个是义烈团，一个是赤旗团。义烈团从1919年到1924年间，仅在韩国国内就对日帝进行了三百多次义举行动。[③] 义烈团在上海有十二处秘密炸弹制造所，但是后来随着革命形势的变化，1924年义烈团分裂为无政府主义、民族主义和共产主义团体。

在上海金山和金元凤、吴成伦关系很好，所以金山能详细地描写出吴成伦等人刺杀田中义一事件的经过。1924年对金山来说是充满希望的一年。这一时期，金山的思想倾向于浪漫主义。金山不仅是在上海跟吴成伦关系很要好，而且在广州起义和海陆丰苏维埃时期与

① 炎光：《奇怪的武器》，《新东方》第1卷4期，1930年3月，第168—169页。

② [韩]金山、[美]尼姆·威尔斯著，宋永仁译，同前书，第56页。

③ [韩]金山、[美]尼姆·威尔斯著，宋永仁译，同前书，第160页。

吴成伦也是亲密的同志。因此《奇怪的武器》中，金山的思想与吴成伦的思想几乎一致。请看《奇怪的武器》中的最后一段落：

当前的任务，只有唤醒一切被压迫民族与一切被压迫阶级，大家联合起来，开始向那帝国主义者压迫阶级实行总攻击。必这样，然后各个帝国主义者才可以打倒！一切压迫阶级才可以消灭！亦必这样，全世界上被压迫民族和一切下层阶级，也才可以抬起头来，从新建筑自由平等的社会！他想到这地，他那胸中潜伏着的革命热潮，便一涌而起地把他驱逐到中国来了。[①]

这一部分是金山的抒情部分，可以说代表金山当时的心情。而那时的社会氛围是义烈团的团员从无政府主义思想转换为国际共产主义的时期，其思想转换的契机和孙文1924年在广州发动革命不无关系。当时，金山等义烈团团员认为参与中国革命运动是解放朝鲜的第一步，于是1925年金山就到了广州。当时为中国"大革命"献身的朝鲜人有60余人，大部分都是义烈团的抗日义士。从义烈团成员参加中国广州革命这一事实中，我们可以知道他们的思想已经倾向于国际共产主义。这个转换时期大概是1924年到1925年之间。

六、诗歌《东校场的人性》、《吊韩海同志》：体现托尔斯泰式的人道主义

金山曾经说过："我从小厌恶残忍的事情，看够了残忍的行为，因此就知道了人道主义的价值。"但尼姆·威尔斯眼里的金山是，"他不但没有任何惧怕的心情，而且面对这些事情他不会躲避。这位是铸造中国和韩国的现代史里许多大悲剧的火焰中成长的硬汉。"[②]这种变化的契机到底是什么呢？这个解答我们可以在托尔斯泰那里找到。我们从《阿里郎之歌》里"从托尔斯泰到马克思"章中可以详细了解到，金山在一段时期里常常读日文版托尔斯泰《人生读本》，还读过《战争与和平》，因此他不再厌恶残忍的东西，将残忍升华到真理的层次。[③]

《东校场的人性》是为了纪念1927年4月18日被国民党杀害的罗刘梅而作。金山目睹了罗刘梅被杀的全过程。虽然有数百名群众跟随到刑场，但为此流泪的人只有金山一个人。他详细地描写了当时的场面：

黄包车停下来的时候，正好是三点钟。囚犯的沉重镣铐被卸了下来，他们慢慢向行刑的地方走去。一位男青年的鞋子掉了，他走过去捡起来重新穿上。他动作很慢，用去很多时间。我看到这种情况时，心里想："他希望哪怕多活几秒钟。"……最后一句口号还没有喊完，就被不到5英尺之外的步枪射杀了。我走到尸体旁边，看到这些勇敢的年轻人眼里闪着泪花。我站了一分钟，默默地对他们说："我要喊完你们最后一句口

---

① 炎光：《奇怪的武器》，同前书，第188页。

② [韩]金山、[美]尼姆·威尔斯著，宋永仁译，同前书，第42—43页。

③ 同上书，第195—200页。

号——打倒蒋介石!”然后我回到家里,就我亲眼看到的罗刘梅死后眼睛旦闪现的泪花写了一首诗。题目是:“东校场的人性”。[①]

虽然中文诗歌原本至今为止还没有发现,但从诗歌中的内容我们大概可以猜测到。金山对被拉到刑场枪毙的罗刘梅,好像根本不是将之当成共产党青年团员,而是作为一个持有平凡人性的少女来看待。

韩海也是为了韩国独立运动而牺牲的韩国革命者之一。广州时期的战友韩海在1930年6月17日被杀后,金山为了纪念他,就写下了这首《吊韩海同志》。

(一)哦,死者!死者!你直挺横陈的死者哟!
你已放弃这黑暗的人间了!
苦痛侵蚀了你的身心,
鲜血作最后的战争,
这残忍怅深的监牢,
消磨了你最后凄惨的年度;
这充满了食血喷人野兽的社会,
狠狠地绞死了这微弱的生命!
(二)哦,死者!死者!你一瞑不视的死者哟!
为着受不住现社会的压迫,
你不得不走向反叛的道口,
为着受不过布尔乔亚的剥削,
你不得不起而反抗,
为着看不惯人类吮吸着人类的血液,
你不得不高举革命的战旗-红旗飘扬,
你,社会的叛徒哟!
你终于死在了这人间地狱!
(三)哦,死者!死者!你生命都被剥夺了的死者哟!
你这枯黄皱缩的长方颜面,
含着多少人类的悲痛?
你这骨干如柴的身躯,
忍受过多少人间的蹂躏践踏?
啊啊!看呀!这条含怨长蛇般的绞首台的绳子,
——这是社会对待你的刑罚,

① [韩]金山、[美]尼姆·威尔斯著,宋永仁译,第219—220页。

套在你细致的颈上，还桎梏着你死后的尸体。[1]

韩海的本名为张一阵，参加武装革命后被军阀所抓，后被送到日本警察处，遭到严刑拷问，在首尔的南大门监狱服劳役期间因肺结核复发而受苦[2]，死于狱中。韩海与金山是至交，因此对韩海的离世，金山悲痛欲绝，为了缅怀韩海而作此诗。

以上诗歌单单以托尔斯泰的人道主义说明，可能不免狭隘，但是我们在此诗中能找到人道主义因素，这点是无可厚非的。托尔斯泰的《战争与和平》也强调人类应该反抗历史决定论。金山强调高举红色革命的旗帜，成为社会的叛逆者，而对已经倒下的同志表示无比的伤心和哀悼。

七、诗歌《同志啊，斗争吧》：发挥国际共产主义斗志

对金山的一生有决定性影响的人当属来自金刚山的和尚、共产主义战士金忠昌(原名金星淑)[3]。他向金山介绍了共产主义[4]，并使金山最终成为国际共产主义战士。金山所写的《同志啊，斗争吧》很好地体现了金山的这种思想意识的轨迹。

当我们的生存，
走上革命的路：
为杀我们现存的敌人，
执起刀枪在手，
为明日世界的光明
呵！高举起赤血的红旗狂舞！
钢铁般的坚固
是我们的营垒
胶漆般的团结
是我们的队伍
前仆后继的冲锋
是我们的步伐
十二万五千万被压迫者
是我们的朋友！
杀不尽的是我们的头

---

① 李元奎:《金山评传》，第 394—395 页。李元奎也只引用了两段翻译成韩文的诗句。笔者虽搜集到了 2005 年 2 月 26 日的中文原诗手抄本，第一段到第三段可以识别，但是从第四段开始前面几个字都被挡住，无法辨认。在此引用了前面三个段落。

② 同上书，第 393 页。

③ 同上书，第 149 页。

④ 同上书，第 192 页。

流不尽的是我们的血

战斗啊！战斗啊！

明天就要实现英特纳逊纳尔！[1]

这首诗与上面所说的《黄浦江啊》是完全两种风格，首先在选用语言上也有所不同。例如，从"上帝"、"天国"、"慈悲"、"怜爱"、"救援"转换到"刀枪"、"队伍"、"团结"、"突击"、"斗争"；从"家庭"、"父母"、"兄弟"、"姐妹"、"爱人"、"同胞"转换到"同志"、"革命"、"红旗"、"被压迫人民"、"英特纳逊纳尔"等。诗歌虽然属于抒情诗，但从生活抒情诗转变为战争抒情诗，这体现着金山思想转变的轨迹。从1922年到1930年战争前后，还不到8年的时间里，金山从无政府主义者、民族主义者、托尔斯泰主义者转变到共产主义战士，他最终表达出了国际共产主义战士的思想意识。

尼姆·威尔斯说："金山是追寻真理的殉教者。(……)金山毕业于但丁的心理，经历了托尔斯泰主义和无政府主义，不久就步入了社会主义现代哲学的马克思主义。"她还评价他："金山是日本警察记录中所说的'混合的马克思主义(Mixed Marxism)'或者在东方1920—30年代所经历过的时代孕育出的殉教者。"[2]

八、文章"水中之盐"：体现中国革命中的韩国独立思想

1935年夏秋之际，朝鲜革命领导者们在上海秘密会晤，发表了重要宣言。第一句如下："我们不能再像水中融化的盐一样，我们不能遗忘自身的处境。"我们当然可以把它当做题目，但是文章较长，所以可以取《阿里郎之歌》中往往被简称的"水中之盐"为文章题目。从《阿里郎之歌》的上下文来看，我们可以推测出这句话是金山起草的。

我们一致同意："我们再也不能像水中撒盐那样分散力量，我们必须与中国互相结为一股力量，而不是各干各的。我们必须迅速集中一切精力推进韩国的革命运动，准备在将来采取行动，因为日本帝国主义的迅猛前进。"[3]

1919年金山想指导在满洲和西伯利亚住的200万朝鲜游民夺回祖国。但因没能通过战线，他只好到上海加入义烈团，成为无政府主义义烈斗士。他想通过抗日活动等个人英雄行为来打破世人对韩国人天性软弱无能的偏见。但这样的"正义"行动遭失败后，他领悟到了有组织的国际主义的意义。所以，金山加入了中国国籍并参加了中国共产党。金山说："我将苏联视为母亲一样爱戴，将中国视为兄弟一样爱护。"[4]但是广州起义时拥有数百名党员的韩国革命运动指挥部几乎全部毁灭。[5]还有1927年大革命时，蒋介石处决了200多名

---

① 这是金山于1930年以刘华清的假名发表的诗，韩文译本请参考李元奎。[韩]李元奎：《金山评传》，第389页。

② 同上书，第20—21页。

③ 同上书，第459页。

④ 同上书，第334页。

⑤ 同上书，第57页。

韩国人，从1928年到1931年之间，张学良政权处决了数十名朝鲜共产党人。如果说这些事件是从外部来的打击，那么，他入狱后所受到的苦难到释放出来后在党内受到的猜忌和怀疑，就是对他内心的打击。他绝望地说："我在为你和人类的自由而斗争中自己的身体都崩溃了，在不知恩惠的异国他乡只是变成了一抔肥料，什么也没有剩下，甚至连灵魂都死去了。"[①]这句话体现了金山内心的绝望。

九、结 语

我们在考察《阿里郎之歌》的撰写和出版以及在韩国、日本、中国等地的翻译出版、传播等过程中，看到其中融入着错综复杂的革命史、复杂多变的政治现实、思想和思潮的兴衰以及与出版制度等相关的文化史。这些问题需要学界给予持续的关注，并有待于从学术的角度更深层次地去研究和探讨。

以往对金山的研究大部分都是从中国革命中的韩国独立运动家、韩国革命家等层面去着手，从诗人、作家等作为文学家的层面去系统地整理资料和评价文学成就及特点的研究寥寥无几。

本研究通过对金山作品的分析，探寻了金山思想意识的变迁轨迹。1920年金山16岁时乘坐奉天号游轮，逆流黄浦江到达了上海。到上海之前，金山在学生时期受到过基督教影响，后来参加三·一运动和在新兴武馆学校受训后成为民族主义者。他到达上海以后，开始倾向于无政府主义，加入义烈团，对日帝的反抗意识加深。《奇怪的武器》中的诗歌《黄浦江啊》可以说是反映此时金山思想意识的轨迹。

在诗歌《东校场的人性》中，金山揭露了敌人的残忍，哀悼少年革命者的牺牲。在该诗中，我们可以读到金山托尔斯泰式的人道主义情怀。金山受到托尔斯泰的影响，力图把思想意识从憎恨残忍升华为揭露残忍的存在并呼吁人们成为反抗者与敌人进行斗争。从诗歌《同志啊，斗争吧》中，我们可以感受到金山思想从民族主义、人道主义到共产主义的变迁轨迹。但是金山对共产主义的接受，并不是从理念或者意识形态的接受，而是为了让韩国早日独立所选择的最佳途径。这一点从1935年韩国革命领导人在会议中宣布的"水中之盐"宣言文中可以知道金山对祖国独立的强烈立场。

总之，金山的这几篇亲笔作品，和《阿里郎之歌》有着有机的呼应关系。金山悲哀的时候唱了"阿里郎"之歌，高兴的时候唱了"英特纳逊纳尔"之歌。当时，对金山来说，国际共产主义是救援"阿里郎"民族的方法，也是出路。不过，我们可以在金山身上发现在一般共产主义者身上往往缺少的托尔斯泰式的理想主义与人道主义情怀。金山是出色的革命家，也是诗人兼作家，这点吸引了尼姆·威尔斯，使她深受感动，才写出了《阿里郎之歌》。这部书也让很多读者深受感动，直到现在。

---

① ［韩］金山、［美］尼姆·威尔斯著，宋永仁译，同前书，第393页。

金庸武侠小说中的异域书写与历史省思

[香港]陈岸峰[*]

（香港大学专业进修学院，中国 香港）

内容摘要：金庸武侠小说中之异域书写，并不能简单地概括为中原与异域之对立，或推崇与贬抑之非此即彼的二元模式，而是彼此互相渗透，既互侵，复互补，实际亦就是对中原的另一种书写，可以说是作为小说家与史家的金庸超越历史与意识形态的历史省思。

关键词：金庸；武侠小说；异域；历史

一、前　言

在金庸的武侠小说中，异域与中原的关系错综复杂。异域高手、喇嘛常带有颠覆中原政权的阴谋而在江湖兴风作浪，由此亦为主人公带来成长的考验，并构成故事的冲突张力。异域与中原既有抗衡、冲突之处，然又不乏包容互补之所在。当中原侠义沦丧之际，往往有新一代的少年在异域潜心修炼，在遭遇连番奇迹之后，返回中原武林，骤然崛起，一鸣惊人。此外，成名的大侠又往往在故事结束之前，自愿或被迫隐居异域。故此，金庸武侠小说中之异域书写，并不能简单地概括为中原与异域之对立，或推崇与贬抑之非此即彼的二元模式。本文聚焦于金庸武侠小说中的异域书写，以揭示其主要特征及功能，再下及异域与中原、文学与历史之省思。

二、西毒东来

海登·怀特（Hayden White）指出“历史”之要务在于具体事物，而不是对“可能性”感兴

---

* 陈岸峰，香港大学专业进修学院助理教授暨课程主任。

趣，而“可能性”则是“文学”著作所表述的对象。[①] 因此，西毒东来，邪功异能，魅影妖魂，形成了异域所带来的异国情调，震撼读者。金庸武侠小说中的一切有关毒的事物，大多来自异域或异族，西毒欧阳锋及欧阳克，乃此中赫赫有名的人物。《射雕英雄传》与《神雕侠侣》中的欧阳锋，其武器毒蛇杖有以下巧夺天工的设计：

原来欧阳锋杖头铁盖如以机括掀开，现出两个小洞，洞中各有一条小毒蛇爬出，蜿蜒游动，可用以攻敌。这两条小蛇是花了十多年的功夫养育而成，以数种最毒之蛇相互杂交，才产下这两条毒中之毒的怪蛇下来。欧阳锋惩罚手下叛徒或强敌对头，常使杖头的怪蛇咬他一口，遭咬之人浑身奇痒难当，不久毙命。欧阳锋虽有解药，但蛇毒入体之后，纵然服药救得性命，也不免受苦百端，武功大失。[②]

以毒中之毒的怪蛇伤人，说到底亦即对自身武功不够自信，方才以此等下三滥手段攻击对手，其实又何异于《鹿鼎记》中备受批评的韦小宝的手段呢？即使他号称“西毒”，实亦不配与“东邪”、“北丐”、“南帝”及“中神通”并列当世五大高手。至于其与嫂嫂私通的私生子欧阳克及其手下光天化日驱赶大批毒蛇，场面吓人，令洪七公亦大为震惊。后来，洪七公想出以飞针破毒蛇阵，才免受其害。西毒欧阳氏叔侄（父子）二人之毒害中原武林，可见一斑。多年之后，当金庸在《鹿鼎记》中提及“化尸粉”，仍忘不了将此“十分厉害”的药物追溯到欧阳锋身上：

韦小宝从海大富处得来的这瓶化尸粉十分厉害，沾在完好肌肤之上绝无害处，但只需碰到一滴血液，血液便化成黄水，腐蚀性极强，化烂血肉，又成为黄色毒水，越化越多，便似火石上爆出的一星火花，可以将一个大草料场烧成飞灰一般。这化尸粉遇血成毒，可说是天下第一毒药，最初传自西域，据传为宋代武林怪杰西毒欧阳锋所创，系以十余种毒蛇、毒虫的毒液合成。[③]

“化尸粉”中的主要元素仍是蛇，金庸即以此来揭示使用者之毒如蛇蝎。蛇之为毒，又见于《笑傲江湖》中的五毒教，其创教教祖和教中重要人物均是云贵川湘一带的苗人，善于使瘴、使蛊、使毒。[④] 令狐冲喝下五仙教教主蓝凤凰的五宝花蜜酒，其中包括五条小小毒虫，分别是青蛇、蜈蚣、蜘蛛、蝎子以及小蟾蜍。[⑤] 五仙酒使令狐冲血中有毒而性命无碍，因其不惮于喝此五毒酒之坦荡胸怀，从而令一众异域江湖人物拜服，一反蓝凤凰心中“汉人鬼心眼儿多”[⑥]的成见。关于蛇更为恐怖的书写，乃是《碧血剑》中五毒教的毒龙洞，此中万蛇蜿蜒，场

---

① ［美］海登·怀特：《作为文学虚构的历史本文》，张京媛主编《新历史主义与文学批评》，北京大学出版社1997年版，第168页。原文：Hayden White, "The Historical text as literary artifact", *Tropics of Discourse: Essays in Cultural Criticism*, Batimore and London: The Johns Hopkins University Press, p. 81—100.

② 金庸：《射雕英雄传》，明河出版社2003年版，第2册第18回，第753页。

③ 金庸：《鹿鼎记》，明河出版社2006年版，第3册第26回，第1111页。

④ 金庸：《笑傲江湖》，明河出版社2006年版，第2册第16章，第666页。

⑤ 金庸：《笑傲江湖》，第2册第16章，第676页。

⑥ 金庸：《笑傲江湖》，第2册第16章，第667页。

面吓人：

> 毒龙洞里养着成千成万条鹤顶毒蛇，进洞之人只要身上有一处蛇药不沫到，给鹤顶蛇咬上一口，如何得了？这些毒蛇异种异质，咬上了三步毙命，最是厉害不过。因此进洞之人必须脱去衣衫，全身抹上蛇药。[①]

夏雪宜在毒龙洞中引诱了何红药，除了获得金蛇剑外，又尽得五毒教的二十四枚金蛇锥与藏宝地图。何红药却因犯了教规，只服解药而入蛇窟，受万蛇咬啮之灾而变得奇丑无比，出洞之后又行乞二十年。[②] 此外，《天龙八部》中，西夏一品堂的"悲酥清风"是一种无色无臭的毒气，[③]最终死于"悲酥清风"的并非与西夏抗衡的中原武林或丐帮中人，而是段正淳，可谓风流业报。《飞狐外传》中的石万嗔号称"毒手神枭"，在与师兄"毒手药王"无嗔大师斗毒时，为"断肠草"熏瞎双眼，遂逃往缅甸野人山，以银蛛丝逐步拔去"断肠草"毒性，[④]却因此而目力大损，在天下掌门人大会上无法分辨程灵素在玉龙杯上所沾的赤蝎粉与旱烟管中喷出的烟雾的颜色，因此而中毒。《连城诀》中的番僧宝象饿了会吃人肉，竟想吃了狄云，后来在狄云的游说之下改为喝老鼠肉汤，却因此而中了老鼠肉中的金波旬花之毒而亡。[⑤] 至于万圭则中了言达平的花斑毒蝎，乃回疆传来的异种，中毒者不会立刻毙命，要受折磨一个月才致死。[⑥] 以上这些令人毛骨悚然的关于毒物的书写，无疑为金庸的武侠小说增添了不少神秘诡异的异国情调，而这恰好是一般读者匮乏而充满好奇之所在。[⑦]

与此同时，主人公总是因缘巧合地喝了百毒不侵的蟒蛇血或药酒，由此快逗进入高手的行列，否则必定受挫而令小说无法继续。例如，《射雕英雄传》中的郭靖初出道时笨手笨脚，被梁子翁的大蟒蛇所缠绕，而此蛇却来历不凡：

> 药方中有一方是以药养蛇、从而易筋壮体的秘诀。他照方采集药材，又费了千辛万苦，在深山密林中捕到了一条奇毒的大蟒蛇，以各种珍奇的小动物与药物饲养。那蛇体色本是灰黑，长期食了貂鼠、丹砂、参茸等物后渐渐变红，蛇毒也渐化净，喂养十余年后，这几日来体已全红。[⑧]

在情急之下，郭靖咬死蟒蛇并吸取其血，却因祸得福而百毒不侵，甚至内力大增。[⑨] 故此，梁

---

① 金庸：《碧血剑》，明河出版社 2003 年版，第 2 册第 17 回，第 613 页。

② 金庸：《碧血剑》，第 2 册第 17 回，第 614 页。

③ 金庸：《天龙八部》，明河出版社 2005 年版，第 2 册第 16 章，第 711 页。

④ 金庸：《飞狐外传》，明河出版社 2004 年版，第 2 册，第 768 页。

⑤ 金庸：《连城诀》，明河出版社 2004 年版，第 157—161 页。

⑥ 金庸：《连城诀》，第 330 页。

⑦ 王剑丛指出："神秘性，是金庸武侠小说的另一特色。变幻莫测的武功、神出鬼没的人物、人烟稀少的大漠、冰天雪地的高山峻岭、不见天日的深谷洞穴、巧绝天工的暗道等等，无不充满着神秘性。人类有一种好奇的天性，这种神秘性很好地满足了读者的好奇心理。从美学的角度看，神秘性能产生一种距离感，也就是一种美感。"见王剑丛：《香港文学史》，百花洲文艺出版社 1995 年版，第 360 页。

⑧ 金庸：《射雕英雄传》，明河出版社 2003 年版，第 1 册第 9 回，第 370 页。

⑨ 金庸：《射雕英雄传》，第 1 册第 9 回，第 370 页。

子翁便矢志要吸食郭靖之宝血。

以上关于异域毒物的书写，为异域增添了几分神秘而邪恶的氛围。而在毒物之外，更有相关的邪功异能以作配合，成为江湖风波的另一条导火线。

三、邪功异能

毒药必配邪功异能，方才相得益彰，以增强杀伤力。金庸武侠小说中的邪功异能以及五花八门的修炼方法及器具，几乎全来自异域。《连城诀》中青海黑教血刀门的血刀老祖所使用的血刀每逢月圆之夜，"须割人头相祭，否则锋锐便减，于刀主不利"。[①] 欧阳锋赖以成名的"蛤蟆功"，名称极之不堪，其练习的姿势亦类同蛤蟆之姿态：

> 只见欧阳锋蹲在地下，双手弯与肩齐，宛似一只大青蛙般作势相扑，口中发出牯牛嘶鸣般的咕咕声，时歇时作。[②]

从其毒蛇杖之以怪蛇伤人，及至于夜间对着月亮中的黑影练习蛤蟆功，均可见欧阳锋此人物之形象的邪恶与卑下，堪称集众恶于一身。《天龙八部》中，阿紫的毒功来自星宿派丁春秋的神木王鼎：

> 这座神木王鼎是本门的三宝之一，用来修习"不老长春功"和"化功大法"的。……这神木王鼎能聚集毒虫，吸了毒虫的精华，便可驻颜不老，长葆青春。[③]

而其修炼邪功的方法更是恐怖：

> 这蚕虫纯白如玉，微带青色，比寻常蚕儿大了一倍有余，便似一条蚯蚓，身子透明如水晶。那蟒蛇本来气势汹汹，这时却似乎怕得要命，尽力将一颗三角大头缩到身子下面藏了起来。那水晶蚕儿迅速异常的爬上蟒蛇身子，从尾部一路向上爬行，便如一条炽热的炭火一般，在蟒蛇的脊梁上烧出了一条焦线，爬到蛇头之时，蛇皮崩开，蟒蛇的长身从中分裂为二。那蚕儿钻入蟒蛇头旁的毒囊，吮吸毒液，顷刻间身子便涨大了不少，远远瞧去，就像是一个水晶瓶中装满了青紫色的液汁。[④]

由此神鼎所修炼的邪功，损人利己，自然是阿紫不惜背叛师父丁春秋，亟于据为己有的宝物。阿紫既修炼邪功，其行止亦具有不可理喻之毒：

> 阿紫嘤咛一声，缓缓睁眼，突然间樱口一张，一枚蓝晃晃的细针急喷而出，射向萧峰眉心。[⑤]

本来一直善待她的萧峰亦不禁怒骂："这妖女心肠好毒，竟使这歹招暗算于我。"[⑥]阿紫乃段

---

① 金庸：《连城诀》，第 188 页。

② 金庸：《射雕英雄传》，第 2 册第 18 回，第 762 页。

③ 金庸：《天龙八部》，第 3 册第 25 章，第 1107 页。

④ 金庸：《天龙八部》，第 3 册第 28 章，第 1236—1237 页。

⑤ 金庸：《天龙八部》，第 3 册第 25 章，第 1127 页。

⑥ 金庸：《天龙八部》，第 3 册第 25 章，第 1127 页。

正淳的私生女，一出场即害死大理四大护卫之一，可见其狠毒。故此，倪匡代笔期间而令阿紫因为丁春秋所伤而失去眼睛亦是合理而智能之举，她基本上是个没有灵魂的人物，以至倪匡事后仍对她恨恨不已。[①] 恶之化身的阿紫及其所属的星宿派之所作所为，尽显不可理喻之恶。“恶”乃是人间众生相的其中一种，而集中写“恶”则乃文学创作中极少有的尝试，金庸将至恶之人阿紫与至善之人萧峰置于同一时空，结伴而行，亦是深层次的人性拷问。同样，在《倚天屠龙记》中因家庭不睦而杀害父亲殷野王小妾的殷离(阿蛛)亦修炼“千蛛万毒手”：

> 从怀中取出一个黄澄澄的金盒，打开盒盖，盒中两只拇指大小的蜘蛛蠕蠕而动。蜘蛛背上花纹斑烂，鲜明夺目。[②]

殷离语音娇柔，举止轻盈，无一不是绝色美女的风范，可就是因为修炼“千蛛万毒手”而变得丑陋。[③] 不同的是，殷离善良依旧，甚至终生惦记童年的张无忌，以至于疯疯癫癫。《天龙八部》中，流落辽国的“聚贤庄”少主游坦之为获得阿紫的芳心，亦继段誉误吃蛤蟆而因祸得福之后，因被冰蚕所咬而练就邪功。[④] 游坦之的邪功，犹如段誉无形无相的六脉神剑，“触不到、摸不着，无影无踪”。[⑤] 当他心中不再存想，冰蚕便即不知去向，若再存念，冰蚕便又爬行。[⑥] 游坦之继而又修炼腐尸毒：

> 游坦之的“腐尸毒”功夫的要旨全在炼成带有剧毒的深厚内力，能将人一抓而毙，尸身上随即沾毒。[⑦]

亟于报仇，亟于超越，游坦之从此沦为半人半兽，甚至善恶不分。游坦之因缘际会，于苦难中练成毒掌，人性之书写至此又另辟新章，原本身处优越之善良少年，忽惨遭家门巨变，历尽磨难，几被兽化。

阿紫的师父，青海“星宿派”的丁春秋的“化功大法”，更是令人闻风丧胆：

> ……“化功大法”，中掌者或沾剧毒，或经脉受损，内力无法使出，犹似内力给他尽数化去，就此任其支配。[⑧]

然而，丁春秋的下场却极为悲惨：

> 这个童颜鹤发、神仙也似的武林高人，霎时间竟形如鬼魅，嘶嘶有如野兽。[⑨]

与丁春秋同样以不同方法修炼长春不老神功的天山童姥，在缥缈峰灵鹫宫的“天长地久不老长春功”时，犹如鬼魅妖魔。

---

① 倪匡：《再看金庸小说》，重庆大学出版社2009年版，第74—75页。

② 金庸：《倚天屠龙记》，明河出版社2005年版，第2册第17回，第680页。

③ 金庸：《倚天屠龙记》，第2册第17回，第682页。

④ 金庸：《天龙八部》，第3册第29章，第1245—1246页。

⑤ 金庸：《天龙八部》，第3册第29章，第1247页。

⑥ 金庸：《天龙八部》，第3册第29章，第1247页。

⑦ 金庸：《天龙八部》，第5册第41章，第1745页。

⑧ 金庸：《天龙八部》，第3册第29章，第1266页。

⑨ 金庸：《天龙八部》，第5册第42章，第1810页。

天山童姥本以喝人血而存活，及至受了虚竹规劝后，方以鹿血代替，场面残忍血腥：

> 那女童喝饱了鹿血，肚子高高鼓起，这才抛下死鹿，盘膝而坐，一手指天，一手指地，又练起那"天长地久不老长春功"来，鼻中喷出白烟，缭绕在脑袋四周。[①]

在虚竹眼中，天山童姥乃"借尸还魂的老女鬼"。[②] 天山童姥虽炼成了长生不老之后，却每隔三十年便要返老还童一次。因此，天山童姥的身子从此不能长大，永远是八九岁的模样，[③]亦因此而失去师兄无崖子的爱，遗憾终生。天山童姥藉"生死符"以控制别人，令中此符者"似狼嗥，如犬吠，声音充满了痛楚，极为可怖"，[④]其功效类近于《笑傲江湖》中明神教的"三尸脑神丹"及《鹿鼎记》中神龙教的"豹胎易筋丸"。从丁春秋、天山童姥、任我行以至于洪安通等人，均是金庸藉此对政治偶像操纵、愚弄群众的批判。

诺思洛普·福莱(Northrop Frye，1912—1991)指出，"每一个文学作品都具有虚构面和主题面"。[⑤] 从异域的毒物之东来到邪功异能之修炼，金庸以其巧独匠心的虚构服务其胡汉之争的主题，令彼此之角力更为惊心动魄。海登·怀特(Hayden White)指出，如用历史编纂学(historiography)的方式将奇异、宗教信仰及故事模式放进文化范畴之内，而这些"数据"与我们的时间距离与生活方式都离得较远时，便会产生"异国情调"。[⑥]《倚天屠龙记》中有关摩尼教的书写，原本是我们所陌生的，而透过金庸的武侠小说，摩尼教与明朝之间建立的关系才为柳存仁先生所关注并作出论述，[⑦]一般读者亦因此而了解了这一历史事实，从而将陌生变成熟悉，甚至由此对中国历史与文化中所存在的异国文化因素，"获得更多的信息"。[⑧] 柯林伍德(R. G. Collingwood，1889—1943)把历史学家的这种敏感性称为对事实中存在的"故事"或对被埋藏在明显的故事里面或下面的真正故事的嗅觉。他得出的结论是，当历史学家成功地发现历史事实中隐含的故事时，他们便为历史提供了可行的解释。[⑨] 异域之邪功毒器，丰富了阴谋的悬念与武侠打斗过程的惊险，从而为阅读带来更多的紧张与快感，同时亦是对主人公成长的考验。异域中存在的对中原文化、历史进展之可能影响的书写，亦是进一步深入挖掘中原与异域彼此碰撞所发出的火花，由此充分发挥文学之想象。[⑩]

以上形形色色的邪功异能，反角的功夫之诡秘恐怖，益突显主人公降妖伏魔的武功之高

---

① 金庸:《天龙八部》，第4册第35章，第1519页。

② 金庸:《天龙八部》，第4册第35章，第1521页。

③ 金庸:《天龙八部》，第4册第35章，第1523页。

④ 金庸:《天龙八部》，第4册第38章，第1613页。

⑤ 转引自[美]海登·怀特:《作为文学虚构的历史本文》，张京媛主编《新历史主义与文学批评》，第162页。

⑥ [美]海登·怀特:《作为文学虚构的历史本文》，张京媛主编《新历史主义与文学批评》，第165页。

⑦ 柳存仁:《金庸小说里的摩尼教》，北京大学与香港中文大学中国语文文学系编《中文学刊》，2005年第4期(12月)，第275—317页。

⑧ [美]海登·怀特:《作为文学虚构的历史本文》，张京媛主编《新历史主义与文学批评》，第165页。

⑨ [美]海登·怀特:《作为文学虚构的历史本文》，张京媛主编《新历史主义与文学批评》，第163页。

⑩ 金庸曾于1961年创办《武侠与历史》的文学杂志，于1976年停刊，共出版了758期。见刘登翰:《香港文学史》，人民文学出版社1999年版，第263页。

超。邪功异能之别出心裁，最终亦是为了突出邪不胜正的思想。同时，以上对异域毒物以及邪功异能的苦心孤诣的书写，则为了衬托出异域书写的另一关键——胡汉之争。

四、胡汉之争

正因为历史迷雾重重，文学才有得以展开想象的空间。因此，金庸武侠小说大都选择了易鼎之际的书写，如两宋、元明及明清之际。正因为长期以来，这些关键的历史时刻基本已构成了国人的精神创伤，大批与以上国族灾难相关的戏剧、小说以至于说唱均叙述了民族的哀伤，同时反映了时间的长河亦冲刷不掉国民对“靖康之难”、“甲申之变”以及国家沦亡于异族铁蹄之下的创伤与困惑。金庸的武侠小说则明显异于传统的政治叙述，以逆向的书写，走向江湖，走向民间。

金庸武侠小说中往往是多国共存的状态，此中包括宋、辽、契丹、汉、满、蒙、回、藏、契丹，甚至罗刹国的多民族共存的格局。[①] 亦因如此，胡汉之争及其所衍生的民族大义，基本便是金庸武侠小说中的主旋律。此中，最为突出的书写莫过于《天龙八部》中世代梦想复国的慕容氏家族，然而慕容复的胸襟却极为狭隘：

> 他是燕国慕容氏的旧王孙。可是已隔了这几百年，又何必还念念不忘地记着祖宗旧事？他想做胡人，不做中国人，连中国字也不想识，中国书也不想读。[②]

相对于身为大理王子的段誉之仁义之心与文化修养，数百年来念兹在兹地图谋入主中原的慕容复，却不读中国书，这亦是历代入主中原的异族成败的关键所在。然而，慕容家族抛开文化的软技巧，直接以阴谋胁迫中原武林，以致江湖上人人皆知慕容家“只想联络天下英豪，为他慕容家所用”、“要做武林至尊”。[③] 原来，慕容家族的复国大梦及其家族历史源远流长：

> 慕容复的祖宗慕容氏，乃鲜卑族人。当年五胡乱华之世，鲜卑慕容氏入侵中原，大振威风，曾建立前燕、后燕、南燕、西燕等好几个国家朝代。其后慕容氏为北魏所灭，子孙四散，但祖传孙、父传子，世世代代，始终存着中兴复国的念头。中经隋唐各朝，慕容氏日渐衰微，“重建大燕”的雄图壮志虽仍承袭不替，却眼看越来越渺茫了。[④]

一如几部长篇中的大理段氏与蒙古王室，金庸在此将来自纪录(records)的历史事实(facts)，移植入故事(story)之中，从而以江湖武侠的角度诠释历史，释出新义。[⑤] 慕容家族被镶置于大历史的兴亡之中，慕容博的野心在于挑起宋辽纷争，令两国兵连祸结，闹得两败俱伤，从而坐收渔人之利。[⑥] 故此，他先诱骗中原武林人士袭杀萧远山一家，复以武力胁逼

---

① 相关论述可参阅宋伟杰：《论金庸小说的“家国想象”》，刘再复、葛浩文、张东明等编《金庸小说与二十世纪中国文学国际学术研讨会论文集》，明河社出版有限公司2000年版，第326页。

② 金庸：《天龙八部》，第2册第12章，第519页。

③ 金庸：《天龙八部》，第2册第12章，第524页；第15章，第636页。

④ 金庸：《天龙八部》，第5册第40章，第1726页。

⑤ Hayden White, “Interpretation in History”, *Tropics of Discourse: Essays in Cultural Criticism*, p. 60.

⑥ 金庸：《天龙八部》，第3册第21章，第920页。

中原武林，然却功亏一篑。或因终日纠缠于复国大梦，金庸笔下的慕容复几乎甚少心理活动与情感，他远至辽国参与驸马招亲为的亦是伺机崛起，却料想不到竟连番受辱，后来又以诡计胁迫段正淳传位于段义庆，并企图作为段义庆的义子以继其皇位，意图以大理之兵入侵中原以图复国。然而，无论是慕容博之苦心孤诣地挑起宋、辽争端以及江湖风波，或是慕容复之四处钻营，虽徒劳无功，同时却正是整部《天龙八部》中导致主人公萧峰于忧患中成长的肇事者，又阴错阳差地将萧峰推至风口浪尖，从而成为一代大侠。如此书写技巧，同样出现于《射雕英雄传》中的郭靖与《倚天屠龙记》中的张无忌身上。这正是金庸以历史意识融入武侠小说而令笔下人物串演出易鼎之际的种种可能性，由此突显其武侠小说之寄托所在，即侠客的一切所为，非止于江湖风波，而是与国家兴亡息息相关，由是展开犹如史诗般的画卷，进而增强侠客行动的正义性。金庸武侠小说书写了由中原武林自发的保家卫国的行动，其可歌可泣，较之《说岳》、《杨家将》、《呼家将》、《万花楼》、《五虎平西》、《五虎平南》等演义小说的官方抗战，可谓不遑多让，而其细腻动人之处，有过之而无不及。海登·怀特指出，心理治疗过程是在情节结构中换掉占主导地位的那些事件，“以另一个情节结构取而代之”。[①] 金庸成功的武侠小说总是在国族濒危之际，不采用正史般之君庸臣奸、忠臣受害之结构模式，而是突出江湖少侠从磨难中崛起以拯救天下苍生，如《天龙八部》、《射雕英雄传》、《神雕侠侣》、《倚天屠龙记》、《书剑恩仇录》、《鹿鼎记》，皆是如此。海登·怀特又认为：

> 最伟大的历史学家总是着手分析他们文化历史带有“精神创伤”性质的事件，例如革命、内战、工业化和城市化一类的大规模的程序，以及丧失原有社会功能却仍能继续在当前社会中起重要作用的制度。[②]

金庸以其武侠小说为国族疲弱的历史时空置换了情节结构，以大侠率领江湖人物抗击外侮，从衰颓转换为抗争，从消极阴暗转为昂扬光明，他不止治疗了由正史所带来的“精神创伤”，更藉此弘扬了消失已久的侠的精神。然而，金庸很明显地在《碧血剑》中过于拘泥于正史，从而失去其成功作品中置换情节结构的作用，亦即海登·怀特所言之历史与小说的相对比重(relative weight)的失衡，[③]由此而令整部小说失去其文学想象及其创造性之精髓。

何谓“侠”？金庸笔下并没有单一的侠，其主要作品往往借助异域因素而拓宽了“侠”的内涵。宋人视辽人为毒蛇猛兽，怨毒甚深，而曾为丐帮帮主的“乔峰”，一下子变为“萧峰”，从江湖上众口称颂的“大侠”一变而为“辽狗”，翻天覆地的身份转变，令乔峰无所适从，痛苦彷徨。彷徨无措的萧峰，当在雁门关口看见契丹人胸口的狼图腾后，才醒觉自己胸口亦同样有狼图腾的刺青。[④] 狼图腾终于令萧峰确认自己的种族，但他“心中苦恼之极”。[⑤] 确认身份

---

① ［美］海登·怀特：《作为文学虚构的历史本文》，张京媛主编《新历史主义与文学批评》，第166—167页。
② ［美］海登·怀特：《作为文学虚构的历史本文》，张京媛主编《新历史主义与文学批评》，第167页。
③ Hayden White, “Interpretation in History”, *Tropics of Discourse: Essays in Cultural Criticism*, p. 58.
④ 金庸：《天龙八部》，第2册第20章，第880—881页。
⑤ 金庸：《天龙八部》，第2册第20章，第881页。

后，萧峰惊觉自身作为辽人的狼性与蛮劲，从契丹老汉垂死之际的“狼嗥之声”而顿觉“心灵相通”，[①]再回忆聚贤庄上中原武林中人的无情无义，汉人与契丹人之限，刹那泯灭。萧峰终于明白：“我到底是汉人还是契丹人，实在殊不足道”，[②]种族之别与善恶无关，“不再以契丹人为耻，也不以大宋为荣。”[③]及至后来萧峰以武止戈，以下犯上，力阻辽帝南侵，其壮烈与仁义亦感动了以他为敌的丐帮中人：

> 吴长风搥胸叫道：“乔帮主，你虽是契丹人，却比我们这些不成器的汉人英雄万倍！”[④]

这一幕犹如海登·怀特所谓的“定格”（mirriored），[⑤]对种族的善恶之分做出了重新诠释。在此一刻，中原江湖中人亦因萧峰的仁义而改变了辽人与禽兽无异的观念。[⑥]然而，金庸又再写出汉人对契丹人萧峰之仁义的理解，彼等认为究其原因，亦只是因为萧峰自幼受少林高僧与丐帮汪剑通帮主的养育教诲，方才改了契丹人的凶残习性。[⑦] 即是说，此乃中原文化改变了辽人的凶残属性，最终汉人与辽人在属性上仍有所区别。由此可见，这“定格”的一幕，隐含了作者与小说人物的对萧峰不同判价。

在《笑傲江湖》中，西域美酒助令狐冲成为具魏晋风度之纯侠，丹青生以三招剑法换得西域剑豪莫花尔彻赠送的十桶三蒸三酿的一百二十年吐鲁番美酒，用五匹大宛良马驮到杭州后，他依法再加一酿一蒸，十桶美酒，酿成一桶。故此，此美酒历万里关山而不酸，酒味陈中有新，新中有陈。[⑧] 这葡萄美酒使嗜酒的令狐冲痛饮一番之外，金庸亦藉此将令狐冲纳入了侠的“魏晋风度”谱系。[⑨] 令狐冲凭借琴、箫合奏以及嗜酒的“魏晋风度”而成为“笑傲江湖”的游侠。

除了突显种族身份的胡汉冲突之外，金庸又书写出中原与异族在武功上亦难以种族而作区别。契丹人萧峰以“太祖长拳”攻玄难的“罗汉拳”，可是汉人玄难所使的少林寺拳法却来自天竺，[⑩]由此突显种族之争的荒谬。同样，萧峰之父萧远山的武艺，是辽国的一位汉人高手所传授。[⑪] 因此，萧远山力阻辽后对大宋用兵，乃是为了报答恩师的深恩厚德。从拳术之来源而蕴藏种族之争的省思，处处突显金庸历史之想象力如水银泻地、无孔不入，一如海

---

① 金庸：《天龙八部》，第2册第20章，第880页。

② 金庸：《天龙八部》，第3册第21章，第922页。

③ 金庸：《天龙八部》，第2册第20章，第884页。

④ 金庸：《天龙八部》，第5册第50章，第2189页。

⑤ Hayden White, “Interpretation in History”, *Tropics of Discourse*: *Essays in Cultural Criticism*, p. 51.

⑥ 金庸：《天龙八部》，第5册第50章，第2189页。

⑦ 金庸：《天龙八部》，第2册第16章，第698页。

⑧ 金庸：《笑傲江湖》，第2册第19回，第815页。

⑨ 关于金庸武侠小说中“魏晋风度”的论述，可参阅陈岸峰：《金庸武侠小说中的“魏晋风度”》，《文学评论》（香港），2015年第36期（2月），第78—88页。

⑩ 金庸：《天龙八部》，第2册第19章，第851页。

⑪ 金庸：《天龙八部》，第3册第21章，第918页。

登·怀特所言：

> 一个优秀的职业历史学家的标志之一，就是不断地提醒读者注意历史学家本人对在总是不完备的历史记录中所发现的事件、人物、机构的描绘是临时性的。[①]

因此金庸武侠小说在一定历史事实的基础上构成的文学想象，基本均朝向一个共同的目的——参预历史诠释。例如，宋朝边境官兵对辽人之所为：

> 好几个大宋官兵伸手在契丹女子身上摸索抓捏，猥亵丑恶，不堪入目。有些女子抗拒支撑，便立遭官兵喝骂殴击。[②]

> 那军官大怒，抓起那孩儿摔了出去，跟着纵马而前，马蹄踏在孩儿身上，登时踩得他肚破肠流。[③]

简而言之，宋、辽本无分别，胡、汉各有恶行，如此书写，则为正史所无：

> 历史学者在努力使支离破碎和不完整的历史材料产生意义时，必须要借用柯林伍德所说的"建构的想象力"(constructive imagination)，这种想象力帮助历史学家——如同想象力帮助精明能干的侦探一样——利用现有的事实和提出正确的问题来找出"到底发生了什么"。[④]

借着宋兵虐杀辽人的场面，金庸无疑颠覆了中原的历史书写，而颠覆的勇气则蕴含了对历史书写的质疑，亦存在对异域的包容。这无疑便是柯林伍德(R. G Collingwood)所说的批判性与建构性(critical and constructive)的诠释策略。[⑤] 在追问纷争的历史真相的努力之后，金庸武侠小说并没有为种族之争提供出解决的方法，而是将中原与异族的种种纠缠的复杂面呈现于其武侠小说之中，绝非简单的"夷不胜华"。[⑥]

种族之争，虽炽烈而无稽，却终难解决，而在漩涡挣扎中，在力挽狂澜而终究无力回天的悲壮中，则彰显了侠客的人性光辉。

五、胡汉之恋

胡、汉之势不两立，乃《天龙八部》、《射雕英雄传》、《神雕侠侣》、《倚天屠龙记》、《书剑恩仇录》、《雪山飞狐》、《飞狐外传》以及《鹿鼎记》中的主要冲突元素。驱除鞑虏、还我河山，岳飞(鹏举，1103—1142)的精忠报国及其《武穆遗书》乃金庸作品之基本要义，最终在《倚天屠龙记》中由张无忌将《武穆遗书》转赠给徐达(天德，1332—1385)，终由徐达驱逐元蒙，助朱元

---

① [美]海登·怀特：《作为文学虚构的历史本文》，张京媛主编《新历史主义与文学批评》，第161页。

② 金庸：《天龙八部》，第2册第20章，第878页。

③ 金庸：《天龙八部》，第2册第20章，第879页。

④ [美]海登·怀特：《作为文学虚构的历史本文》，张京媛主编《新历史主义与文学批评》，第163页。

⑤ Hayden White, "Interpretation in History", *Tropics of Discourse: Essays in Cultural Criticism*, p. 59.

⑥ 宋伟杰：《论金庸小说的"家国想象"》，刘再复、葛浩文、张东明等编《金庸小说与二十世纪中国文学国际学术研讨会论文集》，第326—327页。

璋(国瑞,1328—1398)建立由汉人统治的大一统江山。而《碧血剑》、《飞狐外传》、《雪山飞狐》、《书剑恩仇录》以及《鹿鼎记》则又再度书写明、清易鼎后,天地会反清复明的抗争,虽前仆后继,却挥不去无力回天的哀怨。由此而言,民族主义思想在金庸武侠小说中极之炽烈。正因如此炽烈的民族主义,在烽火连天的易鼎之际与民族大义的危急关头,金庸武侠小说中的胡汉之恋,更是肝肠寸断,脍炙人口。

一般的情况下,金庸武侠小说的结局均是大侠退隐异域,虽壮志未酬,而金庸又往往为彼等安排了异域美人相伴。《天龙八部》中被揭发契丹身份的丐帮帮主萧峰,在被中原武林围攻、追杀之际,获得大理皇弟段正淳的私生女阿朱一往情深的爱慕,从而使他在人生的黑暗时期重获生存的希望:

> 乔峰一怔,回过头来,只见山坡旁一株花树之下,站着一个盈盈少女,身穿淡红衫子,嘴角边带着微笑,脉脉地凝视自己,正是阿朱。[①]

这一幕非常动人,堪称神来之笔。爱情凌驾一切种族界限,因此萧峰深受感动地说:

> 萧某得有今日,别说要我重当丐帮帮主,便叫我做大宋皇帝,我也不干。我宁可做契丹人,不做汉人。[②]

同样,如天神般的乔峰,别说他只是契丹人,便是魔鬼猛兽,阿朱也不肯离他而去。[③] 种族之混合,先在阿朱心中开花,阿朱认为萧峰是"汉人也好,是契丹人也好,对我全无分别。"[④]《射雕英雄传》中,成吉思汗(铁木真,1162—1227)因郭靖有功而钦赐为"金刀驸马",郭靖与华筝虽青梅竹马,可郭靖自回归中原后却对黄蓉一见钟情,由此背弃婚约,虽有划地封王的利诱亦不为所动,突显的是作为汉人的郭靖对爱情与国族的追求与忠贞。《倚天屠龙记》中的蒙古郡主赵敏亦为了张无忌而甘愿汉化,[⑤]波斯少女小昭为了张无忌而甘愿回归波斯出任总坛教主。《书剑恩仇录》中的陈家洛更同时获得回疆的霍青桐与香香公主两姐妹的垂青,而他却将香香公主转赠予乾隆(爱新觉罗·弘历,1711—1799),以作政治筹码,虽是为大我而牺牲小我,却亦间接突显其政治无能,由此揭示恢复汉室之无望。

然而,不幸的恋情亦因种族歧见而生,《天龙八部》中的丐帮副帮主马大元的夫人康敏因在洛阳牡丹会上自觉不受萧峰(乔峰)青睐,便以其身世的秘信而兴风作浪,从而掀起一场江湖巨变。《白马啸西风》中的李文秀与苏普虽青梅竹马、两情相悦,然却因为晋威镖局掠夺并杀害哈萨克族人,自此"哈萨克人对汉人甚为憎恨"。[⑥] 纵然精通《可兰经》的阿訇卜拉姆解释了伊斯兰教允许与汉人通婚,然而成为哈萨克族人心中英雄的李文秀终归也没法与她心

---

① 金庸:《天龙八部》,第2册第20章,第869页。

② 金庸:《天龙八部》,第3册第21章,第924页。

③ 金庸:《天龙八部》,第2册第20章,第882页。

④ 金庸:《天龙八部》,第2册第20章,第882页。

⑤ 金庸:《倚天屠龙记》,第4册第32章,第1329页。

⑥ 金庸:《白马啸西风·雪山飞狐》,明河出版社2004年版,第385页。

爱的苏普在一起，只能孤身匹马返回中原。[①]

由以上这些细节的描写，可见金庸的身份穿梭于小说家与历史学家之间：

> 历史学家在研究一系列复杂事件的过程时，开始观察到这些事件中可能构成的故事。当他按自己所观察到的事件内部原因来讲故事时，他以故事的特定模式来组合自己的叙事。[②]

金庸乃以侠客的成长故事及其爱恨情仇，诠释历史。换言之，金庸乃以武侠写历史，他不止是小说家，而是带有诠释历史目的的小说家。

胡汉之恋在金庸小说中增添了异域的浪漫情调，而更多的是异族美女情倾中原大侠，这无疑亦是民族主义叙事的一部分。异域虽为中原带来动荡，为主人公带来挑战，却因为爱情的联系，又成为主人公退而归隐的选择。

六、潜修去国

异域乃金庸武侠小说中的双刃剑，既是挑起中原江湖风波、危及国族之根源，同时又是主人公修炼以重塑江湖、拯救国族以至于去国归隐之所在。异域虽然荒芜，却是侠客潜心修炼或隐居的好地方。《射雕英雄传》中的郭靖先从蒙古人那里学会摔跤之术，此技能令他在桃花岛上与西毒欧阳锋较量时不落下风。[③]《倚天屠龙记》中的张无忌在冰火岛上获得义父金毛狮王谢逊的严格训练，随后因被朱长龄追捕而掉落昆仑山附近的悬崖，在洞中获苍猿赠予《九阳神功》，又被布袋和尚背上光明顶，因缘际会于乾坤一气袋中练成“九阳神功”，继而又在光明顶的秘道中获明教教主阳顶天留下的“乾坤大挪移”心法，练成神功，后来再获波斯令上的波斯神功。此中，最为微妙的异域潜修的好处莫过于长年漂流于孤岛的谢逊，冰火岛的寒与热原来对谢逊的身体大有好处，故其武功造诣虽不及仇人成昆，然而其身体却因长年在冰火岛生活而异常健壮：

> 他年纪比成昆小了十余岁，气血较旺，冰火岛上奇寒酷热的锻炼，于内力修为大有好处，百余招中丝毫不落下风。[④]

最终，谢逊就凭其在冰火岛中不自觉而获得的体力战胜了本来武功比他强的成昆，终于报仇雪耻。此外《书剑恩仇录》中隐于回疆的陈家洛，自小便获天池怪侠袁士霄传授武功；《连城诀》中的狄云，在雪山中练习血刀老祖的刀法；《侠客行》中的石破天被谢烟客带上摩天崖，又因缘际会学得一身怪异武功，继而在荒岛上获史小翠传授金乌刀法，其后又在侠客岛石壁上无师自通地学会以蝌蚪文写成的“侠客行”武功。此中最为曲折离奇而精彩万分的是《天龙

---

① 金庸：《白马啸西风·雪山飞狐》，第 444 页。

② [美] 海登·怀特：《作为文学虚构的历史本文》，张京媛主编《新历史主义与文学批评》，第 166 页。

③ 金庸：《射雕英雄传》，第 2 册第 18 回，第 770 页。

④ 金庸：《倚天屠龙记》，第 4 册第 39 章，第 1631 页。

八部》中，虚竹被天山童姥挟持往西夏地下冰窖，学会了天山折梅手与天山六阳掌，由此一跃成为与萧峰段誉鼎足而立的三大高手之一。

同样，每当中原江湖道义沦丧，主人公唯有被迫离开故土，短期或长期潜藏归隐于异域。《天龙八部》中的萧峰因契丹身份被揭发而被迫辞去丐帮帮主之位，被中原武林追杀，心灰意冷之下潜返辽国。在途中，萧峰因缘际会，先后备受女真首领完颜阿骨打与辽国皇帝耶律洪基的礼遇。萧峰因救了耶律洪基之命而与他结为兄弟，后又助其重夺政权而被封为南院大王。萧峰以武止戈，阻拦了辽帝南侵，最终亦一死以谢罪，其后由阿紫抱着跳在昔日他父亲萧远山跳下的悬崖之下，仿如回归母体。《倚天屠龙记》中的张无忌出生、成长于冰火岛，因此甚为眷恋冰火岛"没人世间的奸诈机巧"，[①]后因朱元璋的逼宫，他不得不携蒙古郡主赵敏归隐蒙古。《碧血剑》中的袁承志在华山学艺之后下山，不久就便被推举为七省盟主，又在短时间之内尽识崇祯(朱由检，1611—1644)之无能、李自成(1606—1654)之荒谬以及皇太极(1592—1646)之英明，[②]在无可奈何之下，率众退隐海外。同样，长平公主亦拜木桑道人为师，前往藏边修炼武功。[③]《书剑恩仇录》中的陈家洛早年潜居回疆，从天池怪侠学武，担任天地总舵主，在与乾隆多番周旋较量之下，无功而返，又隐居回疆，后来又在《飞狐外传》中偶回中原，却恢复无望，终日郁郁寡欢。《连城诀》中的狄云虽成长于湖南，但在连串的迫害之下，他与水笙在雪山之中暗生情愫，最终仍是返回雪山隐居。

由此可见，异域作为侠客潜修之理想所在，至于是否可以成为去国归隐之处却大成问题。萧峰便死于他出生的辽国，张无忌天真地选择蒙古归隐，至于陈家洛之隐居回疆而没有《白马啸西风》中李文秀与回民所发生的矛盾，原因在于天地会与回疆在政治上连手抗清，有利益上的一致之处。由如此的结局，金庸又颠覆了传统古典小说中的功成名就的成功结局，挫败了读者在阅读上的惯常期待(to frustrate conventional expectation)，一方面符合历史事实的结果，同时又颠覆了古典小说的结构模式，即英雄不一定成功，成功者不一定是英雄，如张无忌去国，朱元璋称帝，陈家洛隐于回疆，乾隆当国，基本上从《天龙八部》、《射雕英雄传》、《神雕侠侣》、《倚天屠龙记》、《书剑恩仇录》以至于《鹿鼎记》，均是如此的书写模式。

然而，若与江南的书写如杭州、嘉兴相较之下，金庸对异域风土人情的着墨与渲染显然不够，萧峰所在的辽国，段誉与郭靖及陈家洛所成长的大理、蒙古及回疆，均甚少涉及地理与民俗，这一点可谓是白璧微瑕。

七、总　结

透过异域书写，金庸亦对中原的江湖作出了批判与反思，中原的江湖人物并非想象中的

① 金庸：《倚天屠龙记》，第4册第31章，第1283页。

② 有关"甲申之变"的专著，可参阅陈岸峰：《甲申诗史：吴梅村书写的一六四四》，香港中华书局2014年版。

③ 金庸：《碧血剑》，第2册第20章，第760页。

义薄云天，更多的是蝇营狗苟，猥琐卑下，重塑江湖与拯救国族的往往是来自异域的少侠，如萧峰、段誉、虚竹、郭靖、张无忌等等。异域的政权崛起，亦是由于中原政权颓败，故此金庸武侠小说几乎都是对中原政治的批判，从两宋君主，以至于崇祯、李自成，无一不是昏庸害民之主。金庸所创造的异域与中原两个世界，彼此互相渗透，既互侵，复互补。金庸之异域书写，实际是对中原的另一种书写，可以说是超越历史与意识形态的历史诠释。

论小说与电影《半生缘》中的服饰描写映像

王　璟*

（山东工艺美术学院 人文艺术学院，山东 济南 250300）

内容摘要：1966 年张爱玲将其早年作品《十八春》改编成小说《半生缘》，在民国时期纷繁的战争背景下，关注游离于大都市中的普通民众的生活轨迹以及情感历程，1997 年导演许鞍华又将其改编为电影。无论是张爱玲还是许鞍华，都为故事人物精心搭配了服饰，试图借助社会服饰规范，使角色获得各自社会范畴中行动的相对自由，借以表达自己的创作意愿，实现文本的艺术价值。本文以《半生缘》中人物服饰的影像变幻为切入点，意在阐述张爱玲亦或许鞍华对作品中人物服饰描写根植性、表征性、创新性的影像描写，以变幻多姿、寓意深刻的服饰，隐喻作品的悲剧意蕴并阐发人生思考。

关键词：张爱玲；许鞍华；《半生缘》；服饰描写；人性思考

电影《半生缘》改编自张爱玲在 1966 年对其早年作品《十八春》改编的小说《半生缘》。导演许鞍华在 1997 年将张爱玲的经典小说《半生缘》改编为电影，是 13 年后许鞍华与张爱玲继《倾城之恋》之后的再度“合作”。《半生缘》以男女主人公沈世钧和顾曼桢 18 年的悲欢离合为主线，同时穿插两人与顾曼璐、祝鸿才、叔惠、石翠芝和豫瑾等人的情感纠葛。主人公们受命运和人性的拨弄，一再与真爱失之交臂，流转于时代转型背景下沉浮、蜕变，十几年弹指一挥间，再见时已是面目全非，使人产生一种深深的痛楚和悲凄。在民国时期纷繁的战争背景下，张爱玲完成了一部悲剧的书写，她关注的是游离于大都市中普通民众的生活轨迹以及情感历程，恰如其诠释的那样：“我甚至只是写些男女间的小事情，我的作品里没有战争，也没有革命。我以为人在恋爱的时候，是在比战争或革命的时候更朴素，也更放恣的。”①导演许鞍华在尊重原著的原则上，怀着浓郁的人文情怀，利用摄影机位、运动画框的节制性，在

---

* 作者简介：王璟，女，山东济南人，山东工艺美术学院人文艺术学院讲师，硕士研究生（在读博士），主要从事中国现当代文学思潮研究。本文为国家社科基金重大项目“中国现当代文学制度史”研究成果。

① 张爱玲：《流言》，十月文艺出版社 2009 年版，第 188 页。

有限的取景范畴内立体式、全方位地解读了《半生缘》中复杂、变幻的人物性格和人生轨迹。曼桢温雅的"蓝布罩袍"(小说)、绛红色开身毛衣(电影),抑或曼璐的"一件苹果绿软缎长旗袍,倒有八成新,只是腰际有一个黑隐隐的手印"(小说)、红底白点儿旗袍搭配紫色镂空披肩(电影)……无论是张爱玲还是许鞍华,都为故事人物精心搭配了服饰,试图借助社会服饰规范,使角色获得各自社会范畴中行动的相对自由,借以表达自己的创作意愿,实现文本的艺术价值。本文以《半生缘》中人物服饰的影像变幻为切入点,意在阐述导演许鞍华对原著中人物服饰描写根植性、表征性、创新性的"二度创作",以变幻多姿、寓意深刻的服饰,隐喻作品的悲剧意蕴并阐发人生思考。

一、从"深蓝布罩袍"到"百褶裙":根植于人物身份特质的角色代言

在文学作品、影视剧作的艺术创作过程中,服饰描写作为一种有效的艺术创作手法,成为艺术反映现实生活的有机组成部分:它一方面借助"略神取貌"的艺术表现手法,动态地渲染故事气氛、推动情节发展,另一方面又利用艺术创作者为人物设定的特定服饰搭配,含蓄蕴藉地揭示出人物内在特质。张爱玲小说创作的特点之一即是将服饰描写作为人物刻画的一个重要艺术手段,细致入微、巧妙精到。恰如小说《半生缘》中,顾曼桢温雅隽秀的"蓝布衫",抑或顾曼璐艳丽醒目的"苹果绿软缎长旗袍",既有助于强化人物塑造的肖像性,又能够凸显人物性格,展现特定历史时期人物生活的真实精神状态。

20 世纪 30 年代的上海以时尚前沿的身份引领着中国时装的潮流,比如 1925 年流行的"上海装",它的最大特色"就是上身的袄子愈变愈短,下边的裙子却愈变愈长"[①],甚至长可拖地,并在两年之内流行遍中国的各大都市。小说《半生缘》中大多数女性的衣着,也典型地反映了当时上海女性追逐时尚、引领潮流的服饰心理,恰如南京富家小姐石翠芝身穿"乌绒阔滚的豆绿软缎长旗袍,直垂到脚面上"[②],意在利用长可拖地的软缎新潮旗袍炫耀自己的显赫家境。相比石翠芝,张爱玲在小说《半生缘》中将曼桢塑造为外表柔弱内心坚强、隐忍的女性,搭配了泛白的蓝色罩袍:"围着一条红蓝格子的小围巾,衬着深蓝布罩袍,倒像个高小女生的打扮。蓝色罩袍已经洗得绒兜兜地泛了灰白,那颜色倒有一种温雅的感觉,像一种线装书的暗蓝色封面"[③]。在 20 世纪三四十年代,蓝色棉布被人们称为"阴丹士林蓝",色调素雅、面料雅质,成为"时尚的宠物,深受女学生、女职员乃至闺阁小姐的喜爱"[④]。曼桢所穿的"深蓝布罩袍"朴素大方,恰如其分地凸显了曼祯神清气爽的人格魅力,让读者真切感知曼桢娴淑、温婉纯净的独特气质。因此,即使是这般简约质朴的装扮,足以让世钧看见曼桢时由衷生发出"心醉"的感觉。此时进入文学文本的服饰描写已经超越了服饰蔽体遮羞的使用价

---

① 吴昊:《中国妇女服饰与身体革命(1911—1935)》,东方出版中心 2008 年版,第 140 页。

② 张爱玲:《半生缘》,十月文艺出版社 2009 年版,第 63 页。

③ 张爱玲:《半生缘》,十月文艺出版社 2009 年版,第 5—6 页。

④ 黄强:《衣仪百年:近百年中国服饰风尚之变迁》,文化艺术出版社 2008 年版,第 22 页。

值，而上升为具有人格化、精神性的角色代言，用以隐喻曼桢在清贫家境中形成的倔强、坚忍、执着性格，以及为理想而奋斗的内在气质。

小说《半生缘》中世钧"心醉"的心理描写恰如其分地凸显了曼桢"深蓝布罩袍"的服饰魅力，而小说中人物的心理描写则是电影改编者遇到的一大难题。小说文本所展现的人物心理活动是读者深切阅读体悟之后的审美共鸣，在电影创作中，这种间接体悟就需要运用特殊的电影镜头语言转化为直观的视听形象与观众产生内心的共鸣，既不能晦涩难懂，也不能苍白无物，正如美国著名编剧悉德·菲尔德所言："小说时常发生在人物的脑海内"，而电影"涉及的是外部情境，是具体的细节……是一个用画面来讲述的故事，它发生在戏剧结构的来龙去脉之中"。[①] 相比原著，电影《半生缘》在对曼桢的服饰设计中，一方面根植于曼桢温婉、内敛的人格特质；另一方面，鉴于电影拍摄主要采用阁楼、走道等狭小的取景方式以及通篇灰暗色调的灯光设置，因此在电影中曼桢的服饰发生了些许变化：褪去了"深蓝布罩袍"，身穿绛红色开身毛衣搭配百褶裙，脚踏黑色皮鞋搭配白色丝袜，小说中的灰色大衣也转化为色彩更加靓丽的米色或者黄色呢质大衣。同时，在电影《半生缘》中，导演许鞍华多借助擦肩、雨中、道白等镜头语言将小说文本中慢节奏的服饰变化转化为声画语言，成功地实现了从小说文本中的心理描写过渡到电影镜头的立体影像化表达。

例如，在电影开篇，许鞍华采用女主人公曼桢平淡的旁白方式，娓娓道来曼桢与世钧的相识："他来这里好几个月了，我总共见过他四次，每一次他都好像看不到我"：与世钧的第一次相遇，曼桢躲在屋檐下避雨，身穿米黄色毛呢长款大衣，绛红色毛衣搭配黄灰竖条纹百褶裙，黑灰方格围巾搭配红色绒线手套，这时世钧从远处躲雨冲撞进来，两人相视片刻；第二次相遇，曼桢黑灰方格围巾变成红黄白灰小方格围巾；两人第三次相遇是在工厂的车间里，曼桢黄灰竖条纹百褶裙变为黄粉小方格长摆裙；第四次相遇曼桢是在公共汽车站，曼桢刚要上车，世钧冲过来抢先上去。这时曼祯的外套换成了一件浅灰色皮质大衣，仍旧戴着那副红色绒线手套。综观电影开端的四个场景，许鞍华采用了有节奏的闪回、转换等移动画面，在不经意之间，通过服饰的变换、搭配，以及穿着在曼桢身上所凸显的特质，吸引了世钧的注意，"在我年轻的时候，我做过许多没有原因的事，也有许多过后就忘记的面孔，直到有一天她突然在我面前出现"。曼桢在电影中多变的服饰，无论是款式还是色彩，既增强了电影影像表达的立体化效果，又能借助色彩的渐变迎合电影的整体氛围，并有效渲染了曼桢坚韧、乐观的个性。另外，电影《半生缘》中关于曼桢的服饰设计多变却不离其宗，既能够透过服饰使观众感知曼桢温婉、坚韧、乐观的性格，又借助服饰引出曼桢与世钧相识、相知的故事线索。电影一方面借助开襟毛衣、百褶裙、黑色皮鞋、白色丝袜这类在20世纪三十年代时髦的装束凸显了曼桢少女时代开朗、活泼的靓丽光影，另一方面，与电影中曼璐华丽的金色短袖旗袍以及翠芝欧化的水晶别针、贝雷帽、黑墨镜相比还略显质朴，就连南京沈世钧家里的佣人也用

① ［美］悉德·菲尔德：《电影剧本写作基础》，中国文联出版公司1985年版，第154页。

一句"从上海来的小姐穿得不怎么时髦"评价了曼桢一贯温婉、大方的衣着风格。由此可见，无论是小说文本还是电影改编，创作者巧妙利用了人物角色的服饰装扮，将其作为一种符号和象征物，用于显现人物固有的行为方式和精神品格。从"深蓝布罩袍"到"百褶裙"，张爱玲亦或许鞍华，均根植于角色身份特质，借助质朴、温婉的服饰语言真实彰显了曼桢独特的人格魅力，恰如罗兰·巴特所言："服饰可以被当作符号来对待，一面是样式、布料、颜色，而另一面是场合、职业、状态、方式"①。

二、从"黑手印"到"红色长穗披肩"：借助服饰表征性，揭示角色多舛的命运变化

电影《半生缘》在忠于原著的基础上做了诸多细部调整，通过人物动作以及蒙太奇、音画同步、闪回等电影语言，从小说文本上升到全方位的影像解读，更直接地让观众体会到作品中角色人生轨迹的波折与人物命运多舛的无奈。无可置疑，无论是小说原著还是电影改编，创作者均巧妙地运用服饰表征人物，寓意作品中角色坎坷不平的人生轨迹，进而揭示出隐藏在服饰背后的复杂心态暗示和心理变化。

以曼璐为例，在小说文本和电影改编中，曼璐的服饰以旗袍居多，"苹果绿软缎长旗袍"(小说)、"深紫色绸旗袍"(小说)、"金色软缎镶花短袖旗袍"(电影)、红底白点儿长旗袍(电影)……曼璐身穿的多款旗袍裁剪合体、色彩丰富、艳丽醒目，玲珑有致的曲线将一名上海交际花奔放抑或落寞的特质淋漓尽致的显露无遗。在小说中，张爱玲描写曼璐衣着时多"略形貌而取神骨"，用形象而简劲的文学语言渲染服饰的局部或特定位置，以期透过服饰描写展现曼璐多舛的人生境遇，并昭示出角色的精神秉性。小说开篇，上海舞女曼璐身穿"苹果绿软缎长旗袍"出场，在楼梯口打电话时嗓音"尖锐刺耳，同样地娇滴滴的，同样地声震屋瓦"，身体"连连扭了两扭"②，张爱玲细腻地展现了曼璐身体扭动、言语娇嗔的姿态，精彩地诠释了其舞女职业的特殊性质。曼璐所穿的"苹果绿软缎长旗袍"，靓丽、新潮、修身，不仅面料新潮时尚，而且旗袍款式也符合 20 世纪二三十年代"旗袍下摆开始趋长，长及脚踝或腓下部"③的流行趋势，其着装目的直指社会名流人士的注目。与此同时，张爱玲为曼璐娇艳、摩登的"八成新"旗袍装点了异样的"配饰"：即旗袍腰际处的"一个黑隐隐的手印，那是跳舞的时候人家手汗印上去的"。④ 舞池中的曼璐终日卖笑，以伴舞作为谋生手段，借助各色靓丽的旗袍和热情奔放的舞姿换取收入供养家人。纵使其姿态娇媚而奔放，服饰艳丽且摩登，浓重的舞台妆"红的鲜红，黑的墨黑，眼圈上抹着蓝色的油膏，远看固然是美丽的"⑤，终究无法

---

① [法]罗兰·巴特：《流行体系——符号学与服饰符码》，敖军译，世纪出版集团 2000 年版，第 24 页。

② 张爱玲：《半生缘》，十月文艺出版社 2009 年版，第 16 页。

③ 袁仄、胡月：《百年衣裳：20 世纪中国服装流变》，三联书店 2010 年版，第 158 页。

④ 张爱玲：《半生缘》，十月文艺出版社 2009 年版，第 16 页。

⑤ 张爱玲：《半生缘》，十月文艺出版社 2009 年版，第 17 页。

突破其职业的社会轻贱性以及身份低微化的禁锢。

此时，曼璐腰际黑隐隐的手印呈淡黑色，“看上去却有一些恐怖的意味”，具有预示其坎坷命运的表征性，它既揭示了曼璐不惜利用其夺目的服饰和窈窕的腰肢以期跻身上流社会的媚俗心态，又暗含了曼璐光鲜的交际花生活背后无助、绝望的内心际遇，小说开篇便为曼璐短暂、多舛的人生经历涂抹上一层苍凉的色彩。小说通过设置具有悬念的服饰描写渲染氛围、暗喻角色命运，使人物一出场就获得了极大的关注，并引起读者对人物命运的揣测。透过“苹果绿软缎长旗袍”腰际间那处具有“恐怖的意味”的“黑隐隐的手印”，张爱玲运用其精细的笔触为读者绘制了一幅生动传神的现代都市舞女的服饰图画：浓艳的舞台化妆、黑隐隐的手印，让这位魅力无限的舞女“近看便觉得面目狰狞”，表现出无限的苍凉感，也表达了作者对曼璐可恨、悲凉、无奈的人生际遇独特而深刻的理解。

在电影《半生缘》中，许鞍华对于曼璐的服饰搭配依旧遵循小说华丽、悲凉的主题，小说中精到、生动的文本细节化描写转化为一系列特定电影镜头和有声画面的组合。在电影中，曼璐因为其舞女的工作性质不得已与初恋情人豫瑾分手时，身穿绛红色素布长旗袍。伴随着豫瑾不舍的眼神和留声机悠长的音乐，曼璐毅然决然地走出了弄堂。电影对准曼璐背影的长镜头，给观众设定了一个幽暗、凄凉的外视角，充满凄婉、哀怨之感。随着交叉蒙太奇的运用，曼璐拉长化的背影变换为上海一处酒店走廊上摆放的花瓶阴影，此时曼璐身穿缎面金色竖条旗袍搭配红色长穗披肩突然造访酒店，找寻“客人”王老板。当曼璐被王老板冷落时，尴尬的表情和披上披肩时狠狠的眼神取代了小说中那个引发无限联想的“黑隐隐手印”，动态、立体地展现了曼璐坎坷、爱恨交织的人生轨迹。在电影中，“缎面金色竖条旗袍”依旧靓丽、摩登，与其搭配的“红色长穗披肩”作为鲜活的服饰语言取代了小说文本中“黑隐隐的手印”，一方面凸显了中国20世纪30年代“在旗袍外面罩了披肩”①这一流行的女性装扮，另一方面，备受冷落的曼璐尴尬整理披肩的动作伴随着披肩底端红色长穗的抖动，将电影中曼璐欲罢不能、争风吃醋的感情历程立体地呈现在观众面前。

三、从“骆驼毛大衣”到“白色软缎长旗袍”：创新性服饰画面运用

自彩色电影问世以来，服饰这一立体、动态构成元素就以其华美精致的造型、绚丽适时的色彩和意蕴丰富的历史文化内涵，为电影这种视觉艺术形式提供了诠释影片思想内涵的更加直观的方式。例如，不同于小说开篇借助“一家饭铺子”里曼桢与世钧不期而遇的娓娓道来，电影《半生缘》开篇通过拉镜头、空镜头、声画同步、音画平行等镜头语言预示了曼桢与世钧这对有缘无分的恋人遗憾的人生悲剧。在工厂阴暗的过道中，男女主人公相向而行，此时过道中昏暗的灯光象征了他们相知相恋时的一丝快乐和慰藉。而后，两人方向相反，各自走向了过道的尽头。此时跟镜头拉伸变为长镜头，随后镜头迅速拉开，并最终定格在狭长走

① 黄强：《衣仪百年：近百年中国服饰风尚之变迁》，文化艺术出版社2008年版，第29页。

道这个外视角中，并借助画外音和空镜头引出故事。配合电影多变且极具预示性的镜头转换，电影中人物的服饰搭配在根植于小说文本主题意蕴的基础上，也进行了变幻与创新。例如，在小说《半生缘》中，曼璐的紫色旗袍见证了她与豫瑾纯洁的爱情，红绒线手套对于勾连世钧与曼桢的爱情历程至关重要，戒指则是二人重要的定情之物。电影《半生缘》在叙事过程中，通过变幻的服饰搭配为电影增添了可观瞻性，以服饰多变的色彩和新潮的款式突破视觉上的一成不变，给观众以强有力地视觉冲击，借助视觉画面和镜头的衔接实现对人物命运的探究和拷问。从品读文本到观赏画面，影视服饰以其多样化的形式特性，作为一种符号暗示，指代着光影服饰画面背后的巨大信息内涵。

在电影《半生缘》中，导演许鞍华在处理原著悲凉、无奈的人生境遇时，除了运用秋冬时节来营造影片的黑灰色基调之外，在细节设置上也颇下工夫，其中服饰的作用功不可没。小说《半生缘》中，当曼璐病入膏肓，带着曼桢被姐夫祝鸿才强奸而生下的阿宝祈求曼桢回来照顾孩子时，张爱玲运用反差式的服饰描写暗喻了曼璐命运的波磔以及其即将走到尽头的短暂人生："曼璐瘦得整个的人都缩小了，但是衣服一层层地穿得非常臃肿，倒反而显得胖大。外面罩着一件骆驼毛大衣，头上包着羊毛围巾，把嘴部也遮住了，只看见她一双眼睛半开半掩，惨白的脸上汗滢滢的，坐在那里直喘气。"①曾经艳丽的苹果绿旗袍变成了素色骆驼毛大衣，臃肿沉重的服饰反衬了曼璐身体的虚弱，再厚实的羊毛围巾也遮挡不住其惨白的脸色和满脸虚弱的汗水。张爱玲此处对于曼璐服饰打扮的描写，充满了对其命运的暗示，强有力地展示了曼璐坎坷苍凉的人生。在电影语言描写中，导演许鞍华感叹曼璐可恨而又可悲的人生命运，为其在电影画面中设计了鲜有的白色服饰：白色软缎长旗袍搭配白色羊毛披肩，手包、耳坠甚至手链等饰物全是白色。白色服饰在电影《半生缘》整体灰暗的色调中并不常见，它虽代表着纯洁、神圣，但白色服饰的过度运用借助色彩的刺激感带给观众强烈的视觉冲击力，寓意曼璐曾经艳丽夺目的人生终究在遗憾与忏悔中逝去；另一方面，过分的同一性色彩搭配造成了人物着装的被动性，此时的曼璐已逝去了清纯高雅的美感，而变得了无生气，抑郁、懊悔充斥在一袭白色服饰之中。

与此同时，电影《半生缘》与小说文本一样，十分重视人物配饰在影片中的价值，它既是描摹人物行为、丰富人物性格主要的手段，又对勾连故事情节起到了十分重要的作用。小说文本与电影拍摄过程中，均运用曼桢那副"红绒线手套"隐喻曼桢与世钧爱情初期的甜蜜以及饱受磨难之后的无奈结局。在电影中，除了曼桢的"红绒线手套"，影片又增添了一副曼桢想要赠予世钧的皮手套。二人因为家庭门第悬殊的争吵使得曼桢负气收起了本想赠予世钧的皮质手套，而当曼桢被囚禁在祝鸿才家时，曾收到家里送来的衣物，皮箱最上面放置着象征希望的红手套，而那副没有送出的皮手套被搁置在很多衣物之间。影片中这种"搁置性"的情节设置具有双关效果，以手套喻手，一方面预示着男女主人公情感、生活轨迹的隔阂；另

---

① 张爱玲：《半生缘》，十月文艺出版社 2009 年版，第 261 页。

一方面也象征着人生的悲凉和无奈，让充满希望的人失去希望、让原本幸福的故事走向了悲剧的结局。曼桢正在摩挲那副未能送出的皮手套，影片镜头拉伸，采用了变焦的拍摄方式，以一个上升的镜头将曼桢背后窗外正往外走的世钧的背景纳入画面，这时影片如此设计情节，比小说中曼桢听到世钧到访嘶声的呼喊更加让人惋惜，感叹命运的玩弄与无奈，恰如影片中曼桢所言："如果我和世钧真的结婚，生了几个孩子，那一定不会是个故事"。一副未能送出的皮手套，既寓意着温暖，也暗示了隔阂与错过。电影《半生缘》创新性地选用手套作为象征爱情的信物，既非中国传统的香囊、手绢、扇子之类，也非张爱玲惯用的月亮、镜子等意象，勾连故事情节，并借助服饰的视觉隐喻作用，通过服饰这一指代人物个性心理的符号来向观众传达多种意念，直观、立体地揭示了作品寓意人生的悲悯情愫。

由此可见，电影《半生缘》中女性角色的服饰搭配相比小说文本而言更加鲜活、多变且动态，能够直观地表现人物波磔的生活轨迹，另外人物服饰的合理搭配能够让观众更加立体地了解人物性格、品味人物的心理变化，对于进一步解析情节发展具有极大的帮助。此时，电影中的服饰已不再是一件单一的衣服，而是带有强烈感情色彩的特殊道具，无论是立足色彩、款式等外在物象的视觉刺激，还是内在的对人物内心的审视，电影《半生缘》中服饰的巧妙应用可以使观众在感受到艺术美感的同时，与剧中人物在情感上产生共鸣，并随着剧中的矛盾冲突与主人公一起心情起伏。

结　语

文学可以品读出作者创作的心境、倾注于小说人物之上的情感。电影镜头作为一种立体式、全方位的解读方式，从不同层面加入导演的风格，在一定程度上超越了语言，更直观、更形象，也更具有象征意象。借助了大量真实而平凡的影像语言例如服饰、音乐、色彩等，通过精心捕捉的画面，准确地把握了人物的内心情感，很好地完成了对小说人物形象、艺术意蕴的再创造过程。许鞍华与张爱玲"二度合作"，在尽力展现原著风格的基础上，巧妙地运用了变焦、特写、入画、蒙太奇等现代电影技巧，使得《半生缘》在电影艺术中同样具有艺术价值和欣赏价值，让这个哀怨的故事彻底以宿命的结局完成"苍凉"的主题。

论李永平《大河尽头》中的欲望书写

郭俊超[*]

（南京大学 中国新文学研究中心，江苏 南京 210023）

内容摘要：旅台马华作家李永平在华文文学创作领域成就卓著，其近年力作《大河尽头（上卷）·溯源》和《大河尽头（下卷）·山》充满浓郁的文化气息，具有独特风格。本文以"欲望"为论述中心，探讨文本在欲望书写背后生发的意义和价值以及具体体现。该文分三部分展开论述：1. 主人公少年永在与克丝婷等一群女性/少女的欲望纠葛中完成了成长启蒙，获得了对婆罗洲历史和自己身份的体悟；2. 欲望中的放逐、罪恶与疗救；3. 场域物象与地景色彩的欲望化投射和文字的欲望化表达。

关键词：李永平；《大河尽头》；欲望书写

人之"欲望"包含多个层次，总体而言，可区分为追逐物质性欲求的物质欲望与追逐精神性欲求的精神欲望，本文的"欲望"侧重于其狭义的一面，主要指建立在"情欲"基础上的某种需求和满足，把情欲统摄下的"情"和"欲"作为窥探欲望的符码。

李永平在《大河尽头》中用绵密繁复、饱胀着生命原力的"文字雨林"重塑了一个不断疏离他的热带雨林原乡。十五岁的主人公支那少年"永"在大河溯源之始，从资深的白人探险家嘴里听到的那句话——"生命的源头，永，不就是一堆石头，交媾和死亡"——如咒语一般在故事中反复出现，似乎成了昭示故事核心的密钥。如果像李永平所自我表白的，"河流代表的是大自然一股神秘、充沛，有时温柔有时狂野，令人深深着迷的生命力"，[①]那么这条通向"圣山"的朝圣之河与其说是追寻"原乡"之路，毋宁说是一条鼓荡着各种生命原动力及历史鬼魅的"欲望之河"。王德威在小说的序中指出，殖民、后殖民论述，离散写作以及异国情调和地方色彩这些制式结论都能轻易被熟悉理论者在文本的阐释中派上用场，那么这一串的制式结论其实都被贯穿在"欲望"的节点上。"循环在不忍和不堪，救赎和堕落之间，李

* 作者简介：郭俊超，男，南京大学中国新文学研究中心 2013 级博士生，研究方向：台港暨海外华文文学。

① 《李永平谈〈大河尽头〉：人终究要回家》，《文汇报》2011 年 5 月 9 日。

永平的欲望叙事一发不可收拾”,[①]李永平为他的“欲望书写”建构了一个神秘、阴翳而又充满诱惑与癫狂的“伊甸园”,使本应虔诚圣洁的宗教般的朝圣之旅伴随着欲望发酵之下的罪与罚,这种二律背反的书写彰显着叙事的张力。“文化对欲望的叙述,就是用一套与欲望满足相关的价值与意义作用于人们的选择”,[②]以“情欲”视角反观下的欲望作为一种生理和心理机制,通过叙述和书写的方式可以产生新的文化意义。

一、欲望萌动下的成长启蒙和自我追寻

情窦初开的十五岁少年永的溯源之旅被裹挟进几个女性的情欲纠葛中,他在姑妈克丝婷带领下到河尽头、天尽头“探访达雅克人的圣山峇都帝坂,寻找生命源头”的旅程,最终成了一段因“情”生“欲”,因“欲”生“情”的孽缘。他有意无意的“窥欲”却触摸到一个个孤魂的伤疤以及印刻在伤疤上的放逐和死亡,这群乌合之众的探险队仿佛成了一群“迷路的归魂”,在潮湿、酷热、诡异的热带雨林迷宫中演绎着成长、寻找和救赎的故事。陈芳明在《台湾新文学史》中谈到这本小说时指出:“性幻想构成李永平文学心灵的关键支柱,他的身体不断成长,他的知识不断累积,却总是陷入不满足的情欲向往。”[③]

永在见到克丝婷之初,最先被她混杂着“汗酸”、“丽仕香皂味”以及“奶酪香”的母体吸引,她的身体像“无比深邃丰沃的宇宙”,“我好想从此不醒,真的,我只想蜷缩着身子,永远憩息在她那个幽暗滋润的洞穴”。当他和克丝婷在一起时,他总能闻到一种奇异的味道,一种充满浓稠又甜蜜,腐败又诱惑的幽密味道。作者写到永听到克丝婷在橡胶园的闺房中自慰,以及自慰声中携裹的无可奈何叹息,让他想到小时候父母交欢时他听到的母亲的叹息;他嗅到克丝婷身上甜蜜、腐败混杂的气息时,他也会想到祖母去世时身体流出的尸水中散发的“腐烂、酸臭”和“甘甜”,诱使他忍不住去吸嗅。少年永自然有其不断觉醒的性欲,而克丝婷则成了反复刺激其欲望的核心,主人公在爱、母爱、性爱交织的多重张力下,倍感煎熬。[④] 黄锦树甚至针对下卷指出,“叙事的核心,是少年叙事者的情欲萌发,与姑妈之间的情欲双人舞。反复的神圣的女人/受难的女人,反复的引诱、驱近又远离”[⑤]。在叙事中,由女性的身体以及伴随而来的“性”的诱惑逐渐揭开了主人公向雨林深处窥探的密码。年龄、身份、肤色、历史和不同创伤经验的区隔,使二者不断处于若即若离的抗拒姿态中,欲望为相互的身份演绎提供了可能,同时也为发现对方、发现自己建立了互动和沟通的桥梁,“主体不是与生俱来的秉有自我意识的理性主体,它不会把他人当作打量的客体对象,而是在‘欲求’的象征

---

① 王德威:《大河的尽头,就是源头》,选自李永平《大河尽头(上)·溯源·序论》,上海人民出版 2012 年版,第 8 页。

② 程文超:《欲望的重新叙述——20 世纪中国的文学叙事与文艺精神》,广西师范大学出版社 2005 年版,第 15 页。

③ 陈芳明:《台湾新文学史》,台北联经出版事业有限公司 2011 版,第 713 页。

④ 朱崇科:《大历史抑或自我的原乡》,《文汇报》2012 年 7 月 7 日。

⑤ 黄锦树:《石头与女鬼——论大河尽头中的象征交换与死亡》,《扬子江评论》2013 年第 5 期。

性上和他人建立相互的‘间性’而最终使主体自身成为可能”。[①] 作为父亲的旧情人，“老相好”，姑妈克丝婷和永一路溯源的过程中，维持了一种暧昧的关系，姑妈的身份给他们罩上了一层毫无血缘关系的伦理色彩，暗示了他们之间在一开始就相互处于一种尴尬的位置上。这种关系逐渐演化，他们由初始若即若离的情人关系逐渐转化为母子关系，再演化为互为救赎的关系。各色白人的情欲仅为追逐女性的肉体，永的情欲混合着本能的冲动、对情人的爱恋和向母体融入的对永恒归宿的探索，他甚至向克丝婷直言“娶你为妻”，“你的子宫才是我心目中真正的桃花源”。离圣山愈加接近时，他的欲望化归为对自己身份和婆罗洲历史的探索和反思，“克丝婷，人生就像她们一样吗？永远飘荡在湖面上，永远在寻找最后的永恒的归宿……就像你，就像——我”。

永的身上混合着原始本能欲望和恋母情结的双向驱动，黄锦树讨论李永平“文字修行”的评论，可为这种关系做一种描绘：“欲望投射于对象选择上的暧昧性(生物的/文化的)造成的性别错位及不断倒溯(regress)至前伊底帕斯情节及前进于伊底帕斯情节的门槛上，使得主体性建立过程中处于摇晃不定的位置上。”[②]永和克丝婷能共同探溯大河之源，一方面，永在自身解除了父权的枷锁(父亲的不在场)之后激发出了冒险、猎奇和探欲的本能的冲动，另一方面，他身上投射了作者的“浪子情节”，打上了李永平离散和漂泊的印记；对于克丝婷而言，她的身体/身份被撕裂，游走在腐朽、堕落的不甘和寻找归宿、自我救赎的焦虑之间。永的成长和启蒙是建立在克丝婷及其周围的一群女性的身体/历史之上的，身体之上的历史叙事和欲望的发酵相生相伴，永和克丝婷的彼此救赎和精神洗涤的过程是在不断荡涤掉混杂着迷失感、耻辱感和罪恶感的欲望的过程，把欲望洗礼以还欲望于本来面目，即爱和生殖(繁衍与重生)。

作者不断渲染永对克丝婷的身体欲望，情欲的纠葛，在身体和性欲的互缠纠结中揭开一段逐渐清晰的私人隐秘史和婆罗洲现代史。永先是在红毛城的木瓜园中目睹了包括克丝婷在内的探险队的30个男女队员月夜下乱交，“三十个男女光着身子，一窝儿缠绢交叠在地上，汗湆湆喘吁吁”，“那群男女迷失心窍似的兀自缠绕在一起，哼哟唉唷交媾不停，雾影迷离”。这群白人来到婆罗洲，脱去了文明的外衣，展现了人性堕落的一面，同时，对克丝婷来说，也有在原欲的激荡下自我腐朽的意味，暗示后面由各色人等由性的欲望所带来的原罪。致使克丝婷半疯半癫的“心魔”是在日本侵占期间，她被关在集中营里成为日本泄欲的工具，子宫破烂，丧失了生殖能力。克丝婷多次给永讲述她这段过去的遭遇，“他们成群结伙排队欺侮我，一个接一个轮番进入我的小房间，在两席大的榻榻米上掏出他们的家伙，像一匹野兽爬到我的身上践踏我……把我的子宫捅破，害我这辈子不能结婚，不能生自己的孩子。那

① 程文超：《欲望的重新叙述——20世纪中国的文学叙事与文艺精神》，广西师范大学出版社2005年版，第375页。

② 黄锦树：《流离的婆罗洲之子和她的母亲、父亲——论李永平的“文字修行”》，选自黄锦树：《马华文学与中国性》，远流出版事业股份有限公司1998年版，第314页。

时我是个十六岁的处女”。从女主人公不断的描述中，可以看到殖民者采取的性暴力政策，在象征的意义上蕴含着殖民者赤裸裸的武力征服，这显然是婆罗洲挥之不去的历史伤疤。在《大河尽头》中，殖民或者后殖民的方式，往往是通过白人男性对土著少女身体的占有和掠夺进行暗示，“你们白种男人对婆罗洲最感兴趣、最感好奇的就只两件玩意儿：伊班妇女的乳房、达雅克男人的葩榔”。克丝婷少女时期被日本占据者践踏而变得放荡和疯癫；十八岁的阿依曼被美国嬉皮玩弄后怀孕而遭抛弃；九岁的土著女孩伊曼在鲁马加央木瓜园中被峇爸澳西叔叔诱奸时喊出“达拉！萨唧！”的声音像咒语一样不断在永耳畔呢喃；十二岁的小圣母马利亚·安娘怀上了西班牙老神父皮德罗的孩子，最后跳河自杀，其魂灵一直追随永来到的巴望达湖。永目睹了白人男性的欲望倾泻在婆罗洲的少女身上所带来的死亡和放逐，由此窥探到婆罗洲历史深处的殖民伤疤、文明的堕落甚至种族的冲突，身体（特别是女性的身体）成了各种欲望/权利角逐的战场。在普劳·普劳村的客店“二本松别庄”，这个二战时日本军官的俱乐部里，“蛮荒与文明的交界点”，永化身为日本武士斩人平次郎，如着了魔一般拿着二战时日军切腹的日本刀对日本妈妈桑进行性的威胁并逼迫其切腹自尽，之后永一方面替克丝婷斩杀践踏她的日军无头军魂，一方面觊觎克丝婷的肉体，并视其为荡妇，逼其自尽。显然，作者借主人公精神在时空错乱中所激荡的迷离情欲以及被附魔的身体，来演绎殖民的历史创伤，由此永浑浊的欲望接受了洗礼，其精神完成了和历史的对接，永重新发现了克丝婷/婆罗洲，这个女人/情人/荡妇转化为了承受苦难与罪恶并拥有巨大包容性的慈母，诱惑的肉体转为受难的母体，“个人在性和情欲的启蒙，构成了李永平思考历史债务的原始场景。透过对性和成长的历程的描述，力比多冲动似乎已经演化成历史伤痕中难以释怀的债务，构成不可自抑的抒情动力”①。

拉康认为主体建构过程需要经历一个“镜像阶段”，永从女主人公这个“母体镜像”以及婆罗洲这个象征的母体里面完成了对自我的重新建构，少年的成长和成熟需要相应的启蒙经历，正如康德对“何为启蒙”的那段经典阐述，启蒙是“人类脱离自己所加之于自己的不成熟状态。不成熟状态就是不经别人的引导，就对自己的理智无能为力”②。以此而言，克丝婷不但在身体和情欲方面给永以诱导，使其最终由少年转化为成人，从心理和精神的成长方面，永也在克丝婷的帮助下完成了蜕变，获得了勇气，也获得了对历史、原乡、身份新的体悟和经验。

二、欲望之花的复瓣：自我放逐、罪恶与疗救

在《大河尽头》中，以克丝婷为主的一系列女性形象延续着作者以往的风格，多以受难者的姿态出现。对于克丝婷的遭遇，可用失身（被日本人性侵）、失爱（因为战争，失去初恋情人）、失根（回不去荷兰，在婆罗洲基本没亲人）、失后（被阉割，子宫撕裂，不能生育，橡胶园后

---

① 高嘉谦：《性、启蒙和历史债务——李永平〈大河尽头〉的创伤和叙事》，《扬子江评论》2013年第5期。

② ［德］康德：《历史理性批判文集》，何兆武译，商务印书馆1991年版，第22页。

继无人）来概括。在小说的叙事中，特殊的遭际致使克丝婷变成一位多重欲望交织互缠的女性，一方面殖民地经验（对于克丝婷来说，既是殖民者，后又成为被殖民对象）无法释怀的身心伤害让其陷入自我放纵和放逐的情境中，她变得疯癫、淫荡，情欲饱满丰沛，充满煎熬，似乎无处发泄，实则是自我的主体无处放置的精神焦虑的外泄。克丝婷一方面充满着回归的欲望，不仅仅是找到原乡，更是渴望找回完整的自我，找回作为女性生命成长的连续性。罗鹏在论述李永平的《海东青》时提到小说中的少女在时间和性欲上的间性："一方面，正是由于（少女们）自己相对未成熟的性而被别人性化了，另一方面她们也常常被作为'将来完成式'性化的对象"。[1] 这一点在《大河尽头》中也有很明显的体现，包括女主人公在内的几位女性都是在少女时期被外来者以强占或诱迫等方式掠去贞操。小说中永不断遇到的那个扎着辫子的普罗小女孩多次出现，这个女孩总让永回忆起小学时到沙捞越内陆健行时所碰到的那个土著小姑娘，克丝婷提醒说，很多普南小姑娘会被神父带出丛林，也许几年后他们会出现在阿姆斯特丹古老的红灯区。一方面，这群作为东方受难象征的少女（女主人公在某种程度上已经半土著化了）形象，的确很容易使我们联想到婆罗洲的殖民史，婆罗洲化为了他们弱小的残破的躯体。另一方面，从生命的孕育而言，母体的孕育本来意味着出生和延续，在小说中，孕育却成为附着在少女身上的魔咒和恶灵，在躯体中植下"心魔"，意味着受虐、早夭和死亡，无法正常完成个体的延续和成长。这些被强暴或诱奸的少女本来是以纯洁的圣女/观音的形象存在的：在浪·阿尔卡迪亚村，永碰到一个有着圣母名字的玛利亚·安娘，姑妈克丝婷的全名克莉丝汀娜·玛利亚·房龙也嵌含着圣母之名，这些失贞于外来男人的少女，成为过去被"性化"乃至未来继续被"性化"的对象，圣女之身化为肉身混血的"女鬼"，不得不以"漂泊"甚至"自我放逐"的姿态游荡于婆罗洲湿热阴诡的雨林中。由此可见情欲下的侮辱乃至性暴力所引发的罪恶如何撕裂女性的身体/身份/信念，这些受难女性的对立面是永/作者倾诉和反观的对象：永远长不大的朱鸰以及那个总以相似面目与永不断相遇的普罗少女，因为停滞生长，所以阻隔了分裂，这种圣女/圣母形象只能停滞在由文字建构的记忆原乡中。

朱崇科在分析《吉陵春秋》时指出热带雨林是一座"恶托邦"本土，认为这种"对于不同地域的'恶托邦'书写其实和作者的本土关怀息息相关"，无论是想象的共同体——发展着的中国文化，还是南洋的本土情结，"李永平的旅行本土书写在精神上都是无法圆满的，为此恶托邦倾向、色彩可能也是一个永远的伴随，只是程度不同而已。"[2]而在《大河尽头》中，作者倾情追怀的"伊甸园"也同样展现着"恶托邦"的面目，因为这是一座被畸形情欲填塞的欲望化了的"伊甸园"。叙述者视真正的婆罗洲为"太初之时的洪荒世界——人类堕落之前，西菲利

---

① 罗鹏：《祖国与母性——李永平〈海东青〉之地形魅影》，选自周英雄、刘纪蕙编《书写台湾：文学史、后殖民与后现代》，麦田出版2000年版，第365页。

② 朱崇科：《旅行本土：游移的"恶"托邦——以李永平的〈吉陵春秋〉为中心》，《华侨大学学报（哲学社会科学版）》2007年第3期。

斯还未出世的伊甸园”，而此时的伊甸园少女却都成为了西方男人追逐临幸的对象，成为西菲利斯（梅毒）的祭品，成了“失乐园”，他们把“达雅克人和伊班人的原乡，赤道的原始森林……幻化成圣经中那座荒废、失落、几千年后终于复得和重返的伊甸园”。猎取少女/侮辱女性的畸形情欲满足不但成了无节制的贪欲/罪恶的反照，竟也成了他们新的殖民手段和消费方式。被当地人奉为贵宾的伟大魔法师白人澳西叔叔披着宗教和当地政府部门顾问的行政外衣巡视鲁马加央长屋，他如酒醉般癫狂忘我的魔术表演实则是畸形情欲的外露，是为了猎取土著小女孩满足自己的一己私欲的欺骗和表演，而当地人不但浑然不觉还对其热情欢迎。探险队的艾克力森兄弟，在劝酒女面前不能自已，“这哥俩那两对碧绿眼瞳子却只管勾勾地，一瞬不瞬地，死盯着劝酒娘的胸口那两菰子汗湩湩、直欲滴出乳汁来的木瓜奶。如影随形，两对眼睛虎视眈眈”。更为令人喟叹的是，在当地家喻户晓，被视为英雄、诗人、传奇人物的探险队成员安德鲁·辛蒲森爵士，竟然在圣山脚下的雨林中建造一座苏丹后宫，秘藏四名爪哇女郎供自己泄欲，他的妻子安妮博士在地下贮藏室也与一群达雅克青年乱交，实验各款伊班葩榔的功能和效用。她作为葩榔的研究专家，搜集大量葩榔竟是用来作为泄欲的器具，充满着强烈的反讽意味，指向了文明人的伪善。这种西方男性/东方女性（西方女性/东方男性）的关系是建立在一种占有/被占有、侮辱/被侮辱的关系上，因其披着宗教、政治、探险、科学等所谓西方文明话语的外衣而更具蒙蔽性和欺骗性，其实质仍是一种“西方本位/东方他者”的种族主义和殖民性的立场。从当地土著人毫无自觉甚至盲目迎合的姿态上可以看出东方世界在心理层面的“自我殖民化”情形，“西方的东方主义论述已经影响以至主宰了东方人对于世界及自己的想象”。① 另一方面，相比女主人公不断讲述的日本人武力征服中的性暴力掠夺，上述的欲望已经包裹在了社会组织的生产方式之中，“欲望不仅是一种个人的产物，更是社会的产物，它渗透到社会组织之中，因而欲望的生产和社会的生产是一种同构关系”。② 欲望生产与经济、政治、文化生产相伴而生，特别是殖民欲望附着在这类生产的底层。同时，也可以发现，“殖民欲望不完全是简单的侵略和占领，而是一种‘嫁接’和‘杂交’”，③小说中的红色新唐城镇几乎就成了现代资本文明嫁植到婆罗洲的缩影，也是被移植到南洋本土的“吉陵”，又能在这里面看到《朱鸰漫游仙境》中情欲台北的亘重魅影。街上的小女郎坐在妓院门口，甚至还有“一窟小人妖”系着红纱笼，排排坐着侯客，而当年在女主人公身上暴力泄欲的二战日本兵，如今却化为伐木工人和游客在这城镇里毫无惭色地嫖宿/消费土著少女，南洋婆罗洲几乎化为“情欲恶托邦”。

在小说叙事中，从性别差异上来说，李永平在婆罗洲里操弄情欲的手段可谓多姿多样，西方男性及日本人/土著少女，西方男性/西方女性，半土著化的支那人（永）/半土著化的西

① 赵稀方：《后殖民理论》，北京大学出版社2009年版，第84页。

② 赵稀方：《后殖民理论》，北京大学出版社2009年版，第134—135页。

③ 赵稀方：《后殖民理论》，北京大学出版社2009年版，第135页。

方女性(克丝婷),西方女性/土著男性。这种不一而足的情欲展演,除了混杂着男性霸权、殖民和后殖民的制式符号,演绎着南洋历史的浑溶性之外,李永平还在这种欲望书写中复含着一种焦虑:他的漂泊感,对充满罪恶原乡的紧张感,他探寻圣山寻根溯源的救赎是否只是一种建构在文字原乡上的意淫,“一般而言,原乡的追寻只是在回望一段逝去的美好,但他笔下的原乡却充满罪恶,似乎有一种狰狞的魅力”。[①] 他的缪斯女神,那些充满圣母/母性气质的土著少女,皆成为情欲化的对象,母体已死(或死亡或堕落),而终被他视为母体的克丝婷,却是一个被阉割的荷兰女性,她口口声声要用自己的身体把不足月的永重新孕育,但她能否以自己溃烂的子宫把永重生,或者溯源之路仅仅是造就一段孽缘,永的血是否能融入混血与破碎的原乡肉身?作为外来女性,克丝婷的身体却最有婆罗洲气质,因为她身上最能汇聚婆罗洲的历史和现实,她的存在成为婆罗洲历史比较直接的隐喻。在圣山上,二者以人类最原始的欲望方式性与生殖来完成彼此的救赎,确实显现了母体的强大召唤力和自我修复力,永由此从少年变为男人,身体和精神获得净化,但也是否意味着他因此离原乡越来越远,暗示他自身文化因子的愈加混杂性,只能以遥望的姿态而无法回归。

“身体政治的核心原则就是避免将自我身体沦为他者的欲望物,避免被他者剥夺、利用和主宰。女性身体一旦沦为他用,就成了欲望客体,丧失了对自己身体的主导权。”[②]婆罗洲女性被这些混杂着殖民色彩的男性进行性掠夺甚至生殖掠夺之后,女性的认同发生了危机。这部小说容易使人联想到沈从文的《边城》,《边城》中少女翠翠充满浪漫主义的守望姿态成了回望原乡时定格的纯贞,翠翠没能留住情人,白塔倒掉,但少女仍然是完整的,她本属于边城的一部分。而《大河尽头》中的女性一旦成为欲望的客体,她对主体(自身/母土)的认知发生分裂,她们近乎迷狂地漫游在雨林中以各种方式对自我身体/精神进行修复和疗救,释放自己内心的郁结/欲结。克丝婷在溯源路上不断哼唱那首古老的荷兰民谣,“新婚”、“爱”、“女儿”、“荷兰”、“分离”、“绝望”等各种词汇勾勒其内心的迷茫和焦灼,不断倾诉自己离散的身世,通过民谣的移情达到疗伤的目的。在长屋夜宴上,克丝婷酒醉后癫狂般一遍遍地吟诵土著人的舂米歌,一如酒神再现,荷兰古谣/土著民谣成了其分裂身份的象征,只能以迷狂的吟唱方式释放内心的欲望(对爱、原乡、重生)。同样,孩子夭折的阿伊曼总是唱着如招魂一般的摇篮曲倾诉类似的情结。正如米兰·昆德拉在作品中所言:“我们所歌唱的只是一个回忆,一个纪念碑,一个对已不复存在的东西所作的想象中的保留。”[③]不断重复的歌谣,成了歌唱者自我叙事的方式,营构了一种新的安置自我的时间和空间,间接建立了一种对缺失的补偿机制,“叙事让人重新找回自己的生命感觉,重返自己的生活想象的空间,甚至重新拾回

① 胡月霞:《李永平的原乡想象与文字修行》,《浙江大学学报(人文社会科学版)》2005年第1期。

② 艾尤:《在欲望和审美之间——论二十世纪八十年代以降台湾女性小说的欲望书写》,苏州大学2006年博士论文,第39页。

③ [法]米兰·昆德拉:《小说的艺术》,孟湄译生活·读书·新知三联书店1992年版,第133页。

被生活中的无常抹去的自我”。[1] 阿伊曼魂灵追随永到达血湖与永共浴，安娘魂灵像念叨咒语一般紧跟永到达圣山脚下，向永倾诉自己孕育之谜，最后回归到婴儿湖。阿伊曼在永身上寻回了儿子，安娘以永为情人，也是另一种形式的对创伤的弥合。

三、欲望下的丛林魅影：场域物象、地景色彩的欲望化投射与文字的欲望化表达

婆罗洲作为一座南洋岛屿，远离现代文明中心，既有诡奇纯净的原始野景，也有浸满情欲诱惑与历史创伤的现实奇观，原欲/原罪的激越和堕落迷失的神伤交融投射在场域景观和地景色彩上，溽热繁密的雨林中蕴藏的蛇、月、河等各类物象都被赋予充满欲望/身体/性的隐喻色彩，给予了欲望意涵以层次感和丰富性。蛇本是南洋常见的动物，主人公在大河溯游中不断见到蛇的踪影，蛇总不期而遇，在树丛水中溜动交配，“两条水蛇扭摆着那四呎来长，通体皎白，点缀着蕊蕊红斑的身子……癫癫狂狂噼啪噼啪交缠着，双双遁入河对岸那一洼幽密的水草里”，“黄白花纹的大蟒蛇……紧紧交缠着两条裸白身子，光天化日下公然交配呢”，诸如这样的叙写在文中不断出现。蛇在《圣经》伊甸园里本是邪恶的象征，亚当夏娃受蛇引诱才偷吃禁果，所以蛇在叙事中俨然成了原欲/原罪的化身。人的身体也总被赋予蛇的色彩，“一群红毛男女脱光衣服，赤条条白皎皎，一窝子几十条交缠的婆罗洲白蟒似的……边漂流边交媾”。而鲁马加央长屋主人身上刺的“五条蜿蜒绻缱吐信的蟒蛇”似乎又暗示着伊班男性的蛮野、勇力和复仇，复现着伊班男人猎取人头时的原始冲动，以及进入文明世界前的杀戮欲望。男女主人公是在中国鬼月出发探大河之源，一直到月圆之夜登上圣山，月亮构成这段朝圣/驱魔之旅空间镜像的重要组成。一方面，在中国文学传统意境里，“望月”意味着“望乡”，另一方面，月光与女鬼阴魂不散，增添了冒险之旅的奇幻和幽暗，使得作者塑造的欲望情境变得迷离和浓郁。在故事背景中，月亮和月光既作为自然物象映照人的情绪变化和欲望流动，又成为少女身体的显影，“这枚月亮……只是月弧扩大了，好像一个豆蔻年华的少女偷偷怀了胎”。在下卷作者专门有一节题为《峇都帝坂的月娘》：“那原本细细弯弯的一道月弧，不知不觉间逐渐扩大了，膨胀了、变得日愈圆润盈满。到后来，她竟像个羞答答地怀了一对双胞胎的小母亲”。月亮竟成了残缺的女性/受孕女性身体展示，既是创伤，又是重生。月亮是见证婆罗洲历史的黑暗之心，又是荡涤欲念，获得洗礼的原乡召唤，“月亮悄悄升到了中天。霎时，我整个人浸沐在满山普照、无比温柔明媚的慈晖中，暖洋洋，心情登时变得宁静澄明，杂念全消”。而婆罗洲的大河，“摇身一变，幻化成一条黄色巨蟒”，不断鼓荡着原始生命力，又成了“女阴”的暗示，以“王者的阳具”命名的伊班长舟溯河而上，进入圣山这一母体的子宫，“孕育”和“生殖”的意蕴就愈加凸显。“那丛丛的原始雨林不妨就是女体的延伸，而

① 刘小枫：《沉重的肉身——现代性伦理的叙事纬语》，华夏出版社2004年版，第3页。

还有什么比那座赤条条耸立的圣山能明白暗示男性欲望”。[①] 被西方人不断开垦的处女河冲走大量垃圾，展示了大河/母体对历史罪恶洗刷的能力，土著向导伸手打捞印有金发美女保险套的情节，似乎又蕴藏着叙述者对婆罗洲的未来的忧虑。

李永平在文字的运用上也凸显着欲望化的倾向，在充满身体暗示的色彩、感官及身体物象方面不遗余力，一方面确实增强了抒情的力度和地方色泽的渲染，另一方面，对身体/性暗示的过度泼墨，似乎又逐渐缺失了如《吉陵春秋》般的某种凝练和纯粹，浓稠的文字成了书写欲望的倾泻，造成了情感的无节制的泄露。诸如作者多用“红色”和“白色”来增强欲望和肉体的视觉化和直观性。在地理环境的摹写、物品的刻画、人物特征的塑造上，无不打上了这样的特点，诸如道路像红色大章鱼、红色城市新唐、红土地、红色雨林、血湖、猩红的残霞、西方人白皮红毛、红滟滟黄澄澄的尸水、红幽幽的床灯、苏丹后宫的红木书橱等，另有阿伊曼穿着的水红笼纱，桑高镇上歌女穿的红缎子小旗袍，肯雅族小伙子腰间系的红布裆布，克丝婷脚趾甲上涂得殷红如血，以及白皮猪公、白皮无毛的细腿、白雪雪一片芒草原、苍白的乳房、白璧无瑕的一具成熟女尸等等不一而足。对这种色彩的强调，一方面的确能显现地理特征、地域的混血、种族的混杂，以及强化了肉欲和暴力的浸淫，这些怪异灿烂的方块字构筑了一座关于原乡想象的“象征的森林”，另一方面，这种色彩的反复演绎是否也会令读者胃口遭遇过分餍足。在身体物象方面，诸如澳西叔叔阳具上的葩榔，竟以十字架装饰，葩榔本是当地的性工具，阳具上装饰葩榔成为当地的习俗，在土著男性身上，是雄性魅力的象征，而澳西叔叔阳具上葩榔装饰的十字架，赤裸裸成了在救赎的假面下恋童癖的畸形表露，昭显着殖民者借公务泄私欲的伪善面孔。也有论者提到艾氏兄弟扭断龟头所展现的“阉割”隐喻，[②]这是否显示着对原乡回归（龟）的虚妄。小说文本中，作者对身体（男性、女性、动物、尸体）的具象描摹上，多以“性欲”的感官视角切入，带有一点“审丑”的色彩，这种颇具陌生化效果且充满情欲色彩的审丑性的文字雕刻，彰显着主体的压抑和戕害，也刻画出婆罗洲在和平的外衣下依旧残破和被西方变相侵袭的现实。

---

① ［美］王德威：《婆罗洲的“魔山”．永平《大河尽头（下卷）·山·序论》，上海人民出版社 2012 年版，第 6 页。

② 王荣耀：《〈大河尽头〉中的男性书写和回归书写》，《世界华文文学论坛》2013 年第 2 期。

1980 年代话剧创作中的民族文化空间的审视

丁文霞*

（安徽工程大学艺术学院，安徽 芜湖 241000）

八十年代获得启蒙身份意识的剧作家在“人的重新发现”的“新启蒙”运动中，所关注的视角从社会政治层面转向文化深层价值结构层面，在对民族历史文化的观照中，戏剧的“人学”主题得到深化。剧作家从文化叙事、个性叙事角度探询民族文化、人的解放等视域的现代性建构。

一、文化怀乡与文化批判

在八十年代“文化热”的背景下，剧作家将关注的焦点转向民族历史文化，对民族文化的双重认识与双重态度使剧作家在创作时呈现两种情怀：一方面在情感上掀起文化“寻根”的浪漫激情，另一方面对国民性格予以理性批判以重建民族精神，同时民族精神的重建也包括对东方审美人格的发现。

（一）民族文化空间的开拓

所谓文化寻根，是作家们对自己的文化材料用全新的眼光加以观照，它既包括对民族传统文化的回归，又包含一种反省意识，作家们意欲在对文化之根的回归与反省中建构新的民族精神价值体系，韩少功认为作家的责任是要“释放现代观念的热能，来重铸和镀亮这种自我”①。阿城认为“文化制约着人类”，“对中国文化的重新认识应该是重要的一部分”②。剧作家们与民族文化深刻的精神联系是剧作得以向民族文化空间发掘的内在动因。对经典文本的改编是剧作家深入民族文化空间的一种方式，如剧作家陈白尘改编鲁迅名篇《阿 Q 正传》。显示八十年代话剧创作实绩的《狗儿爷涅槃》，无论是内容还是形式都更多受到民族文化的滋养。说到内容来源，刘锦云说：“对老一代的中国农民，对他们的生活，他们的遭遇，他们的命运，他们的追求，他们的苦乐以及他们的心理状态，有比较深刻的了解和体会。”③对

---

* 作者简介：丁文霞，安徽工程大学艺术学院教师。

① 韩少功：《文学的“根”》，《作家》1985 年第 4 期。

② 阿城：《文化制约着人类》，《文艺报》1985 年 7 月 6 日。

③ 锦云：《关于“狗儿爷”》，《文艺研究》1988 年第 1 期。

生活和人物的熟悉是创作成功关键所在，对民族形式的采用，也是这部剧作得以成功的另一关键所在，而剧作家对民族形式的吸收仍然源于民族戏曲的艺术滋养，在《狗儿爷涅槃》里能看到说唱艺术、河北梆子戏、京戏等传统戏曲影响的痕迹。如果说刘锦云对农村的熟悉以及对民族形式的娴熟运用保证了《狗儿爷涅槃》的成功，剧作家何冀平则是从对北京市井文化的深入调查采访获得创作的感性直观，从源远流长的美食文化中翻腾出一出“警世寓言剧”。《桑树坪纪事》里歌、乐、舞的结合展现出西部黄土高原苦难中的风情。《古塔街》是一首“关于关东历史和风骨的苍凉、隽永的咏叹诗”①。剧中人物郝大力的父亲是研究辽金史的专家，他的生命随着古塔的扒倒戛然而逝，古塔作为文物已经超越时空的局限获得永恒的生命，它是传统文化生命的象征载体。剧作家们通过对民族历史文化空间的深入开掘使戏剧创作获得深厚的文化底蕴。

戏剧对民族文化空间的开拓还包括对民俗风情的现代观照。周作人在《药味集·缘日》中谈道：“从前我常想从文学美术去窥见一国的文化大略，结局是徒劳而无功，后始省悟，自呼愚人不止，懊悔无及，如要卷土重来，非从民俗学入手不可。”风俗是一个民族精神品性、文化风貌的民间展示形式，它是民族文化的历史沉淀。八十年代“新启蒙”运动背景下对民俗的观照更多关注于其与时代的不合宜，而如鲍曼认为，“现代存在迫使它的文化站在自己的对立面。这种不和谐恰恰正是现代性所需要的和谐”。② 对民风陋习的批判正是鲍曼所说的“不和谐”中的“和谐”。不同于郝国忱在《扎龙屯》里对跳大神、送殡等民俗作为古老民族文化积淀所持的复杂情感态度，《红白喜事》里对算卦求神、包办婚姻、重男轻女、大办红白喜事、遗弃女婴、赌博、“借寿”等民风陋俗予以批判，剧作家用笑声将其送进了历史的坟墓；《桑树坪纪事》里展示的是童养媳、“转房亲”等陋俗给女性带来的巨大身心痛苦，剧作家站在启蒙立场上，对人主体性的压抑、人性的沉沦、对女性的摧残的陋俗给予批判与否定。

（二）文化人格的批判

文艺理论家胡风坚持认为：“（人民）他们底精神要求虽然伸向着解放，但随时随地都潜伏着或扩展着几千年的精神奴役底创伤。作家深入他们要不被这种感性存在的海洋所淹没，就得有和他们底生活内容搏斗的批判的力量。一般地说，这就是思想的武装。”③如果说当年胡风理论及其在胡风理论感召下的创作遭遇厄运，到了八十年代剧作家真正运用“武装”起来的“思想”批判“精神奴役的创伤”，用现代意识观照文化人格的伤害和扭曲，这里探讨的文化人格是指在一种文化氛围中长期浸染所形成的一种带有群体性特征的人格。

曹禺在三十年代创作的《原野》里塑造的仇虎形象，带有“精神奴役的创伤”的痕迹，他的身份虽然是农民，但更多带有知识分子神经质气质，八十年代剧作家创作的带有“精神奴役

① 郭铁城：《〈古塔街〉的艺术世界》，《剧本》1988 年第 8 期。

② 转引自周宪：《现代性的张力——现代主义的一种解读》，《文学评论》1999 年第 1 期。

③ 胡风：《置身在为民主的斗争里面》，《胡风评论集》下册，人民文学出版社 1985 年版，第 21 页。

的创伤”的农民形象系列，因其深厚的生活基础，对农民的深入了解，塑造出阿Q(《阿Q正传》)、狗儿爷(《狗儿爷涅槃》)、李金斗(《桑树坪纪事》)等具有典型农民特质的形象而深入人心。

“精神奴役的创伤”之一是主体性缺失，奉行奴隶主义。中国文化对人的形塑主要体现在内外两面：庄禅式的人生观从内在的人生方面取消、压缩、抑制主体性和自我，礼治秩序从强制的外在规范方面取消、压缩、抑制主体性和自我，也就是说，“主体性”和“自我”的缺失是中国文化的产物。鲁迅当年创作《阿Q正传》的目的就是要写出中国人的灵魂，陈白尘抓住鲁迅创作《阿Q正传》的主旨进行改编，突出阿Q精神上的创伤。阿Q性格的主导是“精神胜利法”。“精神胜利法”从心理学上说是人在内心遭遇极大失落时为维持平衡而采取的自我欺骗和自我蒙蔽的方式，即对外在压力的消极反应，其实质是缺乏自我担当、自我负责，即主体性缺乏的表现。阿Q的一生，生存是个悲剧，恋爱是个悲剧，最后的悲剧结局，都不是自觉的理性选择的必然结果。阿Q主体性的缺失为其招致悲剧结局。狗儿爷表面上看有明确的主体意志，拥有自己的土地，但他强烈的“土地意识”背后是其同样强烈的“地主意识”，地主祁永年是农民狗儿爷奋斗的目标，剧作在表现形式上让祁永年成为狗儿爷内心挥之不去的影子，农民狗儿爷的主体实质是地主祁永年的主体。在封建专制和现代专制的双重压制下，统治者的意识已经内化为被统治者的集体无意识。

为了达到“含泪的微笑”的艺术效果，剧作家采用了悲剧性与喜剧性相结合的艺术手法，在人道主义前提下予以批判。鲁迅先生给改编《阿Q正传》的王乔南的信中说：“我之作此篇，实不以滑稽或哀怜为目的”。[①] 鲁迅先生以滑稽与哀怜的艺术手段来描摹国民性，“以引起疗救的注意”。陈白尘先生在改编时注意到阿Q悲剧性与喜剧性相结合的命运。阿Q在未庄的任何行动都富于喜剧性，充满滑稽色彩。柏格森认为，“滑稽人物的滑稽程度，往往等于他的不自知的程度，因为凡是滑稽的人，总是无意识的。世界的人都看见他；他也看见世界的人，但他看不见他自己”[②]。但是阿Q作为人，他有生存的权利、爱的权利，但在阿Q的生存环境里，他作为人的这些基本权利都被剥夺，最后甚至连生命权都被剥夺，阿Q形象在带给观众喜剧感后是更深刻的悲剧感。为了突出阿Q悲剧性与喜剧性相结合的命运，剧作家丰富了阿Q被抓坐牢之后的情节，已经入牢的阿Q，因为无油水可榨，连笼头都嫌弃；因为没有亲戚朋友送钱，遭牢里众犯人拳打脚踢，阿Q的命运在民众的羞辱中更显悲剧性。尤内斯库认为真正喜剧性的东西总是可悲的，“把喜剧性的东西淹没在悲剧性的东西之中；……把悲剧性的东西淹没在喜剧性的东西之中”。[③] 通过喜剧性情节的书写达到揭示人物悲剧性命运的目的。

---

① 许广平编：《鲁迅书简》上册，人民文学出版1953年版，第249页。

② 转引自刘再复：《性格组合论》，上海文艺出版社1986年版，第245页。

③ [法]欧·尤内斯库：《戏剧经验谈》，见《现代主义文学研究·下》，中国社会科学出版社1989年版，第623页。

“精神奴役的创伤”之二是对生命的漠视，对弱者的不仁，在文化心理上表现为排外主义和自我主义。以儒家为主体的中国文化是一个氏族性很强的文明，适应中央集权的皇权制度。氏族性的特征是以家族为本位，对其他外族则以“非我族类，其心必异”的心理加以提防与排除。对外族冷漠自私，缺乏人与人之间的仁爱精神。徐晓钟导演的《桑树坪纪事》，在剧本的基础上进行了创造性的二度创作，在“打牛”的剧情中设置“围猎”场景，极具舞台造型的象征意义。外乡人王志科、榆娃，弱女子许彩芳、陈青女都是桑树坪的“围猎”的牺牲品，从空间结构看，榆娃、王志科是桑树坪这个封闭的物理空间结构的介入者，是被桑树坪这个空间结构排斥在自己之外的，这个空间结构的排外性决定了它文化上的封闭性，它也是桑树坪文化空间结构的象征，乃至以农耕文明著称的中华民族的文化心理空间结构的象征，这个幽闭的空间结构鲁迅称之为“铁屋子”，白薇称之为“幽灵塔”。文化心理的封闭造成生命力的萎缩，漠视生命。费孝通先生在研究乡土中国时，提出“差序格局”，即在差序格局里，公和私是相对而言的，站在任何一圈里，向内看也可以是公的。① 而以李金斗为首的桑树坪人在对他人进行肉体和精神“围猎”时，是一个以“己”为中心的集体压迫。“围猎”体现的是“群”的自大，而不是现代社会倡导的“个人”的自大。被围猎的一律是弱势，这个戏剧意象传达出古老民族冷漠、专制、缺乏人道的劣根性，以及对自由精神的扼杀。

“精神奴役的创伤”之三是窝里斗，陷入民族自戕的恶性循环。这也可以说是影响中华民族发展的巨大障碍，人生是合作的舞台，并非角斗场。在长期封闭的中国文化空间里，形成如柏杨先生所说的“酱缸文化”，受“酱缸文化”熏染，人们视自我世界为世界全部，缺乏合作精神。《阿Q正传》里阿Q受尽欺辱后，当运用“精神胜利法”也无法得到心理的平衡时，将不满撒向同是弱者的小尼姑和小D，对此现象，民间思想者张中晓说：“一个弱者，要想在被压迫、奴役的痛苦中找寻快乐，就只能虐待自己的亲人和比自己更弱小者。”②《桑树坪纪事》里桑树坪与陈家塬两村村民为求雨分别用粗野的村骂指责对方“心黑心坏”，旺盛的生命力在内斗中无畏消耗，而桑树坪人从蹂躏女人和外乡人中显示了人性的冷漠与残忍。李金斗的泼皮耍赖，精明狡诈，指向目标是争取桑树坪的集体利益，他对桑树坪的“善”与他对桑树坪之外的“狠”相对应，他对王志科、对榆娃极其残忍，他一“热”一“冷”，一“善”一“狠”，统一于差序格局下人物内心的真实逻辑。

中国是一个农业大国，有丰富深厚的农业文化的积淀，对农民文化人格的思考，在某种意义上，也是对中华民族性格的思考。“食”与“土”既是农民的生存基础，也是农民的精神寄托，“食”的匮乏加剧农民对“土”拥有的欲望。八十年代话剧作品展示了“食”的严峻对农民文化人格的践踏。《阿Q正传》里阿Q没有土地，当他失去打短工的资格后，他无以生存，只得沦落到城里偷盗了，无“土”即无“食”。“食”的严峻加剧了农民的土地情结，《狗儿爷涅槃》

---

① 费孝通：《乡土中国 生育制度》，北京大学出版社1998年版，第30页。

② 张中晓：《苦难中的孤独灵魂：无梦楼随笔》，路莘整理，上海远东出版社2004年版，第35页。

里土地是狗儿爷的精神寄托，也是他的精神栖息地，为了得到土地，他的父亲活吃小狗，狗儿爷在土改中得地，“归大堆”中失地，疯癫中仍惦记着地，去风水坡开荒却被“割尾巴”，20多年后土地失而复得，农村经济改革大潮冲击了狗儿爷的土地梦，狗儿爷一辈子在土地的得与失之间煎熬，他的命运随着社会的跌宕而起伏，剧作在冷峻客观的展示中自然引导人们对历史现实的追问。他和儿子陈大虎的矛盾是对“土”的不同态度，狗儿爷通过对土地的占有和依靠辛勤劳动在土地上的收获，体现人生价值和保持人格尊严，陈大虎适应现代化的生产方式要离开土地，狗儿爷对土地的“缱绻”与儿子陈大虎对土地的“决绝”，一个“恋土”，一个“离土”，形成鲜明的对比，反映了新旧不同的生产方式对农民文化心理的深层影响。“食”的严峻影响到农民对人格尊严的捍卫，《桑树坪纪事》里李金斗为了桑树坪村民的“食”，忍屈受辱，死乞白赖与“脑系们”讨价还价。“食”的严峻损害农民善良的气质，“食”给农民带来生存的苦难，由此，“食”的匮乏与恋土情结对农民文化人格与文化心理的扭曲要给予“同情地理解”。

剧作家通过细节显示出“灵魂之深”。《狗儿爷涅槃》里狗儿爷对土地强烈的攫取欲望远远超过炮火对生命的威胁，这种偏执的欲望使他的精神在他的土地得而复失中终于偏离正轨而疯癫。土地是狗儿爷的物质目标，地主祁永年是他在精神上奋斗的目标，“把‘你’磨了去，重新刻上‘我’”，这个细节是狗儿爷内心最好的注脚，“地主梦”是他人生的最高理想，这既是他前进的动力，也是他滞后于时代的阻力。狗儿爷的悲剧在于环境发生改变了，他仍然固执于自己的梦想，理想不合时宜。当现实已经提供了更高的生活形态时，他仍然停留在原有的生活范式的梦境里，正是这种悲剧性带给观众情感上的触动增加了作品的情韵。剧作家运用意识流和古典戏曲时空自由变换的方法，达到布莱希特所说的“间离效果”，但又不是幻觉与间离的完全对立，而是以幻觉为依托，合理运用间离，让观众在情感共鸣与理性思索中明白农民狗儿爷的“地主梦”。

（三）东方审美人格的发现

八十年代不同于五四时期，五四时期的文化界总体受进化论的影响，是一种“最新为最好”的尚新心态，八十年代的文化界有意识地矫正此偏颇现象，反映在话剧创作上，表现为在对文化人格批判的同时有对东方审美人格的发现，这里所说的东方审美人格指带有鲜明的东方气质的人格特征。正如王瑶所说，“所谓改造国民性包括两方面的内容，一方面是揭露和批判国民性的弱点，一方面是肯定和发扬国民性的某些优点，其目的都在促进一种新的向上的和符合时代要求的民族精神的诞生”①。民族精神要到民间去寻找，《寻找山泉》里默默在七哥后面奉献、七哥死后隐姓埋名过着隐居生活的七嫂，《古塔街》里尊严地活着的底层是剧作家要赞美的审美人格。

传统文化中的道家话语在八十年代的话剧创作中作为文化的积淀成为叙事话语的一部

① 王瑶：《谈鲁迅的改造国民性思想》，《文学评论》1981年第5期。

分。道家由崇尚自然而形成三种特质，一是追求“真”，二是追求“脱俗”，三是提倡“柔静”。“道”的“独与天地精神往来”（《天下》）的境界，超越人生的自由精神境界，是“真人”、“至人”、“神人”、“圣人”之道，“隐”是“道”对生活世界的态度，这种方式能够摆脱现实的种种羁绊，达到心灵世界的自由，维护个体精神的独立。

“道”的人格趋向隐逸，陶渊明是隐逸文化的集中代表，他的文格与人格达到高度的统一，唐代司空图在《二十四诗品》中把体现隐逸人格精神视为诗歌的最高境界。在话剧创作上，《古塔街》里的神瘸子身上集中体现了道家的退隐思想。解放战争中他在古塔下被炮弹炸掉双腿，战友老尚借了他的战功把自己打扮成英雄，他便突然顿悟，决计就在古塔街上为人修鞋。庄子说，“安时而处顺，哀乐不能入也”（《养生主》）。他从来不抱怨命运：“我活着，让别人活得方便，虽说不荣耀，可心里头干净，也就没那些愁人的事儿。”他从功名利禄中撤退出来，隐姓埋名，避开世俗价值的诱惑，保持心灵的自由与宁静。神瘸子的形象蕴涵了“道”的“静”、“虚”的特性，《寻找山泉》里的七嫂则体现出“道”的“朴”的特性。“朴”的本义是未加工的木头，在道家哲学里，它代表自然的本体存在。人在现实世界容易受外物所役，失去自我，因此需要超越，这“超越就是向本真状态的‘复归’，同时也是人的真正的自我实现”[①]。七嫂作为七哥家里的童养媳，虽然一开始并不被在城里接受过现代教育的七哥重视，但她对七哥的默默支持使七哥对她刮目相看。在七哥轰轰烈烈的革命生涯中，始终有七嫂默默无闻的奉献。如果说神瘸子是自觉追求精神的高洁与独立，是后天的自我教化所成，七嫂则是得自然教化所赐，她生于民间，隐于民间，甘于贫贱，独善其身，淡泊名利，保持心灵本真状态。在他们的精神世界里，古塔街、革命老苏区鸡鸣山已经不是纷纷扰扰的尘世，而是他们隐身的“桃花源”，在这个“桃花源”里，他们不受外界影响，坚持一种价值，坚守一种信仰。

儒家思想是传统文化的正统，作为一种政治意识形态的帝国儒学在五四时期遭遇猛烈批判，但作为一种道德信念的孔孟传统，得到延续。秉持“新态度”的新儒学代表梁漱溟认为，受中国传统儒学熏陶的“国民性”有优良的一面，他坚持“性善论”，“性善论”是孔孟儒学的基本主张，儒家的“性善论”指人类本性中具有善的理性和道德观念，即“仁义”，“仁”是“本能、情感、直觉”。[②] 三十年代的话剧创作已经关注到东方审美人格的仁义精神，如曹禺的《北京人》中的愫芳，为了曾文清，坚韧顽强、隐忍负重、默默牺牲。《寻找山泉》里七嫂对七哥的仁义，《天下第一楼》里玉雏姑娘对卢孟实的仁义，皆出自本能的情感直觉，剧中卢孟实既体现了儒家锐意进取的积极入世情怀，更体现了他的仁义，在歧视“五子行”的封建等级社会里，他把人当人看。堂头常贵家里孩子有病，他私下叫人送钱治病；在厨子罗大头因人栽赃危难关头，他挺身而出，保护了罗大头；伙计办喜事，他作为掌柜送上喜幛子钱。最后，卢孟

---

① 蒙培元：《“道”的境界——老子哲学的深层意蕴》，《中国社会科学》1996年第1期。

② 梁漱溟：《东西文化及其哲学》，上海世纪出版集团2006年版，第123页。

实的“仁义”还是没能成全他的事业，显示人生的苍凉与无奈，剧作家从这个角度预示剧中所展示的社会没落的必然命运，从一个人的命运透视一个时代的命运。

重人心轻物质，是儒家思想的另外一个方面。梁漱溟认为，人生的幸福和价值不在物质享受，而在人心的独立自足，也就是说，对精神、情感的追求高于经济、物质的追求，因此，孟子有“富贵不能淫”的人格操守修炼。《寻找山泉》里小分头领来的老太婆，从谈话中得知她其实并不是七嫂，但是她俨然成为无数个七嫂一样为革命献出一切的代表。《古塔街》里的神瘸子，他们都曾经为革命做出贡献，他们没有居功邀赏，甘守物质的清贫，追求精神上的高远。《古塔街》里以拾破烂为生的毕月花、曾经是民间艺人的段傻子，他们心里都守着一份珍贵的情义，“人这一辈子，谁心里都守个东西。……有这点守头儿，才活得有滋味”，郝大力守着对晓旺的感情，流浪在古塔街的弃儿小石头，心里也守着对姥姥的孝敬、对同伴的仗义，这是在商业社会的冲击下弥足珍贵的人与人之间厚重的情义。

在表现方式上，剧作对东方审美人格的肯定是通过对庸俗人格的否定来实现的，七嫂的对立面是老干部金庆安的遗孀刘纹，她因为革命纪念馆中没有老金的相片而大发脾气；神瘸子、毕月花、段傻子等的对立面是潘小脚、葛半仙、陈婆子，潘小脚在“文革”中扒塔砖修厕所，现在又把塔砖作为“文物”讹国家，葛半仙搞算卦、圆梦等迷信，对人毫无同情心，陈婆子表面热心，实际两面三刀，“在生活的变动中对丑恶旧物的厮守和自我的进一步沦落”，[①]正是剧作家李杰在关注家乡关东时的“焦虑”所在。“揭露和批判国民性的弱点”也是在“促进一种新的向上的和符合时代要求的民族精神的诞生。”

八十年代话剧中，无论是对儒家人格的肯定，还是对道家人格的弘扬，都存在传统文化的创造性转化。按照林毓生的解释，传统的“创造性转化”，一是符合现代化的价值导向，有利于民主制度和自由思想的安排；二是传统的质素得以在转化过程中进一步得以创造性的落实，保持其文化上的认同。[②] 八十年代剧作家是在继承“五四”精神的前提下对传统文化予以观照，其体现出来的理性认识与价值立场符合现代性原则。

二、个性伦理与道德伦理的悖谬与困境

八十年代话剧在人学叙事上大张五四启蒙旗帜，追求个性解放，尊重个人价值，剧作伸张了现代人生意识与现代道德意识，对人的认识与探讨更加深刻。

（一）个性意识的复归

戏剧的核心是“人”，它的“人学”定位的要义在“戏剧是人类灵魂的‘对话’，是给人以审美享受与‘精神之乐’的艺术”。[③] 五四时期的话剧受西方个人主义文化思潮的影响，开始

① 郭铁城：《〈古塔街〉的艺术世界》，《剧本》1988年第8期。

② 转引自许纪霖：《寻求意义：现代化变迁与文化批判》，三联书店1997年版，第215页。

③ 董健：《戏剧的“人学”定位与戏剧精神》，《当代戏剧》2005年第3期。

"人"的戏剧的历程，三十年代曹禺、夏衍等话剧的"人"学得到深化，八十年代的戏剧创作趋向"人"本体的复归，它"将现实描写的重心从社会学层面转向人学层面，通过写人去思考人与人性、历史与现实、民族与人类"①。话剧创作在形而上的总体观照中复归于"人"的本体，展现出深广的人文关怀。

"人"成为剧作家关注的焦点，将"人"从种种桎梏中解脱出来，呼唤人情、人性、人道主义。把"人"从男尊女卑等传统习俗和迷信中挣脱出来(《红白喜事》)，呼唤"人"从物质贫困和精神贫困里"涅槃"(《狗儿爷涅槃》、《桑树坪纪事》)。

八十年代剧作中，对"人"的关注集中于家族叙事下个性意识与自由的伸张，呼唤人的价值、尊严和权利。在民族、国家、社会的大叙事中，父性或许也是卑微的存在者，但在家族叙事中，父性往往具有绝对的权威，曹禺改编的《家》里觉新个性意识、个性自由完全被父性权威所泯灭。八十年代父性权威的旁落，父性权威话语的衰微，折射出的是个性意识与平等意识的觉醒，个性解放中体现出"人"的意识的复归。《红白喜事》里的热闹，《狗儿爷涅槃》里的陈大虎，《桑树坪纪事》里的许彩芳，消解了父性权威，操持个人话语。不同于五四时期戏剧人物挣扎于现代意识与传统道德情感之间，八十年代戏剧人物打破了"孝"的伦理原则，主张平等的"爱"。因此，当热闹的婚事不能由自己做主，他决然离家回部队，当父亲不同意他和自己的心上人成婚时，他带着恋人离开家自行结婚。陈大虎置父亲狗儿爷的愚顽于不顾，跟上时代的脚步满心操持着自己的幸福生活。李金斗在桑树坪是个说了算的人物，也就是说掌握了父性权威话语，他做主将月娃送出去做人"干女子"以此换得的钱来给"阳疯子"李福林娶亲。但是许彩芳不为李金斗的软硬兼施所动，宁死也不屈从父性话语的权威。父性是家族叙事下的专制力量，专制的毒性是对人的蔑视与践踏，人性变成了兽性，对它的反抗是在呼唤人性的复归。从人道主义出发，剧作家对狗儿爷、李金斗，包括阿Q又寄予着深深的同情，以致观众会产生爱恨交织的情感。

（二）女性主体意识的觉醒

女性主体意识的觉醒受到许多先驱者的关注，胡适《终身大事》里的主人公田亚梅、郭沫若的《卓文君》里的卓文君等，在个性解放思潮下的主体意识走向觉醒之路。这些剧作或多或少受到易卜生《玩偶之家》里宣扬的女性解放思潮的影响。八十年代女性在情感上现代意识的表达，朦胧诗人舒婷奏出了最强音，她的《致橡树》——我必须是你近旁的一株木棉，作为树的形象和你站在一起，指涉两个相爱的个体既保持情感和精神的交流，又强调各自精神上的平等与独立。

话剧以个性主义婚恋叙事为基石，首先探讨在买卖婚姻的陋习下主体意识的觉醒。女性在启蒙话语中获得主体意识，真诚表达对爱情的向往，勇敢追求爱情，不甘心在专制宗法文化中沦为性与生育工具，成为男权话语"围猎"的牺牲品。许彩芳(《桑树坪纪事》)无疑是

---

① 胡星亮：《戏剧的"人学"转向与深化——论新时期现代现实主义戏剧创作》，《文学评论》2008年第4期。

最有性格光彩的女性人物。在生存严峻的贫困山村，生活资本匮乏带来性资本的极度匮乏，童养媳和婚姻买卖成为分配性资本的主要方式，许彩芳作为童养媳被养大，丈夫去世，公公李金斗要将她“转房亲”给有病的小叔子，主体意识的觉醒促使她反抗李金斗对自己命运的安排，她和榆娃情投意合。许彩芳主体意识的觉醒与人道主义精神相结合，当榆娃被打得气息奄奄，她只得用善意的谎言让榆娃离开桑树坪以保全生命，自己则走向古老的唐井，以死捍卫了人格的独立与尊严。白峰溪的《明月初照人》里的春嫚用逃婚的方式与“使人不成其为人”的现实相抗衡，“俺不是条牲口，俺就是不把自个儿的身子交给俺不喜欢的人”。她也曾经打算赴许彩芳的老路，但她活下来，“俺是想试试，除了死，还有没有别的道可走”。她的反抗得到已渐开放的社会的支持。许彩芳和春嫚不同的境遇主要在于剧中的时代环境使然。

其次探讨女性在婚恋中的“自我启蒙”。知识女性相对于乡村女性在情感上的障碍要小得多，但并不意味着这里的情感天空万里无云。随着个性意识的更加明确，知识女性对阻力的理解更加深刻。《明月初照人》里方若明的大女儿方玮是研究生，小女儿方琳是中学教师，她们在个人婚恋的选择上已经达到“内在的自由”，排除了年龄、职业等的偏见，追求心灵相契的爱情，“真正的爱情，从根本上来说，是男子和女子，男青年和女青年精神生活、精神心理交流的一个范畴；爱情中生理的本能的因素服从于道德美感的因素，而后者使前者变得高尚”①，人物在获得爱情自由的同时意味着获得精神上的解放。

但女性达到内心真正的自由还需要经历艰难的蜕变，方玮和方琳的母亲方若明作为知识女性，她的职务是妇联主任。她主张儿女恋爱自由。已经退休的常阿姨操心儿女的婚姻，方若明表示自己不会在这一点上封建的。但是两个女儿都给她出了难题：方玮爱上一个长自己一辈的教授，方琳爱上一个在城里做水暖工的底层青年范喜，尤其是范喜妈妈将方琳的照片给方若明看，认为方琳肯定有问题，否则怎么看上了自己的儿子，方若明恼羞成怒，对方琳兴师问罪，方琳被妈妈的态度勾起挑战的欲望，认为方若明只是在维持表面上的幸福。当方若明认识到年龄不应该成为爱情的障碍，准备接受方玮的恋人时，却发现他原来是自己的旧日情人，母女俩都面临困境。接受过“他者启蒙”话语的女性在表层义理层面已经达到婚恋自主的理性认识，但在深层心理层面，门第、伦理，甚至年龄差异等的束缚仍然在限制女性主体意识的张扬，“他者启蒙”之后更需要“自我启蒙”，“一切先进的思想、学说，不能仅仅停留于思想家、理论家的启蒙设计和思想观念之中，而是要让它变为推动人性解放和社会进步的历史动力，这就不仅需要让被启蒙者们从思想上和情感上认识它，了解它，接受它，更为重要的是由被动转为主动，成为一种‘自觉’或‘自动’的物质性的强大力量。”②这个过程就是“他者启蒙”向“自我启蒙”的转化，理性启蒙向实践启蒙的转化，方若明艰难地实现着这一转

---

① [苏]苏霍姆林斯基：《关于爱的思考》，张金长等译，广西人民出版社1986年版，第36页。

② 张光芒：《启蒙论》，三联书店2002年版，第125页。

化。她最后终于突破年龄、职业、伦理的禁锢，内心深层最艰难的心理结构得以改变，方若明的觉悟昭示着女性在婚恋上彻底觉悟的现实可能性。

（三）道德危机与道德拯救

鲁迅、老舍分别写过以“离婚”为题的文章，他们笔下的离婚都是男子发起的，男子充分掌握着婚姻的主导权，其实质反映了女人对男人的依附关系。鲁迅、老舍借“离婚”话题探讨人的解放问题。刘树纲的《十五桩离婚案的调查剖析》里形形色色的离婚案例中，有对以利为基础的趋利拜金式的财婚现象的鞭挞，有对只追求物质享受，不赡养老人现象的指责，有在极“左”思潮中人性的失落，以及在“人的重新发现”的时代背景下对人性失而复归的关注。剧作着重思考的是日益物化的世俗世界对人们情感提出的严重挑战。改革开放后，实利型经济伦理取代奉献型经济伦理，“几亿处于长期贫穷状态中的人，其物质欲望一旦释放出来，就形成了一种前所未有的金钱饥渴感，那种在政治压力下被迫退缩回意识深处的‘常识理性’，一旦没有了外在约束，就以极快的速度膨胀起来，最终导致了当前这种道德严重失范状态”[①]。《十五桩离婚案的调查剖析》里离婚的夫妻，有些人连起码的道德感都丧失殆尽，极端自私的利己主义造成人性的泯灭。物质属性与精神属性是爱情婚姻的两翼，因此，爱情婚姻的唯物质决定论遭到批判。李泽厚关于人的“主体性”哲学包括物质主体性与精神主体性哲学范畴，人的物质主体性是指人通过劳动实践满足自己的物质主体存在，进而指出“人类除了物质方面的生存、发展之外，还有精神一心理方面”[②]的精神性主体，兽性与神性的中和便是人性。《古塔街》里潘小脚、葛半仙、陈婆子在金钱欲望下的见利忘义，实质是物欲下的人性沦丧，人性在“兽性”与“神性”的较量中严重失衡。

畸形的商品经济或极“左”政治对人伦关系的异化是道德危机的根源，现代人道主义与传统淳朴善良的美德是道德拯救力量之所在。《寻找山泉》里的七嫂以及千千万万和七嫂一样的老百姓甘守寂寞与清贫，这种人格操守正是剧作家沈虹光要寻找的“山泉”。《十五桩离婚案的调查剖析》里罗南的情感挣扎于路野萍与盼秋之间，一边不仅是青梅竹马，而且还是志同道合，另一边是对救命之恩的报答，当他与路野萍再次见面，内心掀起波澜，情感的天平不由自主倾向路野萍，但在盼秋的善良淳朴、路野萍的理性自持的影响下，再加上盼秋已经怀孕，为了孩子不成为第二个被父母抛弃的李小典，罗南最终走向妻子盼秋，人道主义选择拯救了情感的危机。剧作家对盼秋的美德在剧中加以重笔渲染：对丈夫罗南，她一往情深，当她发现罗南对以前的恋人路野萍的情义后，她选择退出，牺牲自己的感情来成全别人。盼秋的传统美德在人性日渐失范的经济社会弥足珍贵。追求个性解放的个人主义是八十年代剧作中现代性核心价值之一，但唯我论或利己主义并不是真正的个人主义。

人道主义同情是否能够维系罗南与盼秋之间的情感呢？道德拯救的力量能否真正解决

① 何清涟：《现代化的陷阱》，今日中国出版社 1998 年版，第 204 页。

② 李泽厚：《哲学答问》，见《李泽厚哲学文存》下编，安徽文艺出版社 1999 年版，第 463—464 页。

人性深处的复杂纠结呢？有人提出：现在剧本的结尾，罗南与盼秋重新相爱，但他们将来能否得到真正的幸福，观众还不大放心。[①] 路遥的《人生》里也存在同样的问题，主人公高加林在面对城乡恋人时最终遭遇悲剧结局，农村恋人刘巧珍也是和盼秋一样淳朴善良，但小说里路遥没有回避高加林选择的合理因素，这里存在的悖论是：倘若古老而淳朴的乡村文化不能产生更高的物质和精神的要求，倘若刘巧珍诚挚又深沉的爱情始终不能满足高加林个人愿望中的合理部分，那么，传统生活哲学如何说服他、束缚他呢？[②] 罗南的情感服从了理性的安排，剧作家在题材选择和情节安排上从道德层面着眼，表达自己对生活的看法和理解，而在挖掘人性的深度和力度上尚有欠缺，艺术创作毕竟不是道德探讨。相反，奥尼尔的《榆树下的欲望》里对伊本和爱碧、曹禺的《雷雨》里对周萍和蘩漪、《原野》里对仇虎和金子之间强大的超理性生命激情的关注使观众对人性的了解更加深刻。

综上所述，随着剧作家现代意识的觉醒和主体精神的张扬，1980 年代话剧对民族文化深层空间的开掘，接续五四开启的现代启蒙主义“人的戏剧”的传统，其人学价值重新成为创作的核心。

① 颜振奋：《对〈十五桩离婚案的调查剖析〉的剖析》，《戏剧报》1983 年第 12 期。

② 陈思和主编：《中国当代文学史教程》，复旦大学出版社 1999 年版，第 240 页。

革命主题的渗透与预设

——略论 1940 年代左翼话剧的“生活危机”运用

张华*

（安徽师范大学 文学院，安徽 芜湖 241000）

内容摘要：1940 年代左翼话剧对于民众生存境遇和精神现实的抒写，表明了作家在政治话语与话剧艺术、社会危机与人性真实之间的种种坚持或取舍，同时体现了一种宏观的创作理念。在革命主题的表达上，多数此类剧作借助于民众的“生活危机”，“渗透”革命话语，并取得相应的成就；而在少数此类话剧中，民众的现实生活首先是“政治化的生活”，革命主题“预设”其中，因而它们在艺术表现和政治话语效果上都受到了制约。

关键词：1940 年代；左翼话剧；生活危机；革命主题

一

1940 年代（1937—1949）话剧的革命主题是以 1930 年代左翼话剧强烈的政治意味为基础的。在“红色的三十年代”，整个世界都处于革命大转折的重要关头。受世界无产阶级文艺思潮的影响和国内大革命失败、第一次国共合作破裂的直接刺激，代表无产阶级立场与政治利益的普罗戏剧在中国迅速崛起，并以“革命性、阶级性和战斗性”的理论倡导集中了左翼话剧创作队伍，以话剧实现与时代的对话，影响着中国现代话剧的发展主流。1929 年，德国戏剧家皮斯卡托宣称：（无产阶级的戏剧）“要使所有的艺术目标都服从于革命的目标；要有意识地强调和培养阶级斗争观念”，“我们很快便从我们的纲领中取消艺术这个字眼，我们的‘戏’都是些号召，企图对当前的事件发生影响，企图成为一种‘政治活动’的形式。”[①]这与当时中国普罗戏剧的口号异曲同工：“一切艺术都应该是普罗列塔利亚艺术”，“中国戏剧运动

---

* 作者简介：张华，安徽师范大学文学院教师。

① ［德］埃·皮斯卡托：《政治剧》，见中国艺术研究院外国文艺研究所编《世界艺术与美学》第 5 辑，文化艺术出版社 1985 年版，第 258 页。

的进路是普罗列塔利亚演剧”。[①] 普罗戏剧在理论上强调艺术与政治的关系，重视艺术创造问题，却在实践上与皮斯卡托眼中的“政治剧”一样，有意无意淡化甚至取消戏剧的艺术追求。因而，长期以来，有关1930年代普罗戏剧价值高低的争议集中在宣传与艺术的取舍之间。以现在的眼光视之，我们无法要求“普罗”剧作家在当时放弃其弥足真诚的政治激情而投身于话剧艺术本身的追求，正如我们无法指责抗战时期剧作家的战争启蒙话语中充斥的现实功利色彩。况且，普罗话剧中的政治意味不是孤立存在的，而是与民族解放的急迫性联系在一起的，负有一种“时代的使命”和“社会的责任”。[②]

1937年抗战的爆发促使第二次国共合作的实现，并使得左翼话剧中的阶级主题一度隐退。及至1938年尤其是1941年“皖南事变”的发生，随着文学中战争主题的式微、国内政治矛盾的空前突出，左翼话剧中的革命主题又重新被提上日程。如果说，1930年代左翼话剧是以“民众势力的增强及其集团化”[③]为社会背景，在对当局进行政治批判的同时，着重对民众进行特定政治意识形态的“传唤”[④]，从而在艺术审美上就容易形成“口号式”、“公式化”的流弊，那么，1940年代左翼话剧则获得一种政治主题表达的深化和艺术表现的转型。在当局的重压下，话剧只能以曲笔实现政治批判，政治讽刺剧和历史剧的兴盛极大促进了话剧艺术审美上的丰富性和多元化：剧作家或以政治讽刺剧的形式对种种官僚制度的黑暗进行嬉笑怒骂，或“借古喻今”，运用历史题材进行政治意识形态的对抗。此外，还有一类话剧立足于民众的现实生存境遇，注重从生命个体的遭遇中透射出对政治现实的不满，以唤起民众进行革命抗争的冲动，并藉此达成特定政治意识形态的诉求。在具体表达上，一方面，此类话剧多数借助于民众的“生活危机”，革命话语的“渗透”成为其首选方式，并取得重要成就；另一方面，在少数此类话剧中，民众的现实生活首先是“政治化的生活”，革命主题是通过“预设”的方式进行表达的，因而它们在艺术表现和政治话语效果上都受到了局限。下文分述之。

二

战争或政治对于人类的影响无论在物质层面还是精神层面，首先是通过人的现实生活世界实现的，反过来，民众以自己的现实生活状况参与和见证着一个时代。从1930年代到

---

① 郑伯奇：《中国戏剧运动的进路》，《艺术月刊》第1卷第1期，1930年3月。

② 《上海戏剧运动联合会宣言草案》提出：“中国的戏剧运动，已经到了新的开展的时期了。在这时期，我们知道它必然地要渐渐跳出唯美的圈子，同时起而代之的更无须怀疑的是要有它的时代的使命，有它的社会的责任。”见上海《民国日报·戏剧周刊》1930年3月15日。

③ 胡星亮：《二十世纪中国戏剧思潮》，江苏文艺出版社1995年版，第184页。

④ “传唤”即interpeller/interpellation，编者译。阿尔都塞认为：“所有意识形态都是通过主体这个范畴发挥的功能，把具体的个人呼唤或传唤为具体的主体”。这里的“主体”是作为“意识形态的基本范畴存在的”，意味着一种“改造”。参见[法]阿尔都塞：《哲学与政治：阿尔都塞读本》，陈越编，吉林人民出版社2003年版，第361—364页。

1940年代话剧中的政治批判话语，无论是意识形态的"传唤"还是运用讽刺喜剧进行现行体制的祛魅，其最终效果必须回归到接受主体(人)自身，即民众的生存境遇、生命体验必须作为剧作家政治话语策略考虑和运用的基点。1940年代剧作家将政治批判话语落实到与民众生存境遇和精神现实有关的抒写当中，不仅体现为一种宏观的创作理念，也表明了作家在政治话语与话剧艺术、社会危机与人性真实之间的种种坚持或取舍。这又集中体现在他们对民众生活危机的理解、阐发与运用之中。

舒茨认为："日常生活世界是人类最基本的、最重要的生活现实。"它"属于意义世界。它不断把纯粹自然的事物转化成文化的对象，个人的躯体融入到同胞之中，进而，把这种大众的个体的活动转化成相互间的行动、态度和交流"①。日常世界的生活现实不仅包括我们所体验的自然，而且包括我们所处的社会，以及社会中人与人、人与社会等复杂交错的关系与形态。它是最为人们熟悉而又最容易被人们忽略的社会存在，正如黑格尔所说："熟知的东西不是真正知道了的东西，……有一种最习以为常的自欺欺人的事情，就是在认识的时候先假定某种东西是已经熟知了的，因而就不去管它了。"②但是，文学对于人类生存境遇无处不在的关注决定其不能受到这种"欺骗"。在文学中，与战争、政治等所带来的突兀无常的生命形式相比，人类生存的危机往往更深刻地潜伏于"日常"、"熟悉"的生活之中。正是在这种认识之下，在西方，产生了梅特林克式"日常生活的悲剧"，在现代中国，产生了鲁迅式"平常的悲剧"。

对日常生活危机的关注，在1940年代的左翼话剧中时有体现。陈白尘的《结婚进行曲》(1942)和沈浮的《小人物狂想曲》(1945)分别用"喜"和"悲"两种笔调，在展现小人物的日常生活遭际和精神真实的过程中，将其与社会政治危机结合起来，质询造成这种状况的社会政治原因。《结婚进行曲》中，刘天野和黄瑛这一对青年男女以未经人事的懵懂经受着来自社会的种种压力，两个人的生活现实最初在一个个几乎是喜剧性的矛盾中得到展现，最终却以剧中人整体意义上的"不战而战"而告终。作者的现实批判话语在人物生存境遇中的融入是理解作品的重点：刘天野为了生活"把整个儿时间都出卖了，把理想、希望都出卖了"，得来的不过是"混口饭吃"，黄瑛作为一个妇女，"根本就找不到理想的工作"。而王科长和周经理更是雪上加霜，极尽乘人之危之能事。他们仅仅是巨大社会之网的一缕一线，是促成这对夫妇生活现实的一分子而已。这无疑是社会的悲剧，也是政治体制的悲剧。在小人物以天真的姿态突入生活，被现实悄悄改变、吞噬的过程中，无论是他们的言语戏谑还是行为抗议，都带有日常性的特征。在这个意义上，剧作展现的正是以这一对年轻人为中心的民众日常生活的剪影，他们从喜剧性的矛盾开始，却以悲剧性的矛盾结束，回归到现实生活的危机状态。

① [德]阿尔弗莱德·舒茨：《生活世界的结构》第1卷第1章，载尹树广编：《后结构·生活世界·国家》，黑龙江人民出版社2001年版，第243—245页。

② [德]黑格尔：《精神现象学》，贺麟等译，商务印书馆1997年版，第23页。

剧中的“小人物”虽然卑微，却能够以数量上的代表性负荷起时代。相对于英雄人物，他们承担历史的方式似乎只有日常的生活和梦呓似的“狂想”。但是，显现在小人物身上的这种看似平常的悲剧恰恰更深刻地折射出时代的悲剧，它为作者的政治批判话语提供着无处不在的生活基础。日常生活中的小丑小恶正因为人们的“见怪不怪”而获得喜剧色彩，然而它背后的人情冷暖、体制之弊却不因观众的笑声而对这对年轻人及其含辛茹苦的家人格外开恩，这正是日常生活的力量。

《小人物狂想曲》以曾经的游击队战士马龙的“狂想”作为主线，烘托出追求政治民主、人民自由的主题。虽然为了追求戏剧效果，剧中设立了诸如三角恋爱、仇杀等造成戏剧冲突的情节模式，但该剧对于抗战胜利前夕大后方一群小人物悲剧性遭遇的刻画是具有现实生活基础的。无论是马龙因腿部负伤而一度陷入沉沦与苦痛，还是宁宽诚与蓝叶、蕴青的感情纠葛及至蕴青因为宁宽诚的背叛而采取极端行为，抑或是秦简文劝女儿蕴华将养不活的儿子生生送进育婴堂，都是立足于现实人生、符合人性真实的日常化书写。在人人盼望胜利的抗战后期，马龙的“狂想曲”一度迎合了“胜利”的乐观与愉快，但秦简文的一瓢冷水却发人深省：“胜利当然想，而且很想；但是在今天他们（中国人）心里所想的却并不是胜利，而是如何胜利，而胜利之后又是如何的保证胜利！”并将“民主团结”与“胜利”结合起来，实现政治批判的主题。剧末，“狂想曲”的歌词通过修改直接呼唤属于人民的“真正自由”，尽管在基调上仍然是“狂想”，但由于日常生活抒写的支撑，并不显得特别突兀。

普通人日常生活危机的背后是腐败的政治官僚，它象征着一种旧的权力形式，在以自己的“恶”与“丑”发挥现实作用的同时，也给自己迎来了反作用力——抗争。抗争是剧作家展现民众生存危机、呼唤民众觉醒的原动力，正是在这个意义上，上述话剧才真正实现了政治批判话语的表达：比如黄瑛在生活的重压下挣扎着“要一个职业”，而马龙的“狂想”能否实现，最终必须落实到精神的坚守和行动的抗争中来。相比之下，李健吾的《山河怨》(1946)中的抗争叙事既可以看成是民众生存危机展示的延伸，又超越了此类剧作中常见的“党派和阶级斗争”话语模式，在现实抗争的表象下，加入人性抗争、国民性批判的内容。该剧的背景是抗战胜利后仍然民不聊生、怨声载道的华北某穷僻乡村。剧中鱼肉乡里的乡长冯大叔、保长赵三爷和无赖杜承明等构成了作者控诉现实的反面人物群像，而以燕子李与杜承光为首的“强盗”由于不堪现实的逼迫揭竿而起，结果却是创巨痛深。这里，现实黑暗所透射出的政治批判主题自然不可忽视，但其中所蕴含的国民性反思与自由抗争精神却超越了政治批判话语本身。作者通过剧末一位新女性的台词对着观众说：“一群日耳曼强盗，来到中国，居然就像来到本土。……是你们让他们活到中国来的。你们至少逃不掉一部分责任。”由此，“山河之怨”所要表达的不仅仅是左翼的政治批判话语，而是指向了更为深刻复杂的社会人生内容，它关系着中国特定历史政治条件下的所有人，包括观众。由于人物的抗争在强大的社会政治壁垒面前无法找到合法的突破口，《山河怨》遂通过对“强盗”的“合法化”反衬出现实与人生、人性的不堪，全剧满溢着一种几近悲凉无望的气氛。

“战争既长期化，因着主客观困难的加多，问题由高远的号角落到日用寻常的絮语。”[①] 然而对于一些左翼或左翼倾向的剧作家来说，这里的“絮语”却因承担了丰富的时代内容而显得并非“日用寻常”。其中值得注意的是，革命话语的“渗透”成为一种显在倾向。除了《山河怨》以外，具有代表性的还有以下剧作：夏衍《法西斯细菌》(1942)的核心主题在于强调知识者在民族危机下“反法西斯”的责任，却在主要人物人生道路的设计中融入了阶级话语。比如赵安涛“是自命懂得政治的，但他不知道接近人民”。他的“愚蠢”在于“他不懂得处于阶级社会，不懂得政治的力量从哪里出来。”[②]夏衍《芳草天涯》(1945)的初稿是以悲剧结束的，[③]它主要通过对主人公尚志恢和孟小云情感与精神的抒写，展示了一出人性悲剧和爱情悲剧，却在“时代理性”对人性探索的归整中，体现了艺术对于时代政治的迎合。田汉《丽人行》(1947)中的抗争命题不仅是革命话语的延伸，还明确注入了作者对人学现代性的思考与追求。该剧在广阔的社会背景下展现了民众的生存危机，并以乐观的笔调着力刻画了三个“现代女性”[④]的抗争历程。人物或事件基本都有现实的原型，而且都事关抗日和“革命”主题。[⑤] 剧中，左翼色彩的意识形态“传唤”也随处可见(如章玉良与岛田的大段对话)，李新群则是完美体现“现代”女性与“革命”女性特质的代表。其他两位女性：刘金妹遭到日军侮辱，不堪忍受流氓的调戏和丈夫的误会，企图投河自尽；梁若英在家庭与生存问题的困扰下一度茫然无着。她们被称为“现代女性”，一方面取决于自身在生存危机中的反抗，一方面则是通过以李新群为代表的革命力量的“救赎”而实现的。剧末，当三位女性在“美丽的夕阳”中拥抱在一起，革命话语与“现代女性”的光环得以重合。在此意义上说，《丽人行》展现的民众生活危机既可以作为唤醒“革命冲动”的精神动力来源，也可以视为作者沿袭五四以来“反封建”、“立人”等人学现代性命题时所进行的民众生存观照，比如刘金妹的命运遭际是与丈夫根深蒂固的封建思想、社会环境的麻木不仁联系在一起的。

可见，阶级意识和“革命冲动”影响着1940年代左翼剧作家对“生活”的理解和运用方式，却最终没有束缚他们的艺术创造和对人生、人性的思考。由此，在对现实质询的过程中，剧作中的政治话语在内涵上获得了提升，不仅由于其突破了“党派和阶级斗争”而形成一种广义的政治批判，而且具有人性反思、国民性批判、现代性追求等多重人学内容。

---

① 田汉：《关于当前剧运的考察》，桂林《半月文萃》第2卷第3期，1943年10月1日。

② 夏衍：《关于〈法西斯细菌〉》(1954)，《夏衍论创作》，上海文艺出版社1982年版，第75页。

③ 据作者后来回忆，由于毛泽东当时在“七大”预备会议一段讲话中号召“全党要团结得和一个和睦的家庭一样，”他又谨慎地“作了一次较大的修改，把剧中男女主人公的决裂改成了和解”。夏衍：《懒寻旧梦录》，生活·读书·新知三联书店1985年版，第527页。

④ 原剧目为《新三个摩登女性》，在于伶的提议下改为《丽人行》。参见黎之彦：《田汉同志谈〈丽人行〉的创作》，《剧本》月刊1957年5月号。

⑤ 如北京“沈崇案”之于刘金妹、于伶口中的“茅丽英”之于李新群等等。参见黎之彦：《田汉同志谈〈丽人行〉的创作》，《剧本》月刊1957年5月号。

三

对大多数左翼话剧来说，政治倾向越明确，作家对日常生活有意无意的“忽略”就越司空见惯。整体而言，左翼政治话语因其侧重关心“国家民族群众与革命有关的‘非常态’的东西”，其政治批判的立足点往往是“阶级压迫的大事情”[①]，话剧中对于小人物、小事情的解读也往往受制于革命斗争主题的预设，而对其日常化的悲剧性与喜剧性关注不足。具体到1940年代，左翼政治话语在与民众生活危机的结合中有一个发展的渐进过程。抗战爆发伊始，战争破坏是造成民众生活危机的最主要因素，此时左翼政治话语往往是在与抗战主题的结合中曲折地渗透到民众生存危机中去的；而随着抗战进入中后期，左翼政治话语在话剧创作中逐渐明朗化。这在于伶先后创作的《夜上海》(1939)、《长夜行》(1942)等剧中可以看到线索。《夜上海》创作于“孤岛”，也是反映“孤岛”生活的作品，但其中“夜”所象征的沉闷与黑暗却指向了战争生活中现代中国人共同的生命体验。与作者早期的《夜光杯》等剧不同，该剧没有抓人的悬念，没有口号式的政治宣传，而是立足于普通人日常的人生进行话剧创造。剧中，梅岭春、周云姑两家的遭遇是战时民众生活危机的真实写照，这与舞女的生活、汉奸的勾当一起构成了作者呼唤抗争与革命的现实基础。然而，作者的立意并没有局限于此。在现代女青年梅萼辉对待爱情的态度上，我们可以看到作者将现代人学意识与时代需要结合起来的努力。面对丈夫的背叛与堕落，她所关注的不是自身情感的创痛，而是丈夫作为一个“现代青年”对于人生、时代精神的亵渎。此时，作者的革命政治话语正是在人生与时代的广阔背景中隐性地渗透到戏剧中而不显得突兀。而在《长夜行》中，“夜”的意象已经被明确赋予了政治批判的内涵。由于作者强调的是一种“突破黑夜”、“放出光芒”的革命人格，民众生活危机所蕴含的普遍性人学内容被急切的政治话语冲淡，比如陈坚、褚冠球、俞味辛等人的不同道路和经历，鲜明地指向了特定的政治信仰。爱国气节在革命的酝酿中彰显，人物的精神和命运也随着革命觉悟的高低而沉浮。此时，“救亡图存”意义上的抗争精神不再是剧作的主要追求，对民众生存危机的关怀也被附上了积极的政治意识形态“传唤”的内涵。

对作家个体来说，这种“转变”或与创作语境的变化(于伶1941年离开“孤岛”)有关，并且，以于伶的精神格调来看，“(政治)信仰成为了他肉体和灵魂的支柱，而这支柱的着力点，依旧是知识人的善良、多感和人道主义”，“支柱终究还不是灵魂的本体”，[②]从而该剧中的政治倾向性未必不是出于知识者关注现实、关注人生的真诚。但是，若将其纳入1940年代话剧创作的宏观视野，这种转变却在一定程度折射出左翼政治话语在四十年代话剧中由浅入深的发展趋势。《长夜行》创作于皖南事变发生的第二年，当时国内政治矛盾已达到空前尖

① 刘怀玉：《现代性的平庸与神奇——列斐伏尔日常生活批判哲学的文本学解读》，中央编译出版社2006年版，第32—33页。这里作者将黑格尔、马克思与列斐伏尔对于“平常的”的个人生存与日常事务的态度进行了比较，认为“马克思关心阶级压迫的大事情，而列斐伏尔则操心日常生活异化的小事情”。

② 夏衍：《于伶小论》(1941)，《夏衍论创作》，上海文艺出版社1982年版，第497页。

锐的程度。与国民党内部急剧腐化的现实相对应，话剧创作中的政治批判也达到了高潮。左翼剧作家除了政治讽刺喜剧、历史剧以“曲笔”的形式对政治现实予以讽刺、鞭笞以外，还注意将民众生存危机与国民党的腐败统治结合起来予以质询并借以呼唤民众的“革命冲动”。然而，当一种政治倾向成为话剧创作的显性追求，无论剧作与现实生活联系得怎样“紧密”，作家本人怎样“言不由衷”，都在客观上导致剧作本身对于普遍性的人之精神情感的疏离。正是在“人”的意义上，夏衍对于伶提出了更高的要求：“我们要求的正是要有更深和更广的人道主义，和更有机地和自己感情融合了的理智。……只有如此，才能成为一个真实的社会人和世界人……也只有如此，才能融化理论成为自己的血肉，浸润自己的每一个细胞，汇合同时代人的苦痛为自己的苦痛，才使他自己的灵魂壮健起来，能够蔚然独立，再不需要‘理论’这根机械的外在的支柱！”①

在政治话语的喧嚣声中，夏衍这种对于“人”的执着和可贵的艺术清醒并没有得到左翼话剧界应有的重视。到了1945年，以茅盾《清明前后》的诞生为标志，从一种“非常态”的现实危机中凸现出政治批判主题的话剧创作模式得到左翼文学界的全面认可。该剧以抗战前夕发生在重庆的国民党“黄金案”丑闻为题材，“描写了这一事件中几位‘可敬的人’以及二三可怜的人，他们的喜怒哀乐”②。民族资本家林永清在黑暗政治统治与官僚资本的压榨下，从挣扎、动摇再到失败、觉醒，显示出“可敬”的人格力量。剧作家正是在主人公最后的“觉醒”中点破了主题：“政治不民主，工业就没有出路”。该剧除展现了象征民族希望的“民族工业”在挣扎中处于生存危机的边缘以外，还通过林永清作为个人的挣扎、小人物李维勤与妻子唐文君的生存悲剧，反衬了政治官僚的腐朽与堕落。《清明前后》的基点仍然是现实生活，只不过由于作者预设了党派与阶级斗争的主题，使得这种现实生活丧失了本应具有的日常性与普遍性，而明显具有斧凿与迎合“主题”的痕迹。

更有甚者，1945年11月10日，《清明前后》与《芳草天涯》一起促成了一场著名的座谈会③，前者以与会绝大多数人的正面评价在现代话剧史上奠定了相当的地位。在这场左翼文学界“内部整肃”的座谈会中，文学（话剧）创作中的“非政治”倾向几乎成了人人喊打的过街老鼠，其中，胡乔木的总结性发言代表性地阐释了左翼政治话语对于“生活”问题的理解和处理倾向：“有人说，生活就是政治，自然，广义地说，一切生活都离不开政治，但因此就把政治还原为非政治化的日常琐事，把阶级斗争还原为个人对个人的态度，否则就派定为公式主义，客观主义，教条主义，却是非常危险的。假如说《清明前后》是公式主义，我们宁可多有一些这种所谓‘公式主义’，而不愿有所谓‘非公式主义’的《芳草天涯》或其他让人莫名其妙的让人糊涂而不让人清醒的东西。”④这里，胡乔木明确将政治话语与“日常琐事”分离开来，并

---

① 夏衍：《于伶小论》（1941），《夏衍论创作》，上海文艺出版社1982年版，第499页。

② 茅盾：《〈清明前后〉幕前语》（1945），《清明前后》，中国戏剧出版社1982年版。

③ 参见《〈清明前后〉与〈芳草天涯〉两个话剧的座谈》，《新华日报》1945年11月28日。

④ 参见《〈清明前后〉与〈芳草天涯〉两个话剧的座谈》，《新华日报》1945年11月28日。

将其融入到左翼文学界政治批判话语的统一要求中。

从对“日常琐事”的逐步摒弃及至对《清明前后》“公式主义”的认可，1940 年代后期左翼政治话语在理论倡导上有意无意中给自己设下了一个陷阱，这就是超越生活的普遍性与日常性去进行特定政治意识形态的图解，由此所带来的“主题预设”与 1930 年代左翼文学中的意识形态“传唤”如出一辙。从这个意义上说，在对《清明前后》众口一词的赞誉声中，王戎当时的见解似乎更有说服力。他认为该剧“失去了生活基础”，剧中的“借钱、买黄金、办交涉”等虽然也是生活，但这种生活“只是观念的代名词”。“借钱、买黄金”“不是事件的行动，而是一句台词”，“办交涉”“也变成了空空洞洞的无中生有。”他进一步指出：“我们理解的民主是：这是中国社会进步和斗争的方向和目标，它的本身就是斗争，而不是一个概念的抽象的理论，那么我们所要表现的民主，一定是从实际生活中的呼声和要求以及争取的目标，绝不应是用来勉强凑合事实的空洞口号。”[①]

从部分剧作家对民众生活“日常性”的坚持到左翼话剧界对“非常态”生活危机的运用及至对“非政治化”的排斥，虽然彰显了两种对于话剧与生活关系的认识态度，但其切入点都是关于特定体制下“人”的现实生存和精神状况，都包含着对于政治民主自由的急切向往，在这个意义上，他们又是一致的。同时，由于革命主题的介入，1940 年代少数左翼剧作家笔下的日常生活终究不是列斐伏尔眼中作为“永恒轮回”的日常生活：“现代性的希望在于从平庸无奇的日常生活中超脱出来的革命与艺术狂欢节”（当然革命的胜利解决不了“第二天”的日常生活问题），[②]而是通过对社会压迫最为深重的底层人物生存危机的抒写，颠覆现实权力与制度的“反现代性”，他们所立足的“日常生活”更多指向“革命”的必要性，而无暇关注革命胜利的“第二天”。这也就是说，无论是“日常”还是“非常态”的生活危机，在左翼话剧中主要是作为政治话语策略存在的。在这种先决条件下，促使民众对自身危机境遇的觉醒成了剧作家必须要面对的课题。在剧作家所展现的“生活”中，政治官僚所象征的“丑与恶”不仅与民众精神追求中的“真与善”形成对立，而且前者正以积极的形态试图僭越或取代后者。[③] 它不仅在物质生活层面，更在精神层面衬托出无以忍受的民众生存现实，而这正暗合了左翼政治话语对于阶级意识的呼唤，民众的“革命冲动”正是在这样的“生活基础”之上才被激发。

总之，1940 年代（尤其是中后期）左翼话剧中政治化的“生活”不能简单地看成对人生、人性的远离，而是包含着剧作家在民众生活危机发现和思考时的一种现代人学意识，这体现了对五四人学传统的承续。这也意味着，战争与政治的外部环境会影响剧作家构思时的主

---

① 王戎：《从〈清明前后〉说起》，《新华日报》1945 年 12 月 19 日。

② 刘怀玉：《现代性的平庸与神奇——列斐伏尔日常生活批判哲学的文本学解读》，中央编译出版社 2006 年版，第 36—32 页。

③ 客观唯心主义者认为：“丑是平凡的实体使自身和美相对立的第一种形式。象恶一样，丑仅仅表现为理念的否定，但是，这种否定却以积极的形态出现，因为它企图取美的地位而代之。”“因此，丑是以积极方式同美相对立的，我们只能认为两者是绝对互相排斥的。”参见[英]鲍桑葵：《美学史》，张今译，商务印书馆 1985 年版，第 507 页。

题切入点和生活题材选择、决定着话剧创作的现实立场，它要求剧作家立足于民众的生存境遇去找寻造成危机的社会政治原因，并在此过程中融入特定的时代观念。同时也表明，在中国话剧的现代化进程中，1940 年代的战争与政治毕竟是一种偶然性的历史语境。它决定着剧作家的话语言说方式，却不能改变剧作家现代性追求的潜在执着。

“史”、“剧”对立与群己关系的民族认同困境

——陈白尘《太平天国·金田村》再评

王雪芹*

（南京晓庄学院 新闻传播学院，江苏 南京 210017）

内容摘要：《太平天国》第一部《金田村》在陈白尘历史剧创作生涯中具有重要意义。它确立了陈白尘在中国现代戏剧史现实主义历史剧探索上的地位，尤其是在20世纪30年代这样一个以政治革命意识形态为创作显性面孔的时代，《金田村》的出现突破了被绝对化的“政治国家”理念，从与个人息息相关的具体生活中理解现代人的民族、国家属性。但与此同时，此剧在“史”、“剧”上的对立显示了现代戏剧的启蒙困境，即在群己关系上民族认同的悖反性，因此并没有把握民族国家嬗变过程的复杂面目。

关键词：陈白尘；历史剧；《太平天国·金田村》；群己关系；民族认同

《金田村》是陈白尘《太平天国》历史剧的第一部，也是这一三部曲创作计划中真正完成的唯一一部，它被视作其创作生涯的里程碑之作，并开启了现实主义历史剧创作的先声，具有重要意义。它通过回望历史兴替，在国家隐喻层面反思民族革命的代价与教训，并借古喻今，暗示一个复兴和改造汉文明为中心的新民族国家。更重要的是，在戏剧与政治紧密携手的20世纪30年代，《金田村》的创作表明剧人开始在“革命”的显性面孔之外，试图突破被绝对化的“政治国家”理念，从与个人息息相关的具体生活中理解现代人的民族、国家属性，而不再把戏剧作品看作既定理念的复制品。尤其值得再探讨的是此剧在创作方法上所存在的问题，即“史”和“剧”的对立，陈白尘自己早就尖锐地指出，是团结御辱的“主观强调”制约了历史剧的真实，但至于如何去有机地联系题材和主题之间的“无法弥补的缝”①，陈白尘并未有太多探讨。实际上，他虽然认识到历史真实与史剧真实的差异，但在民族认同的共同体想

---

* 作者简介：王雪芹，女，南京晓庄学院新闻传播学院讲师。本文系国家教育部人文社科重点项目“二十世纪中国话剧创作主潮”（项目编号12JJD750006）、江苏高校哲学社会科学研究基金指导项目（项目编号：2014SJD179）、南京晓庄学院校级科研青年项目（项目编号：2012NXY66）阶段性成果。

① 陈白尘：《大渡河》“代序”，上海群益出版社1946年版。

象上仍未走出群己关系的主体困境，忽视了民族远景设定者自身的历史盲点，因而遮蔽了“史”和“剧”之所以发生对立的根本问题，也就无法把握民族国家嬗变过程的复杂面目。

《金田村》以太平天国建国伊始的前后四年为叙事基线，一方面肯定了太平天国平天下、反专制的革命正义，尤其肯定了底层民众的反抗精神和几位领袖的功绩，如冯云山的运筹帷幄，杨秀清的军事天分，石达开、韦昌辉的慷慨义气，萧朝贵的骁勇善战等；另一方面，作者也意在把脉太平天国存在的问题，即小人当权和盲目的神教信仰。在这部长达七幕的史剧里，外在看，作者仍沿着线性历史展开情节，即从太平天国的前身上帝教到准备起义，从建国封王再到两湖之役的突围；从内部看，陈白尘对历史事件做了有意识的选择和梳理，在客观的历史叙事里融入主观判断，尤其对人物性格的刻画入木三分。第一幕是历史背景的再现，广西的底层难民和小生产者因不堪团练、官府对客家人的排异，在生活重压之下纷纷入教；第二幕里一开头，冯云山、韦昌辉就陆续被官府捕走，杨秀清伺机操纵上帝会倒向起义，他也顺利主政，紧接着第三幕，冯云山回来，杨秀清使苦肉计逼韦昌辉反抗，韦昌辉的百万家财自然充公，太平天国起义也万事俱备。这两幕是革命开端的历史时刻，但同时也开启了权力的角逐；在第四幕里，冯云山为统一人心，以封王为权宜之计，既犒劳三军又间接控制杨秀清，他分头劝服了杨秀清、萧朝贵和石达开；第五幕、六幕，南王、西王相继战死，都和杨秀清的专制跋扈有关，太平天国内部出现分裂，石达开要离开，韦昌辉要夺权，洪宣娇要报仇，矛头指向杨秀清，但与此同时太平军正遭遇覆灭的险境；第七幕在杨秀清的指挥下，太平军转从长沙攻打武昌大获全胜，太平天国转危为安。

作者欲借太平天国的成败突出底层民众反强权、求平等的时代精神，矛头不仅指向晚清帝制也指向上帝会的神教言论，意图揭示它们在蒙蔽、奴役民众和反人道主义上的共同之处；同时，有别于左翼戏剧“演说”标签化的是，作者更擅长人物性格摹写上的真实拟态，在这一点上，同样是寄寓人道关怀和强调底层民众的力量，《金田村》明显反拨了左翼戏剧的不足，它超越民族认同的阶级叙事，不是为历史翻案，也非借尸还魂，而是还原历史人物的真实。就现代历史剧的创作来说，《金田村》可视为一个崭新的开始，在把握历史真实与人物性格的关系上有了突破，对此，作者在序中曾不无自责地说：“一个历史剧作者呢，他不必为愤怒而给它个新的歪曲，也不必为爱好而将它化装。他该深入到历史里去研究、探讨、追寻，在科学方法的帮助之下，将歪曲的扭直，阉割了的补全，使历史本身先恢复自己的面目。”①

最典型的细节在第二幕，作者以下层民众的民间广场语言反讽上帝神教的片面性，非常充分地显示其喜剧才华。这一幕里，刚刚加入上帝教的余廷璋给炭夫洗衣婆讲洪秀全的传奇，不过他使用了民间文化特有的“狂欢”体来讲述，例如讲到洪秀全科举不第、重病在床时，讲述者自己跳出故事评价说：“真没命了吗？对不住，他上天堂里玩儿去啦！”②因此在同一

① 陈白尘：《关于太平天国的写作——〈金田村〉序》，《文学》1937年8卷2期。

② 陈白尘：《太平天国》，生活书店1937年版，第50页。

个对象里病的死亡向游戏的欢乐自然过渡，尤其是在讲到洪秀全进入天堂受洗为圣的情景：

余廷璋：你别怕！这跟洪宣娇姐姐替我们剖肚子诊病一样的，不碍事！——他们替洪先生换了一副心肝五脏，又在肚子上一抹，嘿，告诉你，肚皮上连一条缝也没有！——换了心脏，再走进一座更大更高的宫殿，这宫殿啦，高到看不见顶，大到看不见边，上首黄金宝座上坐着一位真神，披着金丝子一样的头发，穿件又宽又大的黑袍子，（低声。）跟洪先生穿的一样！——这位真神谁？（举手向天）这就是我们的上帝！（众人肃然）

老太婆：（急合掌）阿弥陀佛！

杨二姑：（打他的手）什么阿弥陀佛！你！——

老太婆：哦！哦！……天父上帝！①

洪秀全从凡人成为天父次子的过程被描述成一个剖肚子换内脏的怪诞场景，神圣和恐惧、毁灭与重生没有分野地交织在同一个对象中，肉体与精神不拘行迹地结合为整体。除了讲述方式本身的诙谐色彩之外，听讲者也参与到打破信仰严肃性的活动中来，上面的对话里，就在大家听及“上帝”而群体肃穆时，老太婆的“口误”又把这刻板的严肃颠倒过来，更主要的是，余廷章的讲述并没有一气呵成，而是断断续续地穿插着听者的质疑和酒鬼、赌鬼的胡闹打岔，其间，小工头黄再兴出来制止炭夫喝酒赌钱，并要求他们遵守上帝会的规矩，大家都不屑一顾，尽情地戏耍了他：

黄再兴：（诚恳地）规矩也得守呀！

曾添养：规矩——你说声去“打江山！”我曾大头再赌钱，不是人养的！

魏超成：（摔了酒瓶）对呀！要去“打江山”，让我……（比手势）擦擦！有人杀，王……王八再喝酒！

吉文元：哎哎，头儿！我们快要（唱炭夫歌调）“活不了啦！——哟呼咳！”等到有天啦！“操他奶奶——哟呼咳！——去打江山！——哟呼咳！”我们可就：“规规矩矩，——哟呼咳！”啦！（众人大笑）②

这段对话具有民间广场语言的典型特征，“它存在于人群之中，既是人群发出的，又是对人群而发的。说话人与广场上的人群打成一片，他不与大家对抗，不教训、不揭发、不恐吓众人，他与大伙儿一起发笑”。③ 对话中的三个人不是以统一严肃的态度来理解“打江山”，而是代之以粗俚的诅咒、辱骂和戏仿的夸口吹嘘，“打江山”因此从神教化的绝对虔诚中解放出来，显示“打江山”本身反抗专制暴政的历史合理性。正如巴赫金谈论诙谐时所说的那样：“诙谐应该把关于世界的欢快真理从使真理黯然无光的阴森谎言的外壳中，从用威严编织起来的

① 陈白尘：《太平天国》，生活书店 1937 年版，第 51—52 页。

② 陈白尘：《太平天国》，生活书店 1937 年版，第 48 页。

③ ［俄］巴赫金：《拉伯雷研究》，李兆林、夏忠宪等译，河北教育出版社 1998 年版，第 190 页。

恐惧、痛苦和暴力中解放出来。”[①]

对神教伪正义的揭露也和批判杨秀清的好权、弄权结合在一起，由于洪秀全常以天父附身显圣来传教，此法被杨秀清成功地拿来同化异己。第二幕里，桂平县捕快来捉拿洪秀全和韦昌辉，大家众愤难平几乎就要与之兵刃相见，杨秀清迅速安抚住大家，其老谋深算的计划深得众人赞赏，但杨秀清的目的并不简单。虽然同样不满洪秀全的软弱，但杨并没有石达开不近污浊的名士气，他假扮天父附身来宣布起兵：

杨秀清：桂平县虽没捉到他，但此刻灾难未满。尔众小教他速速离开金田村，上帝会之事，暂交我……（咳嗽）暂交小子杨秀清代替，我天父自然看顾。（顿）此刻满清妖魔的气数已尽，而众小把云山、昌辉救出以后，尽管放胆杀妖，我天父自有权能！……尔众小记得我天父之言么？[②]

杨秀清利用众人信仰天父的心理一面架空洪秀全的领袖地位，一面又趁群龙无首主政上帝会，左右民意的同时也实现自己的野心。他虽是个胸有谋略的军事家，但动辄以权谋私、排除异己，用冯云山的话说他就是“本领是有点的，但好嫉妒”，杨秀清嫉妒萧朝贵与洪宣娇相爱，在两人结婚的当晚就宣布男女分营、夫妻也不得合住的禁令。权力独大使太平天国内部面临第一次危机，在第五幕中，杨秀清坚持从湘江水路进攻，冯云山虽不同意但不得不领命率兵前驱，因此蓑衣渡一去音讯全无，众人虽有怨言而不敢明说，韦昌辉更暗自向石达开建议联合西王解除杨秀清的兵权。此时作者穿插了一个情节，即老太婆抱着病重的孩子上场，她为孩子发疯似地找药，小女孩最终在石达开的怀中死去，不过临死时嘴里却喊着“杀妖”，这个戏剧性的场面似乎表明太平天国的病症就在于自身。

但是，这并不意味着陈白尘历史地指出了太平天国的根本问题，他仅是把矛头对准神教迷信、小人当权以及领袖内部不团结，其叙事策略仍是以评判太平天国的功过为出发点，以强调满清异族专制的非正义，恢复汉族主体的民族正统史为主旨。换言之，作者并未反思正义自身的权力话语，他不过是以另一种正义来反对神教思想的伪正义，这另一种正义即是冯云山、石达开等人的“澄清天下”之志。

在上述杨秀清伪装天帝附身的对白中，为何半信半疑的众人没有当场戳破杨秀清明显的伪装？即使直爽如洪宣娇也只能瞻前顾后地暗讽杨秀清，冯云山与洪宣娇的对话显示了内中端倪：

洪宣娇：（沉思）这个，——打开天窗说亮话——他想在金田村称霸！

冯云山：称霸？可以，他就想做皇帝，也可以！

洪宣娇：（着急）你到底是什么意思？

冯云山：大道之行也，天下为公。谁能打平天下，推翻满清，谁就是天下的主人！

---

① ［俄］巴赫金：《拉伯雷研究》，李兆林、夏忠宪等译，河北教育出版社1998年版，第198页。

② 陈白尘：《太平天国》，生活书店1937年版，第82页。

洪宣娇：他有这副本领么？

冯云山：本领是有一点的！可是威望不够！又好嫉妒！

洪宣娇：那你怎么让他独断独行？

冯云山：这个，（想）哥哥马上来了，我有办法。——可是已经做了的，既没有错，不能因为他就不让做呀！——难道大事没成，现就自己内讧么？（洪默然）宣娇（更温和地）你是聪明人，你懂得大势，你知道我们的第一着是：——先打平天下！①

对冯云山来说，推翻满清、平定天下是第一位的使命，打平天下者就有权成为天下的主人，他甚至告诫洪宣娇对杨秀清要处处忍耐，否则“那会坏了大事！”而杨秀清的作为对冯云山那样渴求平天下的志士来说，的确开启了颠覆性的革命之路，众人主动放弃应有的质疑正是受这一使命所驱。因此，在第三幕里当杨秀清使出“苦肉计”逼迫韦昌辉舍弃家财反水官府时，洪宣娇、冯云山明知是计，却不自主地帮杨秀清“掩盖”真相，尤其是冯云山，他更以避免内讧、懂得大势为由而在道德层面高度美化这一放弃。为避免杨的专权，冯云山半捧半威地劝服杨秀清拥护洪秀全为天王，杨则是一人之下万人之上，因为洪秀全有目共睹的软弱实际上默许了杨秀清掌握实权。因此杨一当任就无视天王和其他各王的存在，在军中做一言堂，冯云山虽然吃惊，但使命感的驱动使他沉默，并主动制止骚乱的群众去找洪秀全理论。

冯云山这一人物形象显然为作者偏重，他心怀天下，富有谋略又深得民心，是唯一一位被杨二姑们视为“是我们的”的领袖：找药的老太婆就相信只要找到南王就会有药了，而小女孩最终没有吃上药也预言冯云山即将战亡的不幸。反过来说，冯云山并不是作者批判的对象，而是太平天国正义的核心，作者也并没有反思冯等人的主体困境，否则，他就不会借韦昌辉之口否定石达开的独善其身了：

石达开：（勃然）道不同，我就飘然隐去！——我绝不会老在这儿尸位素餐的！

韦昌辉：（立刻严肃起来）但是“如苍生何”呢？

石达开：（仰天长啸）嘘！……

韦昌辉：你要飘然隐去，于你固然是得计了。但这儿十万兄弟，也能同你一样么？你不闻不问，虽然是独善其身。但于天下大计，有什么益处呢？大丈夫做事，能干就干！不能干，也得干！——别人干得不对，自己来干！你忍心让十万兄弟放在别人手里胡干么？②

韦昌辉不仅不满石达开的颓废，而且一听说他要离开，就立即“严肃”起来，更指出后者无原则地淡泊名利是对天下重任的不负责。同样是在石达开的名士气问题上，与上述韦昌辉的批评相反的是，作者却以更多笔墨来肯定他弃名利济天下的担当。从第二幕起，得知冯云山

① 陈白尘：《太平天国》，生活书店 1937 年版，第 102 页。

② 陈白尘：《太平天国》，生活书店 1937 年版，第 175 页。

被团练捕走，石达开第一个向洪秀全建议上帝会应该“揭竿而起”，但洪秀全为求稳妥坚持以金钱曲线救人，石达开表示宁愿毁家从军也绝不贿赂贪官：“上帝会要永远做满清的奴才就花钱！——不！只有打进桂平县去！”[①]当冯云山要石达开去参加封王时，他向冯直言革命未竟却有人急于“王袍加身”：

> 石达开：我何尝说的是你？（冯默然）司马昭之心路人皆见，你还有不知道的么？——国难未除，生民犹在涂炭之中，不亟亟于扫除鞑虏，却在名位上打算！真是孺子不足兴谋也！——我一向看他是个风尘中的英雄，谁知到底是个胸无点墨的屠狗之辈！——云山，我难道去同他争一日之短长么？（长笑）[②]

虽然反感杨秀清的利欲之心，但是谁封王和他无关，因此石达开表示为“澄清天下的大志”宁可做“马前小卒”。

与其说陈白尘看见了冯云山、石达开等人面对杨秀清的独裁失去质疑精神，不如说他更同情冯、石为革命委曲求全的处境和道德化的自我牺牲。实际上，金田村起义从一开始就是质疑集权专制的产物，鸦片战争以来的种种内外交困迫使人们起来反抗晚清帝权。马克思曾论及太平天国革命的历史原因：“中国在1840年战争失败后被迫付给英国的赔款，大量的非生产性的鸦片消费，鸦片贸易所引起的金银外流，外国竞争对本国生产的破坏，国家行政机关的腐化，这一切造成了两个后果：旧税捐更重更难负担，此外又加上了新税捐。”[③]这是近现代以来中国积贫积弱的残酷现实，因此剧中反专制的革命正义一开始就占据了制高点，也同时遮蔽特权发生的起源，潜伏新的危险，即必然忽视设定民族远景的力自身存在的同构问题。虽然陈白尘坚持从人物性格阐释其行动，但目的还在于表现历史事件的叙事真实，因此他轻而易举地放过人与自己所坚持的正义之间的斗争，这反过来影响了人性的逼真。例如在石达开从反对封王到参加封王的矛盾转变上，当冯云山提醒他不去封王会被别有用心之人猜忌，误解其为志不为名的苦心，这时：

> 石达开：（突然惊悟）哦（顿）云山，你真是我的知己，我去！不是你，我将横遭物议了。[④]

石达开的转变若仅以性格的洁身自好来解释难免牵强，毕竟入仕与否自古以来就是名士精神的底线，人物性格显然无法缝合石达开出仕与入仕的分裂。同样的情况在萧朝贵这一人物形象上，当冯云山战死蓑衣渡时，萧朝贵坚持要去为冯云山报仇，不过报仇的时机并不合适，处于敌人夹击中的太平军正在存亡关头，萧被众人劝下，他盛怒之下以斩杀违反天条的人来泄愤，没想到违反天条的人中竟然有亲生父母。作者处理萧弑父弑母一方面是借此表

---

① 陈白尘：《太平天国》，生活书店1937年版，第68页。

② 陈白尘：《太平天国》，生活书店1937年版，第157页。

③ 马克思、恩格斯：《中国的革命与欧洲革命》，《马克思恩格斯选集》2卷，人民出版社1972年版，第3页。

④ 陈白尘：《太平天国》，生活书店1937年版，第157页。

达对杨秀清的不满，另一方面也显示萧鲁莽蛮干的性格，为下文萧独战长沙伏笔，并指向主题“团结御侮”的教训。实际上萧超贵和石达开一样无法抵抗一个由自己的信仰建构和支撑的“天国”，他不能为冯云山报仇杀妖与必须弑亲证法同于一身，其中的困境是：在激进的革命者身上，生杀之权的满足与主体自由的迷失是互为因果的。毫无疑问，陈白尘并没有考虑革命者这种无由的焦虑。即便是在第五、六幕中韦昌辉、石达开、洪宣娇纷纷表达对杨的不满和反抗时，反清复汉的“大事”又强力介入进来，再一次左右了革命者的意志，革命者又一次合理地失声了。为增加这一合理性，作者不得不去突出杨秀清性格中“豪义”的一面，并强调杨不增援萧朝贵而致使后者战死的原因是出于爱情的嫉妒，这显然和前几幕里杨的形象相去甚远。

质而言之，太平天国疾病的发生恰恰是和其“正义”的一面不可分离，正义在某种程度上与权力的专制化是合谋的。太平天国的“天”是建立在取消主体自由的代价之上的，是从一种集权走向另一种集权，诸如男女分营，不允许哭、喝酒或者看妖书，否则一律斩头的天条，本身是集权的异化物，虽起于杨秀清为报复得不到洪宣娇的个人私欲，但却发扬于真理的盲从性，巩固于思想自由的缺席，因此杀妖和造神彼此同构，不平与特权犬牙交错，为公平理性甘愿抛颅洒血的革命者却走向非理性的对立面，为真理聚集在一起的人不得不放弃或背弃真理。“它能在多大程度上支持民族国家，就能在多大程度上颠覆民族国家。”[①]也就是说，专制的合法化在使人失去质疑能力的同时必然摧毁主体存在，质疑与否并不是关键，关键在于质疑的视角，是把主客体绝对割裂还是一个整体性视野。太平天国的倡导者忽略自身仍处在所质疑的对象之中，和所质疑的对象有着千丝万缕的联系，主体不可能置身事外，忘掉自身而存在。革命正义使冯云山的群己认知显示出主次对立，使石达开的义利判别了高下，两者的相同之处在于，群和己都已被主观地分离开来，前者希望牺牲小我完成大我，后者则常常遗世而独立。因此对太平天国来说，病症更源自母胎式的生成性，洪秀全、冯云山具有传统知识分子遵从政教合一的心理结构，洪不过是思想的空壳，冯云山在沉默的同时更利用民众威望维护权力的滥用，而太平天国的统治形态与被其称为“妖”的清王朝一样，都具有同样的专制症候即万世一系的家国同构。

因此，还原历史原貌毕竟不是历史剧的最终目的，虽然剧作也显示出超越历史进行艺术创造的努力，例如余廷璋讲民间传奇与萧朝贵弑亲的情节都是极富戏剧性的场面，但从情节的组织方式说，《金田村》里“史”的重要地位仍然制约着“剧”的艺术虚构，甚至有时彻底压倒了“剧”。前五幕埋下的关于革命两面性的危机在第六幕的紧急战事中自动消解了，历史叙事为了突出革命“正义”的合法性显得非常活跃，剧本均以长篇字幕打出时间和背景事件，而第二幕中冯云山讲述自己如何逃出官府，第三幕末洪秀全宣布起义的宣教过程等则完全是史诗式的叙事。这种近乎自然主义的创作方式的确有利于历史叙事的真实性，再现了线性

---

① [美]杜赞奇：《从民族国家拯救历史》“导言”，王宪明译，江苏人民出版社2008版。

历史时间的因果关系，但因为忽视戏剧自身的独特原则，反倒挤压了戏剧性的真实。这也和作者“团结御侮”的现实强调有关，作者后来总结说：“‘历史剧’所能尽的任务，不能超过‘历史剧’所能有的负荷。否则将胀破‘历史剧’的躯壳，也可压瘦了历史。我深悔自己多管闲事了。但问题还不仅止于此，我又看出一个更大的裂缝。胀破历史剧的躯壳的责任完全推在历史身上，是不正确的。即使历史上繁琐一点，而要求产生一个自然主义的历史剧应该是合理的。连这一要求都没能做到，那毛病便出在对现实的‘强调’上了。”[①]也就是说，写作《金田村》时的陈白尘仍然是要把它写成一部以刻画人物性格和再现历史事件为主的史诗剧，目的是暗示其中的教训对现代民族革命来说是可以避免的，这反过来降低了历史性真实的艺术高度。

陈白尘的历史剧创作表明，封建传统作为现代文明的对立面是必须彻底颠覆的，但不同于西方殖民话语把落后民族看作没有“历史”的人，他们抛弃过去的目的最终不是为了面向西方，而是回顾自身，是对血缘种族意义上的合理历史的再造，但和五四时期一样，启蒙进化观在这个剧里依然起着主导作用，让革命启蒙者失去质疑能力的不仅是“团结御辱”的现实强调，更是主体上群己二分的民族认同困境，这是实在的历史真实。历史剧应该着力展示一个实在的历史而不是纯粹模仿的历史，正如保罗·利科在提到戏剧模仿问题时所谈到的，戏剧的净化功能是因近似的偏离产生了面向实在的恢复和升华，情节是通过模仿行动达成的活的隐喻性修辞。[②] 也就是说，戏剧表现了现实的因素，但却不从属于现实，它与现实近似但更存在偏离，偏离现实的是实在。不过，《金田村》的进步在于，毕竟在这里，作者把历史和现实联系起来，过去并不是静止和寂寞的，而是与现在息息相关，断裂的线性时间轴已经发生细微的变化，民族的传统与现代似乎找到了接轨的可能，这是陈白尘开启现实主义历史剧创作先河的意义所在。

---

① 陈白尘：《大渡河》“代序”，上海群益出版社 1946 年版。

② [法]保罗·利科：《活的隐喻》，汪堂家译，上海译文出版社 2004 年版，第 33 页。

短小说家的舞台哲思
——对劳马剧作三种的阅读

艾　翔*

（天津社会科学院，天津 300191）

内容摘要：通过对劳马的三部话剧剧本的文本分析，考察作家对精英性与民间立场、笑与哲学的传播效果、历史与当下经验的交流、作为创作要素的酒和创作状态的醉等问题的态度，由此展现作家剧作的独特性。同时通过对三部剧作进行比较，明确各自风格特点，即《苏格拉底》深邃的思想性、《好兵帅克》较高的艺术技巧、《巴赫金的狂欢》充沛的舞台感染力，以及剧作同作家短小说创作的关联。

关键词：劳马；话剧；笑

今年 9 月，劳马获得蒙古国最高文学奖，是继日本作家谷川俊太郎、韩国作家高银之后，第三位获此奖项的亚洲作家，这提示我们需要更多对这位作家的阅读和理解。2012 年 6 月 3 日大型原创话剧《苏格拉底》在人大明德堂首演，第二天阎连科在微博中赞赏道："昨晚看人民大学自编自演的话剧《苏格拉底》意外之好。苏格拉底死前对雅典的公民们说：让我死的不是法律和公义，而是我的正直和说出真理的勇气；可以拯救我的不是公义、法律和真理，而是虚伪、懦弱和厚颜无耻。既然如此，那就让我死去吧，我死前留给你们的预言是：耻辱将要降临雅典城。感谢编剧劳马。"《作家》第八期刊登劳马剧作三种——《巴赫金的狂欢》、《苏格拉底》和《好兵帅克》，2012 年 9 月 20 日，《苏格拉底》在国家大剧院上演，10 月 24 日，更换了表演阵容的《苏格拉底》在中央戏剧学院实验剧场登台，由此实现了剧本两种形态的呈现。

一

《苏格拉底》共有八幕，讲述了苏格拉底被控告、入狱直至死亡的过程，由于剧作家设置了"引子"，整个故事被设计成倒叙，就拉开了观赏的时间距离淡化了事件本身强烈的悲剧色

* 艾翔（1985— ），男，新疆乌鲁木齐人，天津社会科学院文学研究所助理研究员，文学博士，主要研究方向为中国当代文学史、区域文学。

彩，从而提供了冷静反思的余地。但作家并未将其塑造成一个凄怆动人的悲剧英雄形象，而是有血有肉的普通智者，他愿意同年轻人一起谈论，自谦，幽默，宽容并倾听反对者的意见，反复声称自己并不能给人答案而是共同探讨真理，这是一种双主体的互动，而不是单向度的“启蒙”。同时他还是个十分重视家庭生活的人，妻子克珊帕西也不是脸谱化的“悍妇”形象，而是一个关心深爱苏格拉底的真性情的女人，苏格拉底对她也不是单纯的“怕”而是包含了宽容、敬意的爱。可以说作家塑造的是他心目中的伟大哲人，或者说融入了作家本人的精神气质。

剧中人物除苏格拉底以外，喜剧作家阿里斯托芬同样值得注意。作家试图向读者说明阿里斯托芬创作的喜剧杰作《云》并非将苏格拉底送上审判席的直接推手，而是美勒托和克勒翁早有此心，民众的投票是因为误读了《云》。因为人不是神，都会有缺点，所以在阿里斯托芬看来，被笑者是不受身份限制的，苏格拉底和执政官伯里克利以及雅典将军克勒翁甚至宙斯都曾成为其笑的对象。可以看出作家既不否认笑所具有的攻击性同样也认同伯格勒所称的“佯攻”性质，他希望通过喜剧让世人获得独立思考的能力，却不愿与美勒托和克勒翁等人一起参与批判苏格拉底的活动。从这一点来说他和苏格拉底带领学生进行哲学思辨的目的是一致的，即塑造学生的独立人格，也可以说《云》对苏格拉底的滑稽化并非针对苏格拉底本人，而是希望追随他的学生冷静地批判性接受其思想而不是一味追捧。

总之苏格拉底和阿里斯托芬都是在“个体”的精神层面完善希腊的民主制度，让希腊公民真正具有历史和政治参与的主体性身份，相反美勒托和克勒翁则意图在“民主”的名义下建立便于统治的“稳定社会”：“再这样下去，奴隶会反叛主人，儿子会羞辱父亲，妻子会顶撞丈夫，我们所要维持的雅典的文明和正义就会毁于一旦！”[①]需要指出的是，这里的苏格拉底其实不是劳马对历史的依样画瓢，而是带有强烈的“再创造”色彩，因为苏格拉底的民主思想具有很大的历史局限性，他反对全民都享有民主权力，希望政治完全属于贤人[②]，我们可以从柏拉图《理想国》中找到其老师的深刻影响。在对苏格拉底形象的塑造过程中，作家代入自己思想的痕迹十分明显，这同郭沫若写历史剧的状态甚为相似。

在剧中作家还通过苏格拉底和阿里斯托芬的人物设置思考了哲学和喜剧的问题。毫无疑问，两人的思维方式和性格特点恰好是所事职业的形象化表述，行为目标也都相同，但结局却大相径庭：阿里斯托芬的作品“叫座又叫好”，有很高的获奖呼声；苏格拉底却被判死刑赐毒酒，死在阴暗的历史角落。阿里斯托芬认为笑声会惹恼一些人，但同时也看到自己作品的广受欢迎。根据这种现状他提醒苏格拉底：“雅典的权贵和公民们可以包容我那嘻嘻哈哈的喜剧之笑，却不一定能容忍你喋喋不休的探询真谛。”[③]相应的，苏格拉底有个严重的问题

---

① 美勒托向克勒翁建议驱逐苏格拉底前的铺垫性谗言。劳马：《巴赫金的狂欢》，中国人民大学出版社2013年版，第86页。

② 参见王绍光：《民主四讲》，生活·读书·新知三联书店2008年版，第1页。

③ 劳马：《巴赫金的狂欢》，中国人民大学出版社2013年版，第96页。

或者缺陷，即除了其学生或部分剧作家诗人这样的精英分子，其他人无法听懂并对其话题感兴趣，不能进行有效的交流，甚至朝夕生活在一起的妻子也不例外："行了行了，别拿你问你学生的那一套对付我。我还有活要干呢，没空在这空谈。"[①]"笑"具有的内在气质和言说手段打通了精英和民众的区别，"哲学"却因其难以摆脱的精英性固化了阻隔民众理解的高墙，作家在长篇小说《哎嗨哟》中也通过哲学教授伊百这个形象表达了对哲学类似的忧虑。

在作家看来，为信仰而牺牲当然值得尊敬和歌颂，但更倾向于保存自己同时影响别人。将苏格拉底设置为主人公而让阿里斯托芬做配角，其实正是作家"外哲内笑"精神世界的形象化表征[②]，一个人需要用知识变革自己的思维和气质，需要有追求和坚持信仰的知识分子道义感，但这一切需要有宽容、乐观、积极的世界观来指导，要重视与普通人的沟通技巧，而不是精英式的喁喁私语，不能让精英性对民间意识进行"彻底改造"。也因此，《苏格拉底》不仅是一部历史题材的话剧，而具有鲜明的当下性。

二

就在《苏格拉底》不断被排演并获得成功的时候，劳马笔耕不辍，于 2012 年 11 月再次完成另两部剧本的创作，如同其人生经历一样，剧本的写作也从哲学走向了笑。如果说《苏格拉底》有酣畅淋漓的逻辑论辩之快意，五幕喜剧《巴赫金的狂欢》则有大量反逻辑的语言狂欢：

> 那时候从二至线当中向着天顶飞来了六块银币和一个杯子。正巧那一年利菲山上缺少虚伪诈骗，以至于废话和扯蛋两个教派之间引起了有关瑞士反叛的具有煽动性的流言蜚语。这些瑞士人聚集的人数是三六九十，为的是在新年那一天拿汤喂牛，把煤炭的钥匙交给小女孩，叫她用棉堡扛木头……[③]

反逻辑其实是以拆解语言神圣性的方式降低占据话语权的精英的地位，此外还有很多调侃权威人物的语言，因为符合逻辑，更具攻击性，可以说语言的畅快奔放是剧本很大的一个看点。

剧本另一个特点在于场景的叠加，作为"拉伯雷研究"主体和中国教授研究对象的巴赫金、作为创作主体和巴赫金研究对象的拉伯雷、作为叙述对象和小说情节主体的高康大和庞大固埃以及作为阅读对象和"巴赫金研究"主体的中国教授，四个原本是立体的、时间性的场景被并置于同一个舞台，剧本里的人都同时作为主体和客体出现，体现了作家独特的历史观和世界观，这种多主体性与苏格拉底在广场讨论哲学有相似之处。四个历史情境构成的剧本带有统一的狂欢化风格，不过通过并置产生的对比可见，每种狂欢都是不尽相同的。通过

---

① 劳马：《巴赫金的狂欢》，中国人民大学出版社 2013 年版，第 82 页。

② "外哲内笑"的精神内涵应该来自于作家的成长经历。生在东北而天生具有了东北人的爽朗、乐观和风趣，进入大学进行哲学专业的训练造就了劳马的思维方式。这一精神内涵也是其小说一贯的内在指标。

③ 劳马：《巴赫金的狂欢》，中国人民大学出版社 2013 年版，第 29—30 页。

集权高压的巴赫金情境和后现代的中国教授情境的比衬，《巨人传》中肆无忌惮的狂欢才显得更加具有吸引力[①]。正如程光炜教授的论述："在剧本中，巴赫金夫妇的流放生涯与拉伯雷小说《巨人传》巧妙并置，形成互文性的效果，这种处理使得作品彰显历史张力，令观众得以重温时代的严酷。当然与作者艺术处理的节制相比，有心人一定知道这个话题深藏着更丰富的内容。"[②]启发思考而非给予答案，是劳马创作的初衷，再次看出苏格拉底这一形象包含着对自己内心的临摹。

劳马不是一个怀旧的感伤诗人，他最关注的是当下。但由于当下的复杂性，他又不得不经常从梳理历史脉络入手寻求解释方案，因此其作品中的"历史"永远是为"现实"服务的。同样，即使是巴赫金所处的看起来时间空间都与我们相距甚远的情景，也是与中国教授情境一隐一显地揭露当下精英培养机制中的荒谬。与尚能"隔窗相望"体会到狂欢和笑的魅力与重要性[③]的巴赫金相比，今天的知识精英毫无试图理解民间文化的欲念更遑论真正理解，虽然他们关注的都是很世俗的事情，显然世俗和民俗差距甚大，这才是真正的隐忧。

三

三部话剧在结构上各有特点。《苏格拉底》情节十分紧凑，主体部分讲述了大约两日的故事，完全按照时间顺序，因为最前设有"引子"，全局成倒叙结构；《巴赫金的狂欢》因为并置四个场景，时间跨度从 16 世纪到 21 世纪，空间跨度覆盖了法国、苏俄和中国，因此没有明显的时间顺序，结构本身也呈现出狂欢状态；八幕喜剧《好兵帅克》讲述一战前后大约 7 年间的故事，第一幕和最后两幕时间设置在现在，这三幕呈顺叙分布，中间部分讲述帅克从军经历，整体便有插叙的风貌，节奏刚好介于另两部剧本之间。插叙部分和首尾三幕的主人公分别是帅克和哈谢克，但开头哈谢克自称帅克，结尾酒馆老板直接称呼哈谢克为帅克也获得了前者的许可，似乎是在暗示中间的帅克部分其实是哈谢克自传式的创作，因此这部戏既能看作一般意义上的现实主义风格，也可视为作家和作品主人公同台的实验话剧。当然值得注意的是，被称为"帅克"的哈谢克与帅克的话语风格完全不同，前者是朴实、自然的日常语，后者则略带夸张和滑稽的言辞，这令作品更具有别样风味。

根据程光炜教授的观察，《好兵帅克》通过"多幕场景的串联和转移，揭示了捷克社会荒诞不经的社会现实。作者在创作过程中极其放松，文字游刃有余，人物对话尤其精彩。他深知短篇小说形式的局限，因此有意识地通过对话来展现宏大场景，运用话剧的强烈空间感来

---

① 更早创作的中篇小说《烦》曾有过巴赫金意义下的"狂欢"的话语实践。见《傻笑》，中国人民大学出版社 2007 年版，第 311—336 页。

② 程光炜：《民间节日诙谐形式的精神风格化——评劳马的三部话剧》，林建法主编《说劳马》，辽宁人民出版社 2014 年版，第 65 页。

③ 程光炜：《民间节日诙谐形式的精神风格化——评劳马的三部话剧》，林建法主编《说劳马》，辽宁人民出版社 2014 年版，第 68 页。

凸显世界的悖谬”[①]。战时不是慷慨激昂的誓师，而是乌烟瘴气和各怀鬼胎；战后不是热火朝天的建设，而是官僚风气和漫不经心。帅克/哈谢克身在其中，处处如同多余的另类，但并非“愚蠢”所致，相反，恰恰只有他还保存着一份真诚到不合时宜的热忱、不受匝厄影响的乐观和直言真相的良心。故事中的帅克/哈谢克是被笑者，但在读者阅读过程中却充当着揭发时局事实的先知角色，他们的“傻”仅仅是不愿意同流合污，还具有在轻松的话语间就暴露对方缺陷的笑的能力。从这个角度来说，帅克不是一个“海归”，恰恰是与伊十血脉相通的海外华裔，这不仅仅是指前者通晓中国俗语，更在于两个形象处在相同脉络的人物谱系之上。与苏格拉底沉迷于逻辑推理的修辞游戏不同，与庞大固埃、拜兹居尔放任于非逻辑或反逻辑的戏谑宣泄也有所差异，帅克是用逻辑性的话语表达民间认识，如同伊十摸着万人疼的头对他说：“你这个鳖羔操的，我没老婆哪来的儿子？”[②]作为剧本中绝对的唯一主人公，不同于苏格拉底/阿里斯托芬这种显隐互表的人物结构，也不同于巴赫金/高康大庞大固埃/拜兹居尔及于莫外纳/中国教授这种多主角平分秋色的人物设置，帅克通过真实敢言的“傻”成为引导读者进行社会观察的内窥镜，窥测到包括军人、政府公务员、神职人员、医生、普通市民等各色人等的精神世界。由于强烈的代入感，《好兵帅克》也成为劳马最容易被接受的剧本。

四

三部话剧风格和结构迥异，体现出作家不凡的创造能力，但其中有十分明显的贯穿性因素：笑和酒。苏格拉底在历史上就是一位能喝酒但不酗酒的哲人，因此酒神在他身上无法彻底驱逐日神的影响而占据统治地位，苏格拉底成为了一个神无法控制的人，有些屈原“众人皆醉我独醒”的感觉，当然必死无疑。相反阿里斯托芬能够在二者间找到平衡点，既能获得酒神的青睐，也能在迷醉中保持机智。高康大的宴会上则呈现与苏格拉底截然不同的景象，几乎人人都喝得酩酊大醉，说着心中真实直白的感受而快意连连，有李白“但愿长醉不复醒”的洒脱；剧中未提帅克喝酒，倒是眼看着卡茨神父和两个宪兵的醉态，不过帅克虽未饮酒却言如“醉话”，哈谢克倒是在酒馆中与人对饮，同样没直说喝醉，不过最后仍然砸了社会救济委员会主席的办公室。可以说，《苏格拉底》是有喝的动作而无醉的状态，《巴赫金的狂欢》是既喝且醉、痛饮大醉，《好兵帅克》则是无喝之行却有醉之实。与之相应，《苏格拉底》笑得很收敛，《巴赫金的狂欢》笑得很放肆，《好兵帅克》介于两者间，朗声大笑。杨庆祥以其锐利的目光发现：“劳马的作品最终不是通过具体的人物引导自我认识的，他是通过语言以及语言的狂欢，这是劳马的特质，在他作品里表现得非常明显。通过语言的方式引导自我认知，有一种语言的沉醉状态。读了他的新书后我立刻想到一个词叫‘笑与醉’……他的很多作品都

---

① 程光炜：《民间节日诙谐形式的精神风格化——评劳马的三部话剧》，林建法主编《说劳马》，辽宁人民出版社2014年版，第64页。

② 引文来自作者中篇小说《抹布》，《傻笑》，中国人民大学出版社2007年版，第85页。

有一种醉酒的语言的沉醉。我不知道这种语言的沉醉是什么状态，可能就是完全无顾忌地挥洒语言，有时候无法控制的沉醉状态，在这种语言沉醉状态里获得一种自我的认知。”[①]这对劳马研究具有重要的启示意义。

真正令人惊异和尊敬的不仅是初涉剧作的较高水准，而是整体上的风格多样性。《苏格拉底》具有深邃的思想性，《好兵帅克》具有更高的艺术技巧，《巴赫金的狂欢》具有充沛的舞台感染力，其实都与其短小说创作经验一脉相承。一般而言小说家安身立命的根本在于情节的复杂多变和细节的精心刻画，然而劳马常握短小说之笔，更擅长戏剧性氛围的营造和行动、对话描写，这两点会对短小说成败产生关键影响，同样也是戏剧的基本要素。因此，虽然劳马创作剧本的动因乃是偶然事件，但一上手就有不俗的表现其实恰在情理之中，并且由于短小说篇幅局限而非能充分施展的技巧在话剧中获得了更广阔的空间。

另一方面三部话剧又与同时期的《潜台词》和稍后的《柔软的一团》一样，出现了一些新变。首先是语言，话剧语言因为需要用于表演，因此不能像小说那样平铺直叙，更不能像诗歌那样凝练隽永，劳马未曾有过相关经验，但三部话剧的台词都有很强的舞台感，能够较好地配合演员动作，呈现出其小说未曾呈现过的样式。其次是笑的运用，以前的笑大多带有强烈的中国经验，无论是历史经验或是民间经验，但在剧本中除了保留了既有路数，还增添了西化的笑元素，较莎士比亚的传统更近，而对中国读者来说则更为新颖。足见劳马在这一时期的求新求变，不仅仅表现在体裁上的“无主题变奏”，更有内在的突破创新。

① 杨庆祥在2013年6月的会议发言。《劳马作品研讨会会议纪要》，林建法主编《说劳马》，辽宁人民出版社2014年，第229页。

以"立人"为旨归的"别立新宗"

——鲁迅世界的文化创设

杨经建*

(湖南师范大学 文学院,湖南 长沙,410081)

内容摘要:"立人"是鲁迅始终如一的文化理念和价值立场,"中间物"则是"立人"的逻辑展开与言说方式;"立人"的本质不在于"是其人"而在于"成为其人",鲁迅对之进行了"取今复古"的质料式选择和资源性创设。"复古"是指在对传统文化"吃人"性质——主奴关系和专制威权予以摈弃的前提下,离析并择取了"天人合一"观中的人文精神血脉;"取今"是指吸纳西方"新神思宗"的那种"张灵明,任个人"的思想真谛和精神肌理,在"去其偏颇,得其神明"的原则下容纳其文明的成果,实现了一种现代性融汇。概言之,鲁迅的"立人"思想在对传统文化血脉和西方非理性主义人文主义的"中间物"式化合中,完成了其义理和思维上的重构。

关键词:鲁迅;"立人";"中间物";"别立新宗";"取今复古"

一

众所周知,鲁迅曾在《文化偏至论》(1907年)中提出了"立人"的命题,在鲁迅终其一生的思想实践和文学创作中,"立人"成为其以不变应万变(虽然人们认为鲁迅的思想存在着变化的过程)、矢志不渝的文化理念和价值立场。

我认同以下见识:鲁迅不是一个严格意义上的思想家,而是一个拥有思想深度的文学家,其创作和著述并没有展露出一套思想理论、概念系统,而是以文学形式和审美话语来言说。他以此来观察世界和把握现实。故而,鲁迅话语系统(鲁迅世界)被解读的程度实际上就是鲁迅被接受的程度。"鲁迅是一个以'中间物'自任却苦寻无限,不选择圆满却不忘情于终极的思想者。"①在此意义上,对以"立人"为旨归的"中间物"状态的审视是步入鲁迅世界

* 作者简介:杨经建,文学博士,湖南师范大学文学院教授,博士生导师。主要从事中国现当代文学思潮研究。

① 王乾坤:《从"中间物"说到新儒家》,《鲁迅研究月刊》1995年第11期。

的有效方式。

“中间物”一语源于《写在〈坟〉后面》中，所谓“一切事物，在转变中，是总有多少中间物的”，“在进化的链子上，一切都是中间物”，“只能这样，也需要这样”。尽管对“中间物”的论述已成为近些年鲁研界的一个焦点，但论者往往将“中间物”作为抽象而独立的话语概念提取出来，或视为研究鲁迅世界的原点（如王乾坤），或偏重其“历史的”属性——对进步或进化的信念以及反传统的价值取向（如汪晖），这或多或少背离了“中间物”在鲁迅话语系统中特定的语义范畴，使“中间物”沦为一种不着边际的话语现象，一种学理思辨的“迷障”。

准确地说，鲁迅对“中间物”的感受和领悟并不是先验具有的，而是由“立人”这种文化理念和思想基点的逻辑性展开。重要的不是把“中间物”作为研究原点或认识的出发点来建构鲁迅世界，而是将“立人”作为对鲁迅世界的阐释前提，“中间物”则是其话语言说状态和诗性觉解方式。

鲁迅是一个站在思想废墟上的独行者，这种“在”而“无所属”[①]姿态在某种意义上便是对“中间物”状态（意识）的互文性转述。进而言之，“在”而“无属于”的“中间物”状态（意识），实为“立人”理念的非体系性的言说场域，思想诉求的精神领地，文学转述的问题视阈。“毫无疑问，人是鲁迅思想的核心，立人是鲁迅思想的逻辑起点和最终价值指向。”[②]所谓纲举目张，作为“目”的“中间物”状态（意识）相对应的正是作为“纲”的“立人”本旨。只有拎起了“立人”之“纲”或主脑，“中间物”才展得开、站得起、立得住。事实上，在鲁迅看来的，“人”之所以为人，以及“人”之所以不同于其他事物，全因“人”总是处在一个开放的、充满可能性的、向着未来的过程之中，所对应的是一个非终极性实体。这种启而不发的“中间物”状态意味着鲁迅在一种关系性存在中体认自我并确立“人”。由是，“中间物”无异于一个机能性的而非实体性的精神张力结构，一种建构性或境界性的生成形态。

综上所述，“在”而“无属于”的“中间物”状态（意识），将“人”放在“过去—现在—将来”的时间纵轴和“天上—地上—地狱”的空间横轴构成的坐标系中，突显的是“现在”和“地上”，执着的是“第三样时代”，追求的是“真的人”，最后归结于“立人”。这就是鲁迅“别立新宗”的价值根基。也只有在这个认知基础上，才能理解鲁迅何以说，“此所为明哲之士，必洞达世界之大势，权衡校量，去其偏颇，得其神明，施之国中，翕合无间。外之既不后于世界之思潮，内之仍弗失固有之血脉，取今复古，别立新宗”[③]。换言之，有关“取今复古”基础上“别立新宗”的问题，在某种意义上便是进入“立人”思想的关键。

二

的确，有关在“取今复古”基础上“别立新宗”的问题，是解读鲁迅“立人”要旨的关键话

① 《鲁迅全集》第 11 卷，人民文学出版社 1981 年版，第 31 页。

② 李新宇：《鲁迅人学思想论纲（一）》，《鲁迅研究月刊》1999 年第 3 期。

③ 《鲁迅全集》第 1 卷，人民文学出版社 1981 年版，第 56 页。

语，它关涉到“立人”思想的资源性构成。“一般认为，鲁迅汲取了西方精神文化、中国传统的儒家文化、激烈的吴越文化的营养，而将批判的矛头坚决指向中国传统规范文化、西方物质文化、无为的道家文化、民间信仰文化。”[①]这当然是一种求全责备的概述，却失之于大而不当、泛而费解。诸如，在什么样的话语范畴中、在怎样的意义关系中去理解“中国传统规范文化”？“西方精神文化”更是一种囊括了西方古今历史、广博而丰硕的文化类型和文化蕴涵，鲁迅即便为一代文化伟人，但凭其所处的时代语境和个人能量真的能把握和“汲取”吗？如下言说颇具启迪：从鲁迅所言的“新神思宗”切入，勾连起尼采、柏格森等“转而趣内”的“内曜之成果”；或着眼于西方以前谓之的唯心主义如今指称的非理性主义，会通印度哲学智慧以至中国的佛、禅及儒家的心学传统。[②] 应该说，这是一种相当令人信服的思路。

显然，在鲁迅看来，“立人”在于通过改造“国民性”、“撄人心”去“救心”而不是“救世”，“然欧美之强，莫不以是炫天下者，则根柢在人，而此特现象之末，本原深而难见，荣华昭而易识也”。[③] 显然，所谓“现象之末”的“根柢在人”，也即建立“人国”的关键既不在于坚船利炮，也不在于立宪政治，而在于“启人智而开发其性灵”[④]，“鲁迅思想的一个重要特点是长期关注‘人心’或者说‘国民性’的问题，绝少从制度层面看待中国道路问题。”[⑤]严格地说，鲁迅的“取今”和“复古”不是简单的中西融合，这里的“中”或“古”、“西”或“今”都不具备形而上学本体论的意义，它们均视“立人”为价值基准、以“别立新宗”为目标，而互为依存、互为参照。如果说，“中间物”状态(意识)必须以“立人”为本旨，那么，“别立新宗”中的“别”，可以理解为并非植根于某种既定的秩序范畴、而是指向“在”而“无所属”的状态。至于“新宗”得以“别立”的质料和资源，既有掊物质、张灵性的中国传统人文精神血脉，更有现代西方非理性主义人文主义的养分。

就“复古”而言，所谓“内之仍弗失固有之血脉”，面向的是文化血统和文化脉络的延承。“血脉一词带着生命的体验，向广泛的文化领域渗透。血脉的普遍渗透，使人们关注不同领域的相互联系，而且是一种文化生命的联系。……文化血脉既有经典自身的内在血脉，又有学派传承的纵向血脉，以及文化类型之间相互渗透的横向血脉，可谓纵横密布，气息相通。”[⑥]用鲁迅的话说便是“权衡校量，去其偏颇，得其神明”。以往学界对鲁迅之于传统文化的传承或吸纳见仁见智，就在于忽略了文化“血脉”并非体现在某种思想学说或文化哲学流派中，而是一种作为源头活水的文化因质的流行化生之机能。它一方面呈现为对新的质素的孕育生成，以达到“翕合无间”之妙，也表现出对异质文化具有某种“化生”融解，以致自然

---

① 许祖华等：《京派研究的鲁迅背景》，《中国文学研究》2010 年第 2 期。

② 王乾坤：《鲁迅的生命哲学》，人民文学出版社 1999 年版，第 43—75 页。

③ 《鲁迅全集》第 1 卷，人民文学出版社 1981 年版，第 56—57 页。

④ 《鲁迅全集》第 1 卷，人民文学出版社 1981 年版，第 45 页。

⑤ 丁辉：《鲁迅与辛亥革命的评价问题》，《湘潭大学学报(哲学社会科学版)》2011 年第 3 期。

⑥ 杨义：《鲁迅的文化哲学和文化血脉》，《河北学刊》2013 年第 2 期。

天成之妙。

客观地说，中国传统文化中一直都有“人”的质因，儒家就申明“仁者，人也”。但是，以儒学为中心的中国正统文化出于精神统辖的目的，不可能提供关于人的完整认识；以儒学为教义的政统秩序由于社会控制的需要，同样不愿意正视人的全部内容，更不愿承认关于人的全部内涵的合法性。这也是鲁迅之所以从社会(政治)制度和文化(专制)秩序上“反传统”的动因。当鲁迅从“立人”价值立场去考量时，他对传统文化“吃人”和“为奴”的抨击其实主要针对的是家族等级制度、专制威权政体以及由此衍生的礼教秩序。问题在于，这里的批判不是简单的否定而是一种极其清醒的反思，一种能达及事物本质的思考，其动机还是在于“立人”。

在此，我愿意就“‘天人合一’的宇宙观与鲁迅思想的关系”①做进一步的引申和研究。毋庸赘言，“天人合一”是中国传统文化的基本信念。具体说，“天人合一”从人事出发，以对主体自我的体证为基点，尔后“万物皆备于我”(孟子)或“万物与我为一”(庄子)。相对而言，儒家注重社会伦理，主张通过文明教化调和人际关系，并使人达到圣化境界。孔子把“仁”作为最高境界，而“仁”就是把他人当成人，是对人际关系和谐的自觉。人是德性的存在而不是认识的主体。人的德性来源于“天德”，“天德”的意义不是别的就是“生”，《周易·系辞传》云：“天地之大德曰生”、“生生之谓易”。即不断生成、不断进化、不断创造。人的根本目的和使命是完成德性，实现理想人格。正因为如此，人不能离开天而存在，所以最终要回到天，即自然界，实现“与天地合其德”的天人合一境界。这是一种超越但又不离人的存在境界。

如果说儒家追求“道德”境界中的人，那么，道家讲究“自然”境界(人的本然真性)中的人。所谓与自己的本然真性(“道，亦即天”)原是一体之说，实际上强调人在现实生存中应牢牢地执守于自己的本然真性不使其丧失；要求人们去追求一种不为一切外在价值所引诱所迷惑的真实的生活。这是道家所孜孜追求的“真人”境界，也是道家“天人合一”之道的妙要玄旨。可见，庄子谋求的“自然”本性亦即叔本华、尼采的“本然生命力”、“生命意志”，“尼采、叔本华都以意志为本体。……个体以其自身的努力实现宇宙的指令。既是个体自为的，又是自我超越的，个体生命的双重需求在强力意志中得到了完全实现；由此，生命自然可以成为诗意化的幸福之旅”②。

概言之，在“天人合一”中尽乎“人道”也合乎“天道”。正是依据符合“天人合一”境界的程度，人的境界也分为几等：完全达到“天人合一”境界是圣人，次之则是贤人，再者则是士、君子，最低境界的便是庶人，完全不合“天道”和不尽“人道”的则沦为禽兽。简言之，不同的境界标示着不同的“立人”取向。

毋庸讳言，以“天人合一”为核心内涵的中国传统文化存在着这样一个共同的失误：以对

---

① 林毓生：《鲁迅思想的特征——兼论其与中国宇宙论的关系》，《读书》1987年第2期。

② 张文初：《叔本华与尼采：生命意义的诗性思考》，《中国文学研究》2010年第2期。

人与自然、人与社会关系的探察，来遮蔽、僭代对人与灵魂乃至个体生命存在意义的追究。这其实是以现实关怀作为阐释前提的文化哲学构设，侧重的是对人类与社会（也包括自然）之间的关系，以及由此生发的一种对人的存在世界的和谐性的哲学诉求。严格地说，以“天人合一”观为内核的中国传统文化长期缺乏直面人的灵魂和个体生命存在的内涵。如果说也有对人的个体性的关注，但其关注的是个体所承担的义务和责任，忽视的是个体之为个体最基本的成因——个体的权利。在这种人伦关系中人没有独立的人格存在和生命尊严。要言之，“天人合一”的“立人”思想主要是基于人伦秩序的构建，是为世俗生活提供伦理层面的一种人格意义的支持。

而“鲁迅甚感兴趣的是对文化血脉的‘深层承续’”，[①]所谓“保存我们，的确是第一义。只要问他有无保存我们的力量，不管他是否国粹”[②]。基于“第一义”的“国粹”方才具有“文化血脉”的涵义，“这种承续不拘泥于表面形式上的循规蹈矩，亦步亦趋，而是追求内在情调、神韵上的契合”。[③] 在这样的“契合”——“中间物”式融合中，鲁迅从“文化血脉”中离析出“人”的成因，创造性地吸纳了“天人合一”从人的自我的体证为出发点，尔后“万物皆备于我”或“万物与我为一”——“朕归于我”的基质，以及儒家的“天行健”、“天地之大德曰生”、“生生之谓易”，不断生成、不断进化、不断创造的生命进取精神；所以他虽然也批孔，但他又肯定孔子的“知其不可为而为之”精神特质；他的“绝望”的“反抗”中仍然充满人道关怀、人情眷恋。相对而言，以“立人”为价值准则延绵于鲁迅身上最活跃的文化“血脉”则是道家的庄子。这是因为，道家文化实际上是以生命意志为中心，强调人在自己的生活中应当牢牢地执守于本然真性，追求一种不为一切外在价值所引诱所迷惑（去伪）的生存方式，尤其是庄子的那种“无待”而自由的生命境界。鲁迅钟情于嵇康等“魏晋风度”，在很大程度上，何尝不是由于其身上同样体现出道家文化“独与天地精神而来往”的疏狂精神。“把握了鲁迅与嵇康的关系，就把握住鲁迅文化血脉的一个关键点”[④]，同时，对儒家学说中的礼教等级思想尤其是“天理”对人的个性生命的压抑、道家不“撄人心”予以清理，无疑是一种从“吃人”的传统中不断反思的“逆向传承”[⑤]的“立人”的思路。

由是，“立人”正是对“天人合一”观缺乏直面人的灵魂和无视个体生命存在的反拨。一个简单的事实是，鲁迅并不像五四时期的其他启蒙者那样过多地关注东西方文化的冲突问题，而是基于“人”自身存在的价值而思索，从而显示出一种与现代人类文明发展趋势相对应、对接的特征。“与严复、梁启超及陈独秀等人不同，鲁迅当时接受的既不是英国苏格兰学派的自由主义思想传统，也不是崇尚‘自由、平等、博爱’的以民主主义为核心的法兰西大革

① 杨义：《鲁迅文化血脉还原》，安徽大学出版社2013年版，第8页。

② 《鲁迅全集》第1卷，人民文学出版社1981年版，第305—306页。

③ 杨义：《鲁迅文化血脉还原》，安徽大学出版社2013年版，第8页。

④ 杨义：《鲁迅的文化哲学和文化血脉》，《河北学刊》2013年第2期。

⑤ 杨义：《鲁迅的文化哲学和文化血脉》，《河北学刊》2013年第2期。

命精神，而是十九世纪末期德国哲学家斯蒂纳、叔本华、克尔凯郭尔和尼采等人的思想。”[①]即“外之”“得其神明”的便是“新神思宗”，[②]从中彰显的是与现代西方非理性主义的精神通约性。

三

众所周知，西方理性主义文化传统固然给西方社会带来了科学技术的繁荣和巨大的物质财富，然而由于技术统治的社会犹如一架机器，人也成了“单向度的人”而失去精神家园。“这种对理性普遍失去信念的社会背景必然导致了理性主义哲学的危机。”[③]应运而生的便是西方现代哲学的非理性主义的转向，它表明了哲学关注的对象已从自在世界转向意义世界。非理性主义的转向促成了现代人本主义思潮的形成。西方现代非理性主义人本主义思潮的发展最初以克尔凯郭尔和叔本华为代表，他们认为理性主义本体论从主客二元分立的视角进行的研究都只能及于现象界而无以通达人和世界的存在。如果说，克尔凯郭尔以“孤独个体”的非理性精神活动当作全部哲学的出发点来理解人的存在方式，那么，叔本华(也包括后来的尼采)的生命意志论无疑是对理性主义传统的颠覆:认为非理性的意志是世界的本体和万物的根源。生存意志论要求人类文明摆脱外在的绝对“理性实体”而回复到内心世界中去关注和研究人。现代西方非理性人本主义思潮的出现反映了现代西方社会的精神状况，表达了对现代化进程中人的异化状态的抗议以及对个体自由的追求；它对于人的生存状态的关注以及对人的存在意义的反省变革了西方哲学的发展方向。“以非理性为主要特征的现代人本主义思潮，是通过现代哲学和现代主义文学传入中国，并对中国思想界产生影响的”[④]，严格地说，以“立人”为其文化选择和价值旨归的鲁迅，无疑是“外之”“得其神明”的开风气者。

在《文化偏至论》中，鲁迅不屑于19世纪欧洲文明的“无不质化”的“偏至”，而对以施蒂纳、克尔凯郭尔、叔本华、尼采等为代表的“新神思宗”表现出莫大的心仪。在鲁迅看来，“新神思宗”“或崇奉主观，或张皇意力”，视主观心灵为尊贵。主观精神世界，当心灵界凌驾于客观世界之上时，哲学、美学的任务不再是寻求外在于人的客体之本质及规律，而是去探触博大深邃的精神界域，即鲁迅所说的“渊思冥想”、“自省抒情”，由“鹜外”而转“内趣”。所有这些都是为了反抗传统理性主义和近代以来物质主义对生命个体和健全人格的吞噬，鲁迅因而对其揭露19世纪文明“诈伪罪恶”、“性灵黯淡”之“通弊”进行了赞许。汪晖说:“从施蒂纳、叔本华、尼采、基尔凯郭尔以至柏格森等人，他们通过对自身所处的社会和他们的理论前

---

① 林川:《鲁迅与现代中国的道德革命》,《鲁迅研究月刊》1997年第7期。

② 《鲁迅全集》第1卷,人民文学出版社1981年版,第53页。

③ 刘放桐:《新编现代西方哲学》,人民出版社2000年版,第12页。

④ 朱德发等:《20世纪中国文学理性精神》,上海人民出版社2003年版,第608—609页。

辈的理性主义哲学体系的批判，以个人为中心建立了他们的非理性主义的思想体系。”[①]不过，鲁迅在追溯上述“大士哲人”的思想发展源流后，最后归结到的是尼采：“若夫尼佉，斯个人主义之至雄杰者矣。”显然，“尼采是作为鲁迅立人思想的一个目标而出现的”[②]。正因为中国文化“本体”中的最大缺陷和“偏枯”就是“个人”意识的匮乏，所以鲁迅“掊物质张灵明，任个人排众数”的主张就是以尼采思想为依据，同时又是以尼采思想为归宿。“此所为明哲之士，必洞达世界之大势，权衡校量，去其偏颇，得其神明。”[③]虽然，其中的“偏至”之见亦袒露无遗。

在这个前提下，“诗”（广义的文学）只有表达作者“心声”同时又引发读者“内曜”，才是“涵养神思”、深邃壮大“内面之生活”、激发“群之自觉”、使“沙聚之邦，由是转为人国”的最好方式。《摩罗诗力说》因而从“人文之留遗后世者，最有力莫如心声”出发，确定诗歌优于“学说”的地位，及其“涵养人之神思”、“实利离尽，究理弗存”的“不用之用”。鲁迅认为真正的诗人在于“撄人心”——能触动、唤醒他人的灵魂。只有具备这样的禀赋的诗人才能促动读者心弦应合、灵魂震颤，做到“致吾人于善美刚健者”，“援吾人出于荒寒者”。

故而，从“摩罗诗派”的创作中，“鲁迅率先辩证地解析生命外在体质力量，转而崇尚个体生命的情感意志之力”[④]。皆因，叔本华“内省诸己，豁然贯通，因曰意力为世界之本体”，尼采希冀“意力绝世，几近神明之超人”出现，鲁迅将其谓之“意力为世界之本体”；认为20世纪的新精神将由此而生发，“恃意力以辟生路也”。为此，鲁迅呼唤“今索诸中国，为精神界之战士者安在”。[⑤] 无疑，作为一个清醒的先知先觉者，鲁迅意识到中国近现代文化虽然没有与现代西方非理性主义文化思潮同步，但却应该容纳并融汇其文明的成果。问题的关键在于，尼采式非理性主义给鲁迅提供的不是某种哲学流派的标识，而是文化思想的精神肌理，这使鲁迅能在“得其神明”的化用中融合本土的生存体验和文化血脉，完成了“翕合无间”的“别立新宗”式重构。“他以卓越而独特的文化实践建构了自己的人学思想体系。正是这一人学思想体系成为他卓然不群的标志，成为中国现代知识分子话语的核心和中国文化现代性的最根本的特征。”[⑥]

还应该看到，“别立新宗”式文化选择和重构不仅在义理层面，而且在思维方式上亦呈现出非理性主义本色。“他不以逻辑理论诠解他所生存的世界，而是以一种置入方式整体地与世界相遇。”[⑦]其非理性主义思维的显明标识还是对个体生命存在的体悟——从感性而不是理性方面去寻找“人”之为人的基础。尤其是在《野草》中诸如孤独、恐惧、焦虑、虚无、荒诞、

---

① 汪晖：《20世纪初期的文化冲突与鲁迅的文化哲学》，《中国社会科学》1989年第2期。

② 张典：《鲁迅与尼采精神之比较》，《衡水学院学报》2010年第2期。

③ 《鲁迅全集》第1卷，人民文学出版社1981年版，第56页。

④ 司真真：《“尚力”精神的演变与现代新诗中的线条美》，《中国文学研究》2012年第4期。

⑤ 《鲁迅全集》第1卷，人民文学出版社1981年版，第55—56页。

⑥ 李新宇：《鲁迅人学思想论纲（一）》，《鲁迅研究月刊》1999年第3期。

⑦ 王乾坤：《鲁迅的生命哲学》，人民文学出版社1999年版，第46页。

死亡、绝望等等非理性的生存体验，采用的往往是灵光碎片，表达的也是片言只语，有研究者将鲁迅的哲学指陈为“虚妄哲学”。正是因为“虚妄”属于一种无形无态的价值取向，所以在对生命意义和人生价值的探索中，这就决定了鲁迅不可能得到终极性答案，从而也无从消解那种本源性的精神焦虑和有关生命的困惑。在此前提上，鲁迅意识到人的生存的有限性，由此确立了之于生命意义和人生价值的认同：用黑暗来袪除黑暗，以置身于绝望来反抗绝望，在虚妄中追寻希望，用个体的执着言说来守护生命的存在。[①]

问题还在于，言说的虚妄皆因存在的虚幻，而“人”的非理性化存在每每无法言喻。鲁迅作为文学家，以文学涵摄了这一切，可谓“当我沉默着的时候，我觉得充实；我将开口，同时感到空虚”。一种典型的“中间物”状态(意识)，它所指的不是有限时空内的“实体性”问题，而是一种建构性或境界性的生成状态，一种超理性、超逻辑的诗之思。如果说通常意义上理性主义认知属于一种对世界的科学知识式介入，那么“中间物”状态(意识)则是现代思想话语对世界的悟性把握，它意味着其话语意义在显扬的同时也呼唤和导引出新的、其他的话语言说的出现，故而，“中间物”场域所涵括的是个人的浑然的存在体验，对人生和宇宙全体的直面与承担。更因为鲁迅是文学家，“中间物”状态(意识)便具备了诗性哲学与智性美学特质。在“中间物”状态(意识)的表述形态中，“诗”(艺术)与“思”(哲思)以不同方式对同一本源——“人”加以言说，“诗”的本质因而以“思”为依据，其话语意蕴往往是指向深邃，超越表征的：一方面蕴含着对人间的大关怀，对世事的大洞彻，对社会历史的大眼界，另一方面又展现为一种混沌的思想构成和一种自觉的文学意识。诸如，《野草》中总是或隐或显地贯通着爱与憎、人与鬼、生与死、梦与醒、形与影等互为相应的词语，共同构成了关系性生存境遇或“中间物”状态(意识)，其语义直指“绝望”的“反抗”。所有这些的最终归宿是“立人”或“人”之“诗”，惟其如此，鲁迅的文化使命感、历史责任感和人生悲剧感便在这样的非理性主义思维方式中形成。

---

① 徐麟：《论鲁迅的生命意志及其人格形式》，《文艺理论研究》1995年第5期。

西学与传统之间的转换

——周作人现代性爱思想探源

徐仲佳[*]

（海南师范大学 文学院，海南 海口 571158）

内容摘要：周作人的现代性爱思想来源复杂且随着时势推移而变动。在最初的二十年里，其性爱思想资源主要是来自于西学。从哲学到社会学（民俗学）再到生理学、心理学，西方各个学科的性学知识构成了他性爱思想的不同底色，其中的自由主义思想对其影响最为巨大。从1920年代中期开始，周作人试图从中国传统文化中为现代性爱思想寻找依据。他本着对传统文化"自发的修正与整理"的原则梳理出中国传统文化的两种理路，排击"民以奉君"的一路，阐扬"饥寒由己"的一路。在此基础上他把中国传统文化的人情物理与现代性爱思想嫁接在一起，力图使现代性爱思想获得本土的滋养。周作人现代性爱思想资源的这种变动一方面带有强烈的文化策略意味：其最初对西学的推崇与其抨击假道学的思想革命密切相关，而在1940年代其自觉地接续中国传统则与他身处的异族统治不无关联；另一方面也是"其思想历程的自然归结"。

关键词：周作人；现代性爱思想；传统；西学；转换

现代性爱思想是周作人思想革命的利器。当年，周作人被称为"中国蔼利斯"，致力于提倡健全的性道德。[①] 周作人的性爱思想来源复杂，其形成、发展又处于现代中国这样一个急速变动着的时代。鉴于周作人的工作几乎跨越了现代中国数个决定性的时段，从某种意义上来说，他的现代性爱思想可以视为中国现代思想史的一个标本，对构成这一思想的资源进行解析具有相当重要的意义。

一

作为一个身处传统与现代转型期的知识分子，周作人现代性爱思想最初来自于西学。

---

* 作者简介：徐仲佳，（1971—），男，山东青岛人，文学博士，海南师范大学文学院教授，主要从事中国现当代文学研究。

① 苏雪林：《周作人先生研究》，程光炜编《周作人评说80年》，中国华侨出版社2000年版，第71页。

在中国传统中，儒家朴素的、带有生殖崇拜色彩的性思想经过宋明理学的淘洗已经变异成了以男女大防为代表的压抑人性的道德教条；道家的采补说把性交看作争夺“阴精”的两性战争；佛家则以宣扬性的不净观来根绝人们的性欲念。这三股力量糅合在一起，构成了明清以来日益严苛的禁欲主义观。作为这样一种禁欲主义道德观念的受害者，祖母不幸的经历曾给周作人留下了关于性的极其不快的记忆。另一方面，从 1890 年代开始，在“自强保种”的观念影响下，进化论几乎成为整个新思想界的圣经，大量的西学资源以“先进”的姿态涌入中国。在周作人价值观形成的时候，禁欲主义道德观念越来越被与积弱的民族种性联系起来，成为不满于现状的改革者所猛烈抨击的对象。这些因素导致周作人性爱思想主要从当时传入中国的“西学”中寻找资源。1940 年代周作人在《往昔》中承认了这一点：“往昔务杂学，吾爱性心理，中国有淫书，少时曾染指。有如图秘戏，都是云如此。莫怪不自然，纲维在男子。后读西儒书，一新目与耳。”[①]周作人最早接触这些“一新目与耳”的西儒大约在 1898 年前后。查周作人日记，1898 年 5 月（农历四月初十）周作人试图购买《寰宇锁记》（《四溟琐记》）未果。之后于 1900 年 2 月（农历正月二十）购得《寰瀛画报》、《点石斋画报》，1901 年购阅《海上文社日报》、《游戏报》、《觉民报》、《新闻报》、《谈瀛八种》、《菘隐漫录》等书报。进入江南水师学堂读书之后，周作人开始大量阅读西学书籍，尤以 1902 年为甚。粗略检视周作人的日记，我们发现他是年读了约有 40 余种西学及介绍西学的书报。从书目中，我们可以看到，此时周作人已经接触到了一些西方的生理学、心理学知识，如《心灵学》（今译《心理学》）、《卫生学答问》、《传种改良问答》等。在这些书籍中应该包含有性学知识。由于接受能力和视野所限，周作人此时对西学的接受大多通过维新运动鼓吹者的文章完成。严复、梁启超、谭嗣同都曾经对他产生过巨大的影响。周作人于 1902 年初（1902 年 2 月 2 日）从鲁迅那里得到严复译述的《天演论》。这本著作在随后的几年中一直是周作人案头书，1902 年到 1903 年间他读过多遍。梁启超发表于《新民丛报》上的《饮冰室自由书》也给予周作人巨大的影响。读后，他赞叹道：“美不胜收”。[②] 谭嗣同的《仁学》更是直接、深刻地影响了周作人早期性爱思想的形成。谭嗣同在《仁学》中认为：“仁以通为第一义。”他所谓的“通”包括“中外通”、“上下通”、“男女内外通”、“人我通”。[③] 从这一理论基础出发，谭嗣同猛烈地抨击了三纲五常：“数千年来，三纲五伦之惨祸烈毒由是酷焉矣。君以名桎臣，官以名轭民，父以名压子，夫以名困妻；兄弟朋友各挟一名以相抗拒”。[④] 同时，他从性的自然主义出发，反对以禁、耻、讳为手段的禁欲主义道德规范，反对缠足，反对男女不平等，提出通过正当的性满足、坦然的性教育来消除淫（过当的性行为）。他的性教育观念恐怕也是中国最早的以现代解剖学、生理学为基础的：“若更得西医之精化学者，详考交媾时筋络肌肉如何动法，涎液质点如

① 《往昔》，《周作人自编文集・老虎桥杂诗》，河北教育出版社 2002 年版，第 28 页。

② 《周作人日记（上）》，大象出版社 1996 年版，第 345 页。

③ 加润国选注：《中国启蒙思想文库 仁学——谭嗣同集》，辽宁人民出版社 1994 年版，第 7 页。

④ 《中国启蒙思想文库 仁学——谭嗣同集》，第 17 页。

何情状，绘图列说，毕尽无余，兼范蜡肖人形体，可拆卸谛辨，多开考察淫学之馆，广布阐明淫理之书，使人人皆悉其所以然”。[①] 可以说，谭嗣同《仁学》中建立在“通”的基础上的性爱思想在中国现代性爱思想史上有开天辟地之功。从1902年3月得到《仁学》始到1903年4月，周作人日记里记载了他读该书共八次。在他早期的性爱思想里，《仁学》的性爱观如影随形，如《论不宜以花字为女子之代名词》(1904)、《女祸传》(1905)中对女性解放宣扬；《防淫奇策》(1907)中对性欲望的正视以及“人人各遂其饮食男女之欲，则淫盗之恶息”的观点等，都可以看到《仁学》的影子。[②]

在周作人性爱思想的形成期，影响其性爱思想的西方思想资源十分驳杂。这一点从周作人1902—1904年所阅读的书目中，可以看到一些端倪。这些著作中有《卫生学问答》(1902年)、《心灵学》(1902年，今译《心理学》)、《传种改良问答》(1902)、《生理学粹》(1904年)；也有《男女交际论》(1903年)、《世界十女杰》(1903)、《东欧女豪杰》(1903)、《自由结婚》(1904)；还有《权利竞争论》(伊耶陵，1903)、《民约论》(卢梭，今译《社会契约论》，1903)等，涉及了生理学、心理学、生物学、社会学、哲学等多学科。在《周作人日记》1912—1934年的购读书目中，他购阅的性书籍的数量和学科种类更加繁多，包括了诸如哲学、文学、性心理学、性生理学、性病理学、伦理学、民俗学、人类学等几乎所有与性有关的学科。它们从不同层面构成了周作人性爱思想的基础。关于这一点，《知堂回想录》提供了佐证：“在南京的学堂里五年，到底学到了什么呢？除了一点普通科学知识以外，没有什么特别的东西。……这些可以笼统的说一句，都是浪漫的思想，有外国的人道主义，革命思想，也有传统的虚无主义，金圣叹梁任公的新旧文章的影响，杂乱的拼在一起。这于甲辰乙巳最为显著。”[③]“杂乱”一词恰当地说明了周作人性爱思想形成的多源性。这种“杂乱”的原因是多方面的，一方面现代性爱思想本身就是由自由主义思想、社会主义思想、性心理学、性生理学等诸多内涵构成的复杂的混合体。另一方面，也是更主要的原因，来自于那个激烈变动的时代。在那个时代里，各种各样的思想资源蜂拥而入，都可能成为正在饥渴地寻找人生根基的青年周作人的人生观的价值要素。因此，周作人性爱思想的多源性从一个侧面反映出中国现代性爱思想形成期的复杂情形。

当然，这种“杂乱”中也有其统一性。科学、自由主义是其中最重要的两个方面。和当时绝大多数的思想者一致，周作人信仰“唯科学主义”。[④] 因此，包括性心理学、性生理学、性病理学在内的性科学成为他现代性爱思想的基础之一。从他日记中记录的书目中可以看出，周作人搜罗了大量性科学的书籍。仅举其在教育界里做“桃偶”的1913年为例，他购读的性

---

① 《中国启蒙思想文库 仁学——谭嗣同集》，第25页。

② 《防淫奇策》，钟叔河编：《周作人文类编·上下身》，湖南文艺出版社1989年版，第4页。

③ 周作人：《知堂回想录》，三育图书有限公司1980年版，第167页。

④ 郭颖颐认为在20世纪前半期的中国：“科学精神取代了儒学精神，科学被认为是提供了一种新的生活哲学”。[美]郭颖颐：《中国现代思想中的唯科学主义(1900—1950)》，雷颐译，江苏人民出版社1998年版，第8页。

科学书籍有：Kesth：The Human Body，C. Howard：Sex Worship，Thomson and Gedder：Evolution of Sex，《妇人卫生》（作者未知），《教育与善种》（Gorst），《遗传研究》（作者未知）等数种。1913 年，他还把戈斯德的《教育与善种》（发表时名为《民种改良之教育》）节译发表在他主持的《绍兴县教育会月刊》上，提倡儿童的性教育。性科学知识被周作人视为人生的根本："我相信人们去求全面美善的生活，首在自知一切，生物学的性知识于儿童实为必要"，[①]"我们的理想是人人都有适当的性知识，理解，对于性行为只视为一种自然要求的表现，没有什么神秘或污秽"。[②] 在唯科学主义的时代风气影响下，性的科学知识不仅为周作人对性的重新认识提供了一套崭新的标准，还为周作人的性道德革命提供了理论的自信。不过，周作人也认识到性科学知识的局限性，他试图以人情、人性来淘洗性科学知识的抽象、冰冷："大家似乎忘记了一件事，便是最通行的性交方式大抵也难以称为美的（Aesthetic）罢。他们不知道，在两性的关系上，那些科学的或是美学的冰冷的抽象的看法是全不适合的，假如没有调和以人情。"[③]在周作人的性爱思想中，科学之光、艺术之美与人情、人性之善是相辅相成地结合在一起的。

周作人性爱思想中的人情、人性之善最初也是来自于西方。自由主义是周作人理解的人情、人性之善的核心之一。西方自由主义思想是周作人思想的主要理论资源，学术界早有定论。同样的，自由主义思想在周作人的性爱思想中也可以说是决定性的资源。周作人对自由主义思想的接受与其现代性爱思想的形成几乎同步。在接受《仁学》中性爱思想的同时，上文中提及的《天演论》、《饮冰室自由书》等所传达出来的自由主义思想也深深地影响了周作人。1902 年，他开始阅读卢梭的《社会契约论》（时译为《民约论》），虽然周作人此时并不一定完全读得懂《民约论》，但并不影响他接受自由主义的思想。[④] 在这一年，周作人的思想发生了巨大的转折。他慕英国自由主义者克林威尔（今译克伦威尔），改号克郎。[⑤] 在 8 月 31 日（农历七月廿八日）日记中，周作人指斥《劝学篇》（张之洞）："剽窃唾余，毫无所取，且其立意甚主专制，斥民权、自由、平等之说，生成奴隶根性。此书一出，独夫之心益骄固，可恨也！"[⑥]与此同时，他开始对他曾经引以自得的策论充满厌恶，常常塞责了事。他欣喜地认为，自己的这种变化为"今是昨非"，决心"尽弃昔日章句之学，……拼与八股尊神绝交"。[⑦]

---

① 《考试二（夏夜梦之七）》，《周作人文类编·上下身》，第 13 页。

② 《答张嵩年先生书》，陈子善、张铁荣编《周作人集外文（上）》，海南国际新闻出版中心 1995 年版，第 750 页。

③ 《〈性的心理〉》，《周作人文类编·上下身》，第 164 页。

④ 周作人于 1903 年 4 月 3 日得到《民约论》，1903 年 4 月 8 日日记记载有阅读该书的情形："夜看《民约论》，不尽解。……视之，且索解无从，何能领会？岂义之奥耶？抑予之钝顽不足以语此耶？是未可知。尽半卷即不阅。"见《周作人日记（上）》，第 380—381 页。

⑤ 《周作人日记（上）》，第 349 页。

⑥ 《周作人日记（上）》，第 348 页。

⑦ 《周作人日记（上）》，第 361—362 页。

很显然，周作人此时已经摈弃了科举思想，初步接受了自由主义思想。随后，在周作人的思想革命活动中，现代性爱思想与自由主义思想二者始终相伴出现。这种伴随现象并不是偶然，其原因之一在于现代性爱思想与自由主义思想有着密切的联系，性权利的争夺常常是个人自由与权力斗争的前沿。① 周作人也有把性爱思想与自由主义思想结合起来的理论自觉。他对现代性爱思想的接受始终以自由主义为价值标准。周作人虽然购阅过大量的性科学书籍，但对他性爱思想形成影响最大的，还是那些同时以自由主义者姿态在性道德、性伦理领域发言的西方思想家，例如日本的与谢野晶子（1878—1942）和英国的性心理学家亨利·海弗劳克·埃利斯（Henry Havelock Ellis 1859—1939）。在谈到周作人的性爱思想的时候，研究者多注意到埃利斯的影响，而对于与谢野晶子的影响常常并不太注意。实际上，与谢野晶子对周作人的性爱思想影响非常大。周作人从 1918 年 3 月开始购阅与谢野晶子的文章，十数年间几乎遍览可以读到的与谢野晶子的文章。② 周作人以现代性爱思想为利器参与思想革命，首先借助的就是与谢野晶子。1918 年周作人翻译了与谢野晶子的《贞操论》（原名《贞操ハ道德以上ニ尊贵デアル》。译文发表于《新青年》第 4 卷第 5 号），随即引起了一场“贞操问题讨论”。这篇文章与周作人翻译动机的契合就源于自由主义。与谢野晶子在她文章中既反对偏于男性的贞操观念，也反对普遍性的贞操道德，主张一种道德的“新的自制律”：“对于贞操，不当他是道德；只是一种趣味，一种信仰，一种洁癖……既然是趣味信仰洁癖，所以没有强迫他人的性质。我所以绝对的爱重我的贞操，便是同爱艺术的美，爱学问的真一样，当作一种道德以上的高尚优美的物事看待。”这种道德多元主义是自由主义的基本理念之一。它对于当时的中国来说是振聋发聩的。周作人在《贞操论》的译前记中把它视为“阳光和空气”来看待。他清楚地认识到这种性道德的多元主义对于中国新文化运动的重要意义。虽然，在译前记中他不无反讽地提到这样的“阳光和空气”可能并不适宜于中国这一被禁欲主义道德统治着的老大帝国，但他执意要介绍这“阳光和空气”进入中国的意图是为了使懂得它的中国人有享受它的机会。③ 在随后的“贞操问题讨论”中，自由主义的基本原则如何体现在贞操观念中，是周作人、胡适、蓝志先等围绕贞操问题争论的一个焦点。周作人与胡适都秉承着自由主义理念，反对任何外在权威对于贞操的规定，鼓吹出于自由意志的贞操观。周作人甚至肯定那些出于自由意志的守节。④ 除了自由意志之外，这场讨论还涉及性道德的多元主义、男女平等、个人主义等自由主义原则。可以说，贞操问题讨论是中国现代思想史上一次现代性爱思想与自由主义的交融。这次交融使得自由主义思想经由

① 李银河：《性的问题·福柯与性》，文化艺术出版社 2003 年版，第 3 页。

② 《女及ビ人トトシテ》（1918）、《爱理性及勇气》（1918）、《襍记账》（1918）、《歌ノ作リヤワ》（1918）、《我等何キ求ムルヵ》（1918）、《若キ友人》（1918）、《心头襍草》（1919）、《激动ノ中于行ク》（1919）、《晶子歌话》（1920）、《女人创造》（1920）、《爱の创作》（1923）、《新译源氏物语下卷》（1926）。

③ 与谢野晶子：《贞操论》，《新青年》第 4 卷第 5 号。

④ 周作人：《人的文学》，《新青年》第 5 卷第 6 号。

性爱问题在中国扎下了根。在此，我们不应该忘记与谢野晶子的贡献。

周作人至晚在1918年开始阅读亨利·海弗劳克·埃利斯（周作人当时译为蔼理斯）的《性的进化》（*Evolution of Sex*）、《新精神》（*The New Spirit*）等书籍。在随后的几十年里，周作人几乎读过他所能得到的几乎所有的埃利斯的作品。[①] 周作人一再谈到埃利斯对他思想的决定性影响。1934年，他在自述中提到："所读书中于他最有影响的是英国蔼理斯的著作。"[②]埃利斯被"后来的崇拜者视为'性圣贤'，爱德华时代性革命的预言者。第一个对性'持肯定态度的人'。换言之，他是当代性问题的态度的创始人"，是"20世纪性启蒙的开拓者之一"。[③] 作为埃利斯的中国传人，周作人从埃利斯那里接受来的主要是以下几个方面的内容：一是性的心理学。在性问题上，作为"达尔文时代的孩子"，埃利斯对于性、人的本质的理解基于人的生物构造，是一个"自然主义者"和生物决定论者。周作人性爱思想体系的唯科学主义倾向显然是受他的影响。周作人称埃利斯"实在是一个科学家，性的心理学之建设者"，坦承自己的性心理学知识来自埃利斯。[④] 二是以性心理学为基础的价值观。周作人曾经赞美过埃利斯的人生观是"根据自然的科学的看法"，"参透了人情物理，知识变了智慧，成就一种明净的观照"[⑤]。周作人的价值观显然与埃利斯的相通，他多次提到性心理学是他价值观的最重要来源，甚至不无调侃地认为自己的悟道就是从"妖精打架"而来的。[⑥] 第三，思想革命中强烈的批判性。作为性自由主义的倡导者，埃利斯是一个道德的斗士，他打破了维多利亚时代的性禁忌和性道德观。同样，周作人也是性革命的积极鼓吹者，这使他在五四那一代新文化先驱者中十分特异，也使其社会文化批判具有独特而犀利的判断特质。这一取向也主要来自埃利斯。他在《答张嵩年先生书》中提到了这一点。[⑦] 另外，周作人曾提到埃利斯的道德使者的身份意识对他的影响：他的思想革命的目的就是以道德使者的身份做"性的心理研究的工作"，"从性心理养成一点好的精神"。[⑧] 当然，作为一个身处激烈变动的时世中的思想家，周作人曾经自诩为叛徒与隐士，这也是从埃利斯那里得来的。[⑨]

关于埃利斯对周作人性爱思想的影响，许多研究者都曾经注意到。但是，研究者常常并不严格区分埃利斯与其他性学家对周作人性爱思想影响的不同。例如，赵京华认为："周作人对两性道德的态度主要是接受十九世纪末西方现代性学家特别是性心理学家蔼理斯、福

---

① 据《蔼理斯的时代》一文，至1935年周作人藏有26册埃利斯的著作。《周作人文类编·上下身》，第169页。

② 《周作人自述》，钟叔河编《周作人文类编·八十心情》，湖南文艺出版社1989年版，第2页。

③ ［英］杰弗瑞·威克斯：《20世纪的性理论和性观念》，宋文伟、侯萍译，江苏人民出版社2002年，第26、67页

④ 《文艺与道德》，钟叔河编《周作人文类编·本色》，湖南文艺出版社1989年版，第83页。

⑤ 《〈性的心理〉》，《周作人文类编·上下身》，第164页。

⑥ 《自己的文章》，《周作人文类编·本色》，第328页。

⑦ 《答张嵩年先生书》，《周作人集外文（上）》，第750页。

⑧ 《蔼理斯的思想》，《周作人文类·上下身》，第141—142页。

⑨ 《泽泻集·序》，《周作人自编文集·泽泻集、过去的生命》，河北教育出版社2002年版，第1页。

洛赫、福勒耳、鲍耶尔、凡特威耳和弗洛伊德的观念。"[①]研究者的这一结论与周作人1936年的一段自述有直接联系，[②]但是在1944年带有其一生思想总结性的《性的心理》中谈到其性爱思想时，周作人特意把蔼理斯与上述性学家对其的影响区分开来，其理由就是埃利斯著作中有着由性学知识而来的人生智慧。[③] 这种区分对于我们认识周作人的性爱思想是有意义的：同样是性学家，作为自由主义者的埃利斯成为周作人性爱思想最重要的源泉，凸显出现代性爱思想的自由主义向度在周作人以及在中国现代思想革命中的重要性。

作为一个反证，周作人对于现代性爱思想其他派别的态度很能说明他对性自由主义的基本态度。实际上，自由主义思想并不是周作人性爱思想的唯一西方源泉。就如同西方现代性爱思想本身的芜杂一样，周作人在接受西方现代性爱思想的时候也同样是芜杂的。社会主义的性爱思想也曾经给周作人以重要影响。十九世纪的社会主义思想家也热衷于探讨性的问题。与自由主义者不同的是，他们更关注经济制度对性问题的影响。虽然欧洲的社会主义思潮与女权主义思潮有着很大的差异，但是，英美的社会主义与女权主义是合流的，他们强调反抗阶级压迫与女性解放的关联。周作人对社会主义性爱思想接受的一个来源是英国的凯本德。1918年周作人介绍了凯本德的《爱的成年》(Edward Carpenter, *Love's Coming-of-age*)。他赞同凯本德把女性解放与推翻资本主义制度联系在一起的观点。他认为在这一点上，凯本德比惠特曼、勃来克等"更说得明白，又注重实际的一面"[④]。社会主义思想的接受直接影响到了周作人对妇女解放及大革命的理解。在一段时期内，周作人甚至对共产主义抱有极大的好感。他曾经说过："阶级争斗已是千真万确的事实，并不是马克思捏造出来的……这一阶级即使不争斗过去，那一阶级早已争斗过来，这个情形随处都可以看出，不容我们有什么赞成或反对的余地。"[⑤]"妇女问题的实际只有两件事，即经济的解放与性的解放。"[⑥]但是，周作人现代性爱思想中的社会主义色彩并不是其主要的方面。社会主义与自由主义两相比较，周作人显然更倾向于后者。他与社会主义的相交主要是缘于其对两性问题中的女性地位，或曰男女平等的关注。在周作人看来，社会主义能够通过制度变革，改变资本主义对女性的压迫，即如凯本德在《爱的成年》中所说："女子的自由，到底须以社会的共产制度为基础。"1950—1951年间，周作人在《亦报》上发表的关于两性问题的随笔

---

① 赵京华：《寻找精神家园：周作人文化思想与审美追求》，中国人民大学出版社1989年版，第77页。

② 《鬼怒川事件》："…半生所读书中，性学书给我影响最大，蔼理斯，福勒耳，勃洛赫，鲍耶尔，凡佛耳台，希耳须弗耳特之流，皆我师也。"见《周作人文类·上下身》，第137页。

③ "我学了英文，既不读莎士比亚，不见得有什么用处，但是可以读蔼理斯的原著，这时候我才觉得，当时在南京那几年洋文讲堂的功课可以算是并不白费了。性的心理给予我们许多事实与理论，这在别的性学大家如福勒耳、勃洛赫、鲍耶尔，凡特威耳特诸人的书里也可以得到，可是那从明净的观照出来的意见与论断，却不是别处所有，我所特别心服者就在于此。"见《周作人文类·上下身》，第2页。

④ 《爱的成年》，《周作人文类编·上下身》，第8页。

⑤ 《外行的按语》，《周作人文类编·中国气味》，第531—532页。

⑥ 《北沟沿通信》，《周作人文类编·上下身》，第101—102页。

几乎全是注目于新政权所带来男女平等。虽然，此时周作人的写作是一种以谋生为目的的“政治性的商业写作”，[①]但是，如此频繁地就两性问题发言，还是应该有宿根的吧？除了对于男女平等的关注，他与社会主义者之间的差距是十分巨大的。即使在周作人与社会主义思想的“蜜月期”，他受法国吕滂的《群众心理》影响，对群众运动抱有深深的忧虑。因此，周作人与社会主义者之间只是同路人的关系。[②] 从这一点上看来，他与他的精神导师埃利斯仍然是共通的。埃利斯早期的世界观是“社会主义的和女权主义的”，不过，他不是马克思主义的，而是更倾向于费边主义。周作人的情形也类似于此，弄清楚了周作人的性爱思想与社会主义性爱思想的相交点在哪里，对于我们深入理解中国现代性爱思想的构成有相当大的意义。

周作人现代性爱思想与自由主义的密切关系还表现在二者共同成为其思想革命的重要武器。现代性爱思想本身也可以算作自由主义思想的一部分，因此，实际上我们无法确切地指出，到底是自由主义思想影响了周作人的现代性爱思想，还是现代性爱思想本身所具有的自由主义特质使得周作人具有了自由主义倾向。但是有一点我们可以清楚地看到：自由理性、个人主义、权利、道德多元主义、平等等自由主义的一些基本原则构成了周作人现代性爱思想的核心内容，并成为其针对假道学进行思想革命的主要武器。关于此点，拙文曾有论及，不赘。[③]

综上所述，“西儒”给予周作人性爱思想以科学的依据、自由主义的价值观、批判性的道德取向，这些也构成了周作人早期思想活动的底色。

二

除了西方思想资源的影响之外，自 1920 年代中期开始，周作人主动从中国传统文化中寻找性爱思想的依据。

周作人参与思想革命之初，传统文化被认为是压抑个性的罪魁祸首而受到他猛烈地抨击，尤其是那些道学家，更是他毫不留情地抨击的对象，就如他自己所说：“我也喜欢弄一点过激的思想，拨草寻蛇地去向道学家寻事。”[④]他之抨击道学家，主要是因为他们的虚伪，脑

---

① 耿传明：《周作人的最后 22 年》，中国文史出版社 2005 年版，第 161 页。

② 周作人认为，吕滂的《群众心理》“把群众这偶像的面幕和衣服都揭去了”。他对当时的国民革命有这样的看法：“群众还是现在最时新的偶像，什么自己所要做的事都是应民众之要求，等于古时之奉天承运”。“我是不相信群众的，群众就只是暴君与顺民的平均罢了，然而因此凡以群众为根据的一切主义与运动我也就不能不否认”。“妇女问题的解决”也“不能脱了群众运动的范围，所以我实在有点茫然了”。《北沟沿通信》，《周作人文类编·上下身》，第 102 页。

③ 徐仲佳：《思想革命的利器——论周作人的性爱思想》，《鲁迅研究月刊》2009 年第 5 期。

④ 《与友人论性道德书》，《周作人文类编·上下身》，第 55 页。

子里有"淫逸不净的思想"[①],"不近人情"[②]。当时的中国,在周作人看来,"假道学的空气浓厚极了,官僚和老头子不必说,就是青年也这样"。他对自己工作的期许主要是"当从艺术科学尤其是道德的见地,提倡(性的)净观,反抗这假道学的教育"[③]。此时,他的三要思想武器是上述的西学资源。也许是批判策略的需要吧,在这一阶段,周作人很少借用中国传统文化资源来阐述其性爱思想。

从1920年代中期开始,周作人一方面仍然不遗余力地批判现实社会生活中各种各样的性迷信和性专制,另一方面,他开始从中国传统文化中寻找现代性爱思想的依据。1924年他开始追慕千年前的中国文化"一时有臻于灵肉一致之象",追求一种"禁欲与纵欲的调和"的"生活之艺术"。周作人认为,现在要做的就是复兴中国千年前的"礼","去建造中国的新文明",即"一种新的自由与新的节制"。[④] 他承认"儒家的现世主义"是对的。他甚至设想通过科学知识的传播把性的迷信和假道学中的淫逸思想驱除干净,使中国人在传统的基础上获得新生。[⑤] 不过,周作人此时对中国"本来的礼"的肯定,只是"空想中以为应当如此的礼",并不是真正存在过的历史真实。周作人此时的文化态度显然还是受着思想革命的批判性取向的影响,其所谓的"中庸"仍然是"激进的"。[⑥] 他此时还警惕着"老祖宗的遗产"——那些关于性迷信的"蛮性的遗留"——要求以"科学之光与艺术之空气"来"造成一种新的两性观念"[⑦];赞赏着废姓外骨与拉伯雷等人以"猥亵的趣味"所体现出的"对于礼教的反抗态度"[⑧];或者直接把中国的礼教思想看作"萨满教的"[⑨];甚至疾呼:"青年必须打破什么东方文明的观念"[⑩]。这种现实斗争与文化评判之矛盾显示出周作人此时价值观的转型。在这种转型中,他提倡现代性爱思想的目光开始日渐偏向中国传统文化。他曾经有过自我认识:他

① 《关于假道学》,《周作人文类编·上下身》,第88页。

② 《古南馀话》,《周作人文类编·千百年眼》,第262页。

③ 《净观》,《周作人文类编·上下身》,第49—50页。

④ 开明:《生活之艺术》,《语丝》第一期,1924年11月17日。

⑤ 《关于假道学》,《周作人文类编·上下身》,第87页。在这篇文章中,周作人还写道:"从假道学里抽去淫逸不净的思想,古衣冠便噗的一声掉在地上,只剩了赤裸裸的人,那就是真的活人;只可惜这个法术是几乎不可能地不容易罢了。我们的时代比较好一点,有机会得到些科学的知识,破除些道德上的迷信,自然不会再中毒了。"

⑥ 周作人的这种复兴中国旧文明的提议(《生活之艺术》)受到了时人的质疑,江绍原在《礼的问题》(《语丝》第3期,1924年12月1日)中认为,周作人"太把礼理想化了",周作人所说的"中国本来的礼"和其他古老的野蛮的礼一样都包含着"法术(Magic)的分子,宗教的分子,道德的分子,卫生的分子,还有艺术(狭义)的分子","只怕无论怎样古的礼,若不用我们的科学智识,道德标准,和艺术兴趣,好好的提炼一番改造一番,决不能合我们今人的用"。周作人在回信中也承认自己"所谓的'本来的礼',实在只是我空想中以为应当如此的礼。……我同你一样相信今日的生活法非由我们今人自己制定不能适用,不过这名目——'生活之艺术'(The Art of Living)大意与'礼'字相近,所以那样的说,这原是'礼论'上的而非事实上的话。……我的意思只是对宋以来的道学家动了感情,想声明中国现在的生活法之不适当而已。我说'中庸'也只是我理想中的'中庸',即大胆而微妙地混和禁欲与纵欲,从信奉了《了凡功过格》和《安士全书》的中国人看来,这乃是过激的思想"。

⑦ 《狗抓地毯》,《周作人文类编·上下身》,第33页。

⑧ 《净观》,《周作人文类编·上下身》,第49页。

⑨ 《萨满教的礼教思想》,《周作人文类编·上下身》,第59页。

⑩ 《妇女问题与东方文明等》,《周作人文类编·上下身》,第344页。

的文章中“梦想家与传道者的气味渐渐地有点淡薄下去了”[①]。这种淡薄到 1930 年代初期变成了一种自觉的“转向”。[②]

周作人对俞正燮的接受、阐扬历程可以显示出这种转向的基本轮廓。王充、李贽、俞正燮这三位被正统视为异端的思想家在周作人看来，是“中国思想界之三盏灯火，虽然很是辽远微弱，在后人却是贵重的引路的标识”。他把他们的“疾虚妄”与“通达人情物理”，视为“我们的理想”。[③] 这三位思想家中，最早见诸周作人日记的是俞正燮。1902 年，周作人阅读了俞正燮的《癸巳类稿》。[④]《癸巳类稿》卷十三中的《节妇说》、《贞女说》、《妒非女人恶德论》等文深为周作人所激赏。[⑤] 但是，在很长一段时间内，周作人并没有援引俞正燮来阐明自己的现代性爱思想。直到 1933 年，周作人才在《画蛇闲话》中称引俞正燮，称之为“嘉道时豪杰之士，其《癸巳存稿》《类稿》都值得阅读”[⑥]。其后，周作人多次引用其《癸巳类稿》中关于女性的观点来作为中国传统文化“通物理、顺人情”的标志。[⑦]

周作人对俞正燮的接受、阐扬显示出其试图把中国传统文化中追求的“人情物理”与西方现代性爱思想进行对接的努力。这种对接一方面试图给予传统文化新的符合现代思想的意义阐释，另一方面则极力以中国的传统哲学符码阐述现代思想。前者表现为尽力发掘中国传统文化中与现代性爱思想相通之处并加以阐扬。在周作人看来“本来中国的思想在这方面(性心理——引者注)是健全的，……为圣王之所用心，气象很足博大”，只不过，到了“后来文人堕落，渐益不成话”。[⑧] 周作人试图重新回到元典意义上去阐释中国传统文化，其目的就是为了寻找中国传统文化与西方现代思想的相通之处：“中国思想向来很注重人事，……中国的伦理根本在于做人”[⑨]，“我总觉得大公出于至私，或用讲学家的话，天理出于人欲”[⑩]。也就是说，中国传统文化的伦理思想包含着对于人的欲望(包括性欲望)的肯定，“礼”原本就是与合理地满足欲望联系在一起，它可以以“情理”或“通物理，顺人情”概括：“我觉得中国有顶好的事情，便是讲情理，其极坏的地方便是不讲情理。随处皆是物理人情，只要人去细心考察，能知者即可渐进为贤人，不知者终为愚人，恶人。《礼记》云，饮食男女人之大欲存焉，死亡贫苦人之大恶存焉。《管子》云，仓廪实则知礼节，衣食足则知荣辱。这都是

---

① 《艺术与生活·自序》，《周作人文类编·本色》，第 334 页。

② 《艺术与生活·自序二》(1930)：“我本来是无信仰的，不过以前还凭了少年的客气，有时候要高谈阔论地讲话，亦无非是自骗自罢了，近几年来却有了进步，知道自己的真相，由信仰而归于怀疑，这是我的‘转变方向’了。”

③ 《非正统的儒家》，《周作人文类编·千百年眼》，第 6 页。

④ 《周作人日记(上)》，1902 年(正月卅日)，第 317 页。

⑤ “……《类稿》的文章确实不十分容易读，却于学问无碍，至于好为妇人出脱，……在我以为这正是他的一特色，没有别人及得的地方。”《关于俞理初》，《周作人文类编·千百年眼》，第 175 页。

⑥ 《画蛇闲话》，《周作人文类编·千百年眼》，第 127 页。

⑦ 《女人骂街》(1939)、《俞理初的诙谐》(1939)、《钱竹汀论轮回》(1939)、《读〈列女传〉》(1940)、《观世音与周姥》(1940)、《药味集·序》(1942)、《〈一蒉轩笔记〉序》(1943)、《俞理初论莠书》(1943)、《非正统的儒家》(1944)、《性的心理学》(1944)、《关于教子法》(1944)、《俞理初的著书》(1944)《焦里堂的笔记》(1945)、《道义之事功化》(1945)、《弓足》(1950)。

⑧ 《性的心理学》，《周作人文类编·上下身》，第 1 页。

⑨ 《汉文学的前途》，《周作人文类编·中国气味》，第 825—826 页。

⑩ 《凡人的信仰》，《周作人文类编·中国气味》，第 312 页。

千古不变的名言，因为合情理”。[①] 周作人在1939年以后多次引用、称扬圣王的“嘉孺子而哀妇人”的思想，认为这就是“顺人情”的最好体现，也是他文化工作的旨归：“鄙人执笔为文已阅四十年，文章尚无成就，思想则可云已定，大致由草木虫鱼，窥知人类之事，未敢云嘉孺子而哀妇人，亦尝用心于此，结果但有畏天悯人，虑世俗之所乐闻，故披中庸之衣，著平淡之裳，时作游行，此亦鄙人之消遣法。”[②]在《汉文学的传统》中他引述了焦里堂（循）《易馀龠录》卷十二中的一段话：“先君子尝曰，人生不过饮食男女，非饮食无以生，非男女无以生生。唯我欲生，人亦欲生，我欲生生，人亦欲生生，孟子好货好色之说尽之矣。不必屏去我之所生，我之所生生，但不可忘人之所生，人之所生生。循学《易》三十年，乃知先人此言圣人不易。”随后，他又引刘继庄著《广阳杂记》卷二中的一段话：“……圣人六经之教原本人情，而后之儒者乃不能因其势而利导之，百计禁止遏抑，务以成周之刍狗茅塞人心，是何异壅川使之不流，无怪其决裂溃败也。……”他认为“人生不过饮食男女”一说，“真是粹然儒者之言，意思至浅近，却亦以是就极深远，是我所谓常识，故亦即真理也”。通过对这一传统的重新阐释，周作人似乎找到了现代性爱思想的中国土壤。从这一逻辑出发，我们倒推周作人早年的民俗学、人类学研究，似乎也带有这种接通中西文化的意味。他从西方借来的民俗学与人类学研究的武器，“并不是为学，大抵只是为人”。在1920年代前后，他主要是从批判假道学、“解消”“威严的压迫”、寻找“化中人位”的角度来寻找中国民间的思想革命要素[③]。

因之，他从原儒、异端、小传统中剔抉出中国传统文化中的人情物理，来作为接通中西方性爱思想的桥梁。通过这一桥梁，西学与中国传统有了交通的可能。他所谓的“通物理”就是试图为中国儒家文化接上现代性科学的血脉；而“顺人情”则是试图把中国传统文化中固有的伦理价值尺度与现代思想中的人性维度沟通起来。周作人认为，“中国儒家重伦理，此原是很好的事，然持之太过，以至小羊乌鸦皆明礼教，其意虽甚佳，事乃近诬，可谓自然之伦理化，今宜通物理，顺人情，本天地生物之心，推知人类生存之道，自更坚定足据，平实可行。”说的就是这个意思。此时，周作人在选择中国传统文化作为其思想革命资源时显得更为通达。

另外，他也试图为早期所服膺的现代性爱思想换上中国的古衣冠。1934年，他在介绍埃利斯的《性的心理》时指出，该书中埃利斯“根据自然的科学的看法还是仍旧，但是参透了人情物理，知识变了智慧，成就一种明净的观照”。他的性爱思想在周作人看来“极有道理，既不保守，也不能算怎么激烈，据我看来还是很中庸的罢”。[④] 1936年，他明确宣称埃利斯等人的性书使他“懂得了人情物理”。到了1940年代，周作人更加自觉地希望把西方的性心理学、性生理学与中国的伦理学嫁接起来。在《性的心理学》中，他一方面期望中国的士人能够“知哀妇人而为之代言”，一方面庆幸：“我辈生在现代的民国，得以自由接受性心理的新知识，好像是拿来一节新树枝接在原有的老干上去，希望能够使他强化，自然发达起来。”[⑤]基

---

① 《情理》，《周作人文类编·中国气味》，第736页。

② 《秉烛后谈·序》，《周作人文类编·本色》，第353页。

③ 《我的杂学》·七、八、九。

④ 《性的心理》，《周作人文类编·上下身》，第164—165页。

⑤ 《性的心理学》，《周作人文类编·上下身》，第2—3页。

于这种逻辑，他早期性爱思想中“利己又利人”的取向被置换成中国儒家文化的“饥寒由己”思想。[①] 这样，中西两种资源就有了融合的可能，现代性爱思想似乎正在获得了中国化的土壤。

周作人之所以从1930年代开始，向中国传统文化寻求现代性爱思想的理据，原因有二：一是，其“文化本位的民族主义”使然；[②]二是，其“思想历程的自然归结”。关于周作人在附逆时期的民族主义表达，学术界已有阐发。木山英雄曾经把抗日战争中周作人提倡的“儒家人文主义”既看做是“其思想历程的自然归结”，也看做是“被迫作出的政治性拟态”。[③] 董炳月从“国家”的国土、政权、文化三个不同层面的内涵出发，剔抉出周作人的民族主义价值观：“否定爱国与主张民族主义——这二者的统一构成了周作人思想中一个具有稳定性的模式。”他认为，在附逆期间，“对于周作人来说，在政治组织的层面上与入侵者妥协未必意味着民族意识的彻底沦丧。”周作人通过提倡“儒家文化中心论”确立了“精神中国人”身份，表现出自觉的民族意识。[④] 如果我们从其为现代性爱思想中国化所做的努力看来，周作人的文化本位的民族主义在1930年代就已经成形了。只不过，在1930年代，这种“文化本位的民族主义”并没有被时代所凸显出来而已。

不过，如果把它当作是周作人“思想历程的自然归结”来看的话，他这一沟通西学与中国传统文化的努力在文化建设上就具有更大的意义。从1930年代中期开始，中国传统文化的重新评价开始成为一个重要命题。先有1935年1月王新定等十教授发表的《中国的本位文化建设宣言》，要求重新估价中国的文化，后有以重新反思五四新文化运动为基点的新启蒙运动。新启蒙运动在自由主义思想家那里，就是以理性重新估价中国传统文化，沟通中西文化资源。张申府所提倡的“文化综合主义”是其中的代表：“在文化上，这个新启蒙运动应该是综合的。……所要造的文化不应该只是毁弃中国传统文化，而拒斥西洋文化；乃应该是各种现有文化的一种辨证的或有机的综合。一种异文化（或说文明）的移植，不合本地的土壤，是不会生长的。”[⑤]后来，他又把这种文化综合明确表述为：“仁、科学法（即实验与算数的结合）、数理逻辑（包括几何及其他算学以及逻辑解析法）、辩证唯物论，既是历来以至未来文化中最好的东西，而且也缺一不可，当就应合而一之，也可以说，应将其代表人，孔子、罗素、列

---

① 在《道德漫谈》中，周作人认为，《庄子天道篇》中的引述的尧的“嘉孺子而哀妇人”一语“显得出儒家广大的精神，总是以利他为宗，与饥寒由己的思想一致”。《道德漫谈》，《周作人文类编·中国气味》，第787页。

② 钱理群：《面对我们共同的困惑——在木山英雄著〈北京苦住庵记〉座谈会上的讲话》，《书城》2009年7月号。

③ ［日］木山英雄：《北京苦住庵记——日中战争时代的周作人》，赵京华译，生活·读书·新知三联书店2008年版，第152页。木山英雄这样评价周作人在《汉文学的传统》（1940）、《中国的思想问题》（1942）、《中国文学上的两种思想》（1943）、《汉文学的前途》（1943）四篇文章中的思想：“所选择的是重视人事而建立在人之生物性自然基础上的‘合理’、实际的‘儒家人文主义’，且将此追溯到政治道德上为后世君权主义所压抑、仅勉强保留在少数异端和民间中的‘一切为了天下人民’的‘禹稷精神’这一源头并将其理想化。”（第151页）……“在‘禹稷精神’之上，又配合有近代世界‘对于人本身的认识’或者‘人的发现’特别是‘儿童研究与妇女问题’的附论，但论述的方式则十分的古腔古调。”（第152页）

④ 董炳月：《周作人的“国家”与“文化”》，《中国现代文学研究丛刊》2000年第3期。

⑤ 张申府：《五四纪念与新启蒙运动》，《张申府文集》第1卷，河北人民出版社2005年版，第192页。

宁合而一之。尤其没有孔子所代表的仁，不但文化将不成其文化，人也将不成人。”①周作人作为一个文化建设的积极参与者，不可能不注意到这一思潮。1936年冬周作人及其弟子也曾“深感到新的启蒙运动之必要”②。联系到从1934年前后周作人开始有意识地以儒家学说解释现代性爱思想这一事件，那么周作人使现代性爱思想中国化的努力就与1930年代这股试图接通中国传统与西学资源的思潮接上了榫卯。

周作人中西文化融合的思想，早在1921年其提倡乡土文学的时候就已经表现出来③。这种思想随着五四新文化运动在1920年代中期以后的分化则日趋鲜明。1928年北伐逐渐迫近北京，周作人的思想开始发生变化。他宣称：“我自己是一个中庸主义者。”这里的“中庸主义者”不是儒家正统意义上的中庸，而是指思想不定于一尊，混合各种思想资源的意思：“我不是这一教派那一学派的门徒，没有一家之言可守。”④此时周作人选择中庸主义多是对现实失望的一种应激反应，其目的还并不一定真是要冶中西文化于一炉。1930年代，他的中西文化融合的思想开始成为一种自觉的、理性的选择。钱理群在《周作人传》中曾对这种选择做过如下评述：“周作人终于在30年代，形成了一个以‘自我’为中心的‘杂糅中见调和’的思想统一体。他以蔼理斯调节‘纵欲’与‘禁欲’的思想，儒家的‘仁’、‘恕’、‘礼’、‘中庸’，希腊文化的‘中庸之德’为基础，糅合了道家的‘通达’，日本文化中的‘人情之美’，构成了新的思想体系。其主要特点是以‘得体地活着’为中心，在顺乎人情物理的自然发展与自我节制中求得平衡的中庸主义。”⑤也就是说，在1930年代周作人的中西文化融合思想就已经成形了。这与1930年代中国思想界重新评价中国传统文化的时机恰好重合。

到1940年代，北京沦于异族治下时，他试图冶中西文化于一炉，在传统与现代的交融中重塑中国现代文化的民族主义意图就更明确地凸显出来了：“总而言之，中国现今还是革命尚未成功，思想界也依然还是旧秩序，那是当然的事。要打破这个混沌情形，靠外来思想的新势力是不行的，一则传统与现状各异，不能适合，二则喧宾夺主，反动必多，所以可能的方法还是自发的修正与整理。”⑥显然，周作人认识到，西方的思想资源如果不能够与中国的传统融合，就不会在中国生根发芽，中国的现代文化建设也就无从谈起。这与其在五四新文化运动中的对待传统文化的激进文化态度形成了鲜明的对比，也与他《生活之艺术》、《谈虎集·后记》中的态度有着明显的区别。但，我们不宜把这种对传统文化的“修正与整理”看作复古或对五四新文化运动的反动。因为，周作人的这一方案并不是着眼于继承传统文化中的“君师的正统思想”，而是试图回溯原儒、发掘异端或者从小传统那里去寻找现代思想的本土化根源。这首先需要对中国传统文化进行清理与判别。他认为，儒家思想本身存在着“饥寒由己，民以奉君这两样不同的观念”。这两种观念“亦即是儒者自

① 张申府：《论纪念孔诞》，《张申府文集》第2卷，河北人民出版社2005年版，第632页。

② 转引自袁一丹：《知堂表彰禹稷臆说》，《中国现代文学研究丛刊》2010年第1期。

③ 《〈旧梦〉序》、《〈希腊岛小说集〉序》(1921)。

④ 《谈虎集·后记》，止庵校订《周作人自编文集·谈虎集》，河北教育出版社2002年版，第392页。

⑤ 钱理群：《周作人传》，北京十月文艺出版社1990年版，第404页。

⑥ 《论小说教育》，《周作人文类编·本色》，第537—538页。

居的地位不同，前后有主奴之别也”。他进而把这一发现推及整个中国传统文化：“中国思想中有为人民与君父的两派，后者后来独占势力，统制了国民的道德观念，这是很不幸的一件事。”在周作人看来，“……先贤制礼定法全是为人，不但推己及人，还体贴人家的意思，故能通达人情物理，恕而且忠，此其所以为一贯之道欤。……恕是用主观，忠是用客观的，忠恕两举则人己皆尽，诚可称之曰圣，为儒家之理想矣。此种精神正是世界共通文化的基本分子”。周作人宣扬对传统进行“自发的修正与整理”的理论依据就是缘于中国传统思想中有符合现代思想原则的要素。因此，在对待儒家传统的问题上，他主张区别对待，对于那些成为统治术的“民以奉君”的思想应该加以抨击，对于“饥寒由己”的思想则应加以发扬。他提出：“中国道德标准宜加改正，应以爱人亲民为主，知己之外有人，而己亦在人中，利他利己即是一事。”[①]实际上，这种对于传统文化利人利己观的阐扬与其早期启蒙思想中的个人主义并无本质上的不同。

另一方面，周作人更重视的是古今、中西的融合。他在《杂文的路》(1944)中谈道：“假如我们现今的思想里有一点杨墨分子，加上老庄申韩的分子，贯串起来就是儒家人生观的基本，再加些佛教的大乘精神，这也是很好的，此外又有现代科学的知识，因了新教育而注入，本是当然的事，而且借他来搅拌一下，使全盘滋味调匀，更有很好的影响，讲人文科学的人如有兴趣来收入些希腊、亚剌伯、日本的成分，尤其有意思，此外别的自然也都很多。我自己是喜欢杂学的，所以这样的想，思想杂可以对治执一的病，杂里边却自有其统一，与思想的乱全是两回事。”[②]这种融合儒道法、古今、中西的文化态度是他数十年对中国新文化建设的深入思考。周作人曾自称“非正统的儒家”：“我自己承认是属于儒家思想的，不过这儒家的名称是我所自定，内容的解说恐怕与一般的意见很有些不同的地方”。[③] 这些“不同的地方”，我想，主要是指其从中国传统思想和西方思想资源中寻找出来的，符合其思想革命的那些思想资源吧。而他自称为“儒家”还是自认为是一个中国传统知识分子吧。[④] 通过这种中西思想资源的“搅拌”，周作人曾经投身的思想革命有可能获得坚实的基础和适宜的土壤。虽然后来的历史发展并没有给周作人这种“搅拌”以真正实施的机遇，但他性爱思想资源的变迁也会给我们今天的文化建设带来深刻的启示。

① 《道德漫谈》，《周作人文类编·中国气味》，第786—788页。

② 《杂文的路》，《周作人文类编·本色》，第685—686页。

③ 《非正统的儒家》，《周作人文类编·千百年眼》，第6页。

④ 美国学者艾恺(Guy S. Alitto)曾经这样说过：“这种可以融合多种相互矛盾的思想，正是典型中国传统知识分子的特质。”(《这个世界会好吗？——梁漱溟晚年口述·艾恺教授序》，东方出版中心2006年版，第2—3页)

并未终结的反帝反封建主题
——以路遥、张炜等的创作为例

赵东祥[*]

（吉林师范大学 文学院，吉林，四平 136000）

内容摘要：通过分析路遥、张炜等的创作可以发现：新时期以来的文学一方面表现出较强的反封建意识，另一方面仍然存在着受封建权力等级观念支配却未被察觉更勿论批判的封建残余思想；而随着改革开放又出现了新的洋奴意识，即把西方文化权力和在西方文化权力支配下形成的世界性的权力等级体系视为当然现象，不加反省与批判、更不用说抵制和抵抗的思想意识，这是一种在霸权资本主义国家确立的权力等级支配的思想文化体系中形成的奴隶意识。这说明新文学中以反对权力等级意识为核心内涵的反帝反封建的主题并未终结，新文学仍然承担着在思想文化领域反帝反封建，张扬自由平等、民主平权等现代意识的历史责任。

关键词：新文学；反帝反封建主题；自由平等；路遥；张炜

一

现代以来的中国文学的反帝反封建主题起码包含了对由霸权性资本主义国家确立的不平等的世界政治、经济、文化和思想意识秩序，以及由封建主义思想文化政治经济主导的权力等级体系的反抗，在这种反抗中包含了对被奴役而产生的奴隶意识的反省和批判，也包含了对于受现代平权意识支配而形成的民主平等思想的张扬。这种具有现代性的新思想文化意识随着现代以来的思想文化启蒙已经被广泛传布，但落实到具体的人的思想意识层面和具体的文学创作中，我们发现新时期以来的文学一方面表现出了较强的反封建意识，但另一方面细察之则仍然会发现，在创作中仍然存在受封建的权力等级意识支配却未被察觉更勿论批判的封建残余思想，这在路遥的创作中表现得较为明确。而随着改革开放则又重新出现了一种洋奴意识，即把西方文化权力和在西方文化权力支配下形成的世界性的权力等级体系视为当然的现象，不加反省和批判，更不用说加以抵制和抵抗的思想意识，这也是一种奴化了的封建性的思想意识——是一种在霸权性资本主义国家确立的权力等级支配的思想文化体系中形成的奴隶思想、奴隶意识，而张炜就在其作品中具体地富于讽刺性地描写了这

---

* 作者简介：赵东祥，文学硕士，吉林师范大学文学院讲师。

种奴隶思想、奴隶意识。下面我们就结合路遥、张炜等的创作及有关文学现象具体分析受权力等级意识支配而形成的奴隶意识的具体表现形态及其内在理路，并通过分析阐明新文学中反帝反封建主题并未终结的现实性，批判性地解释当下现实的思想穿透力。

二

新时期初期文学接续了五四新文化和文学传统，对封建的思想文化表现出自觉的反省和批判意识，诸如高晓声对农民文化中阿Q意识的反省，《乡场上》中何士光对农民身上表现出来的挑战权力等级体制的现代意识的张扬等都是。山东作家李贯通也表现出对封建权力等级思想和官本位文化的反思，他揭示了封建权力等级观念对普通人思想的渗透和由此支配而形成的崇拜权力的奴性意识，其《正是梁上燕归时》就是揭示这种思想意识的好例子。舅舅郭大梁具有极强的权力欲望，他是生产队队长，在权力等级体制中处于上位，这使他感觉很有“面子”。他虽然吃苦能干、廉洁奉公，但耗尽心力却也没能改变生产队的落后贫困面貌，他自己也是一贫如洗，然而他却为自己“当官”而感到有“面子”。而一旦要下台就为自己即将失去的“地位”、“面子”即权力而痛苦，这实际上是一种被权力等级思想扭曲了的奴隶心态。这种心态被作者借助讽刺性的细节揭示了出来。当姐姐指责他生活贫困、“混得不好”时，他却反驳说“混得不好还能当队长”，而当“我”为安慰他而说他还能当队长时，本来卧病的他居然康复了，这是对封建权力等级观念多奇妙的讽刺！这样一种封建权力等级思想及其造就的依附权力的奴性人格显然会窒息人的反抗精神和创造精神。作为现代人对这种奴性蒙昧的封建思想的反省和反抗是不奇怪的，但奇怪的是那些带有封建性却并未被批判，反而被肯定较多的作家作品，路遥就是例子，他的作品缺乏对封建权力等级观念的警惕，也缺乏对这种封建意识的反省和反抗精神。

路遥小说中带有的封建性权力等级思想体现在两个方面，一个是传统的官僚特权等级意识，一个是“现代”特权等级意识，路遥对这两种思想意识的批判和反省是不够的，它说明路遥的小说缺乏一种现代的平权思想。曾有论者强调和肯定小说《在困难的日子里》中的马建强的道德纯洁性，一般来说，这并没有错。但是对道德理性的强调如果不是以反抗封建意识、张扬平等精神、张扬人的道德为前提，那实际上这种对道德理性的强调很可能就会导致奴隶道德，从而成为一种精神上的麻醉剂，张扬这种奴隶道德客观上起到的是为封建特权等级意识帮忙的作用，因为它固化而不是瓦解了封建权力等级秩序。《在困难的日子里》、《人生》等小说展示给我们的是由权力等级思想支配的文化、思想和制度空间。在这种文化、思想和制度空间中，公家人即“吃国库粮的”享有一种高高在上的特权，包括干部们“不稼不穑”，如田福堂却享有比普通农民更为优裕的物质生活，以及公家人的子女优先获得这种优裕生活的特权制度，像接班制，如金波的例子，干部子女高中毕业安排正式工作，如黄亚萍、张克南等，而农民的子女如高加林、孙少平们却要回农村，这实际上是一种“世胄蹑高位”式的封建思想的遗形物。但相对于普通农民，这些返乡的高中生却又具有一种传统的“文人”特权，即可以做民办教师，而不用参加体力劳动从而享有比普通农民要优越的等同于干部的权力——这是为什么高加林们的民办教师职务会被农村干部的子女顶替的原因。上述现象实际上是官僚特权的变形，是一种封建性的君在上臣在下的君君臣臣的权力等级体制的变形物，是官僚特权的新形式，就是这样一种在权力等级中居于上位、带有“优越感”的奴隶意识使旧文人孔乙己不肯脱下又脏又旧的长衫。在这种带有封建性的权力等级制度体系和思想文化体系中，农民被排在下层，他们不仅遭受经济上的困难而且要承受精神上的苦难，在这种体系中强调和肯定马建强们的道德纯洁性和孙少平式的从苦难中领享所谓的“生活之蜜”的苦难学说，或者像马建强那样不知道反省自己的奴隶处境，而只怪命运不济①，就是一种“奴在心”，是从被奴役中品味出美善的奴才意识，是变相的“颂祝主人，媚悦豪右”②。对于上述桎梏人的头脑的权力等级意识，应该产生的是基于自由、平等意识的批判、否定和反抗精神，即一种“与旧习对立，更张破坏，无稍假借”的“改革之新精神”③。因为“只要存在着权力关系，就会存在反抗的可能性”④。

在权力等级体制下，丧失反抗权力等级体制的批判、否定和反抗精神，而强调等级体制中居于下层的马建强们的道德理性，实际上会走向以道德和权力共谋的方式加固特权者的封建特权地位和居于下层者的奴隶地位，使身处其中的人成为不平等的权力等级制度的附属物，成为被权力等级体制异化了的缺乏自由平等精神而不自知其处境和地位的奴隶——这是儒家文化在封建性权力等级体制中加以应用而产生的负性因素。梁南的《我不怨恨》就是体现这种奴隶意识的典型作品。如果以梁南无辜被流放的经历来看他的诗歌中所言之志就可以发现他被专断的权力奴役而不觉醒反而强调其所谓道德化的情感、爱的那种蒙昧：“马蹄踏倒鲜花，/鲜花，/依旧抱住马蹄狂吻；/就像我被抛弃/却始终爱着抛弃我的人。”⑤梁南被专断的等级权力的“马蹄踏倒”即奴役和捉弄，却“依旧抱住马蹄狂吻”，丝毫没有产生反思和抵抗，反而媚悦式地狂吻那个“马蹄”，这种道德化的情感、爱是十足蒙昧的奴隶意识的表征。我们对照一下鬼子的《大年夜》（《人民文学》，2004 年第 9 期）也可以意识到梁南诗歌中透露出来的奴隶性。当莫高粱坐在所长的破椅子上，心理在小民莫高粱与李所长之间变换，且试图模仿李所长阴沉的眼光给贫苦的老阿婆以一种威压时，他的被权力意识扭曲了的卑微灵魂是能使读者心头感到沉重的，被莫高粱践踏的老阿婆不会也不应该抱住莫高粱狂吻，被奴役者应该起来反抗。类似的状况还表现在胡风集团案中。对由个人权力专断造成的被奴役，胡风亦未表现出应有的对这种特权制的反思和批判意识。胡风相对清醒的是坚持了自己已有观点的正确性，但这种坚持却包含着悖论，他的揭示精神奴役的创伤的启蒙主义理念与《时间开始了》一诗表现出来的颂祝式的个人膜拜意识是相互矛盾的。这种矛盾使胡风不能很好地展开反省和批判，而对权力等级意识及由之形成的隐性特权制度抵抗意识的匮乏和批判的无力会造成人的新的被奴役。在这种情形下强调传统的道德理性是不合适的。所以李建军先生在论述路遥时提出这样的观点：“克己利他的仁爱之心和道德善良”，⑥只有在现代人道精神、人格尊严等现代意识得到贯彻的前提下才可以提倡，而在权力等级体

① 路遥：《当代纪事》，重庆出版社 1983 年版，第 180—181 页。

② 鲁迅：《摩罗诗力说》，《鲁迅全集》第一卷，人民文学出版社 2005 年版，第 70 页。

③ 鲁迅：《摩罗诗力说》，《鲁迅全集》第一卷，人民文学出版社 2005 年版，第 87 页。

④ 福柯：《权力的眼睛——福柯访谈录》，严锋译，上海人民出版社 1997 年版，第 46 页。

⑤ 梁南：《野百合》，江苏人民出版社 1981 年版，第 29 页。

⑥ 李建军：《文学写作的诸问题——为纪念路遥逝世十周年而作》，南京大学中国现代文学研究中心编选《2002 文学评论》，人民文学出版社 2003 年版，第 90 页。

制下提倡这种道德就带有欺骗弱者的麻醉剂的性质。[①] 克己如果克掉的是马建强们的批判、反省和否定、反抗精神，那这种克己其实就是致命的，因为它消解了民主平等平权等现代意识诞生的可能性，从而把人固定在奴隶的位置上了。李建军先生曾这样说过："一个真正的批评家，天生是一个捍卫精神自由原则的民主主义者，因此，在他的身上，总是表现出一种体现着平等精神和独立人格的民主气质。"[②]对批评家是如此，其实对每个人都应该是如此的，对作品的理解也应该是贯穿了这种民主气质的。为了捍卫这种平等精神、自由原则和独立人格就应该表现出对有悖于这种思想的封建意识的批判、否定和决绝的反抗精神。

路遥小说中的人物如高加林、孙少平等似乎充满了不屈从命运安排的反抗精神，但他们身上的反抗精神并非真正的反抗精神，因为他们缺乏一种基于平等自由信念而产生的否定批判意识，而是在潜意识中认同权力等级体制的前提下展开的"反抗"——所以这种"反抗"其实是鲁迅所说的奴隶意识支配下的"爬"和"撞"。高加林在具有媚权意识的马占胜操纵下"爬"上"国家干部"的位置，却丝毫没有产生对这种扭曲的"爬"中包含的等级意识的反思、否定，他虽然也为走后门而惴惴不安，但最终"他觉得他既然已经成了国家干部，就要好好工作，搞出成绩来。这种心情也是真实的"[③]，这样他理解中的国家干部不是为人民服务的国家干部，而是明显有着爬入一种权力等级体制并"暂时做稳了奴隶"的满足。而后来高加林因为"公家人"张克南的妈检举而被"撞"出这个权力等级体系中的"国家干部"的位置之后也没有产生对这个权力等级体制的反思、否定和批判，而只是扑到黄土地上痛苦呻吟。作者在此突显出的是土地包容一切的道德意识，却没有对高加林们的"爬"和"撞"中表现出来的奴隶性展开反省和批判，或者说就没有意识到这方面的内容，这是路遥在写什么方面存在的局限。当高加林被村支书利用特权剥夺了民办教师的岗位时，也未产生对这种特权思想的反思和否定，而只是产生了对具体的特权者即高明楼的怨恨……而孙少平的个人奋斗则充满了在双水村树立家族权威的封建意识：表现在为了给父亲箍砖窑，出卖亲戚媚悦城郊曹书记；窑口合龙时揭发亲戚手上带血不吉利，因获得了小特权者的赏识而有了把自己的农业户口变成"公家"户口的机遇。他们的共同特征就是对这种特权等级体制的习焉不察，从而对自身处境中的奴隶性的那一面习焉不察。从这个角度看，其实孙少平们的"反抗"就不是真正的反抗精神，而是带有被封建性思想意识奴役而产生的"爬"和"撞"的性质，这是奴隶意识而不是人的精神。

在《风雪腊梅》中，路遥似乎借助对一个农村姑娘的心理描写反省和批评了上述奴隶意识："跟了地委书记的儿子……尽管物质上她一生可能会富有，但精神上她肯定将会是一个奴隶。"[④]但他的这种批评性认识是不彻底的，因为这农村姑娘也认同的她的情人康庄哥的说辞中就包含了一种封建特权的思想意识："等你转正了，想方设法往出拉扯我！听说人家

---

① 参阅朱航满：《温暖与伤感——路遥论》，《艺术广角》2011年第1期；白浩：《路遥苦难叙事的限度》，《中国现代文学研究丛刊》2012年第3期。

② 李建军：《论批评家的精神气质与责任伦理》，南京大学中国现代文学研究中心编选《2005文学评论》，人民文学出版社2006年版，第116页。

③ 路遥：《路遥全集：中篇小说》，广州出版社、太白文艺出版社2002年版，第112页。

④ 路遥：《路遥全集：短篇小说》，广州出版社、太白文艺出版社2002年版，第80页。

吴所长的爱人是地委一把手，权大着哩！只要人家看得起，咱们的前途就无量……”[①]对这种特权意识，这位姑娘是没有反省、否定，也没有意识到其中包含着奴役人的奴隶性的。而且小说对“爬”进“公家”门的康庄大道只是产生了一种道德批评——负心汉和医贪图富贵而屈从权势，而没有对造成上述奴隶意识的权力等级体系展开否定性的反省和批判。那个农村姑娘也只是想安于自己清贫却洁净的地位，是一种传统的不慕也不畏权贵的道德意识，而不是真正张扬了一种现代的自由平等精神。《黄叶在秋风中飘落》中的刘丽英的“爬”和“撞”的失败最终都演化成为一种道德上高下的判断而终究没有对其为奴的觉悟。路遥小说对封建性权力等级意识的现实存在是缺乏必要的否定、批判和真正的反抗意识的，是缺乏真正民主气质的。

这种缺乏还表现在对现代意识和特权思想结合起来变形而成的一种新的权力等级意识即新的封建性缺乏必要的警醒和反思上。这种缺乏在《人生》中的漂白粉净水事件中有明显的体现。群众不接受高加林以漂白粉净水所表露的所谓现代科学精神，但当权力者高明楼出面支持高加林之后，群众却能够接受了，很明显他们的接受不是出于文化上的觉悟和对现代科学精神的接受，而是出于崇拜和畏惧权力的奴性意识，这是特权意识的反面。高明楼所支持的现代科学精神形成了对愚民的“现代”特权，这是一种现代意识与特权等级意识的耦合，在这种耦合中特权造成的奴性蒙昧使我们丧失了对现代科学精神的反思，而现代思想又遮盖了特权的存在。这种负面的特权意识成了权力资本主义萌生和发展的助力，表现在路遥的《平凡的世界》中，就是封建性特权和商业资本的耦合，即小说中的商人胡永州、胡永合兄弟那里体现得极为分明的权势资本主义：胡氏兄弟“在这个地区有个大靠山——他的表兄弟高凤阁是黄原地区地委副书记，因此这两个农村的能人走州过县做生意，气派大得很”。[②]这种权力和商业资本的耦合造成了奴役农民工却又依附于官权的新的带有奴隶性的特权者势力，这在小说中体现承包工程的方便和对弱女小翠的摧残。孙少平拯救过一次小翠，但小翠家花光了钱之后将小翠重新送到胡永州那里并最终沦落为暗娼。在这里固然应该肯定孙少平的义举，但更应该看到保障弱势群体以及使整个社会更为公正的制度和思想意识的匮乏，对抗一种奴役性的特权的思想力量、制度力量的匮乏，更应该反省、批判和否定的是这种带有黑社会性质的权力资本。反帝反封建的一个重要内容实质上就是反对这种带有封建性的市场经济意识。这是路遥虽然如实写了出来却没有意识到的重要的社会历史内容。

这种以权力谋求物质资本的资本主义萌芽时期的现象，在张炜的早期作品中也有所表现。在《秋天的思索》中王三江利用做大队长时积累的权势资本获得了葡萄园的承包权，《秋天的愤怒》中的肖万昌也是如此，在新时期初期利用权力获得了金钱资本。李芒们变成了权力和资本耦合之后失去了自由的被奴役者，而李芒的反抗最终也只是通过上告更高一级的权力（即找梁书记）的方式来加以解决，这说明被奴役的农民缺乏在自身力量范围内解决自身问题的正当的制度体系和思想意识，即缺乏一种赋予基层群众制衡和监督、约束基层干部权力的权力制衡体系和思想意识。这最终造就的是《古船》中赵炳式的阴谋家和土皇帝，是赵多多式的流氓无产者，是赵炳、赵多多建立在暴力统治基础上的商业经营——一种依靠暴

---

① 路遥：《路遥全集：短篇小说》，广州出版社、太白文艺出版社2002年版，第79页。

② 路遥：《路遥全集：长篇小说》、《平凡的世界》第二部，广州出版社、太白文艺出版社2002年版，第264页。

力压制反抗和垄断牟利的权势资本，是《柏慧》中瓷眼与黑恶结合在一起的全面奴役人的权势。张炜立志做时代的秘书——史官，他以文学化的方式记录下来的现实是具有警示和启发意义的。[①] 这种不受监督约束的权力和资本耦合的形态不断酝酿和发展，就演化成了《刺猬歌》、《你在高原》等小说中的唐童式、金星集团式的权力商业帝国的形态，这个帝国有自己的打手也有自己的理论辩护者，如黄毛一类发表纵欲即爱国论调的人物。这是一个不仅奴役人，也奴役自然中所有一切有生无生之物、毁灭一切的带有浓厚的封建性的资本帝国，是不受监督制约的封建专制权力与嗜血的资本无孔不入的掠夺性相结合之后产生的专制的资本帝国，一个官权和资本权结合在一起的怪胎。这个帝国不仅充满了性的和人身的奴役和掠夺，而且以不断扩张的紫烟大垒严重污染了当地的自然环境，更依靠特务式的暴力控制使人的心灵荒漠化，这种权势化的商业资本帝国对自然和人的奴役和掠夺最终引发了与周围农民在打旱魃中的剧烈矛盾对抗和暴力冲突。这种毁灭一切的封建性的特权化的资本势力在我们的时代有着鲜明的存在感，我们要建设现代化的社会主义国家，就必须旗帜鲜明地反抗这样一种和封建性特权意识耦合在一起的商业运行模式，因为它就是封建权力等级资本主义，是和社会主义格格不入的。

反帝反封建还应该反那种作为我们理解国外政治、经济、文化、思想的前理解的封建性权力等级意识，因为这种前理解固化而不是瓦解了由西方强势文化确立的不平等的世界秩序。西方帝国式的权力化的意识形态和跨国商业资本耦合，通过资本带来的物欲诱惑把自身放在中心——思想意识的特权位置，将不平等的世界秩序植入人们的潜意识中，使第三世界国家人民的所有行为都带有一种被权力化的西方文化奴役的特质。《外省书》中史东宾的商业经营不仅存在着与权力的耦合，充满着暴力和掠夺，而且他对西方文化的理解也带有洋奴的气息。他把西方文化理解为一种更高等级的文化，他研究西洋餐，吃的东西一概加冰，胃受凉了就大喝其健胃冲剂，以这种方式操练洋人的生活方式。张炜就是以这种富于幽默意味的细节揭示了西洋文化在潜意识中操控史东宾式的洋奴的特权和史东宾理解这种特权时思维方式上的奴隶性、封建性的。就是这样一种封建性的思想意识导致史东宾们把那些不健康的轮盘赌、角子机等也引进来。而在《能不忆蜀葵》中，这种对西洋文化特权的膜拜则表现为一种末流的所谓后现代的“哇加加”画展，它不是出于对西洋文化理解并加以批判和反省的基础上的吸收，而是体现为一种拜权的封建性权力等级意识，其中充满了一种把人置于权力中心的对自然生命的暴力和毁伤性的奴役，而相对照之下蜀葵花所表征的蓬勃的生命力就成了相对于这种权力等级思想体系的反抗力量。而追求师辉的那位板寸头女同性恋同学，只是出于逐新而看球和写球评，输球就摔东西，在第一个层次上她并未意识到这种逐新之中蕴含的膜拜西方文化特权的封建性，她不能真切地体验和理解西方文化精神，也缺乏一种反思和批判的态度，也不是出于一种深切的内心要求，她的行为只是像假洋鬼子口中的“no”和“动手吧”，是一种浅表的受西方文化特权支配而后产生的追风；在第二个层次上却又形成了对于未庄农民的文化特权，而同性恋女和她的生活在小镇上的母亲劝师辉应付她的同性恋要求实质上是对这种特权的屈从。这种对特权的膜拜转换为一种嘲讽的形式就是

① 参阅赵东祥：《论中国传统文化视角下的张炜及其作品》，《中国现代文学论丛》2010年第2辑。

小说《能不忆蜀葵》中，淳于口中声称自己画的牡丹叶儿宽的靳三和联合国官员的合影事件，体现了对把联合国看作更高权势权威的奴性思想意识的嘲讽和戏弄。这种不加反思的对西方文化思想特权的膜拜大致可以用竹内好所谓“转向”一词来加以概括，它是一种因缺乏平等精神而造成的文化上的拜权症候，是被西方文化权势不自觉地挟持而结出的带有浓重苦味的果实。史铭式的把美国当做文化中心而形成的世界秩序的想象，是西方尤其美国纽约文化独断的封建性秩序想象，对这样一种秩序及支配这种秩序的思想文化意识应该有一种抵抗的意识，因为他们要建立的是以自己具有特权为前提的而不是平等的世界政治、经济、文化和思想秩序。“外省”这样一种命名即意味着一种文化权力等级的存在，也意味着对这样一种文化权力等级的抵抗意识的存在，这样说来，《外省书》中史珂方言意识的复活和《丑行或浪漫》中俚语俗谚的大量使用都可以视为一种抵抗的意识。但这种抵抗即反帝必须以警惕我们自身存在的封建意识复活和张扬自由平等、平权民主的现代意识为前提，反帝反封建的要义在于反封建、反特权专断和张扬民主平权，在这个意义上我们还应该注意到史铭、史珂们在“文革”那个混乱的年代被一种以革命面目出现的专断而蛮横的权力的奴役、摧折，这种精神的奴役和西方文化特权专断造成的奴役是同质的。

三

有论者认为新文学已经终结：“不是文学抛弃了它的大众，而是大众在新的语境中发现并不需要新文学的启蒙，新文学运用的‘五四’以来阐释中国的框架难以面对今天中国的现实的变化，新文学中最为强大的‘为人生’的想象其实已经难以面对今天的中国的全球化和市场化之下的人生”[①]，所谓新的语境、新的现实是中国“和平崛起”、“脱贫困化”和“脱第三世界化”，因此新文学所提出的所谓启蒙和救亡的现代性已经和中国当下的现实生活脱节，当下现实已经不再需要新文学对它发言，新文学已经终结。但我们发现所谓新文学终结之后，那些代表“新新中国”的“架空性”的“尿不湿”一代的写作中其实充满了政治冷漠和媚权拜权的双重症候[②]，并没有架空社会历史内容；而所谓的中产阶级的文学想象中则充满了被权力等级意识支配的现象，像卫慧的《上海宝贝》之类的作品，弥漫着媚从西方文化权势的殖民地洋奴气息。我们在张炜、路遥等的作品中看到的也是一直延伸到当下的权力等级意识造成的人被奴役的现实，退而言之，即便有一天“中产阶级”能够成为大多数——也仍然应该有为少数人的权利伸张正义和反对特权、反对权力压抑的抗争的文学、反抗的文学。所有这些现象都说明新文学并未终结，新文学中以反对权力等级意识为核心内涵的反帝反封建的主题并未终结，新文学仍然承担着在思想文化领域反帝反封建、张扬民主平权等现代意识、批判性地对现实发言和进行思想文化启蒙的历史任务，新文学包括新时期以来的文学也仍然是为人生而且要改良这人生、追求自由平等的文学。

---

① 张颐武：《“纯文学”讨论和“新文学”的终结》，《南方文坛》2004年第3期。

② 陶东风、和磊：《中国新时期文学30年》，中国社会科学出版社2008年版，第385—387页。

积蓄力量“再出发”

——卢新华访谈

卢新华　　王冬梅

《伤痕》之前：“偶得佳句便为乐，常作玄想也能醉”

王冬梅(以下简称王)：1978年8月11日，短篇小说《伤痕》在上海《文汇报》公开发表。您一跃而成为众人关注的焦点人物，很多人由此知道了您的名字。能谈谈《伤痕》之前您所受到的文学教育或者文学启蒙吗？或者说，最初亲近文学是始于什么时候？

卢新华(以下简称卢)：真正亲近文学，应该还是从插队落户的时候开始的吧。那时劳动很辛苦，也看不到有改变当一辈子农民命运的可能。后来从江苏的《新华日报》上读到一些诗，觉得自己也能写的，就开始尝试投稿，希望能藉此改变自己的命运。那时我还只有十六岁。所以，我最初的文学启蒙可以说是《新华日报》副刊上的革命诗歌，而且，每次看到“新华日报”上的“新华”两个字，我也觉得特别亲切，觉得冥冥之中似乎和我有什么牵连似的。当然，后来我又从朋友处读到《青春之歌》等“毒草”，林道静写给卢嘉川的爱情诗句“你是划过长空迅疾的闪电，我是你催生下的一滴细雨”更给我留下了深刻的印象。我很可能是从那时候开始喜欢写诗了。

王：正式发表诗歌是什么时候？

卢：应该是参军以后。当兵期间经常要站岗，而且一站就是两个小时，为了打发时间，也为了防止自己打瞌睡，我就开始尝试着利用站岗值勤的时间构思诗歌。它们后来多半发表在连队的黑板报上，渐渐地也有一些被当地的《曲阜文艺》和《工农兵诗画专刊》所选用，印象最深的一首好像是《侦察兵爱山》。后来，部队和地方联合搞批林批孔运动，我又有机会接触到我们副连长从曲阜师范学院借来的巴金的《家》、都德的《最后一课》、莫泊桑的《羊脂球》等作品，觉得这才是真正的文学。当然，我在这个时期读鲁迅的作品还是最多的，也最喜欢。

王：新时期很多作家都是由亲近诗歌而走上小说创作道路的，比如铁凝。您还记得最初的小说练笔吗？

卢：严格地讲，我喜欢并开始尝试写的第一篇小说还是高考复习期间，在江苏南通一中高考补习班上写的一篇作文，题目是《写在高考复习中的回忆》，内容主要描写一个退伍军人在高考复习中回顾“文革”时受“读书无用论”的影响，没有好好读书而浪掷光阴的痛悔心情。当时语文课的辅导老师叫周天，他曾让我将这篇作文作为范文朗读给全班同学听。记得我读完后，不仅自己泣不成声，教室里也哭成一片。所以，于今回想起来，周老师对我作文的赞赏和全班同学当时的真情流露，对我以后走上文学道路，并逐步建立起自己的自信，应该起了很大的作用。

王：50后的很多作家都是在青少年时期就确立了自己的文学理想，您也是如此吗？

卢：我要声明一下，我青少年时代最初的理想并不是想成为一个小说家，而是更希望能成为一个诗人或哲学家。我从小就喜欢哲学，也喜欢耽于玄思冥想。就是今天，我还是经常以"偶得佳句便为乐，常作玄想也能醉"自勉。所以，参军期间，利用周末、节假日和平时的业余时间，我阅读了大量哲学和与哲学相关的著作，其中包括恩格斯的《自然辩证法》、《反杜林论》，列宁的《国家与革命》等。考大学前，我也曾雄心勃勃地想写一本叫做"四人帮批判"的书，但苦于无法调阅档案资料而作罢。

王：在复旦读书期间除了接受正规的文学训练和专业熏陶，有过比较个人化的文学体验吗？

卢：考上复旦大学中文系以后，同学们创作热情高涨，纷纷成立各种兴趣小组，我因为曾发表过诗歌，被分到诗歌组。但这时候的我已经开始觉得诗歌尤其是抒情诗毕竟容量较小，不适合表达我对一些重大的历史事件的思想和看法。而反观中外文学史上内涵比较丰富、思想性比较深刻的作品，大多还是小说。作为一种文学体裁，小说容量也相对比较大，可以包容诗歌、散文、政论等多种形式，巴尔扎克的《人间喜剧》、雨果的《悲惨世界》、托尔斯泰的《战争与和平》、曹雪芹的《红楼梦》等都是最好的例证。此外，小说反映社会现实最迅速，这为作家干预现实、批判现实，并成为时代的代言人创造了良好的契机。于是，我毅然决然退出了诗歌组，改为参加小说组。

王：您在《谈谈我的习作〈伤痕〉》(1978年)一文中提到这样一个细节。在《伤痕》之前，您其实已经试写过第一篇以批判"四人帮"为题材的小说，最后由于受到真人真事的限制而就此搁下了。能在这里跟读者一起回忆一下这篇放进抽屉的小说吗？您觉得，它是否对后来《伤痕》的写作提供了一些有益启示呢？

卢：至于你提到的这篇小说，我现在印象已经不深了。但有一点不会错，那篇小说肯定写的是真人真事，因此感觉上很受拘束，像是被什么裹住了双腿似的。内容肯定也有"伤痕"的影子，但那时我还不了解"典型概括"是怎么一回事，所以对人物内心世界的发掘还停留在比较浅的层次，对时代和社会的特征也缺乏高度的概括，所以我最后还是放弃了。然而，这毕竟是我进大学以后所写的第一篇小说，它让我发现并了解到自己在创作上存在的一些问题，尤其懂得了文学作品对"典型人物"、"典型性格"和"典型环境"的严格要求。不是什么人都可以写进小说的，只有写出了许多人的共性，同时又兼具个性，而且时代特征鲜明，并且传达出一种发自内心的真情的作品，才会受到读者发自内心的欢迎。所以，就我当时的体会，对一个小说的写作者而言，想象力和概括力固然重要，但出自真心、发乎真情更为重要。如果一个人对这两点还缺乏自信的话，我想最好还是不要贸然去拿起自己的笔写小说。

"《伤痕》的荣耀与生活的艰辛都无法阻挡我寻求自由的脚步"

王：在中国当代文学史中，不乏"文而优则仕"的例子，当年轰动一时的《伤痕》除了占据文学史一席之地外，是否也为您提供了步入文学体制的契机呢？

卢:是的,如果将《伤痕》当作敲门砖,我当时完全可以像许多人一样在体制内按部就班地生活,并很轻松地谋个一官半职,甚至还有可能爬上高位。但我骨子里是个崇尚“自由而严肃地思想,独立而自在地生活”的人,很反感官场中常见的媚上惑下、奴颜婢膝、等级森严,在上级面前是羊,在下属面前是狼,不能有自己的真知灼见,不能对领导说不,不能让自己的真情实感自然流露的现状。那是一种双面人的生活,一方面似乎威风八面,另一方面却又永远只能是别人的玩偶……因此,大学毕业分配时,尽管《人民日报》考虑到我是中国作家协会最年轻的作家、上海市青年联合会常委、退伍军人、共产党员,点名要我去做团委书记,管分配的老师也几次三番找我谈话,做工作,最后一次还语重心长地告诉我:“你知道《人民日报》团委书记是个什么概念吗?如果外放,你就是个地委书记了。”但我考虑再三,还是婉拒了。

王:时至今日,回望《伤痕》的发表,您会作何感想呢?

卢:尽管我写了《伤痕》,但《伤痕》能够发表确实也是一个例外,是受了诸种因素的制约的。如果没有当时反“四人帮”以后又过渡到反“两个凡是”的大的政治气氛,如果小说发表前没有在复旦校园产生轰动效应,如果《文汇报》打出小样在文艺界、新闻界、教育界广泛征求意见时,支持的意见没有占绝对上风,如果《文汇报》送审时,宣传部领导没有及时批复,《伤痕》就完全会是另一个命运了。冯骥才先生就对我说过,他曾有一篇类似《伤痕》的小说投稿给《人民文学》,几个月后《伤痕》发表了,编辑部于是只得退稿,告诉他《伤痕》发表了,这稿子我们不能再用了。所以,在一定的意义上,我实在是命运的宠儿。然而,即便是我这样的“宠儿”,此后再写出类似的作品,想要通过编辑部的审查,依然困难重重。

王:其实,除了审查制度,文化传统本身和具体的时代环境也会对作家认识自我及世界形成一种规约和限制,对吗?

卢:的确。从人生而言,尽管中国之大,历史悠久,文化博大精深,但我仍然感到自己是生活在一个“井”里,至多也是一个比较大的“井”。我环顾我所生存的环境,发觉我们每天的思维惯性,我们想的事,我们说的话,我们写的文章,总脱不出每天的报纸,每天的新闻,每天的社论,每天领导报告的制约,如果有人稍越雷池,很快就会被看成一个异类。记得刚分到报社时,有一次开党小组会,我因为听说胡耀邦说过提共产主义教育容易让青年反感,以后还是多提爱国主义教育比较好(大意)的话,于是很受鼓舞,也作了类似的发言,并提出为了提高中华民族的凝聚力,党的名称其实也是可以改一改的,比如就叫“爱国党”,或者“为民党”之类也行。结果事后很快就有领导语重心长地批评我太幼稚,并关照我这样的话以后千万不要说,会犯错误的。

王:在上世纪八十年代,“出国”应该说还是一个新潮而前沿的话题。当代中国自步入市场经济时期以来,几乎迎来金钱大爆炸的新时代。您为何在此时选择去了美国呢?

卢:当时出国是有着很多方面的考量的。那时的我总觉得,整个社会文化生活中,始终有一个紧箍咒横在那里,只要你想自由地去思想,想要越雷池一步,那个紧箍咒就会通过各种渠道、各种方式对着你念念有词,让你头痛,让你恼怒,让你愤恨,让你恐惧,让你不得不让步,让你不得不放弃。所以,至少为了能呼吸到更多自由的空气,我也想到国外去体验一下资本主义世界究竟是怎么一回事。其次,我那时已经在思考文革“伤痕”的成因,已然感到仅从政治的层面将其归咎于“四人帮”或这个犯了严重错误的党,还是很不够的。因为从更广阔的历史的层面来考察,我觉得我们的文化,我们的民族性或者说国民性同样要承担很大的责任。于是,我想起了苏东坡那首诗:"横看成岭侧成峰,远近高低各不同。不识庐山真面目,只缘身在此山中",决意要去国外换一个新的视角来厘清文革"伤痕"的宿世因缘。

王:是否还记得离开中国前的生活状态或者精神状态呢?

卢:1986 年去美国之前,我曾经经历了人生最为艰难的一段日子。那时,我在上海外国语学院参加出国培训班,由于辞去了工作的缘故,我几乎失去了全部的经济来源,所以不得不每周挤出一点时间,为《文汇报》的"文艺百家"写上千余字的评论文字,赚得约每月一百二十余元的稿费养家糊口。尽管如此艰辛,还是没能熄灭我心中走出国门看世界的强烈渴望。与其说我向往到美国读书,不如说我更向往一种身心的自由,向往一种"出污泥而不染"境界。

王:能谈谈初到美国时的生活体验吗?

卢:在洛杉矶读书期间,为了生计,我曾在学校附近的小镇蹬过三轮车。小镇人称"小巴黎",有众多的电影院、餐馆和购物场所,每逢周末,游人如织。我的工作就是载人观光,或在观光点之间"摆渡"观光客。我非常感恩上天曾经赐给我这段人生经历,因为借着"蹬三轮",它帮助我学会了"放下"——放下曾经有过的荣誉和光环,也放下内心对无明的执着……硕士毕业后,我也曾在洛杉矶一家图书公司做过英文部经理,不久又辞职自己开公司,兼做金融、期货和股票等等。最后由于经营不善、投资失误等种种原因,众多投资大多打了水漂。1992 年初,我开始在洛杉矶的赌场做发牌员,每天在赌桌上阅人、阅牌、阅筹码无数。渐渐地,在我的眼里,那一枚枚的筹码便成了一滴滴的水,那一堆堆的筹码成了一汪汪的水,那一张张铺着绿丝绒的牌桌则成了一个个水塘,而放眼整个赌场,便是一片财富的湖泊了……我就这样在赌桌上一边工作一边观察人生,思考人生,感悟人生,终于觉悟到"财富如水"的性质,不仅写出了长篇思想文化随笔《财富如水》,也收获了赌桌上的世态百相……

王:作为一个旅美十余年又再度回归大陆文坛的当代作家,您觉得自己的人生经历是否为自己获取了不同的文学视角?

卢:在海外这些年,我经常转换自己的工作,改变自己的身份和角色,一方面是生存的需要,另一方面在很大程度上也是为了让自己在对社会生活进行文学观照时,可以有更多的不同的角度。虽然在今天看来,相对于很多人,我走了一条比较曲折的路:从上海到深圳再到美国,从记者到商人再到发牌员,跑了很多地方,也换了很多职业。然而,这几十年跌宕起伏的人生经历,不仅对于文学创作,而且对于我的生命而言,都是一笔最可宝贵的财富。

"我更希望准确地把握时代的脉搏,做时代的代言人或诊疗者"

王:就我自己的阅读体验而言,从《伤痕》开始您的每一部小说都脱不开"文革"这一话语情境。当然,以《森林之梦》为分水岭,"文革"在小说中的表现形式及所承担的叙事功能是有所变化的。更为重要的是,您对于"文革"的思考也有了本质性的改变。从后期的作品来看的话,您放弃了前期政治悲剧这一考察视角,而是从文化悲剧的维度,试图跨越整个当代中国革命历史的进程,从传统文化里寻求答案。能就这个问题谈谈您自己前后的思想转变吗?

卢:首先,我自己是从"文革"时代走过来的人。我插过队,参过军,亲身经历了校园里以"血统论"划线的红卫兵造反运动,也亲眼目睹了那个精神压抑、思想灰暗的浩劫时代。"文革”是整个中国当代历史中饱蘸血泪的一页。所以经历十年浩劫之后,人们对于新时期的时代生活充满了期待。但当我们置身其中的时候,对它的认识必然也会受到种种的局限。尤其对于林彪、“四人帮”的批判,在一定程度上可能遮蔽了对于“文革”根源的真正思考。随着人生阅历的丰富、文化思考的不断发展,我发现,政治悲剧这个角度已经慢慢丧失了对“文革”的解释能力。

王:这就意味着您是有意识地突破这个既有框架,寻求重新阐释的可能性。

卢:是的。“文革”应该说是人性遭遇彻底放逐的历史时期,冷漠、背叛、诬陷、残害等等人性之中恶的因子都充分暴露出来。“人道主义”、“人性论”这些构建基本人类情感的重要东西都遭到了猛烈的批判,而个人崇拜则将封建迷信以伪现代、伪革命的形式继续延伸。这就使得我不得不把视角聚焦到我们的文化上。应该说,“文革”中有关人性的历史情状很大程度上是我们民族文化中的种种毒素长期积累、衍变的结果。解释“文革”决不能仅仅将其放在 1966—1976 这个时间段里,从文化悲剧的角度寻求根源,或许更有利于我们更合理地解释和理解它。

王:您说的这种将“文革”话语置放到整个文化系统的考察方法,让我想起了法国年鉴派大师布罗代尔所建构的“长时段”历史理论以及孙隆基在《中国文化的深层结构》一书中所触及的“具有超稳定性”的深层文化形态。您觉得从清理“‘文革’遗毒”走向反思“文化遗产”才能更有效地解释“文革”吗?

卢:是的。比如说,在我最近的长篇小说《伤魂》的最后,小孩子和龚合国玩戴高帽游街的游戏,看上去是“文革遗毒”,其实更是“文化遗产”。“文革”不是石头缝里蹦出来的,是从我们的文化中诞生并成长起来的。我在国外生活这么些年,发觉现代西方人即便骂人,话语系统中也绝对看不到诸如“打倒某某某,再踏上一只脚,叫他永世不得翻身”这样恶毒的语句,更看不到将犯人“游街示众”、“杀头示众”这样的血腥场景……但我前几年春节期间还在农村看到人们用拖拉机押着“爬灰佬”游街……虽然那是用来娱乐的,但却也反映出我们的文化从根子上来讲是缺乏对人的尊重的。我相信,只要气候适宜,“游街示众”这样的把戏今后在中国仍然不会缺乏演员和观众。所以,从我内心讲,总感到五四新文化运动,仅仅“打倒孔家店”肯定是不够的。我们的文化一定还需要进一步的清理,剔其糟粕,存其精华……

王:从艺术流派上来说,您一直秉承的是批判现实主义。实际上,您于大学时代已经系统阅读过很多现代主义小说。后来到了美国,也更容易接触到现代主义、后现代主义这些理论思潮和文学思潮。为什么独独选择坚守批判现实主义呢?

卢:我想这跟个人的兴趣和爱好有关吧。“知人者智,自知者明”,我是一个自觉对时代和社会负有责任的作家。《伤痕》所造成的极大的社会影响更坚定了我选择“文以载道”作为自己创作活动的总体坐标的想法。所以,尽管在结构、语言、节奏等等方面我对现代主义、后现代主义的很多流派的手法,也力图借鉴,并尽可能地兼收并蓄,但我更希望自己什么时候都能准确地把握时代的脉搏,做时代的代言人或诊疗者。好的文学作品,不仅仅是娱乐大众的,更应该发大众所未思,想时代所未想,于细微之处见大道,于平凡之处宣真谛。

而一部作品是否有深度,很大程度上取决于它所传达出来的思想深度,而不是文字和辞藻堆砌起来的高度。现实主义与批判现实主义也是中国当代文学最重要的创作手法之一。

鲁迅先生和他的小说所取得的成就至今仍然是我们尚未能逾越的高峰。这里面的一个最重要的原因就是鲁迅先生的作品对时代和社会所作"文化批判"的尖锐性和深刻性……我不是一个在写作中总是喜欢把形式放在第一位的人，更不会着意"玩味"文本，我愿意选择贴近现实、贴近生活的语言和结构，来表达我对于生活和人性的思考与关注，并期望能有警示的作用。

王：您曾指出这个时代的读者不爱读严肃性作品，那严肃性文学创作是否也需要反省自身呢？或者说，面对已经存在的困境，您觉得严肃性作品应该如何调整自身才能重新获取艺术生命力？

卢：我想不仅仅是严肃性文学，就整个文学的境况来看，通俗文学、娱乐文学、主旋律文学都需要反省自身。我在1998年出版《细节》，2004年出版《紫禁女》的时候，当时的文学感觉都是高于《伤痕》的，然而，它再也不可能产生《伤痕》那样的轰动效应了。时代变了，受众变了，文学由中心地带滑向边缘，这是经济社会的大趋势。除了专业化的研究人员，现在的读者对于文学的关注肯定已经大不如从前了。或者说，他们更愿意选择消遣化、娱乐化的快餐文学。电视剧的兴起也在一定程度上消解了人们对于小说的兴趣。对于一部分人而言，生存的压力也可能使得他们不愿意过多地承受严肃文学之重。

王：用波兹曼的话来说，这是一个"娱乐至死"的时代，文化精神的萎缩不再同于专制主义时代里的"文化监狱"，而是表现为沦为滑稽戏的"文化狂欢"。

卢：但我觉得造成严肃文学一点点萎缩的还有另外两个十分重要的原因，一是我们的审查机构不允许或者说不喜欢有自己独到思想和见解的作品出现；二是一些有志于写作严肃文学的作家，常常一边写作，一边也在潜意识中对自己的作品进行"审查"，于是越来越将文本做得尽可能"圆滑"，尽量让审查者抓不到把柄。然而这一来，虽然作品侥幸"蒙混过关"，读者读下来却也是一头雾水，最后只能靠猜猜想想来理解作品，艺术感染力肯定大打折扣。故严肃文学的坚持其实是需要牺牲精神的——它必须在两个方向上同时作战，既不能与庸俗文学同流合污，又不能向社会"集体审查潜意识"低头。

《伤魂》："共和国官场与文化生态的真实缩影"

王：《伤魂》出版后，龚合国日记遭到一些青年读者的追捧。他们将其视为模仿效法的对象，却忽略了您植入其中的对于"权谋文化"的批判，应该说远远背离了您实际的创作意图。您本人如何看待这种曲解？

卢：你说的这种情况确实存在，网上有一篇评论就直指《伤魂》一书是"中国官场厚黑宝典"，并说："这本小说提供的'经世之学'，既汲取《鬼谷子》、《孙子兵法》、《孙膑兵法》、《三十六计》之精华，也广采路边摊上《深藏不露的智慧》、《说话的艺术和技巧》、《职场攻心学》《官场计谋大全》、《如何对付老板和算计员工》一类低端厚黑学的智慧，绝对称得上'中国官场厚黑宝典'。"对此我既感觉很无奈，也感到很正常。一部作品问世后，就它的社会功效而言，其实才完成了一半。就像产品仅仅完成了生产，还没有经由流通领域而到达消费者手中并完成最终消费一样。然而，作者在作品中的心理诉求——他的思想、他的情感、他的喜好、他的爱憎，常常并不总是能与读者的理解力和欣赏力达成一致的，甚至还经常造成曲解和误读。

尤其怀着功利主义的心思的读者就更容易从作品中“抓其一点，不及其余”了。

王：在实际生活中接触过这类读者吗？

卢：我曾经认识一个自称是我“粉丝”的企业家，他说他所订阅的大型文学杂志就不下十几本，而且特别喜欢读小说。但他又直率地告诉我，他读这些小说并非是因为他喜欢文学，而是希望通过小说去了解各行各业的人的心态，特别是为了生存他们都喜欢玩些什么样的手段和把戏，以便自己能够在商业活动中“知己知彼，百战百胜”。又说：“隔行如隔山，我不可能了解每个行当里的人。小说给我提供了这样的机会。作家们更将他们宝贵的人生经验和教训毫无保留地传授给我，并且只收我一本杂志或者一本书的钱。这太划算了！”

故而，初踏社会的青年人会对“龚合国日记”中“权谋文化”的部分发生特别的兴趣，也就不足为怪了。这也从一个侧面反映了当下中国社会的现实。不知你有没有留意过，现在书店里和地摊上到处充斥着教人谋略的书，所以，这种对我作品的曲解和误读，也从另一个侧面说明和佐证了我在书中极力鞭挞和抨击的“权谋文化”和“阴谋文化”之阴魂在中国社会各行各业的泛滥，确实已经到了无以复加的地步。如果继续听之任之，而不加以清算和批判，这颗在中国文化生态中用了几千年的时间所发展和成长起来的毒瘤，即便暂时对我们的民族而言，还似乎没有性命之虞，但任其继续发展下去，而不对它大声说“不”，中国人的人心一定会快速腐烂下去，人面也一定会越来越丑陋，以至于神州大地将再不可能听到一句真话。当然，我还想补充一句的是，“权谋文化”是一种最典型的虚伪的文化，我们如今透过“文革”中大量义正词严的政治宣传，常常很容易就可以看出那些掩藏在不可告人的政治目的背后的“权谋” 的运作。然而，可悲的是，我们长久以来，也早习惯了“成为公侯败为寇”，“胜利者是不受谴责的”……

王：除了《伤魂》，其他的文学作品是否也曾面临被读者误读的境遇呢？

卢：说到误读，《伤痕》其实也有过类似的遭遇。比如，尽管发表之后，它曾获得绝大部分读者的喜爱，甚至有人夸张地说过：“全中国人读《伤痕》的眼泪可以流成一条河。”但也还是有人认为它是“春天里的一股冷风”，并有个别领导人说它是“哭哭啼啼，没出息”……当然，这和前面所说的曲解，有很大不同。

王：在《伤魂》的后记里，我明显感觉到您一再强调了书中人物及故事本身的真实性，也提供了其人其事其地的一些基本论据，甚至还坦诚相告了由于本书给您的生活带来了现实性的困扰和预料不到的麻烦。其实，更多的小说家则更倾向于以“小说家言”的方式凸显文学的虚构性质。比如，当年《阿Q正传》发表后，很多读者对号入座并由此引发口水战的历史情景至今令人感到可笑。而鲁迅在《我怎么做起小说来》一文中针对自己小说创作的虚构性给出详细解答：“所写的事迹，大抵有一点见过或听到过的缘由，但决不全用这事实，只是采取一端，加以改造，或生发开去，到足以几乎完全发表我的意思为止。人物的模特儿也一样，没有专用过一个人，往往嘴在浙江，脸在北京，衣服在山西，是一个拼凑起来的脚色。有人说，我的那一篇是骂谁，某一篇又是骂谁，那是完全胡说的。”

再如，米兰·昆德拉在《不能承受的生命之轻》中也明确写道：“作者要想让读者相信他笔下的人物确实存在，无疑是愚蠢的。这些人物并非脱胎于母体，而是源于一些让人浮想联翩的句子或者某个关键情景”。显然，他们都强调了小说的虚构性。那么，作为一个文学创作者，您如何看待自身与他们之间这种文学理念的差异呢？又如何看待艺术真实与生活真实的关系呢？

卢：《伤魂》出版前和出版后，的确曾给我带来了一些现实性的困扰，其原因大都是因为“有关方面”太过“认幻为真”。小说无疑是虚构的，我从来不否认这一点。小说以虚构的人物形象和故事情节表达作家本人对于生命的主观化体认，这个生命既包括了自身生命、他人生命、社会生命，也包括了文化生命等等。也就是说，他的观照对象涵盖了内宇宙和外宇宙的所有生命形式。生命是有感知的，而且在很多的时候都是息息相通的。高明的作家尽管描写的是虚构的人物和故事，但他贯穿其间的情感和细节却是真实的，故能激起读者情感上的共鸣。

艺术来源于生活，但它又远远高于生活。所以说，尽管文学采取的是虚构的形式，但字里行间传递的无一不是真情实感的流露。你前面说到，米兰·昆德拉说：“作者要想让读者相信他笔下的人物确实存在，无疑是愚蠢的。”说句老实话，尽管我本人很喜欢米兰·昆德拉的作品，但对这句话我却不以为然，相反，我认为，如果作者想让读者相信他笔下的人物确实不存在，是虚假的，不可信的，可能更愚蠢。——尤其在我们这样一个谎话连篇，假话、空话俯拾皆是的国度。

对于《伤魂》，我之所以一再强调它的真实性，其实，很大程度上来说，是因为我希望小说中触及到的权谋文化的泛滥能够真正引起人们的高度警惕。文化层面的无形异化是长期身在其中的人们习焉不察的。譬如一个从上到下习惯了说假话的时代，习惯了“挂羊头卖狗肉”的社会，慢慢也会只认假话为真话，只认羊头为狗肉了。这是一件很可怕的事情。

王：在很多时候，一个“假”的故事，使作家得到了“真”的宣泄，使读者得到了“真”的满足。而面对“真”的生活，我们却看到越来越多“假”的姿态。

卢：此外，人们习惯了“小说是虚构的”，作家就是“说胡话的”这样一种概念。同时，法制观念的一步步深入人心，也使得很多以写实为主体的作家害怕惹上官司，这样，他们往往会在小说或电影的开头便预先声明“本篇（本片）纯属虚构，请勿对号入座”。但我小说的主要人物和事件，都是彻头彻尾虚构的，是对现实生活场景和叙事的高度概括，所以，我并不担心会有人找我打官司，我更在意的倒是人们是否会相信我故事的真实性。所以，如果真有人来上门“讨说法”，则反证了我的作品有着很强的艺术感染力，且足以“以假乱真”了，这反倒是一件值得庆幸的事。

王：这倒有点太虚幻境“假作真时真亦假”的饶舌意味了。

卢：一部小说，它的人物和情节如果都不能让人信以为真，它还怎么去影响读者、感染读者呢？所以，为了增强作品的可信度，我反其道而行之，更加强调它的真实性，而非虚构性。而且实在地讲，《伤魂》写的是一个“粪合国”，的确也是共和国官场和社会生活的一个缩影，它的所有细节都是经得起推敲和检验的，从这个意义上，它的确是真实不虚的。而且，说实话，我的后记与一般的后记也有所不同，它说是“后记”，其实还是整个创作的一个有机组成部分。也许因为有了这层艺术的“障眼法”，负责审稿的编辑当初也曾提出为避免出版社为出版此书惹上官司，希望我能与他们另签一份合同，郑重声明“文责自负”。我很乐意地就答应了，可惜后来他们听了我的解释后没有继续坚持。

“在‘存人欲，去天理’的时代场域中，我提倡‘合天道，衡人欲’”

王：我从您之前的一篇访谈录里发现这样一个有意思的事情。您在游历福州涌泉寺的时候有感于“回头是岸”的谶语并亲自配上“放手如来”的对子。而您在进行传统文化思考的时候，似乎也流露出对于佛家文化的青睐，甚至经常在创作之余夜读佛经。能谈谈您的佛缘吗？对于佛教的亲近是在比较了儒释道三者之后的理性选择吗？

卢：有不少人问过我这个问题。其实，从内心来说，我对所有的宗教都有着一种特别的亲近感。不仅仅是中国的传统宗教，也包括欧洲的基督教等等。除了这种发自内心的兴趣之外，我也经常接触到一些宗教界人士，比如台湾的星云大师等等。这种特别的因缘不仅增进了我对宗教的理解，也逐渐影响了我看取世俗社会的眼光。至于说到对于佛教的选择，我想可能有两个因素起到比较关键性的作用吧。首先，我觉得我从骨子里继承了我母亲悲天悯人的天性。而佛教讲究的就是慈悲为怀，以慈悲之心去善待每一个生命，以怜悯之情去体恤世间一切苦难。也就是说，亲近它会使你的内心变得更加柔软，在遭遇挫折时会变得沉静洒脱，在面对荣耀时能学会放下，在看见苦难时可以提起悲悯之心。

王：您的宗教情怀与您最初喜爱哲学也有关联吧？

卢：的确。虽然说 80 年代以后，各种西方哲学思潮大量涌入国门，并且受到越来越多的追捧。但是，在接触各类哲学典籍的过程中，我逐渐发现，从叔本华到伏尔泰，从康德到黑格尔，他们的哲学都与东方哲学有着千丝万缕的联系。比如说，康德当初就特别喜欢释迦牟尼，他的口袋里也经常揣着《老子》和《庄子》。叔本华就更不用说了，他受佛教的影响更深。因此，在关注东方哲学的过程中，佛教给了我一种特别的印象。打个比方说，假如佛教是一部车的话，我觉得它是由两个轮子推动的，一个轮子是慈悲，另一个轮子则是哲学。两个轮子的协调转动共同推进了佛教的发展。

恩格斯曾说过：“佛教徒处在理性思维的最高阶段，人类到释迦牟尼时代，辩证法才成熟。”爱因斯坦则坦露过类似的看法：“如果能有一门宗教与现代科学相依相存、相互补充，那门宗教必定是佛教”。释迦牟尼在两千五百多年前也曾说过：“一滴水中有八万条虫。”当时的许多人都曾认为是妄语，却为今天的科学所证实。释迦牟尼又说过一句话：“须弥纳芥子，芥子纳须弥。”据说，爱因斯坦就是从这句话得到启发，才建立了他的“广义相对论”。当然，我对佛教的兴趣主要还是因为到目前为止，我还没有看到有一种宗教对宇宙和人生解释得这样透彻、究竟和圆融。悟透了佛法，一个人就能把握宇宙和人生的真相，而不会被一些复杂的事相所迷惑，可以知可为而为，知不可为而不为，可以获得“大自在”，可以透过繁杂纷乱的“世间相”，一眼便看到事物的本质，可以“一念三藏”，让想象的翅膀肆意驰骋……总之，通过接触佛经、佛法和佛理，我觉得我对自身和宇宙的认识都焕然一新。

王：您觉得这种自觉而强烈的宗教意识是否对您的文学创作产生了影响？

卢：我曾在一篇小文中说过：“一个人，一个民族，一个国家，可以没有宗教信仰，但不能没有宗教精神。所谓宗教精神，就是一个人，一个民族，一个国家必须对自然有所敬畏，对自身有所反省，对他人或他族常怀慈悲之心……”而作为一个作家，悲天悯人更是一个极其重要的素质。一个对他人的疾苦漠不关心的人是不配从事写作这样伟大的事业的。

王：自近代中国踏上追寻现代化的路途开始，先知先觉的知识分子即自觉肩负起时代赋予的重责大任。在济世救国，蒙豁众生的价值吁求下，社会与大众均被视为病体，而知识分子则往往担当起医生的角色。就像鲁迅所自我界定的那样——揭出病苦，以引起疗救的注意。可以说，您也一直秉承着类似的理念，甚至自称为"游方郎中"、"精神科医生"。不过更吸引我的是您的一句大胆断言，您曾说，鲁迅只看病，不开药方，而您既看病，又开药方。就当代文坛的实际生态而言，除了前些年"骂鲁"派时常贬抑鲁迅外，没有人敢于与鲁迅比肩，他往往被视为中国新文学一座不可超越的高峰。其实，您一直是非常喜爱鲁迅的，那么您是基于哪些因素针对病与药方一题作出以上判断呢？

卢：我要说明一下，我从没有说过"鲁迅只看病，不开药方，而我既看病，又开药方"这样的话。如果你从某个访谈中听到或看到，那一定是采访者在编辑和剪接时，掐头去尾而形成的断章取义。其实，《伤魂》发表后，《广州日报》记者吴波采访我时曾问我："从《伤魂》可以看出你的写作态度很严谨，跟西方19世纪和中国30年代作家们的文风很像。您坚持这种写作态度的深意是什么？"我曾这样回答他："用鲁迅先生的话来说，就是'揭出病苦，引起疗救的注意'。"我有时会觉得自己就是一个在江湖上行走的"郎中"，以"治病救人"作为己任。当然，既然是要治病，我在揭出病苦的同时，就会努力寻找病因和病根，并试着开出自己的药方。所以，如果非要我对自己，亲朋好友们，以及我们这个"大道流失、物欲横流、术数猖獗"的时代开出一服药方的话，我会劝说国人：既不能"存天理，去人欲"，更不能"存人欲，去天理"，而必须"合天道，衡人欲"。

其实，就我的理解，没有一个医生会在看了病后不开药方的。一个只看病不开药方的医生至少也是一个不负责任的医生。鲁迅先生是学医的出身，怎会不明白这个道理？所以，仔细读鲁迅的著作，你会发现鲁迅其实是在不断地针对各种不同的社会病象开出自己的一付付药方的，比如"拿来主义"、"费厄泼赖应该缓行"、"痛打落水狗"、"救救孩子"，有时甚至还下猛药"中国字干脆可以不要"……他的作品对黑暗的现实有诸多否定，而每一种否定正是一种肯定，病既已揭出，药有时也就在其中了。比如，《祝福》中，封建礼教"吃"了祥林嫂，鲁迅尽管没开药方，但读者也都"心知肚明"，那是非要"打倒孔家店"才能拯救千千万万的祥林嫂的。当然，鲁迅的许多药方其实都是要"砸烂万恶的旧世界"的，因此常常不能明说，只能用了曲笔，但这并不表示他没有开药方。

王：面对时下的中国，您依然坚信拯救时弊是作家的道义担当？

卢：今天的文学存在极端市场化、低俗化、娱乐化的倾向，深度反思对于今天的读者来说仿佛是一种无聊。但我相信，任何时代和社会内部，总存在着一种力量去帮助这个时代和社会回头的。有时候，它们体现为一种宗教的力量，有时又体现为一种哲学的力量，有时则体现为一种文学的力量，更多的时候也可能是三者兼而有之。所以，我希望我的文字，无论是宗教的、哲学的、文学的，总能在时代和社会最需要的时候，帮助找到它们的"病灶"，并试着开出我的药方。从这个意义上，我有时的确会感到自己很像一个"精神科医生"。

王：在《森林之梦》的开头，女主人公白娴以善良而美丽的姿态出现在知青返城的列车上。她一登场就仿佛一个美的化身深深吸引着我，然而随着情节的步步铺展，白娴的生命轨迹在历史与现实的撞击中交错、延伸，我们却看到了美的衰败、污秽直至陨灭。在之后的作品里，《紫禁女》中的石玉，《伤魂》中的白瓷等女性命运无一不跟"美的毁灭"相关。您如何看待自己笔下的这类女性悲剧呢？

卢：其实，当年在创作《伤痕》的时候我最初构想的是一对决裂的父子，后来考虑到女性的感情更为细腻，更易于营造感人的悲剧氛围，于是就以我当时的恋人、现在的妻子为人物原型塑造了王晓华这个形象。对于中国这样一个由传统伦理向现代文明转型的国家来说，女性的解放程度也透露出社会的解放程度。对于女性命运的考察仅仅是一个切口，她们往往是作为悲剧的载体而存在。鲁迅在《再论雷峰塔的倒掉》里曾经说过，悲剧是将人生有价值的东西毁灭给人看。

可以说，在我写的这些故事里，这些女性由美好走向衰败的生命轨迹就恰似价值毁灭的过程。当然，因为时代语境的不同，造成你说的这三个女性悲剧的具体原因又是不同的。白娴的悲剧从放弃林一鸣选择贾海才开始，其实当时的时代风气对她的择偶标准是有所影响的。世俗的价值标准，使她放弃了纯洁美好的爱情，而选择了衣冠楚楚的贾海才，最终走上自绝于世的悲惨路途。

王：相比之下，石玉的命运就更复杂一些。

卢：对。作为"东方世界"或"东方文明"象征的石玉，她对"西方男人"感兴趣的似乎始终只是他的身体的部分（船坚炮利），而排斥他的精神的部分（民主、自由、科学、理性）。因为这个原因，他们之间的结合必然是灵肉分离的。然而，受以精神为主导的"儒道佛"文化的影响（尤其杂糅了各家学说的"存天理，去人欲"的信条），东方女子和东方男人虽然还有精神上的依恋，但双方的身体的一些重要部分却因为长时间的"禁欲"而一步步萎缩和封闭……所以，才会产生那种由封闭——开放——再封闭——再开放……却始终不得其果，且无法生出一个宁馨儿的悲剧。我以为，这也是当今中国与世界关系以及内心挣扎的真实写照。

王：白瓷则更像是庸常生活中的普通一员，给人最核心的感觉就是"灰色"。

卢：她所体现的其实是当下中国社会许多底层女性所追求的一种生存方式。灰暗艰辛的生存困境令她很容易偏离正常的生活轨道，转而依附于有财富有权势的有妇之夫。经济上的长期依附，使她不自觉地放弃了精神上的独立和道德上的向善。面对这个出轨成风，小三横行的时代，一路舛途的女性解放发展到今天陷入一个怪圈。至少从表象上来看的话，女性解放，更多地被误解为"性解放"，而并非真正的人格独立和精神解放。

"践行'救世'使命的'梦中人'"

王：在最新小说《梦中人》（《长城》，2014 年第 1 期）中，您塑造了一位"清污斗士"的人物形象，但是显然就小说本身而言，梦中人的美好愿望与实际行动之间又显示出一种巨大的悖逆。他从拯人救世的善良愿望出发最终却用一把羊角锤结束了孔三小姐的性命，这在文中被称为"行为的血腥永远也无法证明动机的纯洁"。那么，您处于一种怎样的创作意图去塑造了这样一位有缺陷的"清污斗士"？

卢：的确，孟崇仁应该算是一位有缺陷但被许多读者称之为堂吉诃德式的"清污斗士"，他在社会、政府和大众心理都已默认了的"繁荣娼盛"的时代浊流面前，勇于担当，坚持不懈地实施"一个人的扫黄运动"。他的价值不在于他的"不识时务"和懵懂梦游，而在于他没有局限于自身的卑微而勇敢地对他所认为污秽的事情说"不"。跟《伤魂》一样，小说的故事背景依然植根于当下的中国社会。但是孟崇仁这个人物身上最可宝贵的地方在于他的“行动力量”。你看，面对同样一个当下社会，《伤魂》里的龚合国是想尽一切办法使自己融入身边的利益团体，也就是说消除掉身上的棱角和个性，不断迎合所处环境和社会需求。但是，“梦中人”就不一样，他是一个有棱有角的异类，可能读者读起来会觉得他很可笑很不自量力甚至非常荒唐，但是他身上那种不与世俗同流合污，甚至自己破落了还去拯救别人的这样一种想法，却是一种贵族的心态，英雄的行为，勇士的壮举。

王：《梦中人》与《狂人日记》其实也有几分相似之处，故事的核心都围绕着一个“异类”与整个外在群体的力量博弈。

卢：其实，更具体地说，《梦中人》中的“梦中人”，不独孟崇仁一人，整个和他发生冲突的社会背景上的人物其实也是货真价实的另一类“梦中人”，而从本质上而言，大千世界的林林总总，也都是“梦幻泡影”，“如露亦如电”，因此，我们每一个人也都是“梦中人”。当下社会，人人都为金钱卖命，为物质奔走，可以说在追求金钱这个最终目的上达成高度的一致和全民性和谐，然而，孟崇仁这样一个角色则更像是这个和谐社会里的一个不那么和谐的音符。他骨子里趋于传统和保守，比如说他在村里的时候一直是以恪守孔孟传统这样一种姿态跟表妹孔三小姐相处，但是这种传统和保守最终却使他一步步失去了自己的爱情。

王：说到底，孟崇仁应该算一个彻头彻尾的悲剧人物。

卢：“梦中人”的悲剧，其实在于他的有些迂腐的执着，既不肯同流合污，又不肯与时俱进，也在于一对多的力量悬殊。这个“多”并不是指哪一类人或者哪一股力量，而是除了他自身之外的全部所在。他所要挑战的也是人类所有欲望中最为顽强的两种欲望——肉欲和物欲之花。他是在梦游，但他的梦游是因为全社会都在梦游。也正因为全社会都在梦游，才让他的梦游有了意义。所以，类似孟崇仁这样的梦游者，不仅存在于社会的底层，也存在于学界、教育界、文化界，尽管这些“梦中人”在中国社会的各个领域里一时势单力孤，但他们从本质上讲是社会的脊梁，是时代的良心，是民族的希望。

王：第一次读到《梦中人》里拯救妓女的情节时，我脑海中立马就浮现出阎连科《风雅颂》中的类似故事。作为大学教授的杨科在流亡到耙耧山脉时，也曾在一条叫做天堂街的集市上以现身说教、赠与金钱等方式拯救妓女。当然两个小说选取了两个不同的表层结构来嵌套自己的拯救故事。《风雅颂》常常流露出荒谬怪诞的超现实意味，而《梦中人》则更多地传递着雕琢日常的现实之感。但是更发人深省的是两个故事深层结构的不同。在《风雅颂》中，知识分子与烟花女子仿佛天然就能衍生出浪漫和爱情，小说结尾妓女们重聚到杨科的诗经古城。他们在共同的精神家园中握手言欢，这实际上是一种双向满足。而在《梦中人》中，农民工之于失足女青年则常常暴露出捉襟见肘的窘迫之态。孟崇仁最后一锤敲死了心爱的女人，走上了玉石俱焚的生命悲途。这两则故事其实都可以划归到启蒙这一根本问题上，两个启蒙者都试图以自身的清醒来拯救沉沦迷失的女性，然而启蒙主体的差异却导致了启蒙结果的根本不同。那么，您觉得，就这两则故事而言，能否说明知识分子比农民（工）更具有成为启蒙者的道德优势呢？因为如果结合历史和现实来看的话，农民（工）更多的时候是作为启蒙对象而存在的。

卢：说到“启蒙”，这又是一个难以穷尽的话题。我记得康德在《历史理性批判文集》里曾经专门谈到过启蒙的问题，他反复强调的是，“有勇气使用你的理性”，从而“摆脱不成熟的未成年状态”。获取理性的一个最重要的渠道无疑就是知识了。毫无疑问,知识分子自然成为最具优势的知识代言者。他们接受知识,不仅仅使自己成长,还要通过播撒知识帮助他人成长。所以说,从这个意义上来看的话,知识分子的确更具有启蒙的道德优势。他在自我启蒙中也启蒙他人,就像大乘佛教中常说的“自度度人”。再加上中国文人都有一种“修身齐家治国平天下”的传统士大夫情怀,常常不自觉地就融入“民众代言者”的身份认同之中。不过,过于绝对化的价值评判是不可取的。比如说,觉得知识分子就意味着博学、高雅、智慧,而农民就意味着愚昧、低俗、无知。这不仅是简单的,也是粗暴的。因为生命首先是平等的,每一个生命都应获得同等的尊重;其次生命的高度和优质并不必然地专属于哪一个群体,而是由个体自身的行为和内心所决定的。回到康德那句话上,我们可以更清楚地认识这个问题。他说,“有勇气利用你的理性”,也就是说理性是每个人自身都已经具备的东西,只是说,先觉醒的人先意识到理性的强大力量,而后,先觉觉后觉,帮助没有觉醒的人有勇气使用自身的理性。

你把《梦中人》和《风雅颂》这两个故事进行了简单的对比,的确是个很有意思的事情。知识分子与妓女这对看上去更具优势的组合无疑又能找到历史渊源。回头想想古典文学中,知识分子与烟花女子的爱情故事随处可见。就像宋代的很多词人,比如说晏几道啊、柳永啊,他们不仅仅与青楼女子密切往来,甚至还将她们写入文学作品。他们的故事很大程度上是在“才子佳人”的模式里展开,而农民工和失足女青年看上去的确少了那些诗意和浪漫。但是,我们需要明白的是,真正的底层生活往往是远离诗意与浪漫的,生存本身的超负荷重量超越了一切。换句话说,知识分子和农民体认世界的方式有时候是存在这巨大的差异的。如果说,知识分子是凭借其贯穿古今、博取中外的人文知识在高空俯瞰着世界,思考生存的意义,那么,农民更多的时候还是在背对着高空,紧贴着大地,努力思索着如何生存……

王:《梦中人》的文化隐喻色彩还是比较明显的。文中“孔孟大道”这样的表述很自然地让人想起传统文化的价值诉求。

卢:是的。世人可以很容易地只看到作为标签存在的集合体“农民工”的外形——来自农村,皮肤黧黑,穿破旧的迷彩服和胶鞋等等,但此个体“农民工”非彼集体“农民工”,因为我在孟崇仁的身上刻意注明他是流淌着“孟子”家族的血液的后裔。而孟子,我们知道他不仅是一位士大夫,还是与孔子齐名的古圣人。他的名言“民为贵、君为轻”的民权思想曾是中国封建社会漫长历史进程里的一朵奇葩。有这样的家学渊源和基因遗传,即便“梦中人”不具备现实生活里的“知识分子”身份,我们却可以时时处处领略到他的“知识分子”的“风骨”。也可以这样说,“梦中人”的身体标识是属于“农民工”的,但他的精神或灵魂标识却是“知识分子”的,是“战士”的,是“英雄”的,是“救世主”的……他的拯救“妓女”的“清污大业”,其实只是一种象征,因为我们知道,今天的“妓女”其实也有两种,一种是出卖肉体的,一种是出卖灵魂的,他们可以是女性,也可以是男性。我就曾听到有官场人物自称他们那个政府办公大楼是“青楼”,他们在那里不仅仅“卖身”,还“卖心”……所以,从这个角度去想,我会将那些不愿意与这个沉沦和堕落的世界为伍的人们——他们可以是知识分子,可以是农民工,可以是战士,也可以是退休老干部——全都看成是身在梦中,但还清醒着,并执着地践行着自己“救世”使命的“梦中人”。

“新伤痕”时代的“启蒙”呼吁

王：作为曾经引领了“伤痕文学”思潮的当代作家，您对“新伤痕文学”成为席卷当下文坛的一股新思潮怀有期待吗？“新伤痕”在当下是如何呈现的？

卢：自从《伤魂》出版以后，就不断有媒体提出“新伤痕”和“新伤痕文学”这样的概念。著名文学评论家李建军先生与我在搜狐文化频道所作的对话里，也都谈及和论及“新伤痕”和“新伤痕文学”的话题。我个人的看法，“新伤痕”的的确确已经存在于我们这个社会的肌体里。如果将我几十年前的作品《伤痕》中的“伤痕”看作“旧伤痕”的话，我们可以给它一个定义：即此伤痕主要是指“文化大革命”那个特定的历史时期中，全社会因笃信“阶级斗争”和“无产阶级专政”理论，以至于“亲不亲，阶级分”，引至各行各业“阶级仇恨”如野火一般肆虐，最终给全民族的身心烙下难以愈合的伤痕。而“新伤痕”则主要是指全民在对物质财富、权力、肉欲的疯狂追逐中，精神和灵魂逐步迷失，不仅导致外部生存环境满目疮痍，也导致每个人身心不同程度地沉沦和堕落，以至于伤痕累累。换一个方式说，如果过去“旧伤痕”的伤多数还是政治外力强加的，是“仇恨入心要发芽”的结果的话，那么“新伤痕”的伤多数却属于一种“自残”的行为，是全社会都拿起了“贪”这把“屠刀”肆无忌惮地割自己的肉，抹自己的脖子……而我们知道，贪欲和仇恨本来就是孪生的兄弟。

王：如果说，王晓华是“旧伤痕”的悲剧人物代表，那么“新伤痕”的悲剧主人公是以何种面目登上文学舞台的呢？

卢：《伤魂》中的主人公龚合国就是这样一个典型的“新伤痕”的例子。他从崇尚阶级斗争的时代一路走来，既经历了父亲因给自己取名字而被批斗以至于丧命的伤痛，又经历了与战友因帮“党”整风而渐行渐远终至于成为“冤家”的“悔不当初”，更在新时期物欲横流的世风影响下，被激发了心中贪欲的种子，在权、财、色面前不能自持，一步步走向不归路，直至失魂落魄。他是我们社会和时代发展的一个缩影，也是一面镜子。这面镜子不仅透视出我们社会和时代的浮躁和癫狂，还显影出长在我们民族肌体上的“权谋文化”的毒瘤，“瞒和骗”、“不说真话”的思想癌细胞，以至于“先乱其神，再夺其魂”……这正是我们这个时代的一道“新伤痕”。

王：从时代思潮的角度来说，“新伤痕文学”有其得以发展壮大的现实基础和生长空间吗？

卢：既然“新伤痕”已然是一种客观存在，并且越来越清晰地呈现在世人面前，那么揭示出这种“新伤痕”的文学作品，大概就可以称之为“新伤痕文学”了吧。我孤陋寡闻，也很少读当代中国作家的作品，但我自以为从我的小说《紫禁女》开始，到我的长篇思想文化随笔《财富如水》，再到小说《伤魂》、《梦中人》，散文和随笔“沉沦”、“论回头”、“道失而求诸夷”、“恐龙谷断想”、“赌桌上的反思”等，都是在努力揭示着这种“新伤痕”，以期引起“疗救的注意”。当然，除你前面所说的作家阎连科外，山东作家张炜，军旅作家刘亚洲，还有为数众多的网络作家们其实也在做着这样的工作。张炜的《芳心似火》虽是探讨齐国灭亡的原因的，现实的指向却很明确，有论者认为和《财富如水》有异曲同工之妙。青年作家韩寒的一些文章也充满着揭示时代“新伤痕”的意味。但我认为，总体而言，“新伤痕文学”应该还是起于“草莽之中”，属于初创时期，萌芽之中。作为一个文学工作者，作为一个身体里流着中华民族血液的知识分子，我当然期待“新伤痕文学”能够冲破各种阻力，茁壮成长。古语曰：“良药苦口利于病，忠言难听利于行”，我深信，真正忧国忧民的文字，真正对时代和社会，对人类负责的文学，即便一时坎坎坷坷，一定也会是“野火烧不尽，春风吹又生”。

王：当年的“伤痕文学”在文学史留下匆匆一笔便被随后的“反思文学”、“改革文学”取而代之了，目前看来“新伤痕文学”最终的发展情形其实还是前途未卜。对于“新/旧伤痕文学”，您是如何看待的呢？

卢：也曾经有记者问我，为什么我说“伤痕文学是短命的”？我曾经这样对他解释：“伤痕文学”短命只是一种客观的描述，但它之所以短命并不是因为作家们不愿去回顾和舔舐那个时代的伤痛，或者对那个时代越来越“兴趣缺失”，而是因为历史还没有提供一个大的宽松而自由的思想氛围和政治环境，去鼓励和支持作家们努力探索和反省：在中华民族历史上何以曾经发生了“文革”那样一场巨大的灾难和浩劫，并在一个更广阔的时空背景下，不仅从政治，更要从思想、文化、历史、传统、民族性、东西方文化的相互影响和渗透等等方面，去探索造成那个历史时期的巨大伤痕的各种深刻的内在原因和要素。所以，简单地说，“伤痕文学”所以会短命主要不是作家们不再写，而是历史越来越丧失了提供这种文学在本土生长的土壤和条件，所以，“伤痕文学”更多地反倒是移植到了海外。比如虹影的《饥饿的女儿》等等。另外，“伤痕文学”要进一步发展，也需要从简单地揭示和控诉，走向更深层次的剖析和挖掘，这就必须经过一段自身的反省、沉淀和蛰伏的时期。所以，从这个意义上来说，“伤痕文学”又不可能是短命的。它的“花一样年华”的“短命”，只是面对现实的一种无奈，同时又不能不作出暂时性妥协所营造出的一种假象。

今天，中国社会“旧伤痕”上又添“新伤痕”，故“伤痕文学”一定还会以自己的崭新的面目重回中国文学艺术的圣殿，它可以叫“新伤痕文学”，也可以叫其他什么文学，但区别于旧有的“伤痕文学”，它注视的目光，应该从现实投向更深远的历史的空间，它的手虽然依旧抚摸着社会和个人外在和内在的伤痕，但它的思想的触角却已然越过浮光掠影的现实而直达一切现象的本质，并能从纷繁复杂的因缘世界中，梳理出那些最重要的并起着支配作用的部分。一句话，它不仅要揭示出病苦，还要找出病根，并尽可能给出它经过深思熟虑而得出的疗救的“药方”。

王：您在长篇思想随笔《财富如水》中谈到人类的“第三次解放”，也有评论者认为这本书是“启蒙者归来”，“是警世大言，给一个时代提供了一种道德方向，伦理精神，带有启示性”，“它的作用会远远超出审美的领域，而会对我们的社会，我们的世界产生广泛的政治、经济和文化的影响”。作为一个启蒙者，您对五四新文化运动以来的中国思想界和文化界的现状都有些什么样的看法和见解？

卢：五四新文化运动是那个时代的中国知识分子在国家和民族面临深重的危机时，为了救亡图存而作的一种努力。他们在对旧文化进行梳理后，得出共识，认为保守、僵化，以维护旧体制为己任的儒家文化正是桎梏和障碍中华民族进步和发展的大敌，故鲜明地提出了“打倒孔家店”的口号。我们无法评判我们的先人或先驱们当时提出这样的口号，在今天来看是否有所偏颇，但这在当时确实是有积极的进步的意义的。五四新文化运动过去已经将近一百年了，那么，在“打倒孔家店”，“文化大革命”中又进一步“批林批孔”后，中国思想文化界的现状又是怎样的呢？我在凤凰网所作的一次视频访谈中曾经这样总结和概括，那就是："大道流失，术数猖獗，权谋盛行，物欲横流。"何谓大道？儒家、道家谓之天道，佛家谓之佛道。中国人，中国传统文化中最讲究的就是要"顺天应道"，然而，如今的现状却是，我们在泼掉了儒家、道家、佛家思想文化的糟粕时，却也将他们契合"大道"的婴儿一起泼掉了，倒掉了。

王：在文化激进主义盛行的年代，所谓革命总是以"过犹不及"的姿态走上"破旧立新"甚至"只破不立"的狂热极端。

卢：尤其"文化大革命"中，以打倒"封资修"的名义，差不多将中国传统文化的主流"儒道佛"三家灭了个干干净净，而代之以法家、兵家、纵横家的"权谋文化"和"术数文化"的滥觞。这些年来，攻心计、厚黑学、谍战、权谋、阴谋的运用，已经成为我们日常生活的一种常态。官场用、商场用、情场用、职场用、大人用、小孩用、老师用、学生用……而且乐此不疲，真可以说是贻害无穷。因此，如果说当年的"孔家店"所贩卖的"封建礼教"是渗透在我们民族血管里的三甘油酯和胆固醇，极可能导致"心肌梗死"，当在"打倒"之列的话，那么，"权谋文化"更已经是长在中国社会肌体上一颗不断裂变着的散发着腐臭气息的毒瘤，更应该在清除和"打倒"之列。鲁迅曾经说过："中国人向来喜欢瞒和骗，因此也生出瞒和骗的文艺，由这文艺更令中国人陷入瞒和骗的大泽，以至于不能自拔。"

王：鲁迅先生的话今天仍有启示意义，"瞒和骗"几乎沦为当代国民心理的一种集体无意识，侵害着个体心灵与文化肌体。

卢：不仅如此。现在看来，中国人的喜欢瞒和骗也还是"权谋文化"和"阴谋文化"千百年来一点点熏陶和培育出来的结果。你想想，"瞒天过海"、"声东击西"、"暗度陈仓"、"李代桃僵"、"美人计"、"苦肉计"……哪一样不是教人"瞒和骗"的？因为瞒和骗，我们的生活中才充满了假话、空话和大话，才充满了尔虞我诈、坑蒙拐骗，才习惯了"挂着羊头卖狗肉"，才会全民昧于现实，要么跟着报纸和文件后面一起唱高调，要么一齐沉沦和堕落……所以，当今如果谈启蒙，我认为"拒绝瞒和骗"应该是当务之急，不清理这种文化，中国人的人心就会是污浊的、自私的、阴暗的、目光短浅的，个人、企业、党派、民族和国家，也会"聪明反被聪明误"，最终为人类一切健康的力量所不齿，为一切进步的势力所不容，为一切文明的世界所抛弃……

"只要有人管，文艺没希望"

王：2013 年 12 月 29 日，著名文学评论家夏志清在纽约去世。他的代表著作《中国现代小说史》曾经引发了大陆文坛"重写文学史"的浪潮。在这本书里，他摒弃了以往的意识形态评判尺度，从文学审美的角度出发肯定了一度为文学史所遮蔽的张爱玲、钱钟书、沈从文等作家，而对一贯受到主流极力肯定的鲁迅等经典作家则做出了相对偏低的评价。作为在美国执教、生活的中国文学研究者，夏志清曾于 2007 年很犀利地指出"中国文学只有中国人自己读"的尴尬处境。作为一个走出国门的当代作家，您对中国文学尤其是中国当代文学在世界文学评价机制中所应占据的位置和遭遇的处境有何看法？

卢：应该说，建国以后一直到"文革"，文学始终是在政治话语的压抑之内苟延残喘。也就是说人们过分强调了文学的政治功用，而一定程度上忽略了文学的审美特性。从新时期开始中国当代文学才逐渐走上了摆脱阶级性、回归人性化的发展道路。80 年代思想解放以来,中西文化的碰撞既为当代文学提供了机遇也带来了挑战。汉学家们在评价当代文学的时候遵循的是他们自己的评判尺度和价值标准,而这种评判尺度和价值标准也常常是因人而异、因时而异、因地而异的。

夏志清喜欢张爱玲、钱钟书、沈从文,也是人以群分、物以类聚的必然。一个时代的神成为另一个时代的人,一个时代的鬼成为另一个时代的英雄,一个时代用以果腹的野菜和粗粮成为另一个时代餐桌上的至爱……这在历史上是屡见不鲜的,又怎能期望作家和其作品可以普受一切人和一切时代的喜爱呢?所以,夏志清先生可以因为自己个人的艺术观而不喜欢鲁迅,甚至贬低鲁迅,但我相信鲁迅作为中国现代文学史上的一座丰碑,仍会屹立在那里。因为鲁迅作品不独有着极强的艺术感染力,更有着极深刻的思想穿透力,以及无时无处不放射着的悲天悯人的人性的光芒。而这正是许多尽管看起来也很优秀的作家所欠缺的。

王:无独有偶,德国汉学家顾彬也曾毫不客气地断言“中国当代文学都是垃圾”,引起国内文学界一片哗然,各类声讨文章铺天而来。当然,对于我们而言,愤激之余如何反检自身从而完善自身其实更为重要。

卢:顾彬的“垃圾”说肯定有失公允,当是偏激之词。但如果顾彬先生是以文学作品的思想性而论及中国当代文学作品的话,这种判断就很值得中国文坛和中国作家深思。反躬自问:我们曾经有哪一部作品真正自由地表达了我们由衷的见解和看法?又有哪一部作品在自由地表达了自己的思想后,没有为了发表而不断地向审查机制妥协、退让,最后因为必须削足适履而弄得面目全非?又有哪一个人在写作前、写作时会完全不考虑你所表达的思想和情绪,你所描绘的生活会否触犯到意识形态禁忌?又有多少编辑甚或主编会为了一篇或一本有可能是属于“资产阶级自由化”的作品不惜丢官、去职、坐牢而加以发表和出版?中国文化人曾经很推崇的“魏晋风骨”,在现实政治的打压,继而物质的利诱和腐蚀后,是否已早化作一缕缕“沉香”?

王:您这一连串的反问的确引人深思,自当代文学体制逐步确立开始,历史上并不乏惨痛的教训,当代作家更多时候是在“带着镣铐跳舞”。

卢:所以,面对世界文学,中国当代文学若想获得长足的发展,最根本的,作家必须本着他们的良心自由创作,而将评判的权利直接交给社会受众。一切美其名曰帮助作家,为作家提供服务,促进文学创作繁荣,而实质是豢养、管辖、压制、腐蚀作家的一切行政机构都应该在撤销之列。从中国的历史来说,春秋战国时期应该算是一个最令人值得骄傲的时期,那个时期没有作协,没有音协,没有美协,没有文联,只有百花齐放、百家争鸣的氛围,却产生出了老子、孔子、庄子、墨子、荀子、韩非子等中国传统思想文化的奠基人。

王:国外也有很多写作组织,但其往往是独立于行政机构之外的写作团体。

卢:是的。放眼国外,英国的莎士比亚、狄更斯,法国的巴尔扎克、雨果,俄罗斯的托尔斯泰、陀思妥耶夫斯基都不是作协培养、豢养和调教出来的。对“自由思想”和“自由创作”的压制,从本质上来讲,也是对一个民族精神的压制和摧残,久而久之,一定会造成这个民族精神的“阳痿”——就像我在《紫禁女》一书中对常道的描述那样,而精神的“阳痿”势必又导致物欲和肉欲的沉迷和滥觞,一如石玉“开放”后,下体因空洞而“泥沙俱下”……

王:如果说 80 年的文学更多地让人联想起理想主义与人文激情,那么对于 90 年代以来的文学，人们谈论最多的便是“商业”、“娱乐”、“欲望”等消费化倾向。对此，您作何感想呢？

卢：回眸90年代以来的中国文坛，越来越多的写作走向娱乐化、商业化、低俗化，其实也是一种必然的趋势。就像一支竹笋，既然有大石压着，便只能在石缝里求生存，弯弯曲曲地生长。就像一块田地，你既然不让种庄稼，也不能闲着，那就长罂粟或野草吧……著名电影演员赵丹曾经想将《伤痕》拍成电影，摄制组都已经成立了，可因为权力的干预，只能恨恨作罢。他临终前曾语重心长地说：“管得太具体，文艺没希望。”结果被人诬为“临死还放了个屁！”其实，作为他当年的“小朋友”，我觉得他的话其实还没有讲到位，真相应该是：“只要有人管，文艺没希望！”

王：就目前您全部的创作而言，您个人最满意的小说是哪一部？

卢：这个真的很难说，每一部都像是自己的孩子，各有各的特长和优势，各有各的遗憾和不足，要说满意都满意，要说不满意都不满意，很难说有一部最满意。但若真要说哪一部最满意，大概还是下一部吧。

王：是否方便谈谈您目前从事的创作活动及今后的写作计划呢？

卢：如我在一些访谈中所述，我给自己的定位是一个游走江湖的“郎中”，一个给社会和时代看病的“精神科医生”，一个不穿袈裟，但四处化缘的“游方和尚”……笔是我和当下这个世界沟通和交流的工具。我不会有什么特别的计划，想说的时候就说，想写的时候就写，想做小说时就做小说，想写随笔时就写随笔，想吟诗时就吟诗，想闭关时就闭关，想浮出水面呼几口气时就浮出水面呼几口气……为了不至于误人子弟，我在写作的同时，也时时对自己耳提面命，要从自身做起，读好三本大书：书本知识、自然与社会、自己的心灵。我相信只有融会贯通读好这三本大书，大千世界，风云变幻，斗转星移，外在的宇宙和内在的宇宙的种种变化就会了然于胸，就会知万法如一，一如万法，就能看得破，放得下，拿得起，就能“自由而严肃地思想，独立而自在地生活”……

［附］作家小传

卢新华，男，1954年1月出生于江苏如皋。1973年1月应征入伍，曾任山东曲阜某部侦察班长。1977年3月退役后被分配到江苏南通柴油机厂当油漆工人。同年参加刚恢复的全国高考，后为复旦大学中文系文学评论专业所录取。1978年8月，作为大一新生的卢新华因在上海《文汇报》发表短篇小说《伤痕》而一举成名。《伤痕》之后，陆续出版、发表了中篇小说《魔》，长篇小说《森林之梦》，短篇小说《上帝原谅他》、《晚霞》、《爱之纠》、《落榜的孩子》、《表叔》、《典型》等。1982年大学毕业后曾任职于上海《文汇报》，后辞职经商，被媒体称为“文人下海第一人”。1986年9月出国留学，就读于美国加州大学洛杉矶分校东亚语言文化系，获文学硕士学位。留美期间曾蹬过三轮车，卖过废电缆，做过金融期货，当过赌场发牌员。1998年6月，随着中篇小说《细节》在《钟山》的发表，卢新华的身影开始回归大陆文坛。此后出版、发表的主要作品有：长篇小说《紫禁女》(2004)、《伤魂》(2013)，长篇思想随笔《财富如水》(2010)，散文《沉沦》(2005)、《道失而求诸夷》(2010)、《论回头》(2012)，中篇小说《梦中人》(2014)等。

从“伤痕”到“伤魂”

——卢新华论（1978—2013）

王冬梅*

（江苏第二师范学院，江苏 南京，210013）

内容摘要：历经多年沉潜，卢新华完成了由“文革”批判走向文化批判的母题嬗变。就《伤痕》至今的创作而言，创伤叙事与悲剧意蕴成为卢新华观照内外宇宙的结构驱力。创伤叙事的视点在一次次位移中从一维走向多维，由表象触及根本，而悲剧意味的蕴藉则在一次次积淀中从平面走向立体，由粗浅探涉精深。

关键词：卢新华；“文革”批判；文化批判；创伤叙事；悲剧意蕴

引言：跨越与延展

新时期伊始，文学以裸呈“文革”伤痕的面目开始了重建话语体系的漫漫路途。在对历史劫难进行文学追认的过程中，“伤痕文学”的出场令时下饱尝苦难的国人亲历了悲剧情怀的复涌，目睹了批判现实主义的再现，也见证了人道主义传统的重建。然而，在历史的河床上，“伤痕文学”仅仅留下一个行之匆匆的脚印，便被继之而起的“反思”、“改革”等文学思潮的泥沙所掩埋。它的“昙花一现”既导源于因“文革”话语体系与思维惯性的不自觉延伸而造成的审美性流失，也难以摆脱来自官方的意识形态规约。不容忽视的是，“伤痕文学”的退场并未轻松抹除作家个体的“伤痕”情怀。1979 年春，卢新华凭借《伤痕》获得第一届全国优秀短篇小说奖，与同时获奖的刘心武、王亚平等人被共同指认为“伤痕文学”的领军人物。随着下海、出国等个人经历的不断变迁，他的名字没有继续活跃在此后的大陆文坛上。卢新华的身影淡出了舞台中心，然而他的文字和思想却始终在其个体生命中潺潺流淌。他毅然摒弃了“一本书主义”①，在一次次“归零”②之后继续耕犁着自己的文学园地，在跨越与延展中仰望着自己的文学理想。

---

* 作者简介：王冬梅，江苏第二师范学院讲师，南京大学中国新文学研究中心 2012 级博士研究生。本文系江苏省社科基金重点项目“中国现当代文学学术史研究”(13ZWA001)中期成果。

① 卢新华：《读好“三本大书”》，《湖南工人报》2010 年 12 月 7 日。

② 徐鹏远：《卢新华对话凤凰网〈年代访〉文字实录》，《凤凰网文化》2013 年 9 月 13 日。

一、跨越:从“文革”批判走向文化批判

就卢新华自《伤痕》至今的文学创作而言,以《森林之梦》(1986)为分水岭可大致勾画出两大板块——从《伤痕》(1978)到《森林之梦》(1986)为第一个板块,从《细节》(1998)到《伤魂》(2013)则可视为第二个板块。第一个板块以“文革”批判为主调,第二个板块则以文化批判为旨归。这里需要就时间划分做出适当说明。从时间上来看,《森林之梦》之后,《细节》之前为卢新华的创作空白期。这是否意味着两者之中的任何一个都可以作为分水岭?本文为何偏偏选中前者呢?对于这个问题,笔者想在此给出自己的看法。1986 年《森林之梦》出版后,卢新华即远涉重洋抵达美国。尽管他一度搁笔十余年,但是这个看似没有产出的“创作空白期”其实是他人生经验与文化追索的沉淀期与充沛期。蹬三轮、搞投资、办公司、发牌员等人生经历的不断更新,以及中西文化碰撞下对于国人命运的深层观照等新的生活经验及思想资源的获取,无疑为《细节》之后的创作铺展下宽阔的文学通道。从这一意义上讲,1986—1998 这段异国生活成为《细节》之后文学创作的隐性资源,故笔者将它们与第二个板块视为整体。可以说,正是依托以上两大文学板块,卢新华完成了文学主题的成功嬗变。

1. 从《伤痕》到《森林之梦》——“文革”批判的进步性与局限性

卢新华这时期的创作基本都可以划归到“文革”题材的统摄之内。从故事时间所涵盖的叙事范围来看,每一篇小说几乎都横跨了新旧接替的时刻,即“文革”刚刚结束而新时期伊始。如《伤痕》[①]开篇即点明:“这已经是一九七八年的春天了”[②];《上帝原谅他》(1978)同样开篇点题:“这是春天,粉碎‘四人帮’以后的第二个春天”[③];《晚霞》(1978 年)中谈到:“粉碎‘四人帮’不到一年”[④];中篇小说《魔》(1979)在文中写道:“这是一九七六年春天的一个傍晚”[⑤];《爱之咎》(1980)既直视了“文革”初期红卫兵运动中郝明海参与的对恩人高校长的侮辱与批斗,又真实描写了郝明海 1973 年以后对于高校长及张玫的忏悔之心;《落榜的孩子》(1980)中以小英的母亲上京为“文革”中含冤死去的丈夫向华主席申冤一事暗示出文本时间;《表叔》(1980)开篇即道,“这十多年光阴里,我们家一直是‘黑’的颜色。……但这些日子不同了,父母得以平反、复职”,而在小说结尾肖继生给公安局写的举报信中则明确标出了“79 年 X 月 X 日”[⑥]这样的字眼;《典型》(1980)的故事自 1974 年开始;《森林之梦》(1986)的故事则依托“知青返城”的时代大潮,从白娴由北大荒军垦农场返回上海的列车上顺次展开。知青返城作为“文革”历史中红卫兵造反运动——知青上山下乡这一线性链条中紧随其后的逻辑环节,可被视为新时期语境之下对于“文革”批判的某种历史性延续。

另一个不应忽略的细节是,创作时间与故事时间过于接近,就有可能导致如下结果:其

---

① 卢新华:《伤痕》,《文汇报》1978 年 8 月 11 日。

② 卢新华曾多次提到《伤痕》发表及修改问题即所谓“十六条”,其中最重要的两个即是开头和结尾。开头的修改即是明确指出了文本时间为 1978 年。可参见卢新华口述,汪建强采访整理:《卢新华:直面“伤痕”的心灵直白》,《上海党史与党建》2008 年 3 月号。

③ 卢新华:《上帝原谅他》,《上海文艺》1978 年第 11 期。

④ 卢新华:《晚霞》,《福建文艺》1978 年第 11 期。

⑤ 卢新华:《魔》,百花文艺出版社 1979 年版,第 62 页。

⑥ 卢新华:《表叔》,《人民文学》1980 年第 4 期。

一，对于当下生活的关注，可能比较容易引起同时代人的共鸣。尤其对于新时期之初那样一个特殊的历史阶段。人们刚刚摆脱“文革”的阴霾，并具有相似的人生经历。而像《伤痕》这样的作品无疑溢出了艺术的领地，它更因其强烈的现实感被作为一种社会写真受到同代人的喜爱与追捧。故而，当《伤痕》未登上《文汇报》而仅仅在复旦校园里传播时，即引发围观读者们的阅读热潮和感情奔涌。“这墙报便一直攒动着翘首阅读的人头，先是中文系的学生，继而扩展为新闻系、外文系以至全校，而众人面对着一篇墙报稿伤心流泪的场景，也成了复旦校园里的一大奇观。”这是小说发表之初引发的巨大的情感效应，以至于有人夸张地说：“当年读《伤痕》，全国人民所流的泪可以成为一条河。”[①]其二，创作时间与故事时间的过于接近，可能会造成身在庐山的某种局限。这主要是由“文革”—新时期这样一个特殊的时期所决定。“文革”的发动与结束都是官方意识形态操纵的结果。身处新时期的作家们很容易沉浸在“文革”结束的喜悦中，同时在其历史罪责方面陷入与官方的统一口径里，落入控诉“四人帮”的历史窠臼内，这其实掩盖了对于“文革”发生原因的真正探讨。

以上作品除了少数以“顺序”方式讲述故事外，更多的是遵循新时期—“文革”—新时期这样一条回溯式叙述顺利展开。这种叙事结构的运用使得文本在内在理路上基本呈现出如下面貌：一方面，“文革”作为甫经平息的浩劫给人民、国家的物质、精神生活均造成极大的损害和难言的创痛，另一方面在这种今昔对比中显示出新时期生活的优越性。昔不如今的叙事基调无形之中加深了今胜于昔的合法性地位，却又不自觉地遮蔽了新时期之初时代生活的局限性，从而相对延缓了真正意义上的思想解放。

在新时期之初，作家以文学的方式揭露了“文化大革命”中，极“左”政治思潮对于个人命运的戕害以及对于个体心灵的荼毒，这当然是有其历史价值的。相对于“文革”十年遵奉“棍棒哲学”的阴谋文艺而言，它无异于当时掠过文坛的一缕清风，一扫暴戾乖张、谄媚政治的“文革”文风。纵观这一时期，“文革”题材的小说大多遵循《伤痕》式的叙事构架，揭露了王晓华式悲剧人物的心灵创伤，并内嵌了对于主人公的深切同情。相较于《伤痕》中王晓华在母亲平反后，在组织认可下踏上返乡之路而言，《爱之纠》中的郝明海对于自身思想状况的检视相对具备了一定的自觉意识。小说完整呈现了他与高氏父女划清界限前后的不同境况。红卫兵运动的兴起割裂了三人互敬互爱的美好生活。在如火如荼的校园斗争中，“我渴望战斗，渴望加入红卫兵”。当高校长被判为“走资本主义道路的当权派”后，“我”毅然决然地抛却了道德层面的抚育恩情，加入侮辱、批斗高校长的行列之中。在远走他乡之后，“我”的思想状况发生了变化。“我开始厌倦那种狂热的人为的斗争生活了，我现在时常期望再能重新得到高校长那样的爱。”[②]这种觉醒促使他踏上忏悔之路，并与高校长之女重新建构起曾经充满温情的姐弟关系。

值得注意的是，中篇小说《魔》其实在一定程度上超越了《伤痕》式的“文革”反思。队长马俊奇堪称党的政策、方针、路线的忠实信奉者和积极推行者。他的“真诚”不仅仅体现在以克己奉公的标准要求自己、家人、社员，甚至在对待领导上也以党一贯宣传的标准等同视之。比如妻子想要买块布做衣服就受到他这样的训斥：“咱们是贫下中农，就要永远保持艰苦朴

---

① 卢新华：《〈伤痕〉得以问世的几个特别的因缘》，《天涯》2008年第3期。

② 卢新华：《爱之纠》，《延河》1980年第2期。

素的本色嘛！都想吃好穿好，就要变修，就要亡党亡国的，你怎么不想到这一点？”[①]阶级斗争的思想几乎内化成他处理一切村务的核心标准。尽管上级政策瞬息万变，甚至不无朝令夕改、首尾乖互之处，但俊奇都能克服瞬间的疑虑，“紧跟党中央”，捍卫党的事业。然而，历史的吊诡之处在于，当马俊奇以阶级斗争的准绳处理集体粮仓被盗事件，误打了马老五之后，上级领导班子以“阶级斗争的一种反映”为名开除了马俊奇的职务和党籍。一向“对党的事业无比忠诚”的俊奇最终被钉在“反革命”的耻辱柱上：“多年来，马俊奇一贯积极推行林彪、‘四人帮’的反革命修正主义路线。”[②]宣判的后果是俊奇在“批斗会”到来之前喝农药自杀。这个故事已经超出了《伤痕》式的“文革”反思，它的审视对象从“四人帮”延展到党的统治集团以及操纵这一切的那只“看不见的手”。小说无形之中引领我们思考这样一个问题：有多少马俊奇式的人物是由于决策机构的草率与任意，被一概归入“四人帮”的麾下而酿成了冤案或惨剧？一个人以阶级斗争的标准彻底改造自己的主观世界已是一种悲哀，以此标准完成了自我改造的人却最终因“阶级斗争”之罪被清除出他忠诚信奉的事业，甚至在信仰坍塌的同时又被掠走生命，这岂不是更大的悲哀吗？他所信仰的却送他入地狱，这是个体存在感匍匐在政权机器铁轮之下的彻底沦陷，更是整个当代中国历史中一次次血洗的创痛。

就文学主题而言，作家在批判“文革”之外，更是大胆触及了“文革”以来设置的文学禁区，比如对于爱情题材的开掘。严格说来，自延安时期以来，爱情题材即受到诸多限制。在革命宏大叙事横行的漫长时期里，“儿女情”往往被视为小资产阶级情调，受到压抑和挞伐。到了“文革”时期，爱情更是沦为十足的雷区。《典型》(1980)中的梁素雯突破了所谓“典型”应该恪守的舍己为公、杜绝私欲的社会准则，在渴望爱情的苦恼中大胆寻找“爱情的位置”。而在《森林之梦》(1986)里，白娴与李娜娜就《青春之歌》而展开，以《少女的心》作收尾的一番爱情谈论[③]其实包含了两种叙事伦理的暗中交锋。小说借助李娜娜之口，瓦解了背依宏大革命叙事存在的《青春之歌》式的爱情逻辑，大胆疾呼以个体生命体验为核心的《少女的心》式的情爱伦理。不容否认的是，《少女的心》描写性体验的核心诉求在当时的时代语境中不无矫枉过正之嫌，然而它毕竟真实显示出时下中国社会在长久的生命压抑之后的瞬间喷发。

然而，对于新时期之初各类“文革”批判的作品要放在两个坐标系中衡量其历史价值。以“文革”文学为参照，可显示出其难能可贵性和相对进步性。而以整个当代文学为参照，它作为对“十七年”文学传统的复归，还没能为新时期文学寻求到新的生长点，因而难掩其历史局限性。一言以蔽之，对于新时期之初包括文艺刊物在内的所有文学生产及文学创作而言，“站在新时期的历史节点上，如何融于当前成为它们的核心诉求，同时它们在回望历史时又直接越过‘文革’，而希冀从十七年文学传统中寻求话语支持。”[④]具体来看，对于“文革”的批判正是新时期之初的时代共鸣，它不自觉地暗合了新时期拨乱反正的政治诉求。这种有破有立的“文革”批判在脱离一个旧陷阱的同时，又陷入一个新泥淖。具体落实到小说叙事层面即表现为——“文革”批判小说的起点均为对于“四人帮”反革命罪行的控诉，而落脚点却

① 卢新华：《魔》，百花文艺出版社1979年版，第52页。

② 卢新华：《魔》，百花文艺出版社1979年版，第92页。

③ 卢新华：《森林之梦》，浙江文艺出版社1986年版，第43—45页。

④ 王冬梅：《“文革”后期文艺刊物的历史考察》，《扬子江评论》2013年第4期。

收束到对于新时期政治生活的新期待以及新的国家领导团体的大歌颂。这几乎堪称一种“类意识”①,清晰地落在新时期之初的文学面孔上。

“批四害”与“创四化”的时代话语在小说中成为携手而来的一对组合命题。小说人物依旧在集体主义价值观及爱国主义的民族情感中寻求人生意义,这在某种程度上可能会造成人物主体性的部分丧失。“文革”时期“出身论”、“唯成分论”的盛行其实表明了阶级论的全盘胜利。“决裂”成为出身不纯、成分不正的年轻一代惯用的反叛宣言。阶级性的铁蹄对于亲伦关系的强行介入损毁了天然的血缘关系,扭曲了人类的基本情感。在新时期之初,对于“决裂”现象的反思无疑成为一个崭新的文学命题。如果说,《伤痕》是在“母女决裂”的叙事范畴内以母亲的死悬空了王晓华无处释放的悔恨,那么《上帝原谅他》则在“父子决裂”的故事框架内设置了父子重逢后的现实冲突与情感斗争。“文革”结束后,当年与父亲陈苑决裂的陈卫国返回家乡,却得不到父亲的原谅。尽管父亲的冷漠与儿子的悔恨构成新的冲突,然而两人在价值认同上却达成惊人的一致。复职后的陈苑常常勉励自己“再不抓紧时间多做点工作,能对得起华主席吗?”而忏悔未果的陈卫国却背负着这样的自责:“全国人民都在跟着华主席‘抓纲治国’,大干快上,我却从农场跑到这儿来干什么?这是干什么呀!”父子重逢的结果是不欢而散,父亲依旧不认儿子,儿子只身返回农场。故事的高潮在结尾处呈现出来。陈卫国在扑灭山林火灾的战斗中不幸负了重伤,“烧伤面积达百分之五十六”。在昏迷苏醒后,他接到父亲的电报:“孩子,爸爸原谅你。”这无疑表明亲伦关系的重建与修复依旧需要仰仗集体价值观念的肯定以及集体荣誉感的获取。

更令人沉思的部分是陈卫国得到原谅之后的情感反应。小说中写道:“他捧着电报,望着墙上的毛主席和华主席像,终于哭了,泪珠静静地洒落在那张小小的纸头上。”②在这里,个人情感的释放明显处于极其不自信的劣势地位,电报—主席像—哭这三者之间其实勾连出亲伦关系—国家话语—个人情感这样一条隐性线索。亲伦关系与个人情感依然未能恢复最自然、最直接的关系状态,它们的沟通与对话依旧不能摆脱国家话语这一中间桥梁。而国家话语不过是政治意识形态试图对国家公民进行规约与塑形的一种以压抑个体存在为特征的规训手段。由此,亲伦关系与阶级关系在新一轮的较量中依旧黯然败北。新的时代话语对于生命个体构成新的压抑和规约。再如《晚霞》中的“我”在“四害除了”这一历史情境下,“仿佛看到了一个更加晴朗灿烂的新中国的明天”,结尾处的那个梦成为那个时代的一个文化隐喻,折射出那一时期人们的思想状况——“梦见叶副主席裹了一身夕阳的余晖和华主席、邓副主席同站在泰山顶上,大声朗读他刚劲、豪迈的诗句:‘老夫喜作黄昏颂,满目青山夕照明’。”③领袖崇拜的情结在新的崇拜对象上得以继续延伸,被崇拜者的近于神化使其失却普通人性,而崇拜者的下跪姿态则使其阉割了个体独立性,这两者无疑都是对于健康人性的悬置与放逐。

---

① 有关“类意识”的系统论述,请参见朱首献:《论文学史的“个体意识”与“类意识”——百年中国文学史学科发展论析》,胡星亮主编《中国现代文学论丛》(第七卷第二期),南京大学出版社2012年版,第41—51页。

② 卢新华:《上帝原谅他》,《上海文艺》1978年第11期。

③ 卢新华:《晚霞》,《福建文艺》1978年第11期。

2. 从《细节》到《伤魂》——文化批判的两种路径

作为“放洋美国十二年之后的第一部作品”[①]，《细节》(1998)的发表宣告了卢新华已经挥手告别前期的“文革”批判，在异国情调中寻求着新的文学转型。小说花费了大量笔墨描写了两个男人漂泊异国的生活、工作及情感。从《紫禁女》(2004)开始，卢新华即正式迈开文化批判的脚步。以《紫禁女》(2004)与《伤魂》(2013)为文本载体，作家选取了两条文化批判的路径，一为捕捉闭合与开放之间的文化痛感，一为叩问权谋文化浸淫下的人性异化。

尽管不少人选择以“一个女人和三个男人的情感纠葛”这样通俗的噱头介绍《紫禁女》，尽管小说中对于女性隐私部位的大尺度展现催化了窥私欲的释放，尽管异国恋情中的肉欲纠葛部分满足了猎奇者的刺探期待，然而这一切仅仅只是沉迷于表象，假若我们仅仅将《紫禁女》演绎成一个通俗情爱故事，那么无疑难以接近它躯壳之下的灵魂。有研究者曾就文中高密度的性描写可能落入流俗这一问题提出自己的看法，他指出，由于文本深层的“悲愤之气”，淡化了“猥亵之感”，“因为在这部小说里，性器官描写带给人物的始终是耻辱和痛苦，没有欢悦，没有快感，性爱在这里受到了压抑，生命力明显遭受了摧残”。[②]

文首和文尾两次强调“一个东方女子关于自己身体的告白”。东方在这里不仅是一种身份的表征，更带有强烈的文化隐喻色彩。作为一个有生理缺陷的女人，石玉本身其实也凝聚成为一个符号。她是一群无赖对一个傻女轮流凌辱的产物。在这里，生命的起源既是含混的，同时又充满悖论。首先它不能称为血统纯正，更像民间惯称的杂种，多父的窘境使其陷入无父的尴尬，而疯癫的母体只能为其提供一个非正常的生命温床。其次，那群无赖既是罪恶的化身，又是新生命的源头。石玉的生命正是从蛮力介入后的母体中孕育而出，而她的生理缺陷恰带着天然的性质，仿佛是对于自己生命源头的反抗，因为“阻隔”本身恰恰意味着拒绝介入。她是一个不完全的生命体，这种不完全使她陷入灼热的生存焦虑感中。这个生命体必须依靠异质力量的介入才能达到生命的完满，从而缓解生存焦虑。

小说中石玉先后经历了两次手术，对两者进行对读式分析，我们会有一些有意思的发现。两次手术分别发生在中国和美国，从病理学意义上看，前者失败了，后者成功了。似乎藉由这层更高医疗水平的表皮内蕴着一个可以拯救人脱离生理痛苦之深渊的更为先进的西方物质文明。然而，从实际后果来说，它们其实统统失败了，并且后者比前者失败得更为彻底。第一次手术使石玉失去了吴源，第二次手术则令石玉失去了常道。旧的闭合的疼痛感缓解了，新的空洞的焦虑症随之产生，并挥散不去——更为先进的西方文明将一个东方生命体拽离了生理疼痛的沼泽地，却又转身将其掷入精神焦虑的无底洞。再看“一女三男”的隐形结构。吴源和常道分别作为入世与出世的中国传统文化符号均未能协助石玉抵达她期待的完满，这是由于文化贫弱导致的生命力衰退。“存天理，灭人欲”的文化传统在久远的积淀中形成一种强大的道德规约，在这一力量的长久训诫下，国人的生命力其实因遭压抑而部分萎缩。而大布鲁斯无疑表征着自由、开放的美国文化。他的确成功介入了石玉以为可以让自己重获新生的生命通道，甚至孕育出新的生命体。然而，在大布鲁斯带给她的生命快感

---

① 杨德华：《侃〈细节〉——编者与作者关于本书的越洋对话》，见卢新华：《细节》，作家出版社1998年版。

② 陈思和：《蓬门今始为君开——关于卢新华君和他的新作》，见卢新华：《紫禁女》，长江文艺出版社2004年版，第302页。

中，石玉最终走向灵肉分离的歧途。（在面对吴源和常道的时候是灵肉合一）她必须以不断的填充来弥补体内的空洞感。小说中这样写道："在经验过大布鲁斯的'巨大'后，我已不能随随便便地满足自己了。我也觉得我那儿其实早成了一个巨大的'垃圾桶'，盛满了各种各样肮脏和贪婪的欲望。我在梦里和醒着时，总熬不住要不断地向那里面扔进各种各样的杂物，有时候包括冰凉的酒瓶和带电的金属棒……真的，我仿佛真切地感受到整个人似乎都已彻底改造过并且脱胎换骨，而过去渗透在灵魂里的那些'存天理，灭人欲'的说教，现在都一股脑儿变成了'存人欲，去天理'的聒噪……"[①]可以说，大布鲁斯的介入为石玉打开了潘多拉的盒子，她沉迷在欲望的沟壑里，走上无节制的自渎。

故事的结尾是一幅惨烈的图景：肚子里怀着大布鲁斯的孩子，心里想着常道的石玉在血崩中眩晕。这又是个极具隐喻色彩的一笔。不但美国文化拯救不了一个不完全的东方生命体，甚至两者交媾而出的新生命体也注定胎死腹中。也就是说，这个有着天然缺陷的东方生命体既不能依靠以美国文化为象征的西方现代文明完成自我生命力的更新，更无法借助它汲取生命力的延续。文中反复出现的"一把钥匙开一把锁"，如同泄漏的天机，暗示出石玉的命运走向。"寻找常道"是石玉眩晕前的全部念想。"常"相对于"变"而存在，它意味着一种具有相对稳定性的文化机体，它是石玉冥冥之中的那把"原配钥匙"[②]。我们甚至可以不无极端地认为，石玉的天然"阻隔"就是为其而生。然而这道天然"阻隔"被人为地改变了，原本天造地设的并蒂莲花只能沦为身首异处的残枝败叶。总体看去，石玉的生命轨迹在起承转合之间始终灌注着撕裂的疼痛感，在兜兜转转的盲动之后伴随着痛感回到曾试图摆脱的原点。对于一个东方生命体而言，尽管异质文化会给她注入新鲜的血液，帮她弥补一些天然缺陷，但是她若想保持长久的生命力，必须回归传统文化中才能寻求到自我拯救的思想资源。

与《紫禁女》中西碰撞的文化视域不同，《伤魂》(2013)将批判的焦点定格于当代中国社会的文化弊病。小说如一把闪着寒光的刻刀，划开权谋文化的假面，抖落满目疮痍的异化人性。

通读小说，我们可以发现，权谋文化在这里往往强调的是与人交往中的各种技巧和策略，这种交往有时候往往脱离了善意和友好，或者说在貌似善意和友好的表皮之下其实潜隐着巨大的利益诉求甚至险恶用心。主动拜倒在权谋文化膝下的人性长久在这浸淫之下即发生了畸变与异化。第一，它主动放弃了自我的个体性，一味沉迷于向外投射的"驭人术"。外宇宙的过分膨胀显然压抑了内宇宙的健康生长。第二，自我利益最大化的终极诉求使它熟稔于"瞒和骗"的伎俩，熙攘为利的庸俗化所向则阉割了它起码的羞耻心和基本的正义感，并最终推搡着它们脱离了真善美的道德轨道。

假若一个人放弃了内心律令规约下的自我道德完善，而一味希冀凭借搭建各类人际关系来攫取利益，那么他的存在感转而即要附着于这一无形网状结构。这种转移其实完全取消了一个人作为"人"的存在意义。权谋逻辑的拔地而起压抑了道德律令的内在规约，大群小己的文化传统至此转变为以群利己、借群害独的文化风暴。就像龚合国在日记中信奉的

---

① 卢新华：《紫禁女》，长江文艺出版社2004年版，第287页。

② 卢新华：《紫禁女》，长江文艺出版社2004年版，第263页。

那样："永远不要一个人面对一群人，而是想法利用一群人去面对一个人。"[①]"要不出事最好是让大家都犯事，要不黑最好让大家都变黑。"[②]这两则日记其实分别透露出这样的权谋逻辑。第一，共同体成为以群害独的金牌令箭。第二，个体仅为了一己之罪便不断构建新的共同体，无所顾忌地将罪恶扩大化群体化。在大大小小的共同体中，人性遭到最彻底的异化与变形，而个体存在最终在扭曲自身中走向生命迷失。

"红A楼自首"一节堪称小说最精彩的部分之一。王蒙曾在《布礼》中借凌雪之口阐明了这样一种观念："党是我们的亲母亲，但是亲娘也会打孩子，但孩子从来不记恨母亲。打完了，气会消的，会搂上孩子哭一场的。也许这只是一种特殊的教育方式……"[③]母亲与孩子的譬喻在《伤魂》中改换成了这样的面目："有哪一个母亲会不原谅犯了错的孩子（笔者注：违法乱纪的党员干部）呢？"[④]在这种心理的作祟下，龚合国们这群知法犯法的官员渴望借助有限的惩罚而得到彻底"漂白"。幻想最终肥皂泡般破灭。母亲的确没有惩罚犯了错的孩子，然而面对应得而未得的惩罚，外宇宙的风平浪静反而加深了内宇宙的无所适从。没有等来"第二次解放"的龚合国终日头悬达摩克利斯之剑，无端陷入焦虑和恐惧中，最终一头栽进"自己一打倒自己"[⑤]的黑洞里。正如有研究者所指出的那样："新世纪的恐惧文化心理就与人性的变异息息相关，或者说前者在某种程度上潜在地导致了人性/国民性内在结构的畸变，即庸俗主义人性结构的定型化。"[⑥]毫不夸张地说，正是由于恐惧心理的蔓延大大催化了龚合国内在人格的变异，并最终将他送入精神分裂的虎口之中。

尽管《紫禁女》与《伤魂》选择了两种不同的文化批判路径，然而它们的终极诉求均无一例外地指向传统文化。前者在中西对比中质疑了抑中扬西的价值乖谬，戳破了借西救中的历史迷梦。同时，它并没有回避因传统文化贫弱症而导致的生命力衰退，但是它依然倾向于以传统文化的力量来协助个体完成生命力的更新与延续。后者则在当代社会结构内部审视传统文化，它分离出儒释道所谓正统文化及兵家（或称军事艺术）等所谓阴谋家文化，为当下盛行于世的权谋文化从阴谋家文化那里找到了思想源头，同时也发掘出经由这一传统而流出的毒素所培植出的人性异化与人心畸变。

二、延展：创伤叙事与悲剧意蕴的结构张力

从《伤痕》开始至今，卢新华的文学创作明显呈现出专注于描写"创伤"的叙事表层，同时创伤叙事的内里又始终汹涌着强大的悲剧暗流。它们几乎构成了卢新华以文学之思观照内外宇宙的两大基点，共同支撑起作家的文本世界。然而，这两个不变的基点并非以凝固的面目出现，创伤叙事的视点在一次次位移中从一维走向多维，由表象触及根本，而悲剧意味的蕴藉则在一次次积淀中从平面走向立体，由粗浅探涉精深。毫不夸张地说，表层结构与深层

---

① 卢新华：《伤魂》，江苏文艺出版社2013年版，第166页。

② 卢新华：《伤魂》，江苏文艺出版社2013年版，第167页。

③ 王蒙：《布礼》，《当代》1979年第3期。

④ 卢新华：《伤魂》，江苏文艺出版社2013年版，第146页。

⑤ 卢新华：《伤魂》，江苏文艺出版社2013年版，第4页。

⑥ 张光芒：《"人心文化"的异化与畸变——当下中国文化深层结构批判》，《探索与争鸣》2011年第11期。

结构的扩展与延伸无疑在一定程度上大大拓宽了文学艺术的审美空间。

1. 每一个故事都暴露出一道伤，每一条伤口之下都流淌着悲剧和眼泪

说作家编织的每一个故事都暴露出一道伤并非虚言。总体来说，在他笔下的小说人物非痛即悔，或疯或亡。如果说，痛苦、悔恨从心理情绪的角度描摹了小说人物受伤之后的精神状态，那么疯癫、死亡则是从个体命运的最终走向出发，阐明了由创痛而引发的灵肉俱灭。这两类书写在卢新华的小说中是随处可见的。前者如王晓华、郝明海、石玉等，后者如马俊奇、白娴、龚合国等。尽管他们身处不同的时代语境，面临不同的人生际遇，但是他们却无一例外地品尝着生活的苦难，饱受了心灵的痛楚。作家在关注人物精神生命的同时，将文学的笔触深入精神生命的污点与脓包。随着“文革”批判向文化批判这一创作转型而来的，即是作家创伤叙事的视点位移。在“文革”批判时期，作家选取的是由外而内的观察视点，他更着意暴露政治事件对于个体心灵的伤害，而在文化批判时期，他则切换成由内及外的审视角度，更侧重解剖个体人物心灵并由此反观外宇宙的堕落与腐化。

不管作家出于叙事技巧的考虑选取了哪一种方式切入“创伤”，去塑造非痛即悔、或疯或亡的人物命运，他都是以一种逆性思维去观照美与生命本身，而一切美的陨灭及生命力的损耗与消亡都脱不开悲剧的内核。“文革”之伤自然离不开政治悲剧的凄凉底色，而由政治悲剧引发的个体命运悲剧则令人有了切肤之痛。在政治狂热的蛊惑之下，人们走向父子反目(《爱之纠》)、母女决裂(《伤痕》)的极端路途。人类的基本情感被驱逐到革命叙事伦理的铁笼之下，在压抑、扭曲中被摧残殆尽。人们放弃了内心对于真善美的道德认同，而在狂热与躁动之中沦为文化激进主义的盲从者，甚至手持所谓革命的匕首刺向无辜的肉体与心灵。尽管在革命的过滤器下，一切对于灵肉的戕害具备了合法性。然而，它也仿佛一面放大镜，将人性中的阴暗、残忍、恶毒、冷漠等因子毫无保留地暴露在太阳底下。在丑对美的欺凌及恶对善的压倒中，人性必然遭遇最彻底的抛弃与最惨痛的凌迟。然而，一个令人难以释怀的悖谬在于，在“文革”的染缸中，人人都是受害者，而人人又都是施害者。受害与施害的两位一体表明了“文革”时期人性的全盘倾覆。不应忽略的是，对于“文革”批判时期的作品而言，“文革”本身的悲剧色彩无形之中即构建了一种黯淡、惨伤的压抑氛围，而作家更加关注的是悲剧主体的人生变故以及心灵灾难，对悲剧根源的反思则似有欠缺。这一欠缺到了文化批判时期得到了很大弥补。

在探究文化之伤时，卢新华更强调从个体人物的命运悲剧出发，透视出深层的文化悲剧。与“文革”批判时期偏重悲剧后果的思考路径不同，卢新华在文化批判时期是从已然成形的悲剧后果出发追溯其得以生发的根邸之所在，从而为现实悲剧找到切切实实的文化根源。在《紫禁女》中，自诞生以来石玉的每一个人生转弯都饱蘸着疼痛。生母由疯癫入死灭，而养父在“文革”中屈辱离世。先天的生理缺陷使她以抓挠、火燎等血肉模糊的极端手段肆意虐待自己的下体。在漂泊多舛的命运旅途中，爱情一次次远她而去，只有肉与灵的疼痛始终挥散不去。她本身即是强暴悲剧的延续，并最终在中西杂糅的文化尴尬中以悲剧为自己的人生草草收尾。但我们绝不能局限于性别视域，将其视为一个单纯的女性悲剧。不无偏激地说，以吴源、常道为代表的东方男性生命力的严重衰退与先天贫弱也是一个不可忽略的悲剧因素。他们正是数千年来“存天理，灭人欲”的道德训诫培植而出的畸形生命体。在这种文化心理的作用下，“人欲”自然遭受了长久的压抑，而长久的文化压抑则无形之中加重了

生命力的日渐衰退。他们作为东方男性既无法弥补东方女性的生命缺憾，也一步步偏离自身的灵肉合一。与此同时，东方女性对与西方男性的确存在一种身体期待，然而不同的文化传统形成的天然阻隔又只能将其导向灵肉分离的迷途。因而，从这个意义上来说，《紫禁女》实际上展示的是一个因文化压抑与文化错位而引发的两性悲剧。作家以文字凝结着对于文化的思考，以一个生命的腐朽隐喻着更大的腐朽，以一个生命的陨灭暗示出更多的陨灭。

总而言之，从《伤痕》到《伤魂》，时代语境发生了巨大转变，作家对于个体精神生命的审美观照也随之转变。《伤痕》时期强调外在的政治专制主义对个体内心构成压迫，而《伤魂》时期则凸显食色名利的内驱力使个体迷失在欲望的泥潭中不能自拔。同时，人物心理生长轨迹也随之发生翻转，前者停留在由政治恐怖带来的心理恐怖这一层面，而后者则涉足因心理恐怖而引发的精神坍塌这一话题。

批判现实主义是卢新华一以贯之的文学创作方法，同时它又言说着一种以个体之力抵抗不公现实的生命姿态，内化为作家观照内外宇宙的价值信条。悲天悯人的情怀则是他对于苦难的基本体认，被其视为"做一个作家最重要的一个素质"，然而悲天悯人的精神素质又必须具备强烈的现实指向，即以此为情感前提"救世"并"帮人看病"。[①] 从某种意义上来说，这种医病救世的人文追求实则延续了民初以来现代知识分子的社会道义感及兼济天下的入世情怀。小说人物林一鸣(《森林之梦》)无疑成为这一情怀的最佳代言者。退伍还乡的人生际遇不仅阻断了他原本美好的前程，也使他视若生命的爱情沦于寂灭。他沉浸在自己的精神苦闷中，以卖命的体力劳动损耗着肉体并借此麻痹着内心的痛楚，甚至在疏忽中将手塞进打麦机险些致残。然而，一对乞讨的母子令他瞬间清醒，并从沉沦中振作起来。"一种自我反省的内在力量，一种对于社会、历史、周围环境的无可推卸的责任感，大枷般压上了他创伤满目的心，帮助他从一种类似沉睡的麻木状态中苏醒过来"，"他忽然想，他为什么这么长时间以来，只想到了自己的痛苦，自己的不幸，自己的挫折，而没有去注意和关心就近在眼前的这些严峻的现实，去体察和理解周围人的这些痛苦和不幸呢?"[②]也就是说，最后使林一鸣摆脱自身苦难的恰恰是他人的苦难，而新生命的获取必须依托拯救苦难之中的他者，并使自我的苦难在悬置中得到最终稀释。"我生在这块土地上，我对这块土地有一种义不容辞的责任。"[③]这种社会责任感超脱了一己之痛，并大大激活了人物主体"向上"的生命本能，最终推搡着他在拯人救世的自我规约中完成了个体生命力的真正更新。

由上可知，悲剧主体的价值确立并不能止步于裸露出苦难与伤痛，并以此赚取同情和眼泪。悲天悯人的情怀不仅仅表现为对于弱者的同情，对于苦难的体恤，它的更高指向在于呼吁生命个体之于社会的担当意识和责任感。它不仅仅停留在主体的心理及情感层面，而是更迫切地希望以此转化为改造现实的强大动力，切切实实地改变弱者的境遇，挥散苦难的阴霾。从文化传统上来说，这其实也是传统文人士大夫"治国平天下"的入世追求在当代的转化。而从文学传统上来说，整个新时期文学从一开始就萌生出向五四文学的复归冲动，继承

① 徐鹏远:《卢新华对话凤凰网〈年代访〉文字实录》,《凤凰网文化》2013年9月13日。

② 卢新华:《森林之梦》,浙江文艺出版社1986年版,第193—194页。

③ 卢新华:《森林之梦》,浙江文艺出版社1986年版,第196页。

了由鲁迅等一代作家所确立的“同情”与“批判”的传统，即所谓“同情人道主义传统”。[①]

2.《伤魂》之殇：三重悲剧的集束式书写

《伤魂》堪称卢新华批判现实主义的最新力作。小说将文学的聚光灯投向在物欲洪流中翻腾的国民心理的新动向，并由此解构当下中国社会的深层文化结构。小说描写的人物、情节、事件均脱胎于新世纪中国社会的生活土壤。与时下流行的文学创作相比，它既没有悬念跌宕的情节铺展，也没有遍地欲望的男欢女爱。它仿佛从生活的花园里随手摘取的一片叶子，是作家对于现实最原初最真切的捕捉。然而正是经由这样一片表面光鲜而内里腐朽的叶子，我们看到了整个花园光鲜为表、腐朽为里的繁荣假象，并顺着盘枝错节的枝蔓拉扯出它早已疮毒四溢的根。这不是一个以苦难为支撑的故事，甚至在全文四分之三以前时时流露出诙谐与轻松。在龚合国卖弄所谓“面子里子”的说教及对“龚氏频道论”的身体力行之中，我们甚至可以称它为一出令人啼笑皆非的轻喜剧。然而，通过考察这个文本本身及其传播过程，我们又几乎可以判定它不折不扣的悲剧底色。经过多年的文学沉淀，卢新华在《伤魂》里奏响了一支如泣如诉的悲剧三重奏。

第一重悲剧以个体命运为基调。

小说人物的人生起伏及命运走向无疑是文本最易捕捉的叙事表层。纵观《伤魂》，在由“我”所叙述的龚合国的故事里，除了那个发疯的上访老教师，似乎没有一个干净的灵魂，没有一个心中还存留正义和公理的人。其实，透过这些人物的命运，小说大体展示了两类人物的悲剧。

一类是沉迷于一己之私而误入迷途的大多数，他们在物欲蛊惑中放弃了真善美，屈从了假恶丑，并最终将自己的人生导向悲剧的深渊。主人公龚合国及其所身处的家庭单位、社会结构中的每个人共同搭建了悲剧载体。比如龚合国的岳父仅仅因为龚合国为其创造了偷尝情色的机会，便在处理龚合国出轨问题上成为劝服女儿妥协的共谋者，而邬红梅则凭借掌控经济大权的方式缓解了情感失势的心理落差，甚至公开参与了“一夫两妻”式家庭共同体的建构过程。出身底层的白瓷则在龚合国哲学的耳濡目染中对底层人民的苦难显示出令人诧异的冷漠姿态。由此，心怀鬼胎、各取所需是这些共同体得以运转的基本动力，而随其运转而来的则是个体的人性扭曲。个体既以放弃道德审判的方式参与了罪恶的滋生，更以放逐基本情感的方式纵容了自身的道德滑坡。然而，共同体在将利益群体化的同时，必然也要求群体中的个体均等地承担全部风险，因而，核心力量的倾颓必然导致共同体的整体坍塌以及每个利益节点的瞬间崩溃。龚合国的疯癫不仅改变了自身原本正常的生命轨迹，更令以其为依傍的家庭单位中的每个成员的命运发生瞬间逆转。在戴高帽、游街的荒谬游戏中，龚合国成为乡间孩童嬉戏、哂笑的玩弄对象；在一老一小一疯的家庭境况下，屈身农舍的邬红梅怨念着命运的多舛，却又不得不艰难为生；而在夫痴子离的惨淡人生里，白瓷则陷入迷惘与惶惑中难以自持。然而，龚合国也仅仅是个多棱镜。一个龚合国，让我们窥见大大小小的龚合国和他们身后那些隐性显性的利益共同体，以及因利益共同体向悲剧共同体的滑落而引发的生命哀歌。

另一类则为因坚持真理和正义而被边缘化的极少数，他们以一己的良知抵御着不公不

① 王达敏：《同情人道主义与中国当代文学》，胡星亮主编《中国现代文学论丛》（第六卷第二期），南京大学出版社2011年版，第78页。

义的黑暗现实，却要遭受肉体和精神的双重迫害。上访老教师无疑是这类人的化身。他以不合作的姿态抵抗着肮脏而龌龊的现实世界，故而成为周遭打击、迫害的对象。然而对于正义和真理的执着内化成他强大的生命信念，故而他可以超越自身的现实苦难，并成为纯净灵魂的唯一守望者。他的人生悲剧也在一定程度上表明了正义陷落、公理毁弃的现实之悲。在小说的后记里，卢新华对这类人的悲剧命运进行了延伸性思考。一方面他以悲痛的心情指出了他们的惨淡境遇："他似乎不仅被社会遗弃，而且也被家庭遗弃了，茫然而且麻木的双眼里，早失却了往日的不平和愤慨，只剩下含混不清的背书一样的念念有词：'……我轻视你们，我看不起你们，我轻视你们，我看不起你们……'"另一方面，一个小女孩对这个疯子却流露出最自然的人道同情。尽管她遭到母亲的训斥，并被拖离现场，然而她在委屈中频频回头，为作者倾洒下批判现实的勇气与信心。他这样写道："我最终决定写这书，只是为了那用手走路的人，更为那小女孩，为那小女孩眼中的泪。因为我确信她的心神还没有散乱，灵魂还没有出窍，血还是鲜红的，可以作为将来的火种……"①

第二重悲剧以文化反思为旋律。

"被精神病"于新世纪文学已不是一个陌生的话题，它表征着消费主义时代里以群害己、以恶欺善的文化症候。杨科们(阎连科《风雅颂》)以个体之力难以抵抗群体化的胁迫，被所属群体以精神病之名放逐到社会边缘，排斥在正常的社会秩序以外。然而，小说《伤魂》在结尾处展示了另一层面的"被精神病"。龚和国的发疯使之被视为"带有喜剧色彩的悲剧人物"，甚至因其宣扬"龚氏频道"的生存哲学而被比附为操持"精神胜利法"的阿Q。这种比附其实恰恰遮蔽掉了这两个人物或者说这两套生存哲学的不同。从本质上来说，"龚氏频道"的核心指向是御人利己，而"精神胜利法"实际达到的效果则是慰己娱人。

毫不夸张地说，龚和国最后的疯癫恰恰是"御人利己"术的极致发挥，并非我们不能对其心存怜悯，而是"疯癫"在他手里也仅仅沦落为一种手段，成为他钻营权谋的再一次演绎。在叙述者"我"闪躲模糊的言辞中，龚和国的疯癫更像一场自导自演的哑剧。他是被自我精神病化，为了避免因贪污等罪行可能面临的惩罚，他选择避入"精神病"这座铁塔中存活。这种貌似带有自主选择性的"被精神病"难道不是更大的悲剧吗？一个极善钻营的人，几乎游刃有余地玩弄时代于股掌之中；一个触犯法律的人，竟如此轻而易举地避开法律的惩罚全身而退；一个道德并非那么高尚的人，最后却因为善"谋"而博得道德的同情。一个践踏了道德和法律的人却可以踩在权谋的脊背上进退自如，这无疑表明了权谋文化的胜利，它蛊惑着原本应该承受道德和法律审判的有罪个体利用"疯癫"的皮囊将趋利避害的本能发挥到极致。龚合国式的"被精神病"，恰如福柯所指认的那一类疯癫体验，"在一种冷静的知识中保持了沉默，这种知识对疯癫已了如指掌"，从某种意义上来说，这种体验转变所暗示的内在结构"使历史陷入既得以成立又受谴责的悲剧范畴"。②

然而，小说对于权谋文化的反思并非就此止步，它更为尖刻的剖析在于直指一角冰山潜隐的水下部分。在文字的缝隙之内，作家其实暗中设置了龚合国由"装疯"到"真疯"的艺术

① 卢新华：《伤魂·后记》，江苏文艺出版社2013年版，第196—197页。

② [法]福柯：《〈疯癫与文明：理性时代的疯癫史〉前言》，刘北成、杨远婴译，生活·读书·新知三联书店1999年版，第4—5页。

留白。也许龚合国自信于自身的谋略，故而以装疯的圈套摆脱了一时的惩罚，然而，长期的装疯表演最终必将使其沉迷于疯癫角色中而彻底偏离理性世界的轨道。装疯是有意识的筹谋，而真疯则堪称不自觉的沉沦。在毒性文化氛围的长期浸染中，身在其中的个体其实是在无意识中完成了自我异化，比异化本身更可悲的在于走向异化而不自知，而这种不自知不是仅仅作为个别性而存在，它恰恰成为一个带有普遍性的文化症候引人忧虑。从装疯到真疯，尽管时间界限是模糊的，但是悲剧的力量借此得到更好开掘。因为权谋文化不仅为人性中的假恶丑提供了肥沃的土壤，同时也模糊了理性与非理性的心理边界，最终促使丧失了真善美的生命个体不自觉地跌入无法把握自身的生存歧途。

第三重悲剧以现实共谋为尾声。

一般而言，文本的生命脱胎于作家，却要丰富于读者。文本恰如一个枢纽，一端关联着作家的思考，一端维系着读者的解读。两者并不必然对等，它们在互相缠绕、彼此龃龉中共同建构了文本的审美空间。从接受美学的角度来说，读者无疑在作家创造之外参与了文本的第二次创造。由于审美趣味、知识结构、时代情境等主客观条件的差异，误读的发生变得合乎情理。就某种程度而言，对于误读的解读显然有助于开掘文本的整体价值。

《伤魂》的后半部分披露了龚合国发疯之前的日记。就内容而言，里面几乎囊括了他由自身经验及历史经验总结而来的做“人”之道。这是被权谋文化整个扭曲的一套人生哲学。例如，他极力肯定了浮夸、虚伪的社会风气：“现在的社会，说假话、空话和套话也有了一个约定俗成的‘频道’和‘频率’，所以，不但要学会说，更要善于说。要把说假话、空话和套话当成一个习惯，说到自己也相信的程度”。[①] 再如他大声疾呼以“瞒和骗”为表征的阴谋文化：“鲁迅最反对‘瞒和骗’，是因为他对历史和人性实在看得还不够透彻。几千年中国文化的熏陶就是要为尊者隐，就是好‘面子’，就是喜欢在肚皮里用功夫，这就必须‘瞒和骗’。它已经作为天地之精华，民族生存之基因，沉淀在我们的国民性中。有时想想，在官场上，在人生的战场上，要对付来自各方面的挑战，这种文化其实是不应该批判，而应该好好发扬光大的”。[②] 作家披露龚合国日记的目的显然在于通过暴露国民心理的新型异化，对盛行于世的阴谋文化提出强烈批判。

然而，一个令人深思的现象以悖谬的面目出现了。很多年轻读者尤爱龚合国日记一节，甚至以此作为立身处世的行为准则。围绕《伤魂》发生的误读显然不是布鲁姆所谓的“创造性误读”，而恰恰是一种庸俗化的解读。我们真正需要思考的问题在于，这种庸俗化解读缘何发生？为何人们只看到了它的实用性而忽略了它的毒害性？从接受心理的角度来说，这恰恰说明了权谋文化的蛊惑人心以及猖獗之甚：它不仅仅存在于小说之中，更植根于当下的生活土壤里，并且迎合了部分读者的现实需求。读者忽略了作家的批判意识，而仅仅以工具理性的意图出发，对龚合国日记中的应被批判的部分，以整个拿来的姿态进行效仿与继承。也就是说，在当下的部分现实环境中，“权谋”不是作为文化毒素被大加挞伐，而是被视为实用策略，有着广阔的市场需求。人们仅仅幻想着凭借它所提供的计谋来完成自我利益最大化，这实际上无异于饮鸩止渴。更进一步地说，“大众在消费诡谋的过程中，自身的诡谋人格

---

① 卢新华：《伤魂》，江苏文艺出版社2013年版，第165页。

② 卢新华：《伤魂》，江苏文艺出版社2013年版，第166页。

也在一点一滴地强化着”[①]，而诡谋人格的不断强化则进一步拓宽了权谋文化的生存空间。因之，读者的实用性解读可以视为《伤魂》悲剧意蕴的现实性延伸，它充分说明了国民之于权谋文化的中毒之深以及去毒之切。它不仅仅是一个令人忧虑的文学命题，更是应当引起国人关注的现实命题。

从以上的论证视角出发，《伤魂》传递出三重悲剧意蕴，文本本身描摹的是人物悲剧，通过对于权谋文化浸淫下人性问题的反思进而揭示出当代中国的文化悲剧，然而，从部分读者对它的接受心理来看，它更投射出一个不折不扣的现实化了的社会悲剧。需要说明的是，以上所说的三重悲剧之间并不存在一种比较规范的依次递进关系，我们需要在两个层面上来理解它们之间的关系。从人物悲剧到文化悲剧这是由表及里，由浅入深的，即第一个层面的关系。而第一重悲剧和第二重悲剧主要是基于停留在文本内部的具体阐发，第三重悲剧则是由文本的传播与接受演绎而来，故而是在“作品—读者”的框架内构建起来的第二个层面的关系。

结　语

从《伤痕》到《伤魂》，当代文学已完成由新时期渡向新世纪的语境切换。“伤痕文学”仿佛由历史的回音壁传来渺茫的余声，而“新伤痕”的发现则成为当下国民文化心理的真实投影。如果说《伤痕》之伤，更多程度上意在指出“文革”在国人心灵上烙下的那道伤，那么《伤魂》之伤，则于平面化的呈现伤痕之外沾染上更多的咀嚼意味。我们至少可以从两个层面来体认这个“伤”字，一为受伤的灵魂，一为伤悼灵魂。前者隐喻着小说人物的主体性在扭曲中的逐步沦丧，而个体之魂、文化之魂、社会之魂随着人物主体性的沦丧已变得满目疮痍；而后者则言说着以叙述者“我”为代言人的作家主体性的悄然确立。他以强烈的干预现实的姿态介入当下社会深层结构。表面上看他吟咏的是一首挽歌，字字尽是伤悼之哀痛，实际上，揭出病痛的目的在于引起疗救的注意，他正是借这种伤悼的方式“招魂”。“‘魂’，是一种看不见，但可以感觉得到的精气神，它活跃在一个民族的血脉中，深藏在一个人、一个集体的意识中——所谓‘个性’、‘家风’、‘校风’、‘民气’、‘士气’、‘军威’、‘国格’、‘民族性’乃至‘人性’，都是不容易说清楚，却可以感受到的神秘气质。”[②]作家试图呼吁人们警惕权谋文化的毒素对于个体心灵的荼毒、对于文化结构的扭曲，对于社会心理的戕害，同时他也试图对此病灶开出自己的药方。他希冀从儒释道这另一传统文化矿藏中汲取优质的思想资源，从而促进个体之魂、文化之魂、社会之魂的自我更新与健康生长。

① 王彬彬：《当代中国的诡谋文艺》，《文艺研究》2012年第8期。

② 樊星：《追寻魂灵——一则读书笔记》，胡星亮主编《中国现代文学论丛》（第八卷第一期），南京大学出版社2013年版，第124页。

论梁启超对韩国开化期申采浩诗歌的影响

——从《饮冰室诗话》到《天喜堂诗话》

金海鹰*

（中国人民大学 文学院，北京 100872）

内容摘要：梁启超的政论和著作流传到韩国后不仅受到广大知识分子的追捧，而且对韩国开化期的新文化运动和新文学运动起了直接或间接的作用。梁启超对申采浩诗论的形成与文学创作影响较大。本文对梁启超和申采浩的诗界革命及诗论的实践进行了比较研究。申采浩不仅接受了梁启超诗论的各种观点，还根据其观点摸索出了更适合韩国国情的诗论，并使之起到宣传爱国主义和启蒙、教化的作用。

关键词：梁启超；饮冰室诗话；天喜堂诗话；诗界革命；教化；传统

一、引　言

韩国开化期（1894—1910 年）的启蒙文学不仅是本国文学母体长期孕育的成果，更是世界文学激发、催生的产物。其中，梁启超（1873—1929）对韩国开化期的新文化运动和新文学运动起了直接或间接的作用，韩国近代初期文学界的先驱者们，如申采浩、崔南善①、韩龙云②等，大多数都受梁启超的影响，这已是不争的事实。其中，梁启超对申采浩的影响最大，申采浩也被韩国文学界尊称为“韩国的梁启超”。梁、申二人的基本情况（与本文相关的）如下表展示：

作者 基本情况	梁启超（中国）	申采浩（韩国）
生卒年代	1873—1929（享年 56 岁）	1880—1936（享年 56 岁）
担任职务	《万国公报》《时务报》主编，筹办《知新报》	《大韩每日申报》、《皇城日报》主编、评论员，筹办《新大韩报》

* 作者简介：金海鹰，文学博士，中国人民大学文学院讲师。

① 崔南善（1890—1957），韩国近代诗歌的创始人。

② 韩龙云（1879—1944），韩国诗人、独立运动家。

续表

基本情况＼作者	梁启超(中国)	申采浩(韩国)
历史评价	政治家、思想家、史学家、教育家、文学家	政治家、思想家、史学家、教育家、文学家
传记类作品	“意大利建国三杰传”等	翻译“意大利建国三杰传”,并模仿撰写“乙支文德传”、“李舜臣传”等
代表诗论	《饮冰室诗话》:梁启超在1902年2月发行的《新民丛报》第四号起到1907年10月1日第95期连载的共204则“饮冰室诗话”的汇总。	《天喜堂诗话》:1909年申采浩在11月9日起到12月4日之间在《大韩每日申报》以连载的方式分17次发表了“天喜堂诗话”。
诗歌理论	诗界革命	东国诗界革命

大概1897年初,梁启超第一次被介绍到韩国,时任上海《时务报》主编。① 众所周知,梁启超是活跃在清末民初时代的思想家、史学家、教育家、文学家。他从小学习中国传统文化,青少年时期又受西方文化和政治社会制度的影响,广泛涉猎文学、史学、哲学、经学、法学、伦理学、宗教学等学术领域,且均有建树。就文学理论而言,梁启超引进了西方文化及文学新观念,首倡近代各种文体的革新。在文学创作方面,梁启超亦有多方面成就,散文、诗歌、小说、戏曲及翻译文学方面均有作品行世,影响颇大。

申采浩(1880—1936)则是活跃于韩国开化期的著名的政治活动家、爱国启蒙思想家、史学家、文学家,是梁启超的追随者,从小在私塾里学习汉学,9岁学习《资治通鉴》,14岁精通《四书五经》。梁启超与申采浩不仅生存年代相近,而且各自的理论和思想都对本国的启蒙运动起了重要的作用,都堪称政治、历史、教育等领域的学术大家。且两人都非常喜欢谈诗歌,是本国“诗界革命”的发起者,又是启蒙期最重要的诗歌理论家,并留下著名的诗论《饮冰室诗话》和《天喜堂诗话》。

本文拟对梁启超和申采浩的诗歌革命及诗论的实践进行比较研究,以此探勘梁启超对申采浩的影响及两人文学观的异同。②

二、《饮冰室诗话》与《天喜堂诗话》

清末时期,梁启超的政论和著作流传到韩国,受到广大知识分子的追捧.特别是1899年至1909年之间(韩国开化期),梁启超有64篇著述在韩国广为流传。众多的民族主义人士撰写报刊评论时,甚至把梁启超的《饮冰室文集》当成最好的参考书。申采浩受梁启超影响颇深。他接受梁启超“中国历史研究法”的诸多观点,摸索出了很多适合当时韩国

① 叶乾坤:《梁启超与旧韩末文学》,法典出版社1980年版,第117页。

② 目前在中韩学界里对二人文学的比较研究成果较少,且具体的研究内容集中在小说领域。二人明明写过对当时诗界影响之大的诗论和诗歌作品,但对诗歌的研究在内容和范围方面过于片面或笼统。

国情的历史研究方法论，并在担任《大韩每日申报》和《皇城日报》的评论员时，在这两家报纸和其他许多杂志上发表了大量的评论和史论。当时，申采浩还翻译了梁启超的《意大利建国三杰传》，并意识到把本国的历史人物写成传记的重要性和必要性，是以此为“使命”，撰写了《乙支文德传》、《李舜臣传》等描绘韩国英雄的传记作品，成为韩国文学史上最早出现的传记小说。

梁启超对申采浩的影响最为显著的部分在诗论方面。本文试以梁启超的《饮冰室诗话》和申采浩的《天喜堂诗话》为中心，比较二人诗论思想的差异。

梁启超的《饮冰室诗话》是他连载于《新民丛报》第四号（1902 年 2 月）至第九十五期（1907 年 10 月 1 日）的共 204 则“饮冰室诗话”的汇集。其中，梁启超在《夏威夷游记》首次提倡诗界革命，并提出纲领，主张通过诗话展开具体的理论和实践。

1902 年，上海广智书局发行《饮冰室文集》，之后不久即流传到韩国，成为韩国爱国启蒙思想家和知识人士的爱国圣书。[①] 自 1909 年 11 月 9 日至 12 月 4 日，申采浩也在《大韩每日申报》以连载的方式分 17 次发表了“天喜堂诗话”。这个诗话作为韩国开化期最初的诗论，最集中地展示了申采浩的诗歌观。

首先，强调诗与国家之关系。《天喜堂诗话》之副标题是“诗的能力，诗道和国家的关系”，由此即可窥探出申采浩的诗话所要阐释问题的核心要旨。《天喜堂诗话》最核心的内容是有关改良和发展国诗的“国诗复兴论”，这被称之为“在韩国近代文学的前半期展开的最为有动力、有积极意志的、最早的‘民族诗复兴运动’”[②]。《天喜堂诗话》与《饮冰室诗话》内容基本相同，梁启超在《饮冰室诗话》中宣传改良主义者的诗，其目的就是通过诗界革命，即通过诗歌改良运动为国家的复兴而做贡献。可见，梁启超与申采浩写此类诗话就是为他们的政治目的服务。

梁启超提出了诗界革命和诗歌必备的三大要求：要新意境，要新语句，古人之风格。[③] 首先，“新意境”里包括西方的先进思想、尚武主义和爱国主义等。申采浩则吸收了梁启超的“新意境”诗论思想，也强调西方先进思想在本国诗歌中的输入作用和功能。《天喜堂诗话》即言，因为“观近世在我国流行的诗歌大半流痱淫荡只酿出风俗的腐败……”[④]，所以“吾子万一成为诗界革命者应向彼阿罗郎、宁边东台等‘国歌界’改诵其顽陋，输入新思想……”[⑤] 申采浩虽然指出要输入新思想，但没有像梁启超那样确切地指出这个新思想是西方的先进思想，而是从来没受重视的韩国古代民谣（或杂歌）“阿里郎”或“宁边歌”等固有的歌词内容。

---

① 牛林杰：《韩国开化期文学和梁启超》，博而精出版社 2002 年版，第 29—35 页。

② 李东淳：《民族史的精神史》，创作与批评社 1996 年版，第 111 页。

③ 在《夏威夷游记》里作为“诗界革命”的要求提出这三项，但到《饮冰室诗话》将此三项改为“以旧风格含新意境”之说。

④ 《丹斋申才浩全集》别集，第 56—57 页。

⑤ 《丹斋申才浩全集》别集，第 63 页。

梁启超在《饮冰室诗话》里指出中国人没有尚武精神[①]，并通过赞美黄遵宪的《出军歌》来强调军歌的重要性，这也是他从启蒙主义的立场提倡诗界革命的“新意境”之一，即鼓吹尚武精神，以提高国民意识。申采浩则接受尚武主义和爱国主义，并指出：“诗者乃是国民言语之精华。故强武的国民从其诗强武，文弱的国民从其诗文弱，一国之盛衰治乱大抵从其国诗可验，又试图回其国文弱来入强武不可不改良其文弱之国诗。”[②]他还感叹道：“呜呼！强权的势力啊！有此者乃圣贤、君子、英雄，无此者乃劣奴、贱夫、牛马……”[③]这里的“强武”与“尚武”有同类意义，与“文弱”相对应。申采浩在他的诗话里一直强调武力的力量，甚至极端地主张守护国家的是武力，只有武力才能使国家存立，国家存立后才会出圣贤和君子。申采浩不仅接受了梁启超的“新意境”“古人之风格”等主张，而且又添加了自己的观点，从而使本国民族文学得以复活。

其次，申采浩接受了梁启超的“诗界革命”观点，并创造性提出“东国诗界革命”观。[④] 申采浩虽然赞同了“诗界革命”的主张和新名词新语句的使用，但他主张的“东国诗界革命”却规定了明确的范围。就是说，必须用东国文（韩文）和东国音写出“东国诗”，提倡用民族语言进行诗歌创作。对应梁启超的“新语句”这一内容，申采浩主张用东国文写诗歌，同时讽刺了当时在韩国用汉字写诗歌的人。从当时的历史背景来看，韩国正处于日帝等外势力的侵略和国权丧失的危机，申采浩提倡和强调用民族语写民族诗歌是想把诗界革命与当时的国家命运紧密联系在一起。在他看来：“民族的盛衰取决于其思想的趋向如何”[⑤]，创新思想是拯救因思想贫瘠而变得衰弱的民族的强劲动力。从中可以看出，申采浩所写的国文诗就是他实践诗论的强力武器。因为当时要教化的对象是大众，而大众所需要的是简单易懂的启蒙诗歌，故申采浩主张：“诗歌乃陶融人之感情为目的，宜乎注意多用国字成句使妇人儿童一读就皆晓，这才对于国民的知识普及乃有效力，今日闻各学校用歌杂用汉字太多唱之学童不悟其趣味，听之行人不知其诗语其诗又何等效益？可云是亦教育界之缺点。”[⑥]这里的“陶融”可理解为“陶冶”和“融通”，即通过诗歌的“融通”功能感发抒情。诗歌的号召力恰恰来自于它的平易性，而这种平易性又来自于本国字和本国文。这是申采浩所主张的“国字”胜于“汉字”、“国诗体”胜于“外国诗体”、“强武诗”胜于“文弱诗”的主要内容。[⑦] 这与梁启超的观

---

① “中国人无尚武精神，其原因甚多……”（《饮冰室诗话》第 54 则）。

② 《天喜堂诗话》，《丹斋申才浩全集》别集，第 56 页。

③ 《天喜堂诗话》，《丹斋申才浩全集》别集，第 56 页。

④ “客携汉诗数首示余，句句参入新名词而成……”“此两句可称东国诗界革命”，……“吾子用心虽良苦，以此称支那诗界革命可，云东国诗界革命则不可，盖‘何为东国诗？’以东国诗·东国文·东国音而制者是矣。……”（《丹斋申才浩全集》别集，第 63 页）。

⑤ ［韩］申采浩：《朝鲜上古史》，钟路书院 1948 年版，第 103 页。

⑥ ［韩］申采浩：《天喜堂诗话》，《丹斋申才浩全集》。

⑦ 拙稿《申采浩的文学观与诗歌研究》，《清溪论丛》，韩国学中央研究院大学院，2001 年第 3 集。

点很相近。梁启超也主张过对当时中国学校唱的歌曲应进行改革，使它易懂。[①] 二者异曲同工之处在于，申采浩主张把中国的文言文改为国人易懂的本国文字，梁启超主张把儿童难懂的文言文改为易懂的白话文。

再次，梁启超的《饮冰室诗话》举例说明要继承和发扬"古人之风格"的内容[②]，其中的"古人之风格"来源自中国传统诗歌风格。在他所列的引文中使用的风格用语大致有：温柔敦厚、芳馨悱恻、俊伟激越、庄严等。这些词语出自于屈原、杜甫、曹植等人，其中特别强调了"芳馨悱恻"这一风格，[③]因为当时壮志未酬的维新派人士的爱国激情和理想与屈原有相似之处。[④] 梁启超所说的"风格"不限于各体不同的风格，还包含中国古典诗歌整体所含有的独特韵味。许多常见的诗语，本身通过积累所得，负担着超出本义之外的多项意义。一个"酒"字，便足以引发豪壮、悲愤多种复杂的情绪，并非"饮酒"一种实义所能解。[⑤]

申采浩似乎早已领悟到了梁启超此意。在《天喜堂诗话》中，他认为"国诗"以及作为范例来引用的诗歌就具有上述的两种内涵。因此选用了持有韩国古典诗歌风格的"时调"[⑥]这一形式，列举了与世俗不妥协或为国立过功却被陷害而流放的朝鲜王朝的文学家、政治家、忠臣等人士的诗歌，既体现出了韩国"古典时调"的风格，又使诗歌起到了"文以载道"的作用，不仅使这些诗歌起到了宣传爱国主义和启蒙、教化等思想的作用，而且还达到了他所主张的诗界革命的目的。

最后，重视音乐与诗歌的关系。首先，梁启超在《饮冰室诗话》里处处强调诗歌与音乐相结合的重要性。比如，他说："盖欲改造国民之品质，则诗歌音乐为精神教育之要件，此稍有识者所能之也。……若中国之词章家，则予国民岂有丝毫之影响邪？推原其故，不得不谓诗与乐之分之所至也。"[⑦]从中也可以看出，梁启超在鼓吹爱国主义精神时强调军歌及重视校歌的深层原因。关于音乐和诗歌结合的问题，申采浩的主张也很明确。比如文中只引用东国语写的东国音的诗歌，并举出古人创作的"时调"作为国诗的典范。那么申采浩为何选择了"时调"这一形式呢？其原因有二：一、唯独"时调"是用纯粹的韩国语写成的；二、重视"时调"内在的功能——即音乐的功能。朝鲜著名性理学家退溪李晃(1501—1570)在他的《陶山十二曲》[⑧]里明确说明了"时调"的功能，即："其一言志，其二言学，欲使儿背朝夕习而歌之，

---

① 梁启超十分赞成曾志忞编著的《教育唱歌集》的卷首《告是人》，其内容是："欧美小学唱歌，其文浅易于读本，日本改良唱歌，大都通用俗语，童稚习之，浅而有味。今吾国所谓学校唱歌，其文之高深，十倍于读本；甚有一字一句，即用数十行讲义，而幼稚仍不知者。……谨广告海内诗人之欲改粮是举者，请以他国小学唱歌为标本，然后以最浅之文字，存以深意，发为文章。"梁启超对此文作出"足为文学家下一针砭而增其价值"的高度评价。

② 《饮冰室诗话》第 49 则、第 67 则、第 121 则、第 142 则、第 171 则等。

③ 屈原作品《离骚》所展示的风格。

④ 崔恒旭：《梁启超的文学革命论》，延世大学中文系博士论文，1996 年。

⑤ 夏晓虹：《觉世与传世》，上海人民出版社 1991 年版，第 162—163 页。

⑥ "时调"是从韩国高丽时期传承下来的韩国的定型诗。

⑦ 梁启超：《饮冰室诗话》第 77 则。

⑧ ［朝］李晃：《退溪全书》，成军馆大学 1971 年版。

凭几而听之，亦令儿辈自歌而自舞蹈之，庶几可以荡涤鄙吝，感发融通，而歌者与听者，不能无交有益焉。"申采浩选取的"时调"不仅能够吟诵，而且还能歌唱，是区别于当时流行的汉诗的特点。因此，他主张用国语多写一些带有爱国、启蒙、教化内容的"国诗"，使之达到诗歌本身的目的——陶融人之情感。申采浩推崇传统诗歌形式的"时调"，并提倡"国诗"的主张，是借鉴梁启超的"古人之风格"诗观的体现。他们都希望"旧瓶装新酒"，让诗歌借助新内容的输入，起到对当时社会有利的启蒙与教化作用。

三、诗论的实践

梁启超和申采浩都提出了有利于当时国家和民族的具有重要历史意义的诗论，这些为文学史的形成也做出了重大贡献。两人不仅提出了重要的诗论，而且都实践了这样的理论。

梁启超一生写了五百多首诗歌(其中诗四百多首，词六十多首)。作为诗界革命的发起人之一，他在自己的文学生涯里一直努力实践自己的理论，可以说一直按照自己的诗论追求作品的变化，对此学界已给予充分肯定。诚如夏晓虹所言："梁启超并非十分优秀的诗人，却是颇为高明的评论家。其创作虽达不到所持的评论标准，二者仍存在着密切的联系，因为他常常是一边发论，一边作诗，故可以互相验证。"[①]

众所周知，梁启超在他前期的文学生涯里担当了诗界革命的发起者的角色。当时所面临的乱世使他在文学创作里更加体现出政治家的一面，希图通过"新民"实现"开通民智"、"变法图强"和"爱国主义"，因此，追求并关注诗歌的效用性则是理所当然的了。梁启超早期诗歌《二十世纪太平洋歌》和《志未酬》等爱国主义诗歌不仅体现了"新意境"，而且在形式上采取散文的风格，显得比较自由，语言也崭新而易懂。此外，《去国行》、《壮别二十六首》、《爱国歌四章》等众多佳作表达了激烈情怀和爱国激情、对未来的希望。这些诗歌通过采取长篇诗、民谣形式、与音乐结合的歌体诗、唱歌等形式实现了诗界革命的理论，并在国家临危之际体现出了强烈的号召力和启蒙、革命、爱国等思想的宣传作用。到了文学生涯的后期，梁启超在政治上与革命派处于对立的立场，使自己的文学创作走向保守化，更接近于古人之风格(其风格趋近杜、韩一派)，甚至可以说几乎脱离了诗界革命的思想范畴。

申采浩把写诗的目的定义为"诗歌乃陶融人之感情为其目的"，即他的诗歌理论用两个词语表达就是"融通"(前期)和"陶冶"(后期)。在作品创作中他也做到了这一点，他的诗歌根据发话对象的不同可分为向外说话的"外部倾向"(External orientation，"融通")诗歌和向内说话的"内部倾向"(Internal orientation，"陶冶")诗歌。"外部倾向"的诗歌就是教化和效用为其核心目的。"外部倾向"的诗歌发话的对象是大众，所以通过发表在大众最容易接触的报纸上来宣传爱国和启蒙的主题，其发展形式是先采取"歌辞体"[②]，然后慢慢变成

① 夏晓虹：《觉世与传世》，上海人民出版社1991年版，第88页。

② "歌辞"是朝鲜王朝前期产生的一种韵文与散文的中间形式，是四音步的律文，没有行数的限制。

"自由诗体"。

申采浩的诗歌在乱世风波里遗失了很多,现存的仅有54首,其中汉诗19篇,韩文诗35首,主要包括开化歌辞、时调、自由诗。所谓"开化歌辞"是指,在开化时期被创作、发表的韩国诗歌的形式,其内容主要反映的是,伴随韩国开放门户而催生的关于文明开化、社会进步、富国强兵的意志,但其形式则体现出韩国古典诗歌风格和歌辞的传统。申采浩写的歌辞有《布谷歌》(1907)、《独立歌》(1907)、《初魂之歌》(1907)、《独立自由歌》(1908)、《热心》(1907)、《漫笔感兴》(1907)、《佳节感怀》(1907)等。申采浩"开化歌辞"的第一功能在于公论性和功利性,大部分是以论述的形式写成。当然,这样的写作风格与他在报社做评论员有直接关系。传统歌辞的固定韵律是3.4.4.4调,但申采浩的歌辞作品并不完全遵守其传统韵律,而是进行了改革,体现出更自由的形式,这在当时诸多歌辞依然坚守传统韵律的情况下,申采浩的诗体改良成为后来的自由诗歌潮流的先驱。在他看来,社会进入现代时期,传统的定型诗很难体现出急剧变化的社会和人们复杂而自由奔放的思想情感。传统的定型诗作为向大众渲染诗人情绪之锐器有些力不从心,所以,申采浩从传统定型诗的束缚中解放出来,开拓了具有个人独特风格的诗辞体裁。由此可以看出,他是具有民族自强和爱国、独立等信念的启蒙主义者和实践主义者,为当时启蒙思想的传播做出了巨大贡献。

申采浩的自由诗大部分是在流亡地写成的。当时韩国国内的诗界已孕育着各种新体诗歌的雏形,新体诗歌互相影响,且新旧体诗歌交替,诗歌革新即将到来。当然,有些"新体诗",如"自由诗"虽然陆续被创作,但因诗人自身的保守性以及对剧变社会的适应性等问题的影响,在思想内容、诗歌形式、体裁等方面并没有完全摆脱出定型诗的束缚。申采浩对本国民族要走下去的路有着明确的方向,所以他很清楚诗歌应该表达的思想和意识。因此,他创作了一些个性分明且面貌新颖的诗歌,来向社会和大众积极地传递思想信息。整体而言,申采浩的自由诗歌有三种特征:自由自在的诗歌形式、强调韵律、反复与对偶等各种修饰法的灵活运用。他对诗歌的改革满足了当时读者的美学需求,从此意义而言,他可谓是自由诗歌的开拓者。

不过,从申采浩的国诗改良论也能看到他自身的矛盾,主张汉字无用论和汉字批判论的他,为何在国内时和在国外时对诗歌的态度不同?《天喜堂诗话》是申采浩生命前期的著述作品,为了思想启蒙和宣传爱国主义,而提出"国诗"的概念,强调以民族语言写诗歌的重要。但在他生命后期,也就是在政治上失败而流亡中国时,他却用汉字来创作古诗以抒发自我感情。其原因为何?在笔者看来,从严格意义而言,申采浩当时在国内创作歌词、自由诗歌并非是要追求艺术性或文学性,而是作为承载强烈的爱国主义、社会使命感的活动家,以诗作为更好地传达开化思想的工具。也就是说,为了满足时代的思想需要,他不得不创作这样的诗歌作品,值得庆幸的是,这些诗歌充分实现了"觉醒韩国社会"的思想目标。后来,当他不需继续刻意地从事思想宣传和革命渲染，而要表露自由真情，如对人生的感慨[①]、对故乡的思念[②]等等，他便开始追求纯粹文学，从而创作大量古代风格的汉诗。唯有汉诗，方是能够真正窥探申采浩内心世界的文学作品。

如果说歌辞或自由诗的"叙事对象"是大众或集体，那么汉诗则是诉说作家主体的"内部倾向"的诗歌。当时在韩国用汉字创作的高级文学指的是士大夫的文学，用韩语创作的文学是庶民的文学，是为女人和儿童写成的文学。"内部倾向"诗歌具有传统文化的特征，其叙事的对象就是作者主体，汉诗成为叙事的形式。这类似于在韩国传统文学里士大夫们在国语诗歌里推崇时调，而在汉文学里推崇汉诗的情况，他们把具有"外部倾向"的歌辞和自由诗当作可选择的体裁，但具有内部倾向性质的汉诗作为抒发自我感情时必选的体裁。同样，申采浩也在汉诗里流露出了自己的人格与内心世界，这可视为他是为了实现自己曾主张的诗论中的"陶冶"之功效。

总之，梁启超与申采浩的文学创作之路很相似：前期的文学作品大部分体现出了诗界革命理论中诗歌的效用性，后期作品却与前期的相反，体现出了纯文学性的诗歌风格。

对于两人诗歌文学的初期阶段和后期阶段的诗歌风格和内容的变化[③]，中韩部分学者评价他们的诗界革命是失败的。但笔者稍有异见。因为两人作品风格的变化与他们所处的时代及个人处境密切联系，他们的文学生涯前期和后期所扮演的角色及所创作的作品的性质并不完全相同的，前期诗歌创作是全身心地投入到政治、社会活动的作为政治家、社会活动家的梁启超、申采浩的作品，后期的诗歌作品是在政治上失败（梁启超在后期与革命派形成了对立的立场，申采浩在本国进行的革命失败后流亡到国外）后作为文学家的梁启超、申采浩的作品。

梁启超、申采浩前期诗歌作品所体现的启蒙、教化作用，即"文以载道"的观点，是传统文学一直主张的观点，只是在形式和语句的使用上，梁启超强调把古汉文改为白话体，而申采浩则主张把古汉文改为民族语，二人都是为了使诗歌更容易理解，才把韵律等生硬的形式改为自由的形式，并且更强调诗歌的政治效用。不管两人是故意还是无意的创作，这些诗歌毕竟为日后现代自由诗歌的出现做出了极大的贡献，诗界理应给予肯定。当然，随着政治上的失意，两个诗人在后期作品中追求纯文艺的传统美学，则是顺理成章的事了。虽然有人说他们的文学是走出传统后再回归传统的，但在笔者看来，他们的文学创作无论是在前期（传统体裁装新内容）还是在后期（纯文艺作品），一直是对传统文学的延续和对传统美学的继承。

---

① "孤灯耿耿伴人愁/烧尽丹心不自由/未得天戈回赫日/羞将秃笔画青丘/殊方十载霜侵鬓/病枕三更月入楼/莫说江东鲈脍美/如今无地系鱼舟。"（《秋夜述怀》全文）这首诗是1922年申采浩在亡国的悲痛中写下来的。该诗歌流露出了一位为民族和国家丢弃家庭而献身到独立斗争中的斗士的凄凉心情。

② "睡睫朦胧不肯开/清泉强起拜如来/子胥身世余行乞/天亮风流废举杯/白璧三朝终不遇/黄河一去几时回/故园香草堪为饼/回忆斑衣膝下部。"（《无题》全文）

③ 前期的文学作品大部分体现出了诗界革命理论中的诗歌的效用性，后期作品却与前期的相反，比如写汉诗，体现出了纯文学性的诗歌风格。

四、结　语

本文对梁启超和申采浩主张的诗界革命和诗论(《饮冰室诗话》和《天喜堂诗话》)进行了细致入微的分析和研究,不难看出申采浩的诗论受梁启超的影响颇深。首先,申采浩主要接受了梁启超在诗界革命里鼓吹的尚武精神,提倡尚武主义和爱国主义思想。其次,他模仿梁启超的"诗界革命"观点提出了"东国诗界革命",但不同于梁启超,申采浩虽然赞同"诗界革命"的主张和新名词、新语句的使用,但他为自己的"东国诗界革命"规定了范围,并提倡用民族语言撰写新诗,即必须是用东国文和东国音写出"东国诗"。再次,梁启超在《饮冰室诗话》中举例说明要继承和发扬"古人之风格"的内容,其中的"古人之风格"就是中国传统诗歌风格。申采浩也选用了具有韩国古典诗歌风格的"时调"这一形式,使诗歌起到"文以载道"的作用,不仅使这些诗歌起到了宣传爱国主义和启蒙、教化等思想作用,而且还达到了他所主张的诗界革命的目的。最后,二人皆重视音乐与诗歌的关系。

总之,梁启超对申采浩诗论的形成与文学创作影响较大,申采浩不仅接受了他的诗论观点,还摸索出了更适合韩国国情的诗论。在诗论的实践上,两人前期的文学作品大部分体现出了诗界革命理论中的诗歌的效用性。当时国家的现状使得梁、申两人不得不提出诗界革命,其目的在于通过诗歌利用"文以载道"之功能来启蒙和教化大众,从而改变国家和民族的思想和命运。后期作品却与前期相反,体现出了纯文艺的诗歌风格。换言之,两人最终还是没有脱离传统文学的范畴。

“创造性”转化：传统文化元素与当代消费语境

肖　画*

（中南财经政法大学 新闻与文化传播学院，湖北 武汉 430073）

内容摘要：借用传统文化元素，是当代流行文化——流行歌曲、影视、动漫等——推陈出新、吸引受众的一种重要手段。但由于流行文化的接受群体往往对中国传统文化较为隔膜，尤其是对古典文学更加陌生，因此如何将传统文化元素进行创造性的转化以适应当代消费语境，成为当今流行文化必须考虑的问题。本文通过考察形式与内容两个方面，解读当代流行文化对传统文化元素进行“创造性”转化的途径，并对转化的效果加以评估，从而更深入地理解传统与当代之间的张力。

关键词：转化；传统文化；流行文化；消费语境

2007年5月，青春版《牡丹亭》第四度进京，在北京展览馆剧场献上了第一百场演出，意义非凡。在古老剧种已然式微的年代，《牡丹亭》却能在自己的满腔心血中重获新生，身为该剧的幕后核心人物，白先勇为能终偿夙愿而百感交集。白氏《牡丹亭》不仅风靡华人世界，更在美国巡演多场，场场爆满，观众反应之热烈绝不亚于当年梅兰芳在纽约造成的轰动。该剧成为近年来难得一见、名副其实的文化盛事，成功的秘诀首在于“青春”二字——“将青春的元素（演员青春、观众青春、舞台青春）注入昆曲，最终使昆曲也重获青春，让传统的昆曲，在当代重放光彩”。[①]

昆剧之所以在汤显祖的时代盛行，除因唱腔悠扬婉转，唱词清丽典雅，更兼整出戏剧让人陡生人生如梦的喟叹，至情至美归于一梦。这正是汤显祖参悟了东方的人生观照，以梦意的笔法营造戏剧诗意境界的体现。[②]《牡丹亭》自“临川四梦”中脱颖而出，士子伶人争相传

* 肖画，文学博士，中南财经政法大学新闻与文化传播学院中文系讲师。此文系国家社会科学基金重大项目《华文文学与中华文化研究》（项目编号14ZDB080）的阶段性成果。

① 刘俊：《情与美——白先勇传》，时报出版2007年版，第378页。

② 参看林庚：《中国文学简史》，北京大学出版社1995年版，第604—605页。

唱，堪称明代的流行文化。

白先勇对《牡丹亭》的一往情深始于半个世纪前——小说《游园惊梦》对《牡丹亭》的古为今用，使之成为“台北人”系列中最具文化底蕴也最颓靡伤感的一则往事追忆录。《游园惊梦》虽然以《牡丹亭》为创作灵感与行文依托，但传播这出经典昆剧不是白先勇创作小说时的首要考虑，要到二十年后，白先勇才开始全情投入，将昆剧之美通过多种艺术媒介传递给大众，让《牡丹亭》从当初受众不多的现代严肃小说中独立出来，变成家喻户晓的“流行文化”，[①]而青春版《牡丹亭》正是新世纪华语流行文化对中国传统文化元素进行创造性转化的典范。

“创造性转化”当然是借用林毓生的观点，要完成创造性转化“除了需要精密而深刻地了解西方文化以外，而且还需要精密而深刻地了解我们的文化传统，在这个深刻了解交互影响的过程中产生了传统辩证的连续性，在这种辩证的连续性中产生了对传统的转化，在这种转化中产生了我们过去所没有的新东西，同时这种新东西却与传统又辩证地衔接”。[②] 为了呈现“过去所没有的新东西”，白先勇在坚守原剧的“古典美”时，并不排斥“现代性”，“置身现代社会的昆曲必然也要融入现代的理解和现代的因素，除了物质、设备以及舞台形式的现代之外，在表演方式上加入现代细节，不但可以丰富昆曲的表演形式，而且对深化剧情也不无裨益”。[③] 在轻阅读、快餐文化、读图时代的当代消费语境中，昆剧再怎么美不胜收，也不能改变其文辞、唱腔、表演都与这个时代严重脱节的事实；昆剧艺术、文化价值再高，但要全球巡演，不可能不考虑到资金的投入与回报，消费语境离不开票房的考虑，那么白先勇的信心和勇气从何而来？他为什么会选择《牡丹亭》？刘俊给出了如下四条理由：首先，白先勇要借着昆曲，找回民族文化自信心；其次，白先勇希望通过对昆曲的推广与弘扬，能将传统文化继承下来，继承下去；第三，制作青春版昆曲《牡丹亭》，是要为在现代社会如何继承传统树立一个样板；第四，白先勇希望借助推广昆曲，达到文化复兴的目的，并向全世界展示、宣传中华民族的浪漫情感和纯美艺术。[④]

由于笔者所探讨的“创造性转化”主要适用于流行文化，因此其内涵与外延必然与林毓生的本意有别，但可用于分析传统文化元素与当代消费语境之间产生的张力。笔者将“创造性转化”用于流行文化，包括成功与失败两种结果，而青春版《牡丹亭》无疑属于前者，它成功地完成了对中国传统的创造性转化，正如林毓生所言，“把一些中国文化传统中的符号与价值系统加以改造，使经过创造与转化的符号和价值系统，变成有利于变迁的种子，同时在变

---

① 家喻户晓的文化当然不一定就是流行文化，但鉴于昆曲在明代的繁盛，在当时已然成为江南士子热衷的流行文化，况且《牡丹亭》的唱词与思想并不复杂，把它当做今天的流行文化也无不可。

② ［美］林毓生：《中国传统的创造性转化》，三联书店 2011 年版，第 63—64 页。

③ 《情与美》，第 385 页。

④ 《情与美》，第 378—386 页。

迁过程中，继续保持文化的认同”[①]。也正因为“创造性的转化”仍能保持“文化的认同”，中国传统文化才有可能复兴，显示了传统文化元素与当代消费语境融合的途径，二者如果协调得当，会相得益彰，若生搬硬套，则会不伦不类。青春版《牡丹亭》成功地完成了创造性的转化，中国传统文化的神韵才得以在当代复苏。同时，中华传统文化的延续与复兴不仅在于创作者，也在于接受者：该剧的观众群以大学生为主体，“青春版”终于名至实归。

以青春版《牡丹亭》为例，笔者想说，大陆当代的流行文化在继承、运用、转化、发扬中国传统文化元素时明显不如台港，在将古典文学意境融入当代消费语境的过程中力有不逮，难以契合大陆消费群体（尤其是青年人）对流行文化的高质量要求。此外，由于多种原因，大陆与台港的消费语境多有差别，由此带来了海峡两岸的流行文化创作者与接受者的差别，凡此种种都对传统文化元素的创造性转化产生了影响。但比较不同华语地区流行文化转化传统文化的效果，不是本文的重点。

本文针对华语流行音乐的歌词、商业形式的文学写作与影视剧，探析此类流行文化形式如何创造性地转化中国传统文化资源，当代消费语境怎样作用于这些商业文人的创造活动。如果将流行文化划分为形式和内容两个部分来考查，本文拟提出两个思考方向，即流行文化在形式和内容两方面如何“创造性”地转化传统文化元素。其一，形式的转化：文体的诱惑。借用传统文化元素的当代流行文化往往文胜于质，对形式的雕琢远过于对内涵的思索，它以繁复的形式包装近似的内容，以千变万化的修辞表达似曾相识的意思，这种“形式的诱惑”在流行音乐的歌词中表现得最为明显。其二，内容的转化：被规训的想象。当代流行文化在借用传统文化元素时，由于市场的制约，通常遵循某几种约定俗成的想象模式，如此迎合市场不免使传统文化元素带上媚俗的现代性，但这种媚俗却自有暧昧性。因为对形式的追逐，受制于某些想象的模式，流行文化在创造性地转化传统文化元素时，最前卫的与最古老的可以嫁接，通过跨媒介研究，以上两点应该能让我们对传统文化元素在当代的“再生”有初步的认识。但比较而言，当代流行文化在转化传统文化元素时，对“形式”的处理超过了对“内容”的把握。

本文以香港导演杨帆的电影《游园惊梦》结尾，以呼应白先勇的青春版《牡丹亭》。两部现代作品均以同一部古典文艺精品为蓝本，二者对古典意境的耽溺，使各自的形式极尽奢华颓靡之能事。本文分析这两者如何运用想象将今人的欲望与诉求投射在古典意境之中，为流行文化创造性地转化传统文化元素提供了怎样的启示。

一、形式的转化：文体的诱惑

霍尊凭一曲《卷珠帘》在大陆选秀节目“中国好歌曲”中胜出，这首歌随后也成为热门歌曲，一时竟有粉丝赞其秒杀周杰伦，成为“中国风新掌门人”。而刘欢意犹未尽，觉得歌词不

① 《中国传统的创造性转化》，第291页。

够古典，擅做改动，引起歌迷反弹，认为反倒不如原作含蓄有味、清新自然。《卷珠帘》从歌名到词曲到演唱，都具有明显的古典意味，表达的是痴心女子对心上人的切切期盼。但仅就歌词而言，笔者认为无论是原版还是刘欢的改版，都无法与周杰伦的“御用词人”方文山的作品相提并论，大陆的中国风流行歌词整体水平不高。《卷珠帘》的原版歌词文辞稚嫩，意象单薄，起承转合颇为生涩，而刘欢改写后的歌词看似更加文雅，实则佶屈聱牙，使格调更加庸俗。

华语“中国风”流行歌曲始于1990年代初陈升的《北京一夜》，将现代西方流行音乐元素与古典的中国戏曲唱腔、配乐相融合，给流行音乐带来全新的风貌。歌词描绘了一个现代人穿梭在午夜的北京，因为种种历史遗迹而触景生情，于是在想象中穿越到古代，续写前世今生的情缘。歌词里穿插了“北京城”、“城门开”、“地安门”、“百花胡同”等具有浓厚古都风情的词汇，构成了中国风的符号系统。简言之，中国风歌词用极具中国古典韵味的文字符号营造意象鲜明的古典文学意境，由此唤起人们对古老中国的浪漫怀想。这种文字演练与文化考古由台港与海外华人演绎，则有更强烈的艺术效果与更复杂的思想内涵：既可以是王德威提出的“想象的乡愁”——对缺席的源头的追索；也可以是余英时先生的自况：“我没有乡愁——我在哪，哪里就是中国。为什么要到某一块土地上才叫中国？那土地上反而没有中国。”如林毓生所言，对中国古典文学的创造性转化指向文化认同，而“想象的乡愁”与“没有乡愁”正说明美学与政治对这种认同的合力作用，流行文化里的中国风亦复如是。

目前创作中国风歌词的第一人是台湾的方文山，他将汉字的美感发挥得淋漓尽致，撷取古典诗词里最优雅而感伤的意象，以华丽冷艳的文辞营造出浓郁的古典意境，极具视觉冲击力，引导听众的想象，仿佛回到历史深处的文化原乡——这片原乡“曾经姹紫嫣红开遍，到如今似这般都付与断井颓垣”。中国风的歌词每每抚今追昔，抒发的往往是古典神韵不再的惆怅感，这种文化悼亡的姿态为古典意境的营造增添了森森鬼气，似曾相识的感慨使歌词的内涵少有创新，对文体的求新求异成为中国风歌词的第一诉求。当方文山调动古典文学资源，创造出千变万化的形式，却反复撰写相似的内涵时，正如宇文所安所言，他只是在用文字搭建一座欲望的迷宫而已——迷宫无他，正是形式的“创造性转化”。

文体首在修辞，《烟花易冷》最能体现方文山在转换传统文化元素时的修辞特征。这篇歌词的灵感据说来自《洛阳伽蓝记》，历史兴亡、世事沧桑之感油然而生，但这首歌表现的仍是流行歌的主旨“情痴”二字——一名武将与一名女子的情深缘浅，从私订终身到无尽等待，直到洛阳的色相劫毁，二人难成眷属，由繁华遁入空门的无奈与解脱。方文山营造了一种华丽、苍凉、冷峻、凄迷的古典意境，借助的是一系列修辞手段：对偶，让歌词富有节奏之美，增强情感力度，“繁华声，遁入空门，折煞了世人/梦偏冷，辗转一生，情债又几本”；倒装，加强语势，调和音节，“那史册，温柔不肯，下笔都太狠”；叠加，同一字词反复，增强听觉与情感，“如你默认，生死枯等/枯等一圈，又一圈的年轮”；白描，增强画面感，“雨纷纷，旧故里草木深/斑驳的城门，盘踞着老树根”；转化，让具体与抽象互相转化，“容我再等，历史转身/等酒香醇，等你弹一曲古筝”；用典，让联想与古典快速沟通，“伽蓝寺听雨声盼永恒”。另有修辞如转换词汇的惯有词性（“你发如雪凄美了离别”），赋旧词予新意，拆解语言的惯常用法，重新浇筑文字的重量，并巧妙借用脍炙人口的诗句，如《青花瓷》里“帘外芭蕉惹骤雨门环惹铜绿/而我路过那江南小镇惹了你”，即借用郑愁予的名诗《错误》，将原本静态的芭蕉与无生命的门环写得情趣盎然，且为后半句的爱情故事产生“起兴”的效果。

流行歌词如何创造性地转化古典文学，带来古典文学意境与当代消费语境之间的张力？古典文学往往让今天的消费群体觉得隔膜，尤其是以文言书写的古典文本需要一定的知识储备才能阅读，而流行歌曲的受众大多数是文化程度不高的青少年，因此古典文学必然要经过一定的改造，才符合流行歌词通俗易懂朗朗上口的要求。通读方文山的中国风歌词，他使用的词汇、意象几乎都是小资文化里的惯用语，如“烟花、红尘、客栈、轮回、离愁、天涯、江湖”等等，这些词语予人遐想却无须解释，构成了小资阶层沉溺白日梦的符号体系，当流行歌曲为听者设置了浪迹天涯、江山美人、独步武林、行走江湖、前世今生等古代场景时，在婉转的旋律与华丽的歌词中，古典意境嫣然而至，有效满足了小资阶层在消费语境里的怀旧欲望。

借传统文化元素以浇怀旧块垒的当然不是流行文化的专利，借古喻今、故事新编等等手法在经典文学作品中也屡见不鲜，如果比较方文山的修辞和阿城的修辞，可看出消费与正典文类在转化古典文学时的差别。阿城小说的价值之一是语言上的成就、修辞上的造诣，这与方文山的价值类似。阿城的小说写的虽是当代，但底蕴却是古典的，行文间隐隐有古典意境呈现，其古典意境与方文山的古典意境迥然有别。方文山营造的古典意境多少试图迎合小资阶层寻求浓艳、诡异、新奇、刺激的需求，因此显得华丽、繁复且有鬼气，但阿城把“中国古典写意派的画法搬到叙述处理上，其表现，一是削尽冗繁，返璞归真。他极力叵避形容词，基本是干干净净的主谓宾结构，并尽量使用短句子的穿插与连接，剪除了语词结构表面的乱毛，来体现清新疏落，挺秀遒劲……让你领略不设彩而胜于彩。”[①]质言之，阿城的古典意境在于素净与空灵。当然，鲁迅在《野草》里营造的古典文学意境同样阴森鬼气，且有些篇章文辞近乎华丽，但《野草》有丰富的精神内涵与深邃的哲理思辨，几乎每一篇都能开创一个新境界，而方文山的歌词却远没有这么巨大的阐释空间。此外，阿城的语言不避俗字俗语，且阿城自己说他的写作会用到生僻和深奥的字词。但方文山的遣词用句避开俗字俗语，更不见生僻与深奥，这当然是流行文化本身的性质决定的，它是以中低等文化程度的人为主要受众。

总而言之，“新瓶装旧酒”正是中国风的流行歌词的价值或症结所在：用新的形式包装旧的内容，使无暇也无力钻研古典文化精髓的消费大众产生接触传统文化的兴趣，让惯于消费舶来品的青少年群体知道本民族也有如此炫酷的文化，这正应和了白先勇推广昆曲的目的——“找回民族文化自信心，将传统文化继承下来，为现代社会继承传统树立样板，以达到

① 朱伟：《接近阿城》，《二十世纪中国文学史论》，东方出版中心2003年版，第384页。

文化复兴的目的”。但流行文化始终要遵循商业原则，消费者的需求和能力始终是流行文化考虑的重点，这也正是流行文化难以如经典文学那样超越时代的原因。经典文学同样重视形式，区别何在？其实鲁迅一生都在关注文章的形式，但不是为了形式而形式，而是为了挣脱旧形式的藩篱，以他独特的“双重否定”警醒自己旧形式对新事物的束缚甚至扼杀，用不断更新的文体表达更进一层次的思考。与此相反，流行歌词普遍跟风，方文山的中国风走红之后，各种低劣的模仿蜂拥而至，流行文化在形式上的惯性与惰性虽然迎合了这一阵的消费潮流，却也限制了创造者的活力 。

二、内容的转化：被规训的想象

张爱玲在小说《多少恨》的题记里写道：

> 我对于通俗小说一直有一种难言的爱好；那些不用多加解释的人物，他们的悲欢离合。如果说是太浅薄，不够深入，那么浮雕也一样是艺术呀。但我觉得实在很难写，这一篇恐怕是我能力所及的最接近通俗小说的了，因此我是这样的恋恋于这个故事。[①]

《多少恨》根据1947年张爱玲编写的电影《不了情》改写而成，说的是一个事业有成但婚姻失败的中年男人与一个家庭女教师之间终难成眷属的俗套爱情故事，该片的票房极佳。以张爱玲的才华来驾驭这样一段凡人小事应该是得心应手，但她为什么说通俗小说实在很难写呢？张爱玲在四十年代成名时期发表的那些传世经典不都是写的这些类似的凡人俗事吗？我们当然知道，《多少恨》与《传奇》里的小说虽然貌似接近，但有天壤之别，前者是张爱玲自觉为之的“通俗小说”，是有着明显的“读者意识”的流行文学写作。“通俗小说”情节曲折丰富，矛盾集中且激烈，人物塑造模式化，起承转合充满了戏剧性，总之都是为了迎合读者的需要而刻意为之。但在《传奇》里，除了张爱玲自己承认的《金锁记》之外，其他小说里的人物都是不彻底的，也就意味着矛盾不明显、冲突不激烈、情节不曲折、人物不典型，尽管发表在通俗文学杂志上，但并不能轻易纳入流行读物与通俗小说的范畴。

通俗小说到底有多难写？张爱玲曾在香港为一家电影公司编写《红楼梦》的剧本，以她对《红楼梦》的认知程度，这份工作应该驾轻就熟。但剧本能否通过，需要没看过《红楼梦》的人看过剧本再说。而这家电影公司的老板看过剧本之后表示不满（当然，老板没有采用她的剧本还有别的原因，如另一家公司已经抢拍《红楼梦》了）。这里的关键是“由不懂传统文化的人来操控深谙传统文化的人”，因此“外行领导内行”正是流行文化、通俗文学的运作规则，电影公司老板对古典文学经典一无所知，但他熟悉市场规则，能代表大多数观众、读者的欣赏水平与消费喜好，张爱玲自身文艺素养再高，如果要进入流行文化圈，就不得不对自己的创作加以“规训”。对于转化传统文化元素以迎合大众消费的当代流行文化来说，“规训”就变得必不可少，几乎是流行文化进入消费语境的唯一途径。这种“规训”意味着一套约定俗

① 张爱玲：《惘然记》，花城出版社1997年版，第85—86页。

成、不言自明的商业运作机制，是文化产品进入市场被读者接受的前提条件。

张爱玲的大多数小说并不适合改编成影视作品，她用华丽而苍凉的文字建构的世界，其实是以实写虚，那些工笔画般的细节与别出心裁的比喻，体现的是文学意义上的“无用的价值”，是影像无法呈现的“色即是空”。适合改编成影视的小说往往是通俗小说。同样以文笔华丽冷艳著称的香港作家李碧华，她的每部重要小说都被搬上屏幕，成为香港文化的一种代表。李的小说无疑属于通俗小说——个性鲜明的人物形象、奇崛另类的情节设置、复杂剧烈的矛盾冲突，都符合影视剧的票房保证，而李碧华作品本身诡异妖冶的文字修辞更成就了她独特的文学价值。

李碧华最擅长的是“故事新编”，《青蛇》、《秦俑》、《霸王别姬》、《潘金莲之前世今生》这些小说的名字就给读者一种强烈的古典文学互文效果。她将古典文学中家喻户晓的故事加以改装，以冷艳诡异的语言风格营造不可言喻的古典意境，让当代的价值观渗入古人的世界，由此产生强烈的戏剧效果，确实在通俗文学中独树一帜。然而这些借用传统文化元素的通俗小说貌似体现了天马行空的想象，其实有套路可循，人鬼痴缠、轮回转世是她惯用的手法，尤其在以古典文学为依托的小说里，这种手法成为了被规训的想象，难以开拓小说新的领域。《樱桃青衣》效仿“黄粱一梦”，落第书生在梦中尝尽荣华富贵，不过梦醒一切皆空，明显取材于唐朝沈既济的《枕中记》，而且沿用卢姓书生这一人物；《最后一块菊花糕》以袁枚对鲜衣美食的喜好为机缘，编写他与萧美人之间的人鬼情，当中详细描绘了各种精巧点心；《梁山伯自白书》以梁山伯的第一人称叙述，想象梁祝二人在民间故事里所没有的细节；《八十七神仙壁》以唐代名画《八十七神仙卷》为灵感，写出一则缥缈的浪漫遐想，又以“画龙点睛”这个带有浓厚传统文化气息的手笔留下悬念；《紫禁城的女鬼》取材自明嘉靖帝的宫闱秘史，以想象追溯当年皇宫里的冤魂厉鬼；《荔枝债》是白居易的《长恨歌》的续篇，杨贵妃、李隆基与一位婢女转世到日本再续前缘。而近年来风靡荧屏、粗制滥造的穿越剧，李碧华早有尝试，《凤诱》设想明朝的李凤姐穿越到现代的香港游戏人间，结尾黯然归去。

李碧华在转化传统文化元素创造现代通俗小说时，虽然成功地营造了诡异妖艳的古典氛围，但她看似狂放不羁的想象力其实皆有模式可循：一方面她倾慕的大师鲁迅已为她树立了“故事新编”的样板，但鲁迅“故事新编”的阐释空间显然远远超越了后辈；另一方面，她其实有着强烈的读者意识，她的狡黠之处在于她太清楚香港市民喜爱什么，而这也正是她的局限所在，她难以像她倾慕的另一位大师张爱玲那样，从市民阶层的阅读喜好中跳脱出来，在思想与哲理上有所开拓。当然，这是一位商业文人受制于市场机制时难以做到的。而当李碧华自传统文化资源中抽身而出，改从当代社会大千世界汲取灵感时，她创作的一些诡异小说反倒更有想象力：写为情自杀的人几次投胎都瞬间夭折，警告恋爱中的愚昧（《诈糊 BB》）；一家新开张的文具店，专营各种文具，分门别类治愈恋爱中的各种问题（《神秘文具优惠券》）；一个女人收到一件意外的礼物吸尘器，家中便怪事不断（《意外的礼物不要收》）……

台湾作家张大春在创作《大唐李白》的过程中，尽力挖掘唐朝历史的各个角落，用丰盈的细节“找寻到历史叙事的整个脉络跟骨干”，由此建构了历史的厚重感，而李碧华作品与大多数通俗小说里的历史背景一样，往往变成了抽空神髓、只起着时代简介作用的布景。张大春摆脱了流行文化的模式化想象，以开拓性的想象填补历史数据的匮乏，“这填补的东西一般来说不会是真正历史上发生的事情……所以它打开了文类的范围”，“用一件看起来很简单的东西，把背后的历史背景、社会文化都网织进来”，“让人在应该怀疑的地方看起来不需要怀疑，当你不怀疑的时候，下一个东西出来时就会震惊你，或者就会欺骗你，让你忧怀难忘”。同时，张大春也正在探索一种华语小说特有的文体实践，而这也是通俗作家难以企及的。张大春比较中西小说的文章技法，提出“结构感”：

> 你完全 follow 中国小说，那你在这一代也略无贡献。在我们这一代，我觉得既然我们同时兼受了中西方的教养，就应该从一个比较大处着眼的要求之下，找到某一些我觉得能贯通的隧道。那中间有一个非常重要的东西，结构感……中国小说是这样一个风景，它阡陌纵横，但它一定条条大路都互相贯通。我们这一代必须把西方的某一些结构观拿回来，当做一个指路的拐杖也好，指南针也好，去看看中国小说有哪一些可能性。[①]

同是借用传统文化元素，通俗文学的手法远比严肃文学要单一、单薄，前者的想象也以模式化的居多，通俗小说貌似花样繁多种类翻新，但难掩内里的贫薄，这种模式化的想象正反映了马泰·卡林内斯库所谓的“媚俗的现代性”。因为媚俗，通俗小说在创作方法上往往有意识地使用经典作品的创作技巧，古典文学于是成为最佳的灵感源泉。《青蛇》综合利用了明代的《白娘子永镇雷峰塔》、清代的《义妖传》等古典文本，而对白蛇与青蛇、许仙与法海的二分法描写直接脱胎于张爱玲的《红玫瑰与白玫瑰》。因为媚俗，古典文学正好用来借古讽今，满足现代消费者的犬儒主义，《诱僧》用唐朝的玄武门兵变让现代的读者产生联想。媚俗的审美方式之一即怀旧，《胭脂扣》里罗列了多种精巧的、神秘的、颓靡的古物——烟枪、故衣、珠片、朱钗、啫喱膏、鼻烟壶、天游报、景泰蓝的胭脂匣子，再加上诸多当年风月场所的行话、俚语，各色古旧材料堆栈出来的怀旧氛围满足了读者的猎奇心态，用传统文化元素来填充消费者的想象空间。这种消费语境里的想象可借用柯林·坎贝尔的“现代自主幻想性享乐主义”：

> 从想象激发的情感中获得快乐/快感……以假乱真的白日梦悄然而至，个人以主观情绪置身其中，好像这些梦幻是真实的。这是一种特有的现代禀赋，它能创造一种明知为伪却感知为真的幻觉。个人在自己创造的戏剧里，既是演员又是观众，因为他/她建构了这个梦/剧，自己主演，并同时成为它的总体观众。[②]

---

① 张大春：《大唐李白少年游》，广西师范大学出版社 2014 年版，第 355 页。

② Colin Campbell, *The Romantic Ethnic and the Spirit of Modern Consumerism*, New York: Basil Blackwell, 1987, p77.

《胭脂扣》恰恰体现了这种“以假乱真的白日梦”，小说设置了两对不同时代的恋人，从当代消费时代的阳世情侣观看传统文化价值观里的阴间痴情人，由于不同年代产生的巨大隔膜，再加上超自然因素的介入造成的间离效果，这对当代情侣只能以当代人的主观情绪置身于传统情爱观之中，致使整个寻人过程扑朔迷离，疑窦丛生，最后女鬼如花不辞而别，寻人也就不了了之。鉴于小说叙述者和女友是娱乐报记者的身份，谁能说这对当代情侣不是出于虚构、渲染、无事生非的职业病，在创造一种明知为伪却感知为真的幻觉？因此小说里的叙述者在自己创造的戏剧里，既是演员又是观众。而当我们阅读这部小说时，当中的种种传统文化元素无疑又激发了我们的想象，在想象中体会怀旧的乐趣，李碧华因此将诡异的古典意境变成了文化消费的热潮。

结语　游古典之园，惊现代之梦

白先勇的青春版《牡丹亭》2004 年第一次正式搬上舞台之前，香港导演杨帆已在 2001 年推出了电影《游园惊梦》。这两部不同类型的文艺作品源自同一部古典精品，运用了近乎相同的传统文化元素，以求达到唯美的视听效果，雕琢“形式”成为第一要务。但和白先勇振兴传统文化、普及中国美典的本意不同，杨帆的电影《游园惊梦》是一个俗套的情节串联起一段段的情感纠葛，虽然主要人物些许类似于白先勇的小说《游园惊梦》，但这部电影达到的深度却远不及小说。杨帆是以传统文化元素包装现代人的欲望与失落，将当下流行于小资阶层的颓靡情绪与感伤情调投射在古典的情韵之中，用华丽的外衣撑起一个苍白的背影。

再把视野往前、往后推拉，在杨帆的电影《游园惊梦》之前，香港艺人郭富城在 20 世纪末推出了唱片《游园惊梦》，商业文人用流行歌词阐述了休闲消费群体对“游园惊梦”的理解；而在青春版《牡丹亭》第一百场演出之后的一年，夏达推出了漫画故事集《游园惊梦》，描绘了一段蝴蝶与书生之间的短暂且伤感的情缘。撇开当代经典文艺作品不论，在当代流行文艺作品中，“游园惊梦”式的人物设置、情节安排与情感基调一再重现，仿佛成为当代消费语境中的一种集体无意识。经过数百年的文化积淀，“游园惊梦”这四个视觉华丽、语音婉转的汉字本身就已蕴含了畅销作品所需的诸多密码：是谁在游？怎样之园？如何惊醒？所梦为何？如此这般，当代流行文化正好将《牡丹亭》的本事反复铺排敷衍，进行各种“创造性”的转化，让传统文化元素进入当代消费语境，正是游古典之园，惊现代之梦。

新世纪十年以来张爱玲研究综述

文娟[*]

（浙江大学宁波理工学院 传媒与设计学院，浙江 宁波 315100）

内容摘要：张爱玲研究自上世纪40年代起步，至今已近70个年头。时空流转中，"张学"渐变为一门显学，其相对完整的知识谱系也于新世纪之前就已基本具备。但因缘际会，其在新世纪十年以来的学界中依然倍受瞩目。笔者梳理了新世纪十年以来的张爱玲研究成果后，发现无论是在论文、论著的数量，还是在研究的深度和广度上，新世纪十年以来的张爱玲研究都有了很大的突破。本文对小说、剧作及影视改编、翻译等方面的研究成果进行了细致盘点，在客观展示的同时指出其局限，以期对以后的张爱玲研究有所助益。

关键词：张爱玲；小说研究；剧作及影视改编研究；翻译研究

引言

张爱玲成名于20世纪40年代的上海滩，有关她的研究那时就已展开。随着1952年出走香港、1956年移居美国，张爱玲作品在大陆几近30年的文学史中踪迹全无，相关的批评研究也就此中断。因地缘等关系，同一时期的台湾、香港及海外，张爱玲研究则风生水起。20世纪80年代以来，大陆文学研究的环境变得宽松自由，张爱玲"其人其文"很快"浮出了历史的地表"，自此张爱玲研究打破区域空间的阻隔，在海峡两岸及海外广泛展开。随着有关研究论文、论著数量的持续攀升，"张学"逐渐成为显学。新世纪之前，在傅雷、夏志清、王德威等几代学者的研究建构下，张爱玲研究已具备了相对完整的知识谱系，无论是主题思想、哲学意蕴，还是艺术风格、叙事技巧、写作资源，乃至于张爱玲的文学史地位等，都得到了相当充分的研究。这一时期的研究成果，灵真（刘川鄂）、王卫平、马琳、刘维荣以及黄玲玲等

---

* 作者简介：文娟，文学博士，浙江大学宁波理工学院传媒与设计学院助理研究员，浙江大学新闻传播所在站博士后，主要研究方向为20世纪文学和艺术传播学。

已有较为全面、翔实的述评[①]。鉴于此，笔者着力梳理新世纪十年以来的张爱玲研究成果，并就小说研究、剧作及影视改编研究、翻译研究等进行概述。

一、小说研究

小说研究一直是张爱玲研究中的重镇，新世纪十年以来此类论文的数量继续攀升，大多仍围绕着前人研究中的重点论题进行更为细致深入的阐释。如从爱情婚姻角度对单篇作品进行细读，指出张氏作品对人性暗角的深入开掘和反讽；从性别研究着手，细致评析作品中各色男女形象，并对他们的文学史意义进行评析，其中张爱玲的女性观和作品中的女性群体意识尤受关注；运用精神分析学知识，或挖掘张爱玲创伤经验与作品之关系，或论述小说中心理摹写的手法，探讨作家与作品间的互生关系；在时代历史背景的维度下，结合作家的人生经历，分析张氏作品的文本结构、叙事技巧、意象修辞，考究其美学风格、文化模式、哲学意蕴等。新世纪的小说研究也有一些颇具新意的研究成果，集中体现在以下几个方面。

（一）“现代性”主题的深度开掘

关于张爱玲小说作品中“现代性”意蕴的研究，最早的论说者是夏志清。他以西方现代作家的创作为参照，对张爱玲的小说进行解读，认为张爱玲在意象营造、道德表现、宗教关怀、心理描写等方面不仅超出了同时代的中国作家，甚至接近或超过了西方现代作家的高度[②]。他虽没直接点出张爱玲的现代性质地，但意在将张爱玲的创作纳入西方现代性脉络之中进行考察，这为张爱玲的现代性研究提供了最初的思想资源和学术基础。孟悦和李欧梵立足于中国现代文学的原生态语境，在主流/边缘、传统/现代的缠绕考辨中归结出张爱玲作品中的现代性特质，不仅为学界的“现代性”研究提供了论证的依据，并且有着方法论上的参照作用。孟悦在《中国文学“现代性”与张爱玲》[③]一文中突破五四“现代观”的束缚，以“新的文学想象力”的建构为切入点，在对张爱玲所营造的“意象化空间”、运用的“新传奇”叙事手法的细致剖析中，凸显张爱玲作品中的现代感，并重新评价了张爱玲的价值和意义。他认为张爱玲不是一个与时代宏大叙事无关的超脱者，她一样会在创作中表达自己关于家国民族的思考，只是她采取了与左翼创作中的“现代政治素质”视角不同的视点而已，从而肯定了张爱玲对中国文学的“现代性”做出的独到贡献。李欧梵在《漫谈中国现代文学中的“颓废”》[④]一文中透过独特的现代性视角对张爱玲的创作与“颓废”间的关系进行解读，确认了张爱玲的现代立场。新世纪十年以来关于张爱玲小说创作的现代性研究更为细致和深入。

---

① 灵真：《海内外张爱玲研究述评》，《华文文学》1996年第1期；王卫平、马琳：《张爱玲研究五十年述评》，《学术月刊》1997年第11期；刘维荣：《海外张爱玲研究综述》，《社会科学家》1999年第5期；黄玲玲：《六十年代以来张爱玲研究述评》，《文教资料》2000年第2期。

② 参阅［美］夏志清：《中国现代小说史》，友联出版社1979年版。

③ 孟悦：《中国文学“现代性”与张爱玲》，王晓明主编《批评空间的开创：二十世纪中国文学研究》，上海东方出版中心1998年版。

④ ［美］李欧梵：《漫谈中国现代文学中的“颓废”》，《现代性的追求》，人民文学出版社2010年版。

刘志荣、马强在《张爱玲与现代末日意识》[①]一文中，以文本细读的方式，将张爱玲置于中西比较的视野之下，考察其小说中的现代末日意识。所谓“末日意识”指的是一种无法消解的对世界与人生深重的虚无感和绝望的文化体验。刘志荣等认为这一体验是西方现代文学影响的结果，是一种不同于中国传统文化血脉的新质，却又受到中国文化中“现世”意识的规约。因此，张爱玲的小说注重末日威胁下现实社会中人的心理反应与行为的分析，缺乏西方现代末日意识中的宗教感和哲学沉思；齐钢的《论张爱玲的存在意识》[②]考察了张爱玲小说中的存在意识，分析了这种意识产生的因缘，指出对在生存困境中个体人的焦虑、畏惧、异化，以及用自欺来逃避荒诞世界中的生存焦虑的现象的描绘与文明的批判是张爱玲存在意识的体现，认为存在意识使张爱玲的作品提升到了哲学的高度；刘锋杰认为张爱玲的创作创造了日常现代性的基本形态，关注的是日常生活实感的现代性，具有普世性、永恒性的特征。张爱玲的日常现代性是对鲁迅为代表的启蒙现代性的挑战与超越，从而显示出二十世纪中国文学的现代性乃转型而非断裂的性质[③]。此外，张新颖的《日常生活的“不对”和“乱世”文明的毁坏——张爱玲创作中的现代“恐怖”和“虚无”》、罗慧林的《中国文学“启蒙现代性”的三种走向——兼论“张爱玲热”的原因》等论文也对张爱玲小说创作中的“现代性”指向做出了深度思考。

（二）意象与服饰意蕴研究

张爱玲擅长在作品中营造各种繁复奇特的意象，如月亮、玻璃、镜子、光影、电车、花、墙等，这些意象在新世纪之前亦多有论述。新世纪十年以来，意象研究仍然是一个热点。许子东的《物化苍凉——张爱玲意象技巧初探》[④]认为张爱玲作品具有“以实写虚”的逆向意象倾向，并对这一物化意象的动态性特质进行了剖析，认为张爱玲琐碎奇绝、杂色质感的物化意象是她抵御苍凉感悟中恐惧的一种方法。林莺在《张爱玲“太阳”意象的陌生化建构》[⑤]一文中对张爱玲笔下的“太阳”进行了全方位的探析，认为张爱玲将一般象征温暖和光明的太阳做了“陌生化”处理，“太阳”在张爱玲笔下演绎出隔世、陌生和凄凉，幻化为吞噬生命的预兆，“是张爱玲进行文学建构的基本方式，它不但渗入作品的艺术构思当中，并且延伸到作者的思想背景当中，构成张氏小说的文学反思，也是张氏人生观和爱情观的再现工具”。林莺还在《创伤性记忆与张爱玲的抽象隐喻》[⑥]中对张爱玲营造的抽象意象做了深度剖析，通过“封住”意象、“隔断”意象及“割裂”意象的考察，揭示出张爱玲华美、苍凉和奢靡笔调下无意流露的性格因素及创伤性记忆下人格的压抑和张力。刘锋杰等人合著的《张爱玲的意象世界》[⑦]

---

① 刘志荣、马强：《张爱玲与现代末日意识》，《中国比较文学》2000年第2期。

② 齐钢：《论张爱玲的存在意识》，《浙江教育学院学报》2002年第4期。

③ 刘锋杰：《论张爱玲的现代性及其生成方式》，《文学评论》2004年第6期。

④ 许子东：《物化苍凉——张爱玲意象技巧初探》，《华东师范大学学报（哲学社会科学版）》2001年第5期。

⑤ 林莺：《张爱玲“太阳”意象的陌生化建构》，《东南学术》2010年第1期。

⑥ 林莺：《创伤性记忆与张爱玲的抽象隐喻》，《福建论坛（人文社会科学版）》2010年第9期。

⑦ 刘锋杰、薛雯、黄玉蓉：《张爱玲的意象世界》，宁夏人民出版社2006年版。

一书，从艺术鉴赏的角度对张爱玲作品中的镜像、月光、太阳、乐声等意象进行了细致的探究，是一部有参考价值的意象研究专著。

服饰意蕴研究是新世纪十年以来张爱玲小说研究中的又一亮点，取得了不菲的成果。专著方面，邓如冰的《人与衣：张爱玲〈传奇〉的服饰描写研究》[①]运用丰富的服饰知识解读文本，挖掘《传奇》中服饰描写的民俗学、社会学和文学层面的意义，开拓了张爱玲研究的新领域。单篇论文方面，较有代表性的有黄子平《更衣对照亦惘然——张爱玲作品中的衣饰》、平原《张爱玲的服饰话语》、贺玉庆《张爱玲小说中服饰符号意蕴探析》等。

（三）“晚期风格”研究

相对于张爱玲研究中其他论题，“晚期风格”研究是一个“年轻”的论题，涉及的范围也较为广泛，不仅包括张爱玲后期创作、翻译的所有作品，还包括她后期的书信交友、行事作风等。新世纪十年以来，学界关于张爱玲“晚期风格”的研究取得了不错的成绩。刘涵华的《张爱玲后期散文创作的美学风格》[②]以张爱玲前期的散文创作为参照点，对张爱玲后期散文做了细读分析，指出张爱玲的后期散文具有创作主体淡化、理性精神增长、语言风格质朴隽永的特点，并认为这是作家旺盛的创作生命力和历久不衰的创作热情的体现。马琼在《绚烂之极归于平淡——论张爱玲后期创作风格的转变》[③]中以张爱玲后期创作的小说为研究对象，考察张爱玲后期的创作风格，认为后期的张爱玲注重在小说中表现“细密真切的生活质地”、白描手法运用完美、叙事结构呈现出松散的特质，创作已深得“平淡而近自然”的精髓，创作美学由绚烂归于平淡。以上文章均认为张爱玲的后期创作是写作生涯中的突破和精进，对张爱玲的“晚期风格”持褒奖、认可的立场。然而，也有学者对此持相反的看法，认为张爱玲后期创作力衰退，渐趋枯竭。姜桂华在《张爱玲的创作力可曾衰退？——以〈金锁记〉和〈怨女〉为中心的考察》[④]中从主人公出场、离场的描写以及母女关系是否设置等角度出发，对《金锁记》和《怨女》两个文本做了比较分析，认为从文风来看，《金锁记》集中、凝练、明快、典雅、流畅、含蓄，《怨女》则松懈、啰嗦、沉闷、粗俗、黏滞、直白，并认为至此张爱玲的创作力衰退不证自明。胡晓丽的《张爱玲的文学创作“枯竭期”出现原因的探析》[⑤]将张爱玲的文学创作“枯竭期”置为论述前提，重点探讨枯竭的原因。认为创作题材的狭窄、“上海的描绘者”以及狼狈的婚姻联手谋杀了张爱玲的创作才华，使其后期的创作处于枯竭的状态。

香港学者陈建华的研究方式与以上诸篇着力于创作文本进行的研究不同。他的《张爱

---

① 邓如冰：《人与衣：张爱玲〈传奇〉的服饰描写研究》，广西师范大学出版社2009年版。

② 刘涵华：《张爱玲后期散文创作的美学风格》，《江西社会科学》2007年第5期。

③ 马琼：《绚烂之极归于平淡——论张爱玲后期创作风格的转变》，《云南民族大学学报（哲学社会科学版）》2008年第2期。

④ 姜桂华：《张爱玲的创作力可曾衰退？——以〈金锁记〉和〈怨女〉为中心的考察》，《苏州科技学院学报（社会科学版）》2009年第4期。

⑤ 胡晓丽：《张爱玲的文学创作“枯竭期”出现原因的探析》，《当代小说（下半月）》2010年第2期。

玲“晚期风格”初探》[①]一文，把张爱玲移居洛杉矶之后二十余年里的文学作品、行事方式、甚至她的沉默都列入了考察的范围，这种多视角的研究方式开启了张爱玲“晚期风格”研究的新向度，不但丰富了前人的研究成果，而且为以后的研究提供了方法论上的借鉴，昭示着“晚期风格”研究路径的日渐繁复。陈建华认为“身体文本”是构成张爱玲晚期风格的重要部分，并对此作了详细勾画。一方面，张爱玲借着写给几个至交好友的书信、出版的书籍和序言等，现身说“法”，彰显自己作为写作者的存在与自主，再次重申她的文学艺术观。另一方面，张爱玲又声明自己不喜欢在作品中暴露隐私，不主张读者从“窥视”的角度“看张”，宣称“作者已死”，这种对隐私权的重视与主动的现身形成明显的悖论。事实上，作者不可能死亡，张爱玲的存在本身是张爱玲传奇不可缺少的构成要素，张爱玲有意地声称“作者已死”是一个真正的艺术家对自己文学创作的信任，期待读者把作品看做一个自足的艺术世界进行接纳。总之，陈认为张爱玲晚年“极其复杂而又困难的书写”背后隐藏的仍是“苍凉的手势”，她的“晚期风格”是前期“苍凉美学”的延续，她对艺术的真诚一以贯之。

2009年《小团圆》的出版，更激发了学界对“晚期风格”研究的兴趣。许子东以《小团圆》为中心探讨张爱玲“晚期风格”的文学史意义，王德威以《雷峰塔》和《易经》为中心考察张爱玲“重复、回旋、衍生”的创作美学，格非从叙事学的角度分析《小团圆》的“晚期风格”特色等，均是学界关于“晚期风格”研究的最新成果。整体而言，“晚期风格”研究起步较晚，有继续深入挖掘的空间。

二、剧作及影视改编研究

张爱玲的剧本共计十五部，有话剧、电影剧和广播剧。由于张爱玲剧作资料较难觅及，张爱玲研究中热点议题众多，新世纪之前张爱玲的剧作研究呈薄弱化态势，仅有郑树林、李欧梵等少数学者对此有所涉猎。新世纪十年以来，随着剧作资料的渐趋完善、曾经的热点议题的过度开发、前期研究成果的召唤，张爱玲剧作成为学界的又一研究热点。海外学者傅葆石的《女人故事：张爱玲的〈太太万岁〉》[②]以“女性电影”的内涵为理论资源，用文本细读与比较研究相结合的手法，探析张爱玲的电影剧作《太太万岁》的主题。他认为《太太万岁》是一部爱情喜剧形式的女性电影，张爱玲把原本琐碎平凡、远离政治的日常生活融入上海中产家庭的微妙关系中，利于观众在更深刻、细微的层次上了解战时人与性别的关系。香港学者吴国坤的《香港电影半生缘：张爱玲的喜剧想象》[③]也考察了张爱玲电影中的喜剧想象，但研究的重点在于叙事手法。张爱玲能够自如地运用好莱坞的喜剧情节和通俗元素包装“中国化”

---

① 陈建华：《张爱玲“晚期风格”初探》，李欧梵等著、陈子善编《重读张爱玲》，上海书店出版社2008年版。

② 傅葆石：《女人故事：张爱玲的〈太太万岁〉》，李欧梵等著、陈子善编《重读张爱玲》，上海书店出版社2008年版。

③ 吴国坤：《香港电影半生缘：张爱玲的喜剧想象》，李欧梵等著、陈子善编《重读张爱玲》，上海书店出版社2008年版。

的情愫，在通俗电影的叙事框架下，利用镜头的角度和运动、时空的剪接及场面的调度来烘托人物心态。张爱玲创作的现代性特质在由文字到影像的转移中得以凸显。日本学者河本美纪在《张爱玲与电懋》[①]中，认为张爱玲的电影剧本与她苍凉的小说世界相距甚远，充满了喜剧色彩，呈现出风趣可爱、调皮的韵味。并对其小说创作同时进行剧本创作原因进行了分析。孔喆的《浅谈张爱玲的两部喜剧电影剧本》，李微的《试论张爱玲的电影剧本创作》，张英进、易前良的《穿越文字与影像的边界：张爱玲电影剧本中的性别、类型与表演》以及贺昱的《论张爱玲电影剧本创作中的市场意识——以〈太太万岁〉和〈不了情〉为例》也对张爱玲的电影剧作做了论述。

张爱玲除直接参与剧本创作外，其部分作品也多次被改编为影视作品。自1984年香港电影导演许鞍华把张爱玲的小说《倾城之恋》搬上银幕后，张爱玲的小说便受到众多导演、剧作家的青睐，不断被改编、拍摄和排演。新世纪十年以来影视、剧作改编上演的势头更猛，改编热潮也推动了相关研究。李小良在《历史的消退——〈十八春〉与〈半生缘〉的小说和电影》[②]一文中，将张爱玲20世纪50年代创作的《十八春》、60年代删改的《半生缘》和许鞍华拍摄的《Eighteen Springs》（即"十八春"的英文直译）作为文化文本，进行比照，剖析其生存的历史状况。认为这三个文本在一定层面上，带有滋养它们各自生产的历史文化印记。三个文化文本对外在世界的指向，展示了一条中国现实和历史在文本中不断消退的痕迹。何杏枫的《银灯下，向张爱玲借来的"香港传奇"——论许鞍华〈倾城之恋〉的电影改编》[③]以文本细读的方式，利用报刊影评、宣传资料及票房排位等周边资料，在香港政治社会的脉络中考察许鞍华的电影改编，并结合许鞍华电影创作中的本土意识和政治隐喻进行深度分析。大陆方面，王巧凤的《电视剧〈金锁记〉的男性意识》、《〈金锁记〉改编刍议》、《由〈金锁记〉〈半生缘〉谈影视改编》及张杰的《从文字到影像——从〈倾城之恋〉看文学名著的电视剧改编》都就改编偏离原著思想和意蕴的问题进行了分析与探究。

2007年李安据张爱玲原著改编成电影的《色·戒》，因悬疑、情色等噱头成为华语电影圈、媒体乃及大众的热衷话题，也将张爱玲作品的改编研究推向了高潮。学界面对这一文化事件也做出了自己的反应，关于《色·戒》的小说与电影间关系的研究成果很多，受篇幅所限，仅对李欧梵和戴锦华的研究做一概述。李欧梵的研究成果集中体现为《睇〈色·戒〉》[④]一书。作品不仅对张爱玲、李安的《色·戒》进行了细读，且探讨了张爱玲对李安"影响的焦虑"以及李安对张爱玲的超越与挑战，对电影版《色·戒》想象演绎的"历史"进行了全方位的

---

① ［日］河本美纪：《张爱玲与电懋》，李欧梵等著、陈子善编《重读张爱玲》，上海书店出版社2008年版。

② 李小良：《历史的消退——〈十八春〉与〈半生缘〉的小说和电影》，刘绍铭、梁秉钧、许子东编《再读张爱玲》，山东画报出版社2004年版。

③ 何杏枫：《银灯下，向张爱玲借来的"香港传奇"——论许鞍华〈倾城之恋〉的电影改编》，刘绍铭、梁秉钧、许子东编《再读张爱玲》，山东画报出版社2004年版。

④ 李欧梵：《睇〈色·戒〉》，原由牛津大学出版社于2008年出版，后收入《世故与苍凉》，人民文学出版社2010年版。

考察。此外，作者把一些较有影响的研究成果以附录的形式进行展示，提供了关于《色·戒》研究的成果概观。大陆学者戴锦华的《时尚·焦点·身份——〈色·戒〉的文本内外》[①]从文化研究的角度出发，对电影《色·戒》提出了三种解读路径(国家民族，身份/认同，忠诚与叛卖，而且是关于叛卖的叛卖；李安用身体将张爱玲的故事带离历史与现实的政治角力场，托举到人性抚慰的"高度"；"女人与钻石"的故事则是最形而下的阐释)，并对赢得辉煌的深层原因进行了探讨。戴锦华认为，时尚与文化政治的"俄罗斯套盒"、张爱玲症候群、海上旧梦的意味和全球化时代的历史与国族四个向度共同构建了李安《色·戒》的辉煌。李妙晴的《电影改编：另类的符际翻译——以〈色·戒〉为例》[②]从翻译研究的角度出发，结合西方的翻译思维和理论，探讨文学及影像间的改编关系，在此基础上重新审视张爱玲小说与电影影像间的复杂关系。

关于话剧改编的研究也有不少，杨扬《混杂的艺术——评话剧〈金锁记〉》[③]从编剧对原著的改动、演出阵容的非专业性出发，结合剧种目前的艺术困境，在当下的文化语境中对话剧《金锁记》做了全面的考察评价，认为这种改编体现出一种混杂的艺术形式，对拓宽目前极为逼仄的剧种生存空间而言，是一种有益的探索。《张爱玲的光影空间》[④]一书对张爱玲与电影的诸多因缘进行了整理和评析，颇具参考价值。

三、翻译研究

张爱玲的翻译作品形式多样、文类繁多。就形式而言，分语际翻译和语内翻译两类，语际翻译包括英汉互译、中英自译、改编等，由吴方言到汉语乃语内翻译；文类方面，则涉及小说、散文、诗歌、文论、电影剧本等。从翻译学的角度看，成绩可谓不俗，但文学创作的盛名遮蔽了张爱玲的翻译才华，新世纪以前的学界很少关注"译者张爱玲"。新世纪十年以来，因全面研究张爱玲的需要、翻译生态好转等条件的生成，学界对张爱玲翻译的研究开始升温。较早在专著中论及张爱玲翻译情况的有刘绍铭和单德兴。刘绍铭的《到底是张爱玲》一书收录了他点评张爱玲自译的文章《张爱玲的中英互译》[⑤]，文章对张爱玲中英互译上的大量删改现象进行了考察，认为这是张爱玲为解决"读者对象和'认受'(reception)问题"的有意为之。同时他也认为张爱玲的英文对白有"水土不服"的病症，其英文写作不如中文那样得心应手。单德兴教授在专著《翻译与脉络》中以"含英吐华——析论张爱玲的美国文学中译"[⑥]为题，较为全面地介绍了张爱玲在美国文学中译上的成绩，细致地钩沉了张爱玲译作的演化，对她

① 戴锦华：《时尚·焦点·身份——〈色·戒〉的文本内外》，《艺术评论》2007年第12期。

② 李妙晴：《电影改编：另类的符际翻译——以〈色·戒〉为例》，《电影文学》2008年第1期。

③ 杨扬：《混杂的艺术——评话剧〈金锁记〉》，《上海戏剧》2004年第12期。

④ 刘澍、王纲：《张爱玲的光影空间》，世界知识出版社2008年版。

⑤ 刘绍铭：《张爱玲的中英互译》，《到底是张爱玲》，上海书店出版社2007年版。

⑥ 单德兴：《含英吐华——析论张爱玲的美国文学中译》，《翻译与脉络》，清华大学出版社2007年版。

的翻译策略与失误也做了贴切的论述。杨雪的《多元调和:张爱玲翻译作品研究》[①]是国内研究张爱玲翻译作品的第一部专著,她运用多种分析方法,从多个角度对张爱玲的翻译作品进行了系统研究,阐释了张爱玲在中国翻译史上的意义和地位。她认为"多元调和"是张爱玲翻译的总体特征,并从"张爱玲与文学翻译中的多元调和"、"张爱玲对翻译与创作的调和"、"张爱玲对翻译主体的调和"、"张爱玲对翻译策略的调和"等方面进行了详细论述。她还借用布尔迪厄的场域理论深入考察了文学、文化等众多场域对张爱玲翻译的影响。运用定量分析方法对张爱玲翻译作品在海外的认同度进行实证调查、分析,是此书的又一特色。总之,她认为多元调和的翻译艺术使得张爱玲的翻译呈现出多种面貌:既有忠实于原著的译作,也有译创结合的译作;既充分考虑读者的接受度,又不一味迎合;虽重视译作的跨文化流传,却不为正统的文学评判标准困囿,为翻译实践和研究提供了丰富的素材。

论文方面,赵新宇的《试论张爱玲的翻译》[②]是张爱玲翻译研究中较早的一篇。此文把张爱玲的翻译生涯归结为涵泳砥砺期、翻译实践期和精益求精期,并对每个时期的译作概况和特点做了考察。以此为基础,对张爱玲的翻译心得与观点进行了探究。陈吉荣、张小朋在《论张爱玲女性主义翻译诗学的本土化策略》[③]中,对张爱玲的女性主义翻译诗学进行了考究,认为张爱玲的女性书写不同于西方的女性建构,在体味旧传统中男权压抑的苦味时,又流露出对传统的惆怅和依恋,选择的是传统意识框架下的疏离主义。并从女性写作与男性象征秩序的对话、女性创作语言特色的移植以及往复翻译中女性回溯与衍生的曲折叙事历程层面,细致剖析了张爱玲女性主义翻译的本土化策略。王晓莺的《多元视界下张爱玲的翻译》[④]用多元系统理论,以张爱玲对美国当代文学及清末吴语小说《海上花列传》的翻译为主要研究对象,考察了张爱玲在当代中国翻译史书写上缺席的原因。她认为一方面张爱玲在美国新闻处驻香港办事处翻译的一系列美国文学作品明显地受到了出版赞助人的影响,涉及了中美意识形态之争;另一方面《海上花列传》的创作语言和题材又具有非典范性,再加上张爱玲在中国国内模糊的政治身份等因素的影响,使得张爱玲的翻译作品长期处于翻译文学系统的边缘。汤惟杰《海上梦语两生花——论〈海上花列传〉中的苏白策略与张爱玲的翻译意图》[⑤]一文以《海上花列传》和语言之间的特殊关联为切入口,通过原本和张爱玲国语译本的对照分析,指出苏白对《海上花列传》而言意义重大,是韩邦庆的世界,是近代"情"/"欲"叙事的语言地标。汤还指出,张爱玲对原本的四个回目的删除以及部分情节、人物的改写清扫了文本中"文言的木石砖瓦",是对中国近现代小说语言演变潮流的呼应。张曼在《文化在

① 杨雪:《多元调和:张爱玲翻译作品研究》,浙江大学出版社2010年版。

② 赵新宇:《试论张爱玲的翻译》,《枣庄师范专科学校学报》2003年第1期。

③ 陈吉荣、张小朋:《论张爱玲女性主义翻译诗学的本土化策略》,《外国语(上海外国语大学学报)》2007年第6期。

④ 王晓莺:《多元视界下张爱玲的翻译》,《中国翻译》2008年第5期。

⑤ 汤惟杰:《海上梦语两生花——论〈海上花列传〉中的苏白策略与张爱玲的翻译意图》,李欧梵等著、陈子善编《重读张爱玲》,上海书店出版社2008年版。

文本间穿行——论张爱玲的翻译观》[①]中对张爱玲的中英互译进行了全面考察，分析了两种文本在迎合与拒斥的复杂纠缠中如何向不同文化语境中的读者传达意识形态、知识符码，并在此基础上对作家如何在自译或他译过程中"掺入主体性"活动、磨合两种文化，实现通过翻译参与他国文学现代性建构等问题进行了论述。佟晓梅、霍跃红的《对张爱玲译者身份边缘化的生态翻译学解读》[②]依凭翻译生态学视角，对张爱玲边缘化的译者身份进行了深度探析。他们认为张爱玲的翻译活动是其为适应翻译生态环境而做出的主动选择，她的"三维"转换的翻译方法一方面有利于译作在一定范围内的流传和保存，另一方面也使她长久地徘徊在中国总体的、大的翻译生态环境的边缘地带。他们还指出中国现在的翻译生态系统呈现出包容、宽松的发展势态，作为译者的张爱玲也因此逐渐走进了研究者的视野。

结语

张爱玲研究自上世纪四十年代起步，至今已近七十个年头。相较之下，新世纪以来的十年不过是短暂的瞬间。要想在之前相对完整的知识谱系上有所创新、有所斩获，并不容易。令人欣喜的是，我们看到学界在多方面都取得了不俗的成绩：相对成熟的小说研究等论题得到了更为具体深入的开掘；缺少关注的剧作及影视改编研究、翻译研究受到了高度重视；对研究历程进行了系统的回顾整理，对存在的问题进行了理性的反思，研究方法、研究视角也不断更新。总而言之，新世纪十年以来的张爱玲研究，无论是在论文、论著的数量，还是在研究的深度和广度上都有了很大的突破。然而，一些固有问题，如研究中主观色彩浓厚的非理性倾向、研究方法本土化的不足、人与文的过度阐释等在新世纪十年以来的张爱玲研究中依然存在。已有学者注意到这些问题，并在相关的学术会议和论文中进行了探究，如何解决这些问题正在衍变为张爱玲研究中的一个新课题、新方向。总体来看，在学界的努力下，一个真实、完整的张爱玲将逐渐展现在我们面前，"全方位的张爱玲"将不再是一个难以企及的学术高地。

---

① 张曼：《文化在文本间穿行——论张爱玲的翻译观》，李欧梵等著、陈子善编《重读张爱玲》，上海书店出版社年2008版。

② 佟晓梅、霍跃红：《对张爱玲译者身份边缘化的生态翻译学解读》，《外语与外语教学》2010年第6期。

图书在版编目(CIP)数据

中国现代文学论丛. 第10卷. 1/胡星亮主编. —南京：南京大学出版社，2015.6

ISBN 978-7-305-15449-2

Ⅰ. ①中… Ⅱ. ①胡… Ⅲ. ①中国文学—现代文学—文学研究 ②中国文学—当代文学—文学研究 Ⅳ. ①I206.6

中国版本图书馆 CIP 数据核字（2015）第141935号

出版发行 南京大学出版社
社　　址 南京市汉口路22号　　邮　　编 210093
出 版 人 金鑫荣

书　　名 **中国现代文学论丛**(第十卷·1)
主　　编 胡星亮
责任编辑 卢文婷　施　敏

照　　排 南京理工大学资产经营有限公司
印　　刷 南京玉河印刷厂
开　　本 890×1240　1/16　印张 12.25　字数 260千
版　　次 2015年6月第1版　　2015年6月第1次印刷
ISBN 978-7-305-15449-2
定　　价 32.00元

网　　址：http://www.njupco.com
官方微博：http://weibo.com/njupco
官方微信号：njupress
销售咨询热线：(025)83594756
